古典文獻研究輯刊

二四編

曾永義 主編

第 4 冊

《紅樓夢》重構問題之研究
——以說唱、戲曲為例

李夢瀟 著

國家圖書館出版品預行編目資料

《紅樓夢》重構問題之研究——以說唱、戲曲為例／李夢瀟 著
-- 初版 -- 新北市：花木蘭文化事業有限公司，2021〔民 110〕
序 4+ 目 4+282 面；19×26 公分
（古典文學研究輯刊 二四編；第 4 冊）
ISBN 978-986-518-566-4（精裝）
1. 紅學 2. 說唱戲曲 3. 研究考訂

820.8   110011654

ISBN-978-986-518-566-4

9 789865 185664

古典文學研究輯刊
二四編 第 四 冊   ISBN：978-986-518-566-4

《紅樓夢》重構問題之研究
——以說唱、戲曲為例

作　　者　李夢瀟
主　　編　曾永義
總 編 輯　杜潔祥
副總編輯　楊嘉樂
編　　輯　許郁翎、張雅淋、潘玟靜　美術編輯　陳逸婷
出　　版　花木蘭文化事業有限公司
發 行 人　高小娟
聯絡地址　235 新北市中和區中安街七二號十三樓
　　　　　電話：02-2923-1455 ／傳真：02-2923-1452
網　　址　http://www.huamulan.tw 信箱 service@huamulans.com
印　　刷　普羅文化出版廣告事業
初　　版　2021 年 9 月
全書字數　188297 字
定　　價　二四編 20 冊（精裝）台幣 45,000 元

《紅樓夢》重構問題之研究
——以說唱、戲曲為例

李夢瀟 著

作者簡介

李夢瀟，1994 年 6 月生，江蘇連雲港人。江南大學法學院法學學士，輔仁大學中國文學系碩士，輔仁大學中國文學系博士候選人，師從蔡孟珍先生，研究方向為戲曲、民間文學、韓非子等。

曾獲首屆野聲文學獎新詩組首獎，入選《播種》、《溯》等作品集。另發表期刊論文〈論《儀禮・士昏禮》「經」、「記」、《禮記・昏義》之關係〉、〈《四庫全書總目提要》之曲觀探析〉、〈韓非子治術中的外塑道德解讀〉、〈段注《說文》「瀟」字相關問題研究〉等。

提　　要

《紅樓夢》作為中國古典小說之最高峰，自問世迄今，已為不刊之典。後世模其為本事之重構作品雖紛然迭出，唯皆難以比肩，亦存在若干問題，是有本論文之撰述。

論文架構，首章為緒論，先由歷來《紅樓夢》說唱、戲曲作品回顧，拈出重構與文本間之寫作瓶頸與改編問題之產生。其次就《紅樓夢》改編為說唱、戲曲兩條脈絡，釐分為五章敘述：

第一、二章敘「《紅樓夢》說唱」之特點。列舉子弟書、蘇州彈詞、廣東木魚書、單弦、岔曲、時調、四川清音、竹琴、河南墜子、山東琴書、大鼓等 58 篇說唱對黛玉形象的改編，指出說唱作品突出主角、偏愛黛玉等創作方式。再由說唱重構作品《露淚緣》之結構、押韻、修辭及雅俗共賞角度，分析經典說唱作品之要素。

第三、四、五章則著墨於「《紅樓夢》戲曲」改編問題之研討。分別以「清代紅樓戲」、「近代以降紅樓戲」、「現當代紅樓戲」為綱，討論戲曲之中較為核心之：腳色制、辭采、格律、唱腔、念白、做表等關鍵，並對現當代「紅樓戲」的越劇版、北崑版創作重構提出商榷，且將各章重點總結於「結論」之中，論文之末另附相關曲譜、唱詞、部分劇本，便於查索參照。

本論文 2019 年曾獲國立傳統藝術中心獎助

自 序

　　我與《紅樓夢》的緣，由祖父母與父母親種在了童年的回憶、成長的教育裡。從小聽祖母講紅樓故事的我，在國小一年級時收穫了母親贈我的第一本書——插圖版《紅樓夢》。國小至大學，我成長在親人身邊的日子裡，祖父與父親，兩個與我一樣熱愛這部小說的人，引領我、陪伴我一起探尋對它的理解與疑問，一起關注蔚為大觀的「紅學」研究。大學畢業前夕，已修讀了四年法律專業的我，因研習臺大《紅樓夢》網絡公開課而自省，意識到心中國文研究之志未償，萌發赴臺求學之願。時至今日，我人生擁有的第一本書，成為了我碩論的根柢，它陪伴著我成長，烙印著親人對我的希望與愛，引領著我跨海負笈，成全我成為這一刻的自己。感謝《紅樓夢》，也感謝我的至親，尤其是母親，一路教育我、愛我、尊重我、理解我，成為我最大的勇氣和底氣。

　　一部滋養出一門「學問」的小說，兩種深植於傳統文化的藝術形式。無論是關於《紅樓夢》、關於說唱、關於戲曲，抑或是三者的結合，向來不乏傾慕者的探究撰論。幾百年來，不勝枚舉的論著向我們展示了「紅樓說唱」、「紅樓戲」的眾多面向，也漸漸顯露了步入瓶頸之疲態。一方面，重複的角度、蹈襲的方式、類似的結論，相關研究已被固有邏輯所束縛。另一方面，作為表演藝術相關的綜合性研究，格律、音樂、表演等說唱、戲曲藝術的要素與精髓少人問津，學界成果多局限於「文本」一隅，故難求核心問題之詮解。於是，慣有研究面向中可開拓的學術空間已然有限、經典藝術作品卻依舊難尋的窘境，便長期存在了。

　　而我與戲曲、與指導教授蔡孟珍老師的緣，同樣妙不可言。在江南念大

學的我，因陪伴學姐，第一次現場觀看了省崑的《牡丹亭》演出，第一次接觸到崑曲，雖然好奇卻未能有機會進一步了解。到了臺灣，因陪伴室友，在一個暴風雨天前往師大，旁聽蔡老師的課程。兩年前打動過我的曲調又在耳畔響起，這一回沒有了舞臺上下的限制，這一回擁有了去學習、去深究的可能，我終是在老師清麗婉轉的嗓音中，陷入了這場姹紫嫣紅的夢裡。三年時光，從〈絮閣〉、〈刺虎〉到〈小宴〉的氍毹彩爨，老師不厭其煩地鼓勵我、指正我，帶我領略戲曲世界的悲歡離合，也從「唱曲」之中教導我「曲理」，寬容我、規範我不扎實的國文功底及不細心的學習疏漏。為了我申請博士班的截稿日期，在前往南京的飛機上以及演出的當天依然耐心、認真地為我修改論文。感謝孟珍老師這三年來幫助我的一切，我會一直記得老師對我的教誨，記得老師對崑曲的執著，記得老師對傳承的無私付出，記得老師的才情，一如記得那個暴風雨的下午，那一句「良辰美景奈何天」的驚艷。另外還要感謝師丈楊振良老師，對於我的碩論口考及博士研究計劃都給予了莫大的幫助，旁聽老師的課堂，讓我充實眼界、豐富學養，聆聽老師的教誨，令我受益匪淺、思索良多。至於幾年前那個第一次觀看省崑《牡丹亭》才接觸到崑曲的我，幾年後竟與師丈同桌坐在省崑的後台，邊聽省崑新一代的演員練唱邊進晚餐，等待著孟珍老師的彩演，則又是另一段奇妙的緣分、完滿的回憶。

感謝口考委員施德玉老師，細心、認真地指正我、建議我，使這本碩論，尤其是樂譜、唱腔部分得更臻完善。老師溫柔美麗的笑容，在口考時給予了我莫大的鼓勵與勇氣。感謝金周生老師對我論文撰寫時聲韻學部分的幫助與指導，沐老師之教誨，我才能渡過初入國文學門的生疏與懵懂，順利畢業。

感謝小然，在我撰寫過程裡不厭其煩地應對我的疑問，與我分享、討論相關資料，給我加油打氣。感謝莫凡、朱納，在粵語與英文部分完善我的碩論，安撫我的焦慮與不安。感謝晉萍，陪伴我、見證我走過這三年的生活、學習，與我一同經歷、一同成長。感謝佳佳、春春、璐璐，成為我在臺灣期間的家人和依靠，陪我一屋三餐，走過四季。照顧我更好的完成每一次舞臺表演，更順利的跨過每一個難關，所有重要的時刻都在我身邊。

感謝薄曉波老師、夏允雯學姐，自大學至今一如既往的關心和鼓勵，在我猶豫、迷茫時願意聽我傾訴，給予我勇氣和力量。感謝樊世鑫、孫鳴翼、

徐匯等等好友陪伴我多年、成為我的堅實後盾，在我想念時跨越海峽寬慰我，在我歸來時不遠千里迎接我。感謝小沫與北歐，成為我每時每刻的慰藉和溫暖。

　　學然後知不足，撰寫論文的過程中深感學問之浩瀚，自我之淺薄。論文雖已完稿，但自知因學識囿限仍顯粗淺。僅祈願為今後重構《紅樓夢》的藝術創作提供些微新的思考與嘗試，為今後「紅樓說唱」、「紅樓戲」的相關研究略盡綿薄之力。未來一定繼續黽勉向學，珍惜每一個充實自我之良機，以求他日進一步臻善。

　　我仍記得四年前決定跨專業學習時的迷茫不安，也未曾忘記隻身赴臺時的忐忑期待。一如我挽回不了這三年間已然發生的失去與離開，一如我帶不走這裡要落山的太陽，要退潮的海水和它執意裹挾的腳底的沙。忘不了、留不下的那些，成全了我今天的模樣。

　　幸好，故事沒有停在這裡。幸好，寫下去，總會知道，夢有多長。

二〇一九年五月　序於新北馥境

目

次

緒　論

第一節　研究動機

　　乾隆中葉，脂硯齋之評本甲戌本《紅樓夢》開始流傳，乾隆五十六年（1791），一百二十回程高本《紅樓夢》以印本形式出現。到嘉慶年間，已轟動京城、遍於海內。經學家郝懿行在其《曬書堂筆錄》曾記載「余以乾隆、嘉慶間入都，見人家案頭必有一本《紅樓夢》。」〔註 1〕足見其當時的流行程度。

　　而作為中國古典小說發展的最高峰，《紅樓夢》的流行並沒有僅僅停留在其發生的社會背景下，而是超越了時代限制，達到了中國古典文學的最高成就，如張愛玲所言「自從十八世紀末印行以來，它在中國的地位大概全世界沒有任何小說可比。」〔註 2〕

　　也正因如此，自其流行開來至今，以其為本事的重構作品絡繹不絕、層出不窮，其中，以說唱、戲曲兩種形式的作品出現最早、歷時最長、作品最多。然而在原著無論是文人圈抑或是普通民眾中都擁有相當廣泛的讀者基礎的前提下，《紅樓夢》的重構作品卻遠沒有獲得想像中的轟動和熱捧。相較於小說的價值與聲譽，無論知名度還是認可度，都成為了與預期遠不相稱的一個「尷尬」的存在。

〔註 1〕見一粟：《紅樓夢資料彙編》（北京：中華書局，1964 年），頁 355。
〔註 2〕張愛玲：〈國語本「海上花」譯後記〉，《張愛玲集·對照記》（北京：北京十月文藝出版社，2007 年），頁 245。

　　小說、說唱藝術、戲曲歷來關係密切，故事情節相互影響。如《三國演義》、《金瓶梅》、《水滸傳》、《西遊記》諸書，皆為世代積累型作品。在小說寫定前，很多與之相關的戲曲、說唱作品已經開始根據歷史故事或者民間傳說創作而成並廣泛流傳，直接影響了小說的成稿。而文人參與並使小說成書之後，精彩的情節又給了戲曲、說唱作品豐富的養料。使之培育出更完善、更經典的作品。所以這類小說與其重構作品之間是相互影響的雙向關係，而非改編小說的單向難題，「重構經典」，在它們那裡並不算一個具有極高難度及廣泛意義的論題。《儒林外史》則因為題材等多方面原因，將之重構的戲曲、說唱作品很少，影響甚微，難以深究。而《聊齋志異》雖以其為題材的改編作品眾多，僅清代傳奇雜劇類就有二十餘種，京劇以及地方戲中更多，數目超過一百種。〔註3〕但因其原著即為短篇筆記，並不算是鴻篇巨製、具有縝密結構的小說，對其進行重構、改編與過去根據筆記故事來創作戲曲、說唱作品並無太大區別，屬於片斷式精彩素材之擷取，難度不大。

　　因此，對《紅樓夢》的本事進行衍生、重構，將其改編為戲曲或說唱作品，是沒有前例可參考的艱難嘗試，研究《紅樓夢》的重構問題，具有獨一無二的特殊意義。

　　對於以上《紅樓夢》重構作品成就不高的客觀因素探討與研究重構問題的獨特意義，前人論著中也曾提出並做過多方探討，但因其作品之眾、問題之複雜，可分析之角度仍存在疏漏。從正在進行的《紅樓夢》戲曲、說唱新編來看，獲得足夠成功的作品也依然是極少數，提醒、砥礪著研究者繼續尋找更完整的答案。

　　本文擬從小說與說唱、小說與戲曲的體製、表述方式、藝術特色等文體自身屬性切入，探究在不同文體下，《紅樓夢》重構作品呈現出的富有爭議性但其實必然的特點，並在所有說唱、戲曲作品中，梳理獲得過短暫成功或者相對經典的例子，思考其如何走出文體限制帶來的必然困境，同時從觀眾接受角度分析限制紅樓夢重構作品成功的客觀因素。以期為仍在進行中的《紅樓夢》重構領域，提供一些新的思考角度和幫助，為學界相關研究做出些微補益。

〔註3〕鄭秀琴：〈清代《聊齋志異》戲曲改編及其研究綜述〉，《蒲松齡研究》，2006年第四期。

第二節　研究範疇

　　本文以重構《紅樓夢》的說唱、戲曲作品為研究對象。雖重構主體是小說《紅樓夢》，但研究與討論的範疇主要為「《紅樓夢》說唱」、「《紅樓夢》戲曲」作品所涉及的說唱種類及劇種。

　　說唱藝術的淵源可追溯至先秦至漢魏，包括先秦瞽矇、漢說書俑，魏晉俳優、滑稽等藝人的表演，以及漢魏樂府民歌等作品皆是孕育說唱藝術的搖籃。到了唐代，佛教寺廟中的講經與變文，已經是成熟的說唱藝術，標誌著「說唱」的真正成型。宋代說唱藝術興盛，相關伎藝共有二十幾種，包括說經、諢話、說藥、合生、鼓子詞、轉踏等等。明清以後更是蓬勃發展，除了承襲前代的諸宮調、陶真、蓮花落、道情、寶卷、貨郎兒、說書之外，還出現說唱詞話、鼓詞、彈詞。〔註4〕

　　目前，兩岸在此名稱的習慣用法上有所不同。大陸習慣用「曲藝」作為各種說唱藝術的統稱。〔註5〕《中國大百科全書·戲曲曲藝卷》〔註6〕以說唱形態為標準，將曲藝大致劃分「評話、鼓曲、快板、相聲」四大類。而《當代中國曲藝》〔註7〕對這四大類的劃分進行了一些調整，定為「鼓曲唱曲類」、「評書評話類」、「快板快書類」及「相聲滑稽類」。《中國曲藝概論》〔註8〕基於以上嘗試作出進一步調整，按照說唱藝術的話語形態，將曲藝分為「散說、敘唱、滑稽、韻誦」四大類。其中只說不唱為散說類，包括評書、評話等。只唱不說和又唱又說等帶有歌唱性的屬敘唱類，包括鼓曲、弦子書、牌子曲、小曲、彈詞、灘簧、琴書、鑼鼓書、蓮花落、道情、寶卷善書等等。以言語滑稽為藝術特徵的言語形式為滑稽類，形態可歸於散說但雜以歌唱，且以滑稽對話為主，故另闢一類，包括雙簧、相聲等。而有節奏的、押韻的似說似唱、半說半唱的誦說則為韻誦類，包括快板快書、竹板書等等。

　　本文研究之「說唱」與大陸之「曲藝」同義，指「以口語說唱來敘述故

〔註4〕曾永義先生：《俗文學概論》（臺北：三民書局，2003年6月），頁691。

〔註5〕關於兩個名稱是否完全同義、何者更合適，學界有多重觀點，但因非此論文重點，此處略過不提。具體可參考姜昆、倪鍾之：《中國曲藝通史》（北京：人民文學出版社，2005年）；曾永義先生：《俗文學概論》等。

〔註6〕中國大百科全書編輯委員會編：《中國大百科全書戲曲曲藝卷》（北京·上海：中國大百科全書出版社，2004年）。

〔註7〕羅揚主編：《當代中國曲藝》（北京：當代中國出版社，1998年）。

〔註8〕姜昆、戴宏森主編：《中國曲藝概論》（北京：人民文學出版社，2005年）。

事、塑造人物、表達思想感情、反映社會生活的表演藝術」〔註9〕，是人類說話功能的藝術化，本質上是一種敘事藝術。說唱包含許多種類，目前尚存的約四百種。

本文研究主要涉及曾以《紅樓夢》作為重構題材的說唱種類，包括：子弟書、彈詞開篇、廣東木魚書、單弦、岔曲、時調、揚州調、高郵鑼鼓書、四川清音、四川竹琴、河南墜子、梅花大鼓、東北大鼓、河南大調曲子、山東琴書等。其中本文討論以子弟書、河南大調曲子、彈詞開篇為主。

戲曲，最早淵源於先秦的巫覡、秦漢的樂舞、俳優和百戲。唐代參軍戲、宋代宋雜劇，昭示著中國戲曲一步步逐漸形成。十二、三世紀，宋雜劇在南方說唱藝術的影響下發展成為南曲戲文，即南戲，金院本則吸收北方說唱的題材、音樂、曲調，在金元之際發展成為北曲雜劇。元代，雜劇藝術以滄海納百川的氣派容納各種戲樂之長而雄視劇壇。〔註10〕元末明初，南北曲交化，南曲文士化、北曲南曲化，傳奇擅盛，具有著「笙簧一代，鼓吹千載」的魅力。後經過曲聖魏良輔對於崑腔的雅化與改革，崑曲始獨領劇壇自明代萬曆年間至清代乾隆年間近 300 年，崑曲化一時成為戲曲的發展特點。融合南北曲並以官腔崑曲為主的傳奇（14～240 齣，主流）、南雜劇（也稱短劇，1～13折，案頭作品居多）成為劇壇主角。

乾隆年間，花雅之爭，崑曲逐漸沒落，皮黃腔成為主流，徽劇藝人與來自湖北的漢調藝人合作，同時又接受了崑曲、秦腔的部分劇碼、曲調和表演方法，吸收了地方民間曲調，最終形成京劇。京劇形成後在清朝宮廷內開始快速發展，直至民國得到空前的繁榮，成為國劇。除了主流聲腔以外，地方戲曲也在持續發展、壯大中。至今，中華戲曲已達到 360 多個劇種。

因此，「戲曲」一詞涵蓋了：宋元南戲、金元北劇、明清傳奇、明清南雜劇、清代亂彈、皮黃等地方戲曲。〔註11〕

本文研究對象為《紅樓夢》出世後，以其為本事的戲曲作品，主要涉及：清傳奇、雜劇，清代地方戲，以及後世京劇、粵劇、越劇與崑曲。

〔註 9〕蔡源莉，吳文科：《中國曲藝史》（北京：文化藝術出版社，1998 年），頁 1～3。

〔註10〕楊師振良、蔡師孟珍合著：《曲選》（臺北：五南圖書出版股份有限公司，1998年），頁 4。

〔註11〕曾永義先生：《戲曲本質與腔調新探》（臺北：國家出版社，2007 年 7 月），頁 24。

第三節　文獻回顧

　　《紅樓夢》的戲曲改編作品比程甲本（1791）《紅樓夢》稍晚問世。1792年，客居北京的仲振奎閱讀《紅樓夢》後，即應邀作〈葬花〉一折，是目前可知的「紅樓第一戲」。〔註12〕而說唱作品因屬民間文學，種類較多，分散於各地，且作為口頭藝術，流傳下來的文本資料時間是否為實際作品出現的時間也難以考證，所以最早出現《紅樓夢》說唱作品的時間並不能確定。但僅以現有資料，可知最晚至1804年，俗曲選集《白雪遺音》〔註13〕鈔本中，已經出現〔馬頭調〕、〔嶺兒調〕、〔湖廣調〕的《紅樓夢》說唱作品。

　　兩者而言，關於《紅樓夢》戲曲的研究較多。清代序跋題詞、筆記、曲話等已留下諸多對「紅樓戲」的評論，晚清即已出現「紅樓戲」的整理和著錄，後人研究更是不計其數。而關於《紅樓夢》說唱作品的研究則相對較少，主要集中於子弟書。

一、「《紅樓夢》戲曲」研究概況

（一）清代「《紅樓夢》戲曲」研究文獻

　　對於「紅樓戲」，清代記載描述及評論居多，還未能形成系統的研究。其價值更多體現在留下了可貴資料，為後世研究提供基礎。

　　以資料性質劃分，清代「《紅樓夢》戲曲」研究主要可分為四個方面：

　　一是作者的朋友、親人在劇本前留下的題辭、序、跋等。清代紅樓戲曲有：仲振奎《紅樓夢傳奇》、萬榮恩《瀟湘怨》、吳蘭徵《絳蘅秋》、吳鎬《紅樓夢散套》、石韞玉《紅樓夢》及陳鍾麟《紅樓夢傳奇》，劇本前皆留下了作者親友的品評。〔註14〕這些題辭、序、跋主要交代了作者的創作背景、改編動機，記載了時人對小說《紅樓夢》的讚歎、感悟，對劇本讚譽的同時也表達了一些建議甚至批評。而對於像吳蘭徵《絳蘅秋》這種部分亡佚但序中保留了作序者對其某些單折的劇情點評的劇本來說，還幫助了後人了解其遺失部分

〔註12〕學界就何者為「紅樓第一戲」略有爭議，此處僅以就完稿先後為標準，仲振奎〈葬花〉（1792年）早於孔昭虔〈葬花〉（1796年）。詳參錢成：《仲振奎及其《紅樓第一戲》研究》，揚州大學古代文學碩士論文，2007年，頁8～11。
〔註13〕清·華廣生編：《白雪遺音》（共四卷），收錄於《續修四庫全書》第1745冊·集部·曲類（上海：上海古籍出版社據道光八年玉慶堂藏板影印，2002年）。
〔註14〕評參阿英編：《紅樓夢戲曲集》（臺北：漢京文化事業有限公司，1984年3月）。

的大概內容。

二是文人著作與筆記中的評說。梁廷枏《藤花亭曲話》〔註15〕中有對仲振奎《紅樓夢傳奇》、吳鎬《紅樓夢散套》的評價；楊懋建《長安看花記》〔註16〕對仲振奎《紅樓夢傳奇》、吳鎬《紅樓夢散套》及陳鍾麟《紅樓夢傳奇》的劇本有所評論；楊恩壽《詞餘叢話》中記載了對陳鍾麟《紅樓夢傳奇》劇本的批評；姚燮《今樂考證》〔註17〕著錄「紅樓戲」作品的同時，也收錄了文人對仲振奎《紅樓夢傳奇》、吳鎬《紅樓夢散套》、陳鍾麟《紅樓夢傳奇》的評價。

三是整理著錄。如前文姚燮《今樂考證》著錄了林亦構《畫薔》、嚴保庸《紅樓新曲》、仲振奎《紅樓夢傳奇》、萬榮恩《醒石緣》、吳鎬《紅樓夢散套》、石韞玉的《紅樓夢》七部作品，是最早收錄「紅樓戲」的專著。同時，支豐宜《曲目新編》〔註18〕、王國維《曲錄》〔註19〕等亦有部分收錄，但遠不及《今樂考證》全面。

四是對於清代「紅樓戲」搬演情況的記載。關於清代「紅樓戲」的搬演情況未有系統、確鑿的記載，除了仲著《紅樓夢傳奇》自序、許兆桂〈《絳蘅秋》序〉、蘋庵退叟〈吳敔〉等劇本的題辭、序、跋能窺見一二外，楊恩壽《詞餘叢話》〔註20〕、梁章鉅《楹聯續話》〔註21〕及楊懋建《長安看花記》、眾香主人《眾香園》〔註22〕等梨園文獻記載中，也仍能幫助後人尋其蹤影。

（二）近代以降「《紅樓夢》戲曲」研究（1911～1950）

進入民國時期，對於清代及當時正在搬演的「紅樓戲」的梳理、研究初

〔註15〕清·梁廷枏：《藤花亭曲話》（臺北：臺灣商務印書館，1968年），頁23。

〔註16〕清·楊懋建：《長安看花記》，收錄於《清代燕都梨園史料（正續編）》（北京：中國戲劇出版社，1988年），頁311。

〔註17〕清·姚燮：《今樂考證》（臺北：進學書局，1968年12月），頁306、519～521。

〔註18〕清·支豐宜：《曲目新編》，收錄於俞為民、孫蓉蓉編：《歷代曲話彙編：新編中國古演戲曲論著集成·清代編第五集》（安徽：黃山書社，2009年），頁156。

〔註19〕清·王國維：《曲錄》（臺北：藝文出版社，1971年），頁291。

〔註20〕清·楊恩壽：《詞餘叢話》，收錄於俞為民、孫蓉蓉編：《歷代曲話彙編：新編中國古演戲曲論著集成·清代編第四集》，頁572～573。

〔註21〕清·梁章鉅：《楹聯續話》，《楹聯叢話全編》（北京：北京出版社，1996年）。

〔註22〕清·眾香主人：《眾香園》，收錄於《清代燕都梨園史料（正續編）》（北京：中國戲劇出版社，1988年）。

見端倪。對於《紅樓夢》改編成戲曲的討論、反思初步成型。這一時期整理研究「紅樓戲」的文章包括：王小隱〈關於「紅樓夢」劇的一段話〉〔註23〕、哀梨〈紅樓夢戲〉〔註24〕、傅惜華〈關於紅樓夢之戲曲〉〔註25〕、蒹葭簃主〈談「紅樓夢」劇〉〔註26〕、含涼〈紅樓夢與旗人〉〔註27〕、挹嵐〈紅樓夢劇本及其演唱〉〔註28〕、葉德均〈紅樓夢的戲曲〉〔註29〕。還有一些著作中有關於「紅樓戲」的討論，包括：吳克岐《懺玉樓叢書提要》〔註30〕、張冥飛《古今小說評林》〔註31〕及嚴敦易的《元明清戲曲論集》〔註32〕。

其中，王小隱的〈關於「紅樓夢」劇的一段話〉從《紅樓夢》小說人物形象塑造成功且影響力大的角度認為《紅樓夢》適合搬演成戲曲。

哀梨的〈紅樓夢戲〉則認為《紅樓夢》改編成戲曲情節方面裁剪難度大，演員方面「紅樓戲」不好演不宜演，並簡略評價了當時正在演出的紅樓戲。

傅惜華的〈關於紅樓夢之戲曲〉，是第一篇較有系統的研究「紅樓戲」的長篇文章。文章從作者、著錄、版本等方面考證了仲振奎《紅樓夢傳奇》、陳鍾麟《紅樓夢傳奇》、吳鎬（作者錯認為黃兆魁）的《紅樓夢散套》、嚴保庸的《紅樓新曲》，且對於優劣進行了對比和論述。同時，簡單評價了當時梅蘭芳的京劇「紅樓戲」《黛玉葬花》、《千金一笑》、《俊襲人》。並記載了歐陽予倩《黛玉葬花》、《寶蟾送酒》以及其他作者不明的五部戲曲作品。另外，這篇文章還記錄了改編《紅樓夢》為鼓詞、馬頭調、開篇的說唱作品名目，並表達了說唱屬平民文學、未有刊本，難以研究的狀況。因此，只依作者個人所藏所見記載其名，而未有進一步研究。

蒹葭簃主〈談「紅樓夢」劇〉一文，文中羅列了十一種《紅樓夢》劇，雖

〔註23〕王小隱：〈關於「紅樓夢」劇的一段話〉，載於《京報》「戲劇週刊」（北京）第十六號，1925 年 3 月 30 日。
〔註24〕哀梨：〈紅樓夢戲〉，載於《北平日報》，1927 年 3 月 23 日。
〔註25〕傅惜華：〈關於紅樓夢之戲曲〉，載於北平《世益報》，1929 年 5 月 10～17 日。
〔註26〕蒹葭簃主：〈談「紅樓夢」劇〉，載於北平《民國日報》，1931 年 11 月 14、21 日。
〔註27〕含涼：〈紅樓夢與旗人〉，蘇州《珊瑚》第一卷第五號，1932 年 9 月。
〔註28〕挹嵐：〈紅樓夢劇本及其演唱〉，《國益》，1940 年，第四期。
〔註29〕葉德均：〈紅樓夢的戲曲〉，載於《申報·春秋》，1946 年 11 月 5 日。
〔註30〕吳克岐：《懺玉樓叢書提要》（北京：北京圖書館，2002 年）。
〔註31〕冥飛：《古今小說評林》（上海：民權出版部，1919 年）。
〔註32〕嚴敦易：《元明清戲曲論集》（河南：中州書畫社，1982 年）。

未言明劇種，但結合收錄的劇碼來看，可以判斷本文是對當時流行的京劇劇碼的記述，未有分析。

含涼的〈紅樓夢與旗人〉僅僅是提到，對於梁恭辰《北東園筆錄》中記載的當時所串的戲劇和所讀演的彈詞腳本沒有整個流傳下來的可惜。

挹嵐〈紅樓夢劇本及其演唱〉認為清代的幾部「紅樓戲」從文辭、曲律、結構、排場、演出等方面來說，仲振奎的《紅樓夢傳奇》最為優秀。

葉德均〈紅樓夢的戲曲〉一文，簡要梳理、考證了清代《紅樓夢》的作者、版本、著錄、劇目情況。

吳克岐《懺玉樓叢書提要》從書名、卷數、著者、版本、內容提要等方面介紹了仲振奎《紅樓夢傳奇》、吳鎬《紅樓夢散套》、陳鍾麟《紅樓夢傳奇》及楊恩壽《姽嫿封》。

張冥飛《古今小說評林》評價道光年間陳鍾麟的《紅樓夢傳奇》，認為其「剪裁原書處，往往點金成鐵。其筆墨亦不能圓轉自如，生吞活剝，又加以硬湊，以致全無是處。至音調訛舛，尤為指不勝屈。我不知其何苦現世也。」〔註33〕從情節剪裁、寫作手法、音律等三個方面全盤否定陳鍾麟的「紅樓戲」。

嚴敦易的《元明清戲曲論集》主要提到了仲振奎《紅樓夢》傳奇以及吳蘭徵《絳蘅秋》傳奇。其中，〈仲雲澗的「紅樓夢」與「憐春閣」〉一文考證了仲振奎的《紅樓夢傳奇》及其另一部劇作《憐春閣》。

不難發現，這一階段的研究仍相對簡單，處於初步階段。進行的整理，大多為劇本作者、版本、評價等大方向性信息，而未有具體內容之論述。多數觀點，也止步於提出，而未有合理的分析論證。

總結所有相關文獻，這一時期的研究，範圍不超過：1.整理清代「紅樓戲」的劇本，評述其優劣。2.羅列及簡要評論民國時的「紅樓戲」劇碼。3.對於《紅樓夢》是否適合改編、演出發表觀點。4.極少數羅列了部分由《紅樓夢》改編的說唱作品。

（三）現當代「《紅樓夢》戲曲」研究（1950～至今）

現當代，無論是「紅樓戲」劇目的輯錄、整理，還是對於「紅樓戲」的表演思考與文本研究，都取得了突破性的進展。專著、碩博論不在少數，單篇

〔註33〕一粟：《紅樓夢書錄》（上海：上海古籍出版社，1981年），頁330。

文章更是數不勝數，無法一一列舉、詳述。故而僅就以下歸類、舉例總結現當代「《紅樓夢》戲曲」研究之角度及成果，進行論述。

　　一為對「紅樓戲」劇目的梳理，對前人還未發現或認知有誤的「紅樓戲」劇本及相關信息做出補正。蕭爽〈紅樓夢劇本溯古〉〔註 34〕談及了清代三部及民國時期改編的「紅樓戲」；吳曉鈴〈《紅樓夢》戲曲漫談——《古本戲曲叢刊》編餘偶得之二〉〔註 35〕從寫作年代、作者生卒年、版本等等方面介紹了清代十種「紅樓戲」，且糾正了如《紅樓夢散套》作者問題等前代學者之訛誤。一粟 1957 年出版的《紅樓夢書錄》〔註 36〕崑曲條目著錄了清代「紅樓戲」20 部以及地方戲劇目 80 餘部。1965 年阿英《紅樓夢戲曲集》〔註 37〕編成，載清代十部「紅樓戲」劇本以及相關序跋、題詠，1978 年出版，是為研究「紅樓戲」之重要基礎資料，掀起了《紅樓夢》戲曲改編研究的一個小高潮。胡文彬《紅樓夢敘錄》〔註 38〕於一粟《紅樓夢書錄》基礎上，補錄了吳蘭徵《絳蘅秋》等作，並糾正了一些一粟作品中的錯誤。吳小如〈根據《紅樓夢》編寫的京劇〉〔註 39〕，補正了陶君起《京劇劇目初探》〔註 40〕中關於「紅樓戲」的遺漏與錯誤，鈕鏢又撰文〈京劇「紅樓戲」摭遺——致吳小如先生的公開信〉〔註 41〕對吳小如一文進行了京劇「紅樓戲」的補充。光祖〈「紅樓」戲曲概述〉〔註 42〕，梳理了清代、近代及現當代「紅樓戲」。饒道慶、裘寧寧〈京劇「紅樓戲」敘錄〉〔註 43〕著錄京劇 80 餘種。錢成〈清代紅樓戲思考〉〔註 44〕，考證了清代紅樓戲作品的總數及留存情況等等。

　　二為對「紅樓戲」改編問題的看法及反思。陸樹崙〈從《紅樓夢》戲曲談

〔註 34〕蕭爽：〈紅樓夢劇本溯古〉，載於《新民報晚刊》，1956 年 12 月 15 日。

〔註 35〕吳曉鈴：〈《紅樓夢》戲曲漫談——《古本戲曲叢刊》編餘偶得之二〉，載於《文匯報》，1962 年 7 月 4 日，同載於《羊城晚報》，1962 年 10 月 10 日。

〔註 36〕一粟：《紅樓夢書錄》。

〔註 37〕阿英編：《紅樓夢戲曲集》。

〔註 38〕胡文彬：《紅樓夢敘錄》（長春：吉林人民出版社，1980 年第 1 版）。

〔註 39〕吳小如：〈根據《紅樓夢》編寫的京劇〉，《紅樓夢學刊》，1980 年第 2 輯。

〔註 40〕陶君起：《京劇劇目初探》（北京：中國戲劇出版社，1983 年）。

〔註 41〕鈕鏢：〈京劇「紅樓戲」摭遺——致吳小如先生的公開信〉，《紅樓夢學刊》，1980 年第 3 輯。

〔註 42〕光祖：〈「紅樓」戲曲概述〉，《四川戲劇》，1998 年第 5～6 期、1999 年第 1～4 期。

〔註 43〕饒道慶、裘寧寧：〈京劇「紅樓戲」敘錄〉，《紅樓夢學刊》，2010 年第 2 輯。

〔註 44〕錢成：〈清代紅樓戲思考〉，《河西學院學報》，2010 年第 1 期。

《紅樓夢》的改編問題〉〔註45〕認為「紅樓戲」的失敗在於創作者片面理解原著、任意發揮，未以忠於原著為原則。徐扶明《紅樓夢與戲曲比較研究》中最後一章〈《紅樓夢》與《紅樓》戲〉，列出清代十九種「紅樓戲」並梳理清代「紅樓戲」的戲曲形式、腳色、裝扮、演出情況，分析清代「紅樓戲」風行的原因，並藉此討論改編《紅樓夢》為戲曲的難度、方法、特點、人物創作以及「紅樓戲」最終受冷落的原因。該文雖以清代「紅樓戲」為討論對象，但所反思的改編問題適用於所有「紅樓戲」，被認為是八十年代「紅樓戲」研究的巔峰之作，至今眾多「紅樓戲」研究仍未能脫其所觀照範圍。金凡平〈紅樓夢小說與戲曲文本敘述方式比較〉〔註46〕提出「紅樓戲」對於原著內涵的詮釋往往膚淺和表面化等等。

　　三為對清代「紅樓戲」的重構研究。王琳〈清代紅樓戲的特徵〉〔註47〕從主體、結構、人物、文辭、演出及影響分析了清代紅樓戲。劉鳳玲〈清代紅樓戲的改編模式〉〔註48〕以「展現原著劇情」、「傳遞原著精神」為分類方式，對清代「紅樓戲」進行了全新角度的研究。徐文凱〈論紅樓夢的戲曲改編〉〔註49〕，對於清代「紅樓戲」情節相似之處的不同處理進行了歸納。趙青《清代「〈紅樓夢〉戲曲」探析》〔註50〕，梳理了清代「紅樓戲」的作品、作家、改編情況、評價，探尋了清代「紅樓戲」戲曲體製方面的因循與新變、時代特徵等。龔瓊《清代〈紅樓夢〉戲曲的藝術創造》〔註51〕從清代「紅樓戲」作者的創作動機、藝術理念，作品的語言藝術及對後世作品的影響幾個角度分析了清代「紅樓戲」。鄭志良〈清代紅樓戲《鴛鴦劍》考述〉〔註52〕，對清代「紅樓戲」單部作品《鴛鴦劍》的作者姓名、籍貫進行了考證，將《鴛鴦劍》與《紅樓二尤》進行對比，肯定《鴛鴦劍》人物塑造、情節改編、曲律方面的

〔註45〕陸樹崙：〈從《紅樓夢》戲曲談《紅樓夢》的改編問題〉，《揚州師院學報》（社會科學版），1984 年 02 期。

〔註46〕金凡平：〈紅樓夢小說與戲曲文本敘述方式比較〉，《紅樓夢學刊》，2004 年第 4 輯。

〔註47〕王琳：〈清代紅樓戲的特徵〉，《戲曲藝術》，2002 年第 4 期。

〔註48〕劉鳳玲：〈清代紅樓戲的改編模式〉，《戲劇》，2004 年第 3 期。

〔註49〕徐文凱：〈論紅樓夢的戲曲改編〉，《紅樓夢學刊》，2006 年第 2 輯。

〔註50〕趙青：《清代「〈紅樓夢〉戲曲」探析》，華東師範大學中國古典文學碩士論文，2006 年。

〔註51〕龔瓊：《清代〈紅樓夢〉戲曲的藝術創造》，集美大學中國古代文學碩士論文，2010 年。

〔註52〕鄭志良：〈清代紅樓戲《鴛鴦劍》考述〉，《紅樓夢學刊》，2011 年第 2 輯。

優點及對後世尤三姐形象塑造的影響。李念潔《清代紅樓戲研究》〔註53〕從作者及交友、思想旨趣、腳色安排、人物塑造、結構與內容的重建等角度詳細梳理分析了阿英《紅樓夢戲曲集》中的十部作品。林均珈《「紅樓夢」本事衍生之清代戲曲、俗曲研究》〔註54〕，從分類、結構內涵、文學特色、題材節選、再創作與劇本情節互涉幾個角度，以十一部清代「紅樓戲」為對象，介紹、分類分析了清代「紅樓戲」，探討了關於《紅樓夢》戲曲、說唱再創造的思考等等。

　　四為對某一劇種「紅樓戲」的重構研究。董文桃〈越劇《紅樓夢》三個版本的主題差異探源〉〔註55〕論述了不同時期越劇《紅樓夢》的主題變化。劉禎〈越劇《紅樓夢》：從文學名著到戲曲經典〉〔註56〕從主線選擇、人物塑造、戲劇衝突、情節設置方面闡釋越劇《紅樓夢》成功的原因。傅謹〈越劇《紅樓夢》的文本生成〉〔註57〕，對徐進越劇《紅樓夢》劇本的修改歷程進行了探索，分析了不同稿本的區別與形成原因等等。劉恆〈豫劇「紅樓戲」述評〉〔註58〕梳理了豫劇「紅樓戲」的劇目和劇本，論述了豫劇「紅樓戲」的演出史和現狀，闡釋了豫劇「紅樓戲」的特徵與意義，是少有的關注到豫劇「紅樓戲」的研究作品。佟靜《〈紅樓夢〉越劇改編研究》〔註59〕以民國、中華人民共和國成立、「紅學批判」、文革結束四個時間點為劃分，梳理了不同時期越劇「紅樓戲」的創作、特點及歷史語境的體現。李虹《粵劇紅樓戲叢談》〔註60〕整理了粵劇「紅樓戲」劇目，並從主要作品、演員等角度作了簡要梳理等等。

　　五為對某一名角「紅樓戲」的重構研究。胡勝、趙毓龍〈「梅」影「夢」

〔註53〕李念潔：《清代紅樓戲研究》，國立臺灣師範大學國文學系碩士論文，2012年。

〔註54〕林均珈：《「紅樓夢」本事衍生之清代戲曲、俗曲研究》，臺北市立教育大學中國文學系博士論文，2013年。

〔註55〕董文桃：〈越劇《紅樓夢》三個版本的主題差異探源〉，《紅樓夢學刊》，2007年第1輯。

〔註56〕劉禎：〈越劇《紅樓夢》：從文學名著到戲曲經典〉，《紅樓夢學刊》，2008年第6輯。

〔註57〕傅謹：〈越劇《紅樓夢》的文本生成〉，《紅樓夢學刊》，2010年第3輯。

〔註58〕劉恆：〈豫劇「紅樓戲」述評〉，《紅樓夢學刊》，2014年第4輯。

〔註59〕佟靜：《〈紅樓夢〉越劇改編研究》，中國藝術研究院藝術學博士論文，2014年。

〔註60〕李虹：《粵劇紅樓戲叢談》（北京：文化藝術出版社，2018年6月）。

痕——談梅蘭芳先生的三出「紅樓戲」〉〔註61〕探究了梅蘭芳三齣「紅樓戲」當時走紅及後世淡出舞臺的原因。王琳《論荀慧生〈紅樓夢〉戲》〔註62〕，分析了《紅樓二尤》、《晴雯》的劇情設置及人物塑造，並肯定了荀慧生的表演藝術。陳珂《歐陽予倩與他的紅樓戲——兼談其戲曲劇本創作和演劇藝術特色》〔註63〕，迴避了歐陽予倩作品的缺點與流傳情況，提出歐陽予倩「紅樓戲」的改編、演出方式具有現代演劇藝術的形態，肯定了歐陽予倩作品的時代特點與藝術價值。徐海雙《荀慧生「紅樓」戲研究》〔註64〕梳理了荀慧生《紅樓二尤》、《晴雯》兩部「紅樓戲」的文本及特點，與原著《紅樓夢》進行比較，論述了荀慧生「紅樓戲」的傳承和影響等等。

六為綜合性「紅樓戲」研究論著、論述。李昭琳《紅樓戲曲研究》〔註65〕，簡要總結了清代「紅樓戲」，梳理分析了民國時期重要的「紅樓戲」，並總結了「紅樓戲」中的人物形象。許萍萍《紅樓戲的改編藝術》〔註66〕結合戲曲學理論，論述了清朝、當代地方「紅樓戲」對於原著《紅樓夢》外在形式的改編及內在內容的接收，並探討「紅樓戲」主題與人物形象的變化。李文瑤《〈紅樓夢〉戲曲研究》〔註67〕從情節、腳色設置、人物定位、細節改動等方面分析「紅樓戲」對於原著的改編。並從時代大環境演變、原著接受演變、戲曲形制演變等宏觀角度對每個時期的作品呈現出來的特色和價值進行總結，揭示三個因素與研究對象之間的深刻關係。朱小珍《「紅樓」戲曲演出史稿》〔註68〕，梳理了自清至現當代的「紅樓戲」，並對主要作品進行了進一步的分析與論述。劉衍青《「紅樓夢」戲曲、曲藝、話劇研究》〔註69〕梳理了各個時

〔註61〕 胡勝、趙毓龍：〈「梅」影「夢」痕——談梅蘭芳先生的三出「紅樓戲」〉，《紅樓夢學刊》，2010 年第 1 輯。

〔註62〕 王琳：〈論荀慧生《紅樓夢》戲〉，《藝術百家》，2006 年第 2 期。

〔註63〕 陳珂：〈歐陽予倩與他的紅樓戲——兼談其戲曲劇本創作和演劇藝術特色〉，《戲曲藝術》，2008 年第 4 期。

〔註64〕 徐海雙：《荀慧生「紅樓」戲研究》，遼寧大學中國古代文學碩士論文，2013年。

〔註65〕 李昭琳：《紅樓戲曲研究》，私立東海大學中國文學系碩士論文，1988 年。

〔註66〕 許萍萍：《紅樓戲的改編藝術》，福建師範大學戲劇戲曲學文學碩士，2007 年。

〔註67〕 李文瑤：《〈紅樓夢〉戲曲研究》，復旦大學中國語言文學碩士論文，2010 年。

〔註68〕 朱小珍：《「紅樓」戲曲演出史稿》，上海戲劇學院戲劇戲曲學碩士論文，2010年。

〔註69〕 劉衍青：《「紅樓夢」戲曲、曲藝、話劇研究》，上海大學中國古代文學博士論文，2015 年 6 月。

期「紅樓戲」作品，總結了「《紅樓夢》戲曲」的多元文化特徵及人物形象的嬗變，探討了戲曲名角與「紅樓戲」的密切關係等等。

（四）前人研究成果省思

綜合以上前人研究的成果，不難發現：

首先，《紅樓夢》戲曲作品的研究雖多，然並非皆為佳作，重複的分析角度、蹈襲的方式、類似的結論，固有邏輯下繼續開拓的學術空間有限，是「紅樓戲」研究的最大的問題。

其次，「紅樓戲」研究雖多，但大多集中在清代，近代以降則分析京劇者較多，現當代主要討論越劇，其他地方戲或者新編戲的研究有所缺失。

第三，「紅樓戲」研究大多僅集中於文本，偏向於探討情節設置、人物形象，並與原著作對比。對於戲曲作為綜合藝術的其他元素則較少提及，尤其是唱腔問題，相關研究中一般只引用他人評價，鮮少有所分析，研究幾乎處於空白狀態。

第四，《紅樓夢》戲曲未如原著般成功的客觀事實以及文體不同帶來的限制，部分文章或論著有所提及，然大多為結論性陳述，用於作為例如人物形象嬗變等客觀結果之原因，而未建立起完整架構、明確評鑒標準的進行進一步探析。

第五，研究中部分觀點、事實存在訛誤、疏漏。〔註70〕

綜上，本文在吸收、借鑒前人研究成果的基礎上，以戲曲文體包括「腳色制」、排場、舞美道具、唱腔音樂、文辭、表演藝術等根本要素，建立合理的評鑒體系，並以此標準梳理戲曲百年來作品之驪珠。希冀對未來「紅樓戲」的創作有所助力與補益，以期經典作品的出現。

二、「《紅樓夢》說唱」研究概況

正如前文所言，說唱作品因屬民間文學，種類較多，分散於各地，且作為口頭藝術，腳本佚失不在少數。因此，收集、匯總其文獻資料已是不易。兩

〔註70〕研究錯誤包括，如眾多學者誤將《十全福》納入紅樓戲、混淆《紅樓夢散套》作者與譜曲人；李虹《粵劇紅樓戲叢談》將《情僧偷到瀟湘館》情節與其他劇目混淆；朱小珍「紅樓」戲曲演出史稿》誤認為《千金一扇》一劇後世從未演出等等；研究疏漏包括，未見對於「花囊改作花籃」的溯源與合理分析；未意識到對於《黛玉葬花》一劇「表演重點其實在表情，而非身段」，如李昭琳《紅樓戲曲研究》等等。

岸也皆有博論以此作為論題進行研究，做出貢獻，展示了《紅樓夢》說唱作品的數量之大、種類之廣。同時他們的成果也成為寶貴的研究資料，得以使後人依據其整理作出新的思考。〔註71〕唯由於文獻之收集非本論文之重點，而這些相關論著又不涉及對作品的研究，因此，在文獻回顧中不再一一闡明，具體於文末參考文獻中詳細列舉。

（一）清代「《紅樓夢》說唱」記載

清代關於「《紅樓夢》說唱」並沒有太多系統點評或研究的資料留下，只有一些證明「《紅樓夢》說唱」存在且活躍的記載。

包括：范鍇《漢口叢談》〔註72〕（卷五）中記載了「聽說書者周在谿說《紅樓夢》野史數則」的信息。可知，最遲1808年，漢口已有民間藝人說唱《黛玉葬花》。

得輿的《京都竹枝詞》中有言：「做闊全憑鴉片煙，何妨作鬼且神仙。閒談不說《紅樓夢》，讀盡詩書是枉然。兒童門外喊冰核，蓮子桃仁酒正沽。西韻《悲秋》書可聽，浮瓜沉李且歡娛。」〔註73〕這首竹枝詞除了證明《紅樓夢》影響力之大、流傳之廣外，還提到了西韻《悲秋》。鄭振鐸在〈鼓詞與子弟書〉〔註74〕、傅惜華在〈子弟書考〉〔註75〕皆提到，子弟書分東西兩調，西調又稱西韻。傅惜華稱西調若崑曲，鄭振鐸稱西調為靡靡之音。所以這裡的西韻《悲秋》，應指的是子弟書作品《黛玉悲秋》。由於該書最早刊刻于嘉慶二十二年（1818），可知最遲在1818年前，子弟書《黛玉悲秋》已經出現且廣為傳唱。

梁恭辰《北東園筆錄》有這樣一段記載：「滿洲玉研農先生（麟），家主大人座主也。嘗語家大人曰：『《紅樓夢》一書，我滿洲無識者流，每以為奇寶，往往向人誇耀，以為助我鋪張。甚至串成戲劇，演作彈詞，觀者為之感歎

〔註71〕例如：臺北市立教育大學王友蘭的博論《「紅樓夢說唱」研究》、上海大學劉衍青的博論《紅樓夢》說唱、曲藝、話劇研究》。

〔註72〕清·範鍇著，存清道光二年（1822）刻本。見清·範鍇著，江浦校注：《漢口叢刊》（武漢：湖北人民出版社，1999年）。

〔註73〕清·楊米人等著，路工編選：《清代北京竹枝詞》（十三種）（北京：北京古籍出版社，1982年），頁55。

〔註74〕鄭正鐸：〈鼓詞與弟子書〉，參見《中國俗文學史》（下）（上海：商務印書館，1938年），頁402。

〔註75〕傅惜華：〈子弟書考〉，《曲藝論叢》（上海：上雜出版社，1953年）。

歔噓，聲淚俱下，謂此曾經我所在場目擊者。」〔註76〕文中提到將《紅樓夢》串成戲劇、以彈詞說唱，且渲染了其表演時能夠感染觀眾的悲劇效果。

（二）近代以降「《紅樓夢》說唱」研究（1911～1949）

民國時期，《紅樓夢》說唱作品開始進入了相關研究者的視線，但仍然受限於文本的不易保存。這一時期的研究數量很少，內容也相對簡單。

包括：前文提到的傅惜華〈關於紅樓夢之戲曲〉，此文不僅論述「紅樓戲」，還涉及「紅樓夢說唱」，文中依作者個人所藏所見記載了改編《紅樓夢》為鼓詞、馬頭調、開篇的說唱作品名目，表達了說唱屬平民文學、未有刊本，難以研究的狀況。同時，傅惜華認為南詞（蘇州彈詞）開篇為馬如飛所作，推測其餘兩種說唱作品「恐多為滿洲士人所作者，其時代當在光緒以前無疑也。」〔註77〕

前文提到的含涼〈紅樓夢與旗人〉一文也提到「當時所串的戲劇，和所作的彈詞的腳本，沒有整個的流傳下來。」〔註78〕。

李家瑞《北平俗曲略》〔註79〕並非研究「紅樓夢說唱」的作品。而主要是從伴奏樂器、演唱特徵、主要曲目等方面介紹民國年間流行於北平的各種俗曲。不過此書在每種說唱形式後列舉一例，在「弦子書」（即子弟書）之例中涉及到「紅樓夢說唱」作品。

趙景深在《大鼓研究》〔註80〕「子弟書」一章中賞析了韓小窗《悲秋》與《問病》共有的末段，並認為韓小窗的《黛玉葬花》「比起《悲秋》、《問病》來，實在要差得多。」同時，作者還指出最早的子弟書是百本張的鈔本，「其中以演《紅樓夢》故事者為最多。」證明了《紅樓夢》作品在子弟書的重要地位。

李家瑞〈鈔本灘黃紅樓夢〉〔註81〕則是出現的第一篇專門研究《紅樓夢》說唱作品的文章，但篇幅不長，內容簡略。主要是根據郝生居士的《紅樓夢

〔註76〕清‧梁恭辰：《北東園筆錄》（北京：中華書局，1985 年）。
〔註77〕傅惜華：〈關於紅樓夢之戲曲〉，載於北平《世益報》，1929 年 5 月 10～17 日。
〔註78〕含涼：〈紅樓夢與旗人〉，蘇州《珊瑚》第一卷第五號，1932 年 9 月。
〔註79〕李家瑞：《北平俗曲略》（上海：上海文藝出版社，1990 年，依據國立中央研究院歷史語言研究所，1933 年 1 版影印）。
〔註80〕趙景深：《大鼓研究》（上海：商務印書館，1937 年）。
〔註81〕李家瑞：〈鈔本灘黃紅樓夢〉，載於《大公報》，《圖畫副刊》第 96 期，1935 年 9 月 12 日。

灘黃》，介紹了灘簧的語言、說白特點，兼與崑曲比較。內容方面只提到取自仲振奎的《紅樓夢傳奇》，未有具體分析。

吳興華〈聽梅花調「寶玉探病」〉〔註82〕以詩歌的形式鑑賞了梅花調《寶玉探病》，品評了藝人的技藝。

（三）現當代「《紅樓夢》說唱」研究（1949～至今）

現當代「《紅樓夢》說唱」研究比起前兩個時期已經取得了很大進展，然受限於資料的保存狀況及現代社會背景下說唱藝術自身的發展，研究的關注集中在保留作品最多、且因樂曲已佚而無法再現舞臺的「子弟書《紅樓夢》作品」一身。

陳毓羆〈紅樓夢說書考〉〔註83〕，考證認為已知《紅樓夢》說唱的最早年代為1808年。

胡文彬〈紅樓夢子弟書初探〉〔註84〕，作者從子弟書作者、版本、內容等方面簡要介紹了自己接觸到的《紅樓夢》子弟書材料，旨在強調《紅樓夢》子弟書的價值，呼籲學界對其進行整理、研究。

李愛冬〈從紅樓夢子弟書看紅樓夢對中國說唱文學的影響〉〔註85〕一文，從《紅樓夢》中對於說唱藝人的記載分析說唱藝術的繁榮；簡要介紹子弟書說唱藝術，認為子弟書改編《紅樓夢》時對內容的選擇主要取決於當時說唱藝術作者和聽眾的社會心理；分析《紅樓夢》子弟書與原著的差距；認為《紅樓夢》的出現使得子弟書作品在文辭的雅俗、作品的風格等方面皆有了突破性發展。

曲金良〈略談紅樓夢子弟書《露淚緣》〉〔註86〕一文，從情節選擇、改編理念、目的、價值等方面分析了《露淚緣》，肯定了《紅樓夢》說唱作品本身的價值及對於《紅樓夢》傳播做出的貢獻。

高國藩〈子弟書與紅樓夢〉〔註87〕，作者認為《紅樓夢》子弟書不是原

〔註82〕吳興華：〈聽梅花調「寶玉探病」〉，《文藝時代》，1946年第1卷第2期。

〔註83〕陳毓羆：〈紅樓夢說書考〉，收錄於《紅樓夢研究集刊》（第八輯）（上海：上海古籍出版社，1982年）。

〔註84〕胡文彬：〈紅樓夢子弟書初探〉，《社會科學輯刊》，1985年第2期。

〔註85〕李愛冬：〈從紅樓夢子弟書看紅樓夢對中國說唱文學的影響〉，《紅樓夢學刊》，1988年第4輯。

〔註86〕曲金良：〈略談紅樓夢子弟書「露淚緣」〉，《紅樓夢學刊》，1989年第3輯。

〔註87〕高國藩：〈子弟書與紅樓夢〉，《中國學論叢》第10輯（別刷本），1997年12月。

書的複印和翻版，而是依據子弟書作者想要提煉的原書主題來重新創作。

孫富元、王先峰〈略述韓小窗的紅樓夢子弟書創作〉〔註88〕，該論文肯定了韓小窗創作的紅樓夢子弟書作品在所有紅樓夢子弟書中的重要地位，認為雖然子弟書這種演唱方式已不存在，但韓小窗的創作仍在京韻大鼓、東北大鼓、二人轉等民間說唱藝術中被廣泛地利用。強調韓小窗紅樓夢子弟書作品的獨立價值。

李愛冬〈略說《紅樓夢》子弟書〉〔註89〕，提到《紅樓夢》被子弟書這種藝術形式改編的合理性；分析了子弟書作品與原著相比的差距；並論述了《紅樓夢》使子弟書從內容、寫法、語言上都有了較大的突破與發展，樹立了新的藝術風格。

陳祖蔭〈淺議韓小窗子弟書的藝術特色〉〔註90〕一文中探討了《紅樓夢》子弟書的藝術成就。

劉操南《紅樓夢彈詞開篇》〔註91〕在前言中，從寶玉、黛玉、寶釵等人物形象入手介紹了相關的彈詞開篇作品及表達了其反映出的觀眾的愛憎、是非。

崔蘊華〈紅樓夢子弟書：經典的詩化重構〉〔註92〕認為，《紅樓夢》子弟書作品對於原著人物形象性格的提煉與再現，賦予了原著人物新意及動感。且子弟書中的《紅樓夢》作品是對中國敘事詩文體的創造性改革。句式上打破了傳統的齊整格式，是民間敘事詩與文人敘事詩的完美結合。

姚穎《論子弟書對小說紅樓夢的通俗化改編》〔註93〕，該碩士論文認為已消失於舞臺的子弟書文本同樣具有很大價值。因此作者依據已經出版的二十八篇《紅樓夢》子弟書作品，與原著進行對比，對其改編進行分析研究，認為子弟書《紅樓夢》作品是對原著通俗化、創造性的改編。

〔註88〕孫富元、王先峰：〈略述韓小窗的紅樓夢子弟書創作〉，《渭南師專學報（社會科學版）》第 4 期（總第 48 期），1999 年。

〔註89〕李愛冬：〈略說《紅樓夢》子弟書〉，《八角鼓訊》第 7 期，1999 年 6 月。

〔註90〕陳祖蔭：〈淺議韓小窗子弟書的藝術特色〉，《中央民族大學學報》，2001 年第 6 期。

〔註91〕劉操南：《紅樓夢彈詞開篇》（北京：學苑出版社，2003 年）。

〔註92〕崔蘊華：〈紅樓夢子弟書：經典的詩化重構〉，《北京師範大學學報（社會科學版）》第 3 期（總第 177 期），2003 年。

〔註93〕姚穎：《論子弟書對小說紅樓夢的通俗化改編》，北京師範大學中國古典文獻學碩士論文，2003 年。

　　林均珈《紅樓夢子弟書研究》〔註94〕，該碩論從《紅樓夢》子弟書的寫作背景、思想內容、與原著的比較、藝術成就、文學價值較為系統的分析了《紅樓夢》子弟書作品。與之前相關的研究不同之處在於，除了以上，作者還添加了一章《紅樓夢》子弟書作品與戲曲《紅樓夢》的比較，是較為新穎的角度。

　　崔蘊華《書齋與書坊之間──清代子弟書研究》〔註95〕一書，在第二章「子弟書文本研究」中專列「《紅樓夢》子弟書」一節，指出「紅樓夢子弟書在現存子弟書中佔有重要的分量」，是「古典文學名著被子弟書改編的最多的」。羅列了北京大學所藏車王府子弟書的書目，發現紅樓夢子弟書故事分為三類：寶黛愛情故事、晴雯故事、劉姥姥故事。文章從詩化結構等方面論析了《紅樓夢》子弟書的藝術成就。

　　姚穎〈子弟書對紅樓夢人物性格的世俗化改編〉〔註96〕分析了寶玉、黛玉、晴雯、劉姥姥四個角色在子弟書中人物形象的世俗化轉變。

　　劉嘉偉〈「清空」幻渺與「質實」詳贍──《紅樓夢》及其子弟書藝術特色之比較〉〔註97〕一文，從肖像描寫、細節描寫、環境描寫、心理描寫四個方面分析了子弟書作者如何將留下了巨大的藝術空白的詩化小說《紅樓夢》「填滿」。

　　劉嘉偉〈「子弟書」對紅樓夢命意的接受〉〔註98〕從命意的接受角度，分析了子弟書《紅樓夢》作品。

　　劉嘉偉〈子弟書對《紅樓夢》情節結構的接受〉〔註99〕分析了子弟書作為零金碎玉式的說唱文學運用了改編某一章節、提煉某一主線、在原著基礎上自我發揮三個方法來完成子弟書《紅樓夢》作品。並分析了子弟書作者學

〔註94〕林均珈：《紅樓夢子弟書研究》，國立政治大學中國文學研究所國文教學碩士論文，2004 年。

〔註95〕崔蘊華：《書齋與書坊之間──清代子弟書研究》（北京：北京大學出版社，2005 年）。

〔註96〕姚穎：〈子弟書對紅樓夢人物性格的世俗化改編〉，《民族文學研究》，2006 年第 2 期。

〔註97〕劉嘉偉：〈「清空」幻渺與「質實」詳贍──《紅樓夢》及其子弟書藝術特色之比較〉，《紅樓夢學刊》，2007 年第 1 輯。

〔註98〕劉嘉偉：〈「子弟書」對紅樓夢命意的接受〉，《四川戲劇》，2007 年第 5 期。

〔註99〕劉嘉偉：〈子弟書對《紅樓夢》情節結構的接受〉，《天中學刊》第 22 卷第 4 期，2007 年 8 月。

習原著巧妙的運用了前後照應及單一視點的寫作手段。

　　盛志梅《清代彈詞研究》〔註100〕中「清代彈詞的低谷期（咸豐、同治年間）」一章，論及馬如飛彈詞開篇的創作時，列舉了五首「黛玉」彈詞開篇，並以此為例，分析了馬如飛摹寫景物與人物的功力。雖非彈詞《紅樓夢》作品的專門研究，但已是少數非子弟書的說唱《紅樓夢》作品的相關研究。

　　劉嘉偉〈「借筆生端寫妙人」──論子弟書對《紅樓夢》人物形象的接受〉〔註101〕，運用西方理論分析子弟書對《紅樓夢》人物的改編和塑造。

　　王曉寧〈紅樓夢子弟書研究述論〉〔註102〕統計了《紅樓夢》子弟書的數量，歸納了子弟書《紅樓夢》作品及目前以來《紅樓夢》子弟書研究的特點。另外，以此為切入提出了關於子弟書這一說唱藝術本身形式、作者、發展歷程、評估等方面的思考角度。

　　王曉寧《紅樓夢子弟書研究》〔註103〕，作者回顧了子弟書本身的發展和消亡，討論了這一藝術形式的價值。並分析了《紅樓夢》子弟書的改編藝術和民俗趣味，主要分析了《露淚緣》、《千金全德》兩部作品。

　　張文恆〈試論子弟書對《紅樓夢》的接受與重構〉〔註104〕一文，分析了子弟書《紅樓夢》作品從主題、人物形象、情節三個方面對原著的接受與重構，總結其呈現出世俗化和詩化的特點。

　　周麗琴《紅樓夢子弟書研究》〔註105〕介紹了《紅樓夢》子弟書作品概況與著錄及其在北方曲藝中的地位，從人物論、藝術論及其貢獻與傳承三個方面分析了《紅樓夢》子弟書作品。

　　劉嘉偉、叢國巍〈子弟書對《紅樓夢》語言藝術的繼承與創新〉〔註106〕從語言藝術的角度回看了《紅樓夢》子弟書及原著，雖然簡短，但對於子弟

〔註100〕盛志梅：《清代彈詞研究》（山東：齊魯書社，2008年），第135頁。

〔註101〕劉嘉偉：〈「借筆生端寫妙人」──論子弟書對《紅樓夢》人物形象的接受〉，《明清小說研究》，2009年第1期（總第91期）。

〔註102〕王曉寧：〈紅樓夢子弟書研究述論〉，《紅樓夢學刊》，2009年第1輯。

〔註103〕王曉寧：《紅樓夢子弟書研究》，中國藝術研究院藝術學博士論文，2009年。

〔註104〕張文恆：〈試論子弟書對《紅樓夢》的接受與重構〉，《紅樓夢學刊》，2009年第6輯。

〔註105〕周麗琴：《紅樓夢子弟書研究》，揚州大學中國古代文學碩士論文，2009年6月。

〔註106〕劉嘉偉、叢國巍〈子弟書對《紅樓夢》語言藝術的繼承與創新〉，《南京師範大學文學院學報》第2期，2010年6月。

書《紅樓夢》作品的研究提出了新的角度。

王友蘭《「紅樓夢說唱」研究》〔註107〕，對於現存「紅樓夢說唱」文本、表演與影音資料進行了力所能及的彙整。並以此為基礎觀察《紅樓夢》說唱的分佈、題材、發展趨勢，分析《紅樓夢》說唱作品的文學特質與音樂、表演等。

張文恆〈論子弟書《黛玉悲秋》的價值以及在《紅樓夢》早期傳播中的意義〉〔註108〕簡要探討了子弟書作品《黛玉悲秋》，並認為其是《紅樓夢》說唱最早期的作品，對原著的傳播起到了積極作用。

張雲〈彈詞開篇和子弟書對《紅樓夢》續書的認同〉〔註109〕一文，通過對彈詞開篇《黛玉返魂》和子弟書《寶釵產玉》的分析，探究說唱作品作者及觀眾的信仰及對程本續書的認可度。

林均珈《「紅樓夢」本事衍生之清代戲曲、俗曲研究》〔註110〕，該博論從分類、結構、藝術特徵介紹了清代涉及《紅樓夢》說唱藝術的曲種，分析了《紅樓夢》俗曲的價值，其中探討了關於《紅樓夢》戲曲、說唱再創造的思考。

趙慧芳〈《紅樓夢》彈詞開篇新探〉〔註111〕簡要介紹了百年來彈詞開篇改編《紅樓夢》的作品概況、收錄情況，部分有簡短分析，肯定了彈詞開篇對於《紅樓夢》傳播的積極作用。

劉衍青《「紅樓夢」戲曲、曲藝、話劇研究》〔註112〕從文人、藝人對「《紅樓夢》曲藝」的改編及推廣、「《紅樓夢》曲藝」傳播等方面論述了「《紅樓夢》曲藝」的客觀狀況，並從敘事特徵、人物兩個方面，分析了「《紅樓夢》曲藝」改編原著特點，最後探討了作品《露淚緣》的藝術成就。

曹琳婉〈淺談子弟書《露淚緣》的創新之處〉〔註113〕一文從語言特色、藝術技巧、創新三個方面簡要分析了子弟書改編《紅樓夢》之作品《露淚緣》。

〔註107〕王友蘭：《「紅樓夢說唱」研究》，臺北市立教育大學中國語文學系博士論文，2011年。

〔註108〕張文恆：〈論子弟書《黛玉悲秋》的價值以及在《紅樓夢》早期傳播中的意義〉，《中國文學研究》，2013年第4期。

〔註109〕張雲：〈彈詞開篇和子弟書對《紅樓夢》續書的認同〉，《紅樓夢學刊》，2013年第3輯。

〔註110〕林均珈：《「紅樓夢」本事衍生之清代戲曲、俗曲研究》。

〔註111〕趙慧芳：〈《紅樓夢》彈詞開篇新探〉，《紅樓夢學刊》，2015年第4輯。

〔註112〕劉衍青：《「紅樓夢」戲曲、曲藝、話劇研究》。

〔註113〕曹琳婉：〈淺談子弟書《露淚緣》的創新之處〉，《戲劇之家》，2017年02期。

陳祖蔭〈子弟書中的寶黛故事〉〔註114〕該論文主要研究了子弟書的相關音樂、流傳，探討其是否有統一的樂調或曲譜；列舉了子弟書中描寫「寶黛愛情」的作品 12 篇並做了簡要分析。

陳祖蔭、鄭更新〈子弟書中的晴雯故事〉〔註115〕一文，分析了晴雯故事在子弟書中出現的次數如此之多的原因：子弟書這種藝術形式的本質為敘事詩，既要求選擇內容的故事性也需要其本身之詩意。

（四）前人研究成果省思

綜合以上前人研究的成果，不難發現：

首先，《紅樓夢》說唱作品的研究逐漸得到關注，但受限於各方原因，與「紅樓戲」或者《紅樓夢》其他重構類型如戲曲、電視劇、電影等相比，仍未受到足夠重視。

其次，由於作品眾多，關於《紅樓夢》說唱作品的研究大多集中在子弟書這一曲種上。這其中，許多研究所聚焦的是子弟書這一藝術形式本身，對於《紅樓夢》子弟書作品的關注皆源於《紅樓夢》子弟書作品對這一曲種發展具有重要意義，而非聚焦於《紅樓夢》重構問題。

第三，關於《紅樓夢》說唱的研究，大多停留於總結某一說唱形式（子弟書及彈詞開篇）的現象，對於出現現象的原因以及是否適用於出現在所有《紅樓夢》說唱重構作品中，並未有合理深入的分析。

第四，《紅樓夢》說唱未如原著般成功的客觀事實以及文體不同帶來的限制部分文章或論著有所提及，然皆為結論性陳述，未有進一步探析。

第五，部分觀點存在爭議，判斷存在片面性。〔註116〕

綜上，本文在吸收、借鑒前人研究成果的基礎上，希望有所省思和突破，站在「重構《紅樓夢》」的角度重新思考，希冀對未來更加優秀、經典的《紅

〔註114〕陳祖蔭：〈子弟書中的寶黛故事〉，中央民族大學資訊與計算科學系，北京100081（未註明刊物及年月）。

〔註115〕陳祖蔭、鄭更新：〈子弟書中的晴雯故事〉，中央民族大學資訊與計算科學系，北京100081（未註明刊物及年月）。

〔註116〕前者如「《紅樓夢》說唱出現的最早時間」、「《紅樓夢》子弟書作品的作者」、「子弟書是否是一種擁有統一的曲調或樂譜抑或只是統稱」等問題，後者如張雲〈彈詞開篇和子弟書對《紅樓夢》續書的認同〉，該文將彈詞開篇對於原著改編的選擇，解釋為大眾對程本續書的認可，卻並未考慮《紅樓夢》曹雪芹原著改編的難度、限制，以及說唱作品改編的需求等其他因素，觀點片面。

樓夢》說唱作品的出現作出些微探索。

三、「《紅樓夢》戲曲」、「《紅樓夢》說唱」研究史述評

　　除了對於「《紅樓夢》戲曲」、「《紅樓夢》說唱」的研究之外，也有學者開始關注二者的學術研究史，當然，與研究狀況相同，對於研究史的述評，也主要出現在「《紅樓夢》戲曲」的研究部分，關於「《紅樓夢》說唱」的並不多。

　　「《紅樓夢》戲曲」的文獻回顧於相關的碩、博論中大多都有所著墨，其中對於學術史有簡要述評的，包括趙青《清代「紅樓夢」戲曲》、許萍萍《紅樓戲的改編藝術》、李文瑤《「紅樓夢」戲曲研究》、李念潔《清代紅樓戲研究》等，其中較為全面的應為上海大學劉衍青的博論《「紅樓夢」戲曲、曲藝、話劇研究》。

　　此外，還有論述某一劇種「紅樓戲」學術研究史或整個「紅樓戲」學術研究史的單篇論文，包括：

　　佟靜〈《紅樓夢》越劇改編研究述評〉〔註117〕，梳理了20世紀50年代至今《紅樓夢》越劇改編的研究歷程，總結成果與問題，提出學界可進一步探討研究的角度。

　　胡淳豔〈八十年來「紅樓戲」研究述評〉〔註118〕，文章將對《紅樓夢》與戲曲的關係研究與《紅樓夢》改編戲曲的研究統算其內，對相關研究作出系統的綜述。

　　鄒青〈20世紀70年代以來「《紅樓夢》與戲曲」研究的回顧與思考〉〔註119〕一文，作者認為關於對「《紅樓夢》與戲曲的關係」研究正式開始於20世紀70年代。文章將過往研究分為「《紅樓夢》的戲曲改編」、「《紅樓夢》展現的戲劇活動」、「以戲曲為視角討論《紅樓夢》」、「《紅樓夢》涉及的戲曲劇碼」四類進行回顧與評析，勾勒30年來《紅樓夢》與戲曲研究的發展態勢。

　　張芳〈20世紀至今紅樓戲研究述評〉〔註120〕一文，從20世紀以來「《紅

〔註117〕佟靜：〈《紅樓夢》越劇改編研究述評〉，《紅樓夢學刊》，2014年第1輯。

〔註118〕胡淳豔：〈八十年來「紅樓戲」研究述評〉，《紅樓夢學刊》，2006年第4輯。

〔註119〕鄒青：〈20世紀70年代以來「《紅樓夢》與戲曲」研究的回顧與思考〉，《文化藝術研究》，2012年01期。

〔註120〕張芳：〈20世紀至今紅樓戲研究述評〉，《吉林藝術學院學報・學術經緯》，

樓夢》與戲曲的關係研究」、「《紅樓夢》改編戲曲研究」兩個方面的研究對胡淳豔一文的疏漏進行補充、分析，尤其是 20 世紀 40 年代以後報紙與期刊中的大量資料以及台灣地區的資料。

　　「《紅樓夢》說唱」的文獻回顧，相對來說，梳理者較少且多不完整。臺灣方面，林均珈博論《「紅樓夢」本事衍生之清代戲曲、俗曲研究》中述評了關於「《紅樓夢》說唱」研究的八篇作品，大陸方面劉衍青博論《「紅樓夢」戲曲、曲藝、話劇研究》中按照時間兼顧著錄「《紅樓夢》說唱」作品的文獻資料與「《紅樓夢》說唱」研究兩個方面，回顧了相關學術論著，但並未針對每篇有詳細述評與分析，且回顧也並非完全，但已是目前最具有參考價值的「《紅樓夢》說唱」研究之總結。

　　此外，陳怡君為論述 1975 至 2005 年的紅學研究成果所撰一文〈石頭渡海——近三十年臺灣地區研究《紅樓夢》之碩博論文述要〉〔註 121〕中，有「《紅樓夢》及其再生文學」部分，提及了臺灣研究相關曲藝及戲曲之作品。

第四節　研究背景——說唱、戲曲的文體決定的重構限制

　　關於戲曲、說唱對於《紅樓夢》的重構問題，研究的基礎即意識到小說與說唱、戲曲存在的文體差異。只有清楚的意識到文體有所區別的研究背景，才能合理的看待由此帶來的改編困難以及不同文體下《紅樓夢》作品受到的限制、由這些限制帶來的必然特點，探討如何突破及平衡。

一、說唱文體對重構帶來的困難

（一）韻轍、平仄、修辭

　　說唱的曲本體裁有兼用韻文和散文、全部散文、全部韻文三種，亦即既說且唱（或似說似唱）、只說不唱、只唱不說，因為韻文用以歌唱，散文用為說白。〔註 122〕

　　《紅樓夢》作為長篇散文小說，語句優美，抒情性高，且有大量作者以

<hr>

2012 年第 6 期（總第 111 期）。

〔註 121〕陳怡君：〈石頭渡海——近三十年臺灣地區研究《紅樓夢》之碩博論文述要〉，《紅樓夢學刊》，2007 年 01 月。

〔註 122〕曾永義先生：《俗文學概論》，頁 662～663。

「全知視角」和「角色視角」創作的詩、詞、曲,適合改編為韻文。因此目前可見的《紅樓夢》說唱作品中,包含韻文數量極大。不同說唱類型唱詞的轍韻與平仄規律各有不同,但至少首句定韻、尾句押韻基本為必然規律。

雖然說唱作為民間口頭文學,總體來說,韻文的格律化並不嚴謹,韻文合轍押韻、平仄的要求遠不似古體詩詞創作般拘泥和限制,用韻較寬,「定中有變」。但對比除詩、詞、曲外,全書大部分內容並不受格律限制的散文小說《紅樓夢》,創作考驗仍然存在。

說唱作為口頭表演藝術,尤其是其韻文部分,追求節奏分明,朗朗上口,形成對聽眾的吸引力及感染力。除了押韻之外,還需要作者運用例如排比、對比、疊字、頂針等修辭手法加深觀眾對內容的印象,帶動作品節奏。這同樣是小說寫作時相對自由、不需斟酌之處。

因此,說唱作品的唱詞與小說的內容不同,對文字的要求不止於表達其意涵、體現其文學性價值,創作時還需要兼顧合轍押韻、平仄及作品節奏。

(二)雅俗共賞

宮廷說書、僧人講唱在說唱藝術的發展過程中都曾出現過,但自其唐代成型以來,說唱對象大多數還是民間百姓。這意味著說唱文學在創作《紅樓夢》作品時,要注意對於原文用詞的改編,使其通俗化、生活化,甚至還要考慮到地方口語。

但同時,《紅樓夢》之所以成為小說之經典,原因正是包括其對人、事、情、景的細膩描寫、符合不同角色各自特點的言行才華以及文學成就極高的詩、詞、曲詞等,若說唱作品作者改編時一味追求「通俗」,以至於完全不能體現原著優點,塑造的人物形象與原著天壤之別,那麼也失去了改編《紅樓夢》的意義,對於部分閱讀過原著的觀眾也會產生不悅的衝擊感。

因此,如何符合說唱藝術通俗易懂的特質、體現說唱文學的俗趣,又同時不失《紅樓夢》的「雅緻」,做到「俗中有雅、雅中有俗」、「雅俗共賞」是說唱藝人需要在實踐中不斷通過與觀眾的互動和觀察,磨合修改的。

(三)當下藝術

小說作為文本文學,作品的長短、結構、情節安排,都掌握在作者一人手中,作者擁有足夠的施展空間,根據構思鋪排著墨。且無論是作者試圖傳遞給讀者的思想感情,還是讀者對作品的理解,都是並無互動的單向詮釋。但說唱,作為一種當下性的表演藝術,則與小說有很大不同。說唱作品的表

演受到時空的雙重限制，表演者的呈現和觀眾對作品的反饋在一瞬間同時發生，優秀的表演者需要依據此對作品進行不斷調整，甚至是臨場性改變，因此，底本相同的說唱作品常常出現各種有些微不同的版本。

當下藝術的本質為說唱對於《紅樓夢》的重構帶來了兩個難題。

首先，有限的表演時間、藝人的表達和觀眾的接受都在短時間內完成，決定了說唱作品在重構小說時，必須對內容進行合適的選擇和再創作，或對相關劇情拼接、或圍繞某一主題提煉、或增衍鋪陳、或濃縮概括。敘事性的作品改編後需要能夠幫助聽者快速進入故事、集中劇情，抒情性作品改編後需要能夠帶動聽者情緒、引起共鳴。而面對《紅樓夢》這樣一部人物眾多、情節枝葉龐大的作品，做到合適的選擇、再創作，成為受到肯定的優秀作品，並非易事。

其次，作為因時因地因人觀賞的當下藝術，符合觀眾的審美趣味才能取得成功。而要成為真正如原著般經典的作品，拋開表演者依據不同的演出實際作出的改動以外，至少其底本要經受住不同階層、不同地域，甚至跨越時代，身處於完全不同社會背景下的觀眾的考驗。這就要求作者創作時能夠抓住深植於中華民族傳統文化中最普遍的審美心理及其定勢，創造藝術中不會褪色的「永恆」。

（四）說唱音樂與語言

音樂，是作為平面文學的小說完全不涉及的領域，卻是所有帶有歌唱性的說唱藝術中重要的一環。

說唱的創作及實際演出時需要考慮與編腔、演唱的配合。說唱講究「聲要合律」，即曲本文學的語言需要富有音樂性、遵循一定的音樂化規範。大多數情況下，說唱音樂結構與語言結構是保持一致的。

說唱的音樂結構，大致可總結為「板腔體」、「曲牌體」與「混合體」〔註123〕。

曲牌是指中國古代可以被反復使用又非板腔體結構的音樂曲調統稱，每一個曲牌皆有固定的曲式、調式及調性，有適宜表現的不同情緒。曲牌作為基本音樂材料，可以根據新詞改變舊曲從而被反復用於填詞創作和歌唱，故並不固定代表某種特定音樂形象或內容，而是綜合基本唱腔的構成形式及

〔註123〕詳參姜昆、戴宏森主編：《中國曲藝概論》，頁270～294；吳文科：《中國曲藝藝術論》（太原：山西教育出版社，2000年），頁293～307。

唱詞構成形式兩種內涵。曲牌體相應的唱詞結構被稱作「詞曲系」（或稱「樂曲系」），為長短句，句式依所運用的曲牌。其音樂設計包括單曲、單曲疊用、多曲連綴等，創作時需要依情選曲、按曲填詞，稱為「曲牌體」。單弦牌子曲、河南大調曲子、揚州清曲、山東八角鼓等都是典型的「曲牌體」說唱種類。

而板腔體則指主要通過板眼即節拍變化而形成的音樂形式，大體上呈上下句式的基本曲調，經過不同的反覆或者變化來組成唱腔，兩個腔句句幅節奏，基本呈對稱唱段。故而板腔體的唱詞相應地也呈整齊對稱的特點，除了增字、剪字、虛字之外，體製以七言或十言的齊言句式為主，唱詞結構被稱作「詩讚系」。「板腔體」說唱的重要種類包括大鼓、彈詞、河南墜子等。

說唱音樂在不斷的發展中，也出現過「板腔體」、「曲牌體」混合使用的「混合體」。這種形態特殊的音樂體式，組曲形勢複雜，結構原則不夠確定，但從創作本質上來說與「板腔體」、「曲牌體」並無區別。「混合體」說唱包括四川揚琴、四川竹琴、常德絲弦等。

然而無論是「板腔體」、「曲牌體」或「混合體」，如何在創作時合理的選擇、運用、變化，如何使音樂結構能夠貼合語言之情，符合故事情節與角色塑造，如何使說唱文學語言不僅雅俗共賞，更音節響亮、聲韻鏗鏘，富有音樂性，以帶動觀眾的情緒，皆為說唱作者需要面對的難題。

說唱表演者的演唱講究「字正腔圓」，因此，說唱作品的唱詞字音需要與唱曲的腔調相融合、符合度曲規律，做到諧聲合律。而說唱種類眾多，活躍於不同地區，「不同方言區的四聲分辨法雖然相類，但調值不同。」〔註124〕因此不同說唱，作品字音與曲腔融合時還關係到所受不同方言之聲調影響。同時，不同地區因不同語音所形成的唱腔音樂也各有特質，存在著風格帶來的差別。故而，根據說唱音樂，配合說唱語言設計唱腔旋律時，還涉及到不同地區的音樂特質，以保證聲、律、詞意統一。

因此，要使說唱作品所表達之情能夠淋漓盡致地得到詮釋，在創作時，音樂結構的選擇與運用，尤其是曲牌單曲、多曲連綴的處理以及作者所撰文字本身的聲、韻、調及其與地方獨特音樂風格的適配程度，都是需要考量、斟酌的。

〔註124〕 李殿魁：〈從詞曲的格律探討詩詞的吟唱〉，收錄於楊蔭瀏、李殿魁等著：《語言與音樂》（臺北：丹青圖書有限公司，1986年3月），頁197。

二、戲曲文體對重構帶來的困難

「戲曲」，是指搬演曲折引人入勝的故事，以詩歌為本質，密切融合音樂和舞蹈，加上雜技，而以說唱文學的敘述方式，通過演員妝扮，運用代言體，在狹隘的劇場上所表現出來供觀眾欣賞的綜合文學和藝術。〔註125〕

其綜合性要求比說唱更高，文體特點更加複雜，創作難度也更大。

（一）敘事體向代言體的轉換

代言體，不同於單一的敘述或抒情的文本方式，而是由演員裝扮成角色模樣，進入作品，代言角色口吻，通過角色自己的語言、形體來塑造作品人物、演繹故事。

中國戲曲在長期的探索後，成為代言體與敘事體相互融合、轉化的藝術結晶。雖然戲曲中代言體不能夠完全替代敘事體敘事，但不可否認的是，「戲曲是以代言體敘述為特徵的，中國古典戲曲的形成，也是以代言體結構的定型為標誌的。」〔註126〕這是戲曲與小說文體上的不同之一。

小說與戲曲都是對人生本質的反映方式，小說以敘事為體，而戲曲則以代言為體。敘事者，側重在時間流和空間流中的人生經驗的展示，借這一流動的過程來展示經驗的本質；代言者，是角色直接充當其中的人物，代劇中人立言。重在表現戲劇衝突來傳達人生的本質。〔註127〕所以，「戲劇關注的是人生矛盾，通過場面衝突和角色訴懷——即英文所謂的舞臺『表現』（presentation）或『體現』（representation）——來傳達人生的本質。惟有敘事文展示的是一個延綿不斷的經驗流中的人生本質」。〔註128〕

故小說《紅樓夢》與讀者的溝通僅僅依靠書面的傳遞，而「紅樓戲」作品與觀眾的溝通著重的是表演的呈現，或者說「紅樓戲」作品與觀眾的溝通依靠的是《紅樓夢》故事敘事與演員表演相結合的呈現。

這意味著「紅樓戲」基於其文體性質，不僅要對《紅樓夢》故事敘事作出適合舞臺性的改編，對演員的「代言」作適合角色的設計更要兼顧整個演出中，與表演效果緊密相關的所有舞臺藝術元素。

〔註125〕曾永義先生：《戲曲本質與腔調新探》。
〔註126〕曹勝高：〈論前戲曲時期的代言體結構〉，《戲曲藝術》，2005 年 03 期。
〔註127〕金凡平：〈紅樓夢小說和戲曲文本的敘事方式比較〉。
〔註128〕浦安迪：《中國敘事學》（北京：北京大學出版社，1996 年 3 月），頁 7。

（二）當下藝術

戲曲，與說唱相同，是一種當下性的表演藝術，與小說有很大不同。小說中可以從容展示的故事、情感、人物，到了戲曲舞臺，卻必須做出調整與改編。

首先，受制于時空、與觀眾的互動形式，戲曲不能像小說一樣無需顧及筆墨長短的鋪排，也不能像小說一樣採用對偶平行的複線結構或多線交織的網狀結構，而是必須要抓住明確的戲劇衝突，以衝突的發生、高潮、結束，起承轉合、一氣呵成，在一定的時間和有限的空間內完成表演的同時，抓住觀眾的注意力，引導觀眾走入劇情。這決定了「紅樓戲」的劇本必須對角色眾多、情節枝葉龐大的《紅樓夢》進行相對單層面的刪減、提煉，也決定了「紅樓戲」不同於小說風格的衝突性特點。畢竟「小說家有的是時間和空間，而戲劇詩人卻缺乏這兩樣東西」〔註129〕。

其次，戲曲呈現人物的方法不同於小說的以無限筆墨來描寫形象與相關事件，也不同於說唱藝術的口頭表達，而是通過演員對於有限劇情唱、念、做、打的直觀表演。對於小說的人物，讀者可以依據自己的喜好進行想像勾勒，不存在真實性差異的挑戰，但戲曲表演時，「走出小說」的人物有了立體性的呈現，必然帶來觀眾接受或抗拒的感受，這不僅考驗著作者對於戲曲從情節、曲詞到舞臺藝術元素每一個環節的設計，也考驗著演員的技藝與能力，更決定了戲曲塑造人物立體性層面相較於小說的局限與困難。

第三，《紅樓夢》小說有很多成功的細節描寫戲曲中也只能通過外化手段還原或代替。比如小說中會以許多心理活動來對人物外貌、性格進行烘托補充，又或者通過營造意境，來暗示人物的內在情緒。這些處理，都是戲曲中無法實現的。只能改以動作、表情或是設計唱腔等表達手段來試圖達到相同或類似的效果。

最後，戲曲雖同樣為當下藝術，但相較於說唱，有更大的發揮空間向觀眾傳遞作者的思想、理念。這意味著「紅樓戲」表演既要繼承戲曲傳統以來「寓教於樂」的功能，為此進行適當的改編，還要經受作品與觀眾對於原著理解差異的考驗。而且不同時代、不同的社會背景、不同的「紅樓戲」作者，往往對《紅樓夢》有不同的理解和詮釋方向，怎樣的立意才能像原著般不受歷史的改變和制約，重構出經典的「紅樓戲」作品，同樣是需要思考的難題。

〔註129〕狄德羅：《狄德羅美學論文選》（北京：中華書局，1984年），頁330。

綜上，戲曲故事的發展、塑造人物的手段、細節描寫的表現、創作理念的選擇都因其與小說體製特點的不同，需要重新構建與創作。

（三）腳色制

「腳色制」是傳統戲曲文體鮮明的特徵之一，小說《紅樓夢》改編為戲曲，「腳色制」是歷來公認的難題。

腳色，或作行當，是中國戲曲特有的表演體製。即按照劇中人物不同的年齡、性別、身份、性格等，將其劃分為不同的人物類型。同時，不同的腳色在聲樂技巧、身段工架乃至化妝服飾等各種造型手段上，都有一套不同的程式和規制，具有鮮明的造型表現力和獨特的形式美。這種表演體制是戲曲的程式性在人物形象創造上的集中反映。戲曲表演在創造人物形象時，既要求性格刻畫的真實、鮮明，又要求從程式上提煉和規範，因而唱念做打各類程式無不帶有性格的色彩；經過長期的藝術磨煉，性格相近的藝術形象及其表演程式、表現手法和技巧逐漸積累、彙集而形成腳色。〔註130〕

腳色在戲曲發展史中也經歷了錯綜複雜的分化和融合。宋雜劇、金院本中，以副淨、副末為主腳，旦腳也已存在。宋南戲也稱「七子戲」，有生、旦、淨、末、丑、外、貼七色。而元雜劇中，正旦或正末成為一場戲中唯一可以主唱的主腳，淨腳為配腳。至此，南戲和北雜劇皆創立了相對規範的腳色體制，成為後世戲曲腳色體制的濫觴。

隨著崑山腔的崛起和興盛以及弋陽諸腔的繁衍，出現了生、旦、淨、丑全面分化的盛況，形成了按人物性格類型分行的，比較科學、嚴密的體制。據李斗《揚州畫舫錄》：

> 梨園以副末開場，為領班：副末以下老生、正生、老外、大面、二面、三面七人，謂之男腳色：老旦、正旦、小旦、貼旦四人，謂之女腳色；打諢一人，謂之雜。〔註131〕

可知，清乾隆年間除雜扮一類外，已有老生、正生（或小生）、老外、末、正旦、小旦（閨門旦）、貼旦、老旦、大面（淨）、二面（副淨或付淨）、三面（丑）十一行，又稱江湖十二腳色。

〔註130〕參考郭英德：〈戲曲角色論〉，《中國戲曲的藝術精神》（臺北：國家出版社，2006 年 12 月）。

〔註131〕清‧李斗：《揚州畫舫錄》，收錄於俞為民、孫蓉蓉編：《歷代曲話彙編：新編中國古演戲曲論著集成‧清代編第三集》，頁 669。

　　清中葉以後，花部勃興，隨著表演藝術的提高，各個劇種的腳色都有長足的發展。各行腳色在藝術上都有獨特的創造，性格刻畫日趨精確，表演程式日趨嚴謹。不少劇種的末已歸入生行，因此習慣上已把生、旦、淨、丑作為腳色的基本類型，每個腳色各有若干分支。由於各個劇種的發展歷史不同，反映生活領域的廣狹和角度不同以及演員的不同創造等種種原因，在分支的層次和名目上又有繁簡、粗細之別，很多劇種也發揮了獨特的創造，形成該劇種特有的腳色分支，但歸納起來，大體不出生、旦、淨、丑的範圍。

　　腳色的內容主要包括四個方面：人物的性別、年齡、身份、地位等客觀屬性；人物的性格、氣質等主觀屬性；創作者對於人物的美學定位；以及重唱、重念、重做、重打或數功兼備而有所著重的表演技術專長。

　　戲曲表演的實踐表明，「腳色制」對於戲曲的演出與觀眾的接受有著非常積極的作用。從演員表演來說：在戲曲表演中，沒有抽象的程式，只有帶一定腳色特色的程式。唱、念、做、打，生旦淨丑演來各有異趣，造型準確，風格鮮明。因此，腳色可以作為戲曲演員進行形象創造的造型基礎。從觀眾的接受來說：分行的方法有助於開門見山、單刀直入地表現特定人物的性格特徵，是幫助觀眾認識人物性格本質的一種比較直觀的形式。人物只要一出場，幾乎不用太多的介紹，觀眾就能從外部造型上對他們的身份、地位、性格、氣質乃至品行的善惡、美醜等各方面有一個鮮明的印象，有著強烈的劇場效果。

　　綜上，中國古典戲曲的傳統中，腳色制直接決定了中國戲劇排場結構的基本模式，決定了舞臺表演的規範性，是演員特色的程式、扮飾和道具的使用的根本依據，成功的腳色也利於觀眾的觀看與理解，是戲劇的看點所在。

　　然而《紅樓夢》的特點及成功之處之一，本就在於通過作者不同角度絲絲入扣的差別描寫，塑造了獨一無二、鮮活立體的眾多女子。雖然通過小說的成功描寫能夠被區別，然當放進「腳色制」的劃分框架時，卻變成了設定雷同的角色。況且，《紅樓夢》中的女性人物實在過多，腳色的類別、實際舞臺搬演之演員皆有限，這就要求改編者必須根據劇本合理的刪減人物，且出場的人物腳色數量還要有所匀稱、達到合理的平衡，著實是改編者的大難題。況且，如若勉強的將《紅樓夢》中的人物用並不合適的腳色來演，雖然能解決演出的困境，卻很難得到觀眾的接受和肯定，同時，這樣的處理如果過多，也就無形中改變了許多《紅樓夢》中人物的大體定位，從某種層面上來說，

重構《紅樓夢》的意義就被削弱了。因此，許多「紅樓戲」的腳色安排都成為爭議和被批評的理由。

（四）舞臺美術——佈景、道具

戲曲作為舞臺藝術，在創作時，除了敘述體制、文本編排受到限制，與小說無法直接互通外，還需要掌握一些作為平面文學無需考量的學問。例如，佈景與道具。

戲曲的傳統裡，舞美並不極為複雜、精妙，這一是因為戲曲出現和發展過程中演出地點、戲班流動性等客觀元素的限制，更主要的，是由於中國的戲曲理念認為：「演戲要以表演為中心。所以，他們在舞臺上的一切做法，都是為了突出表演而設想的——必須把舞臺美術壓縮到最少而最必需的限度，才能突出表演，突出人物。」〔註132〕但，這不代表著砌末本身是舞臺表演可有可無之物，相反，其正是因為簡單的特點，成為了戲曲藝術中表演與實物差距的過渡、聯結。

表演戲曲本身是受到時空限制的，但戲曲表演出的時空確是自由、靈活的。空間，可大、可小、可顯、可隱，時間可長、可短、可連貫、可跳躍。而這樣的轉換正是依靠砌末實現的。如戲曲舞臺上最常出現的「一桌二椅」，這桌椅既是真的擁有使用功能的桌椅，同時也是擁有不同指代性的象徵。它可以是皇宮裡天子的御桌御椅，可以是小姐閨房中的書桌書椅，可以坐審判犯人的大官，可以坐即將出嫁的新娘，甚至可以成為床、山坡、圍牆等等。可以說，中國戲曲中，決定時空、環境的不是佈景、道具本身，而是表演與砌末結合後的效果。

戲曲中的道具大多也與現實有所差別，並不追求逼真，只需給予觀眾一個藝術暗示即可。不點燃的燭臺、過小的水桶、馬鞭代馬、風旗即風，配合演員的虛擬性表演，每一個觀眾都可以自然的理解並合理的聯想。

戲曲中還會出現某些特定的道具，成為某一戲中貫穿全劇的線索，比如《長生殿》中的「釵盒」、《桃花扇》中的「扇子」。這樣的道具因為劇本的設計，貫穿全文，蘊含著主角之間的故事與感情，與劇情跌宕起伏息息相關，其象徵性更加複雜，觀眾接收到的暗示與產生的聯想也更加強烈。

總而言之，古典戲曲的砌末有自己獨特的運用方式。推動故事情節、表

〔註132〕焦菊隱：〈略談話劇的民族形式和民族風格〉，《焦菊隱論導演藝術》（北京：中國戲劇出版社，2005 年 1 月版），頁 574、575。

現人物特徵、塑造人物形象、突破舞臺空間的限制，使演員在不同時空表演的轉換更為自如，更為流暢。相應的一部優秀的戲曲作品即要求作者、編者、演員合理的構思佈景、道具，使其與演員表演相契合，以達到為觀眾呈現完美演出的目的。

而《紅樓夢》的戲曲改編作品，自清代至今，跨越了不同的時代背景、社會條件，甚至傳播途徑。這樣的客觀現實以至於「戲曲佈景、道具的特點還有沒有堅持和保留的必要」都已經變成疑問。可以看到民國以來，戲曲創作者已經在做相關的思考和嘗試，而現代的很多「新編戲」，也愈加豐富、華麗化佈景與道具，有些得到了較好的反響，也有些受到了質疑。過於繁瑣的佈景、過於真實的道具有時反而會與戲曲表演產生矛盾，當觀眾的注意力及畫面感被太多其他舞美佔據，演員的演出反而被弱化，難以突出，失去了戲曲藝術最重要的美感。這中間，合適的、恰當的平衡還亟待探索。

（五）戲曲文學與音樂

音樂，雖是作為平面文學的小說完全不涉及的領域，卻在傳統戲劇中佔有靈魂地位。正是因為中國古典戲劇以音樂為本位的特質，「戲曲」一詞作為表示傳統戲劇表演藝術概念的名稱之用法，才得以迄今沿用不衰。

中國的戲曲音樂分為兩大結構形式——曲牌體與板腔體。

曲牌體以曲牌為基本結構單位，將若干支不同曲牌按一定章法連綴成套，構成一齣戲或一折戲的音樂。它是在承襲了唐宋大麯、宋詞、鼓子詞、轉踏、唱賺、諸宮調等歌舞音樂與說唱音樂的基礎上，由南戲及北雜劇奠定發展，至傳奇達到成熟的一種音樂的結構形式。〔註133〕傳奇的曲牌聯套格律較南戲嚴謹，較元雜劇自由。蔡師孟珍、楊師振良《曲選》一書中有所總結：

> 如引子、過曲、尾聲之運用皆有矩矱可循，曲牌之粗細亦與演員配
> 合得當，南北合套亦有一定格律，凡此皆較南戲整飭。南戲原本不
> 用宮調，藝術品格提昇後才漸次使用宮調，押韻亦每隨鄉音取叶而
> 無定格可遵。元雜劇每折用一宮調，一韻到底。傳奇則可隨劇情轉

〔註133〕「南劇」、「北劇」的主體為——「南北曲」。北曲大抵以金元北地的歌謠為
基礎，吸收傳統的詞調和當時流行的北諸宮調、唱賺、纏令以及胡樂而形成；
南曲則以南宋的南方歌謠為基礎，吸收傳統的詞調和當時流行的南諸宮調、
常轉、纏令而形成。參蔡師孟珍：《近代曲學二家研究》（臺北：臺灣學生書
局，1992年）。

　　變而改換宮調與押韻，雖較靈動自由，然亦有一定規律。〔註134〕
傳奇曲牌聯套的結構形式趨於完善意味著戲曲的曲調有了更加豐富的內涵，
增強了戲曲音樂的表現能力。

　　而就中國古典戲曲的形成而言，「南劇」、「北劇」的主體──「南北曲」，
本是我國韻文中將音樂旋律與語言旋律結合最為密切的文學體制。曲對聲韻、
格律的限制強烈且細緻：

> 至於填詞一道，則句之長短，字之多寡，聲之平上去入，韻之清濁
> 陰陽，皆有一定不移之格。長者短一線不能，少者增一字不得，又
> 復忽長忽短，時少時多，令人把握不定。當平者平，用一仄字不得；
> 當陰者陰，換一陽字不能。調得平仄成文，又慮陰陽反覆；分得陰
> 陽清楚，又與聲韻乖張。令人攪斷肺腸，煩苦欲絕。此等苛法，儘
> 勾磨人。作者處此，但能佈置得宜，安頓極妥，便是千幸萬幸之事，
> 尚能計其詞品之低昂，文情之工拙乎？〔註135〕

可見，曲詞句子的長短、字數的多少、聲調的平上去入、音韻的清濁陰陽，全
都被格律限制。並且，詞品的高低，文采的精巧也要有所追求。而關於曲牌
體戲曲作品創作的困難，除了以上李漁的《閒情偶寄》的陳述外，還有由於
「曲」以「奏之場上」為其基本而又重要的追求，在曲詞風格上也便有其頗
為特殊的要求。曲詞除了合韻入律的可唱性以外，還須具備淺顯易懂的可解
性。〔註136〕曲牌體的典型代表包括：崑曲。

　　可知，曲牌體戲曲作品的創作，不僅需要作者掌握曲牌聯套，關注宮調
的選擇、曲牌的配置、宮調和曲調的音樂特色與所表現的情感及事件關係等
等，還需要恪守詞韻、凜遵曲譜、兼顧詞情之藝術性與通俗性，實為難事。

　　板腔體的創作較曲牌體來說，略微簡單。清代，板腔體劇種漸漸發展、
壯大。板腔體也稱板式變化體，板腔體指同一音樂材料以各種不同形式的變
奏，在一對上、下句的旋律基礎上，運用速度的變化（轉慢或加快），節拍節
奏的變化（展寬或緊縮），旋律的變化（加花或減音）等方法，衍變、派生出

〔註134〕楊師振良、蔡師孟珍合著：《曲選》（臺北：五南圖書出版股份有限公司，1998
　　　　年），頁38。
〔註135〕清‧李漁：《閒情偶寄‧音律》，收錄於中國戲曲研究院編校：《中國古典戲
　　　　劇論著集成（七）》（北京：中國戲劇出版社，1959年），頁32。
〔註136〕譚帆、陸煒：《中國古典戲劇理論史》（北京：中國社會科學出版社，1993年），
　　　　頁87。

一系列各不相同的板式。〔註137〕依靠板式的轉換構成一場戲或整齣戲的音樂。板腔體式的劇種均為多聲腔劇種，形式豐富的聲腔具有不同的調式色彩，音樂結構十分嚴謹，板眼要求明晰，不能有任何錯亂。

　　板腔體以分上下句的五言、七言、十言詩的格律為基本形式。一三五不論，二四六押韻，單句最後一字為仄聲，雙句的最後一字為平聲。句數不限，其他字的平仄不限，所用曲調和唱腔不限。同樣一段唱詞，可以唱一眼板，也可以唱三眼板，比較自由。板腔體也有一定的套數。板腔體的典型代表包括：京劇、梆子。

〔註137〕周大風撰寫：〈板式變化體〉條，中國大百科全書編輯委員會編：《中國大百科全書戲曲曲藝卷》，頁 11～14。

第一章 「《紅樓夢》說唱」作品特點

　　上述文獻回顧中已提及,《紅樓夢》說唱作品,兩岸皆已有成熟的博碩論做過收集、匯總。前人的研究成果,展示了《紅樓夢》曲藝說唱作品數量之大、種類之廣,可作為研究資料,帶來新的思考。

　　在體認說唱對於《紅樓夢》的重構,因文體存在改編困難及限制的研究背景後,重新審視「《紅樓夢》說唱」作品,則會發現許多「《紅樓夢》說唱」作品共通性特點的出現存在著合理性及必然性。「《紅樓夢》說唱」作品共通性的特點,正是作者為了應對文體改變帶來的難題,作出的回應與平衡。

　　《紅樓夢》曲藝說唱作品數量較多的是北方的子弟書、大鼓書和南方的彈詞開篇、木魚書、南音。〔註1〕

　　從現存資料來看,已有不少學者發現及提出過,無論是南方北方,無論是片段重塑或是人物立章,《紅樓夢》說唱作品的最重要的取材人物都為「林黛玉」。〔註2〕前人研究中也曾有作者從其他角度零散的分析過說唱作品中的「林黛玉」與小說《紅樓夢》中的區別,但均未進一步系統的研究。本章嘗試依據「《紅樓夢》說唱改編林黛玉作品之概況」,分析說唱「偏愛林黛玉」之原因,探究說唱作品重構體現出的「從小說的面面俱到走向突出主角」的特點,說唱的人物形象如何「從小說的人物立體化走向典型化」,以及作品語言、人物刻畫「從小說的含蓄委婉走向直接明白」等,並將上述現象與理論結合進行合理之解釋與研究。唯,受制於民間文學資料的豐富性、未知性與文章篇

〔註1〕劉衍青:《〈紅樓夢〉戲曲、曲藝、話劇研究》,頁262。
〔註2〕例如:臺北市立教育大學王友蘭的博論《「紅樓夢說唱」研究》、上海大學劉
　　　　衍青的博論《〈紅樓夢〉說唱、曲藝、話劇研究》,皆有對此現象的表述。

幅，必然存有許多的不嚴謹之處，希冀未來能有機會於此題進行進一步的學習探究。

第一節　「《紅樓夢》說唱」改編林黛玉作品之概況

　　基於《紅樓夢》相關說唱作品數量龐大，分散於各處，且作為口頭文學，文本資料的保存狀況也並不理想，以全部文本為基礎分析其占比難度過大。本文僅以春風文藝出版社於 1983、1985 年出版的《紅樓夢子弟書》、《紅樓夢說唱集》、《紅樓夢曲藝集》為例〔註3〕，詳細列舉、分析其中以「林黛玉」為主要改編對象的作品。〔註4〕

表1　以黛玉為主角之作品

編號	說唱品種	作　品	作　者	出　　處
1	子弟書	會玉摔玉		《紅樓夢子弟書》據北京大學藏車王府抄本迻錄
2	子弟書	雙玉埋紅		《紅樓夢子弟書》據北京大學藏車王府抄本迻錄
3	子弟書	葬花		《紅樓夢子弟書》據雙紅堂藏本迻錄
4	子弟書	悲秋	韓小窗	《紅樓夢子弟書》據傅惜華藏本迻錄
5	子弟書	石頭記		《紅樓夢子弟書》據北京大學藏車王府抄本迻錄
6	子弟書	露淚緣	韓小窗	《紅樓夢子弟書》據會文堂刻本迻錄
7	開篇〔註5〕	寶玉夜探瀟湘館		《紅樓夢說唱集》據周德聲編《江南書迷集》1946 年《蘇報》承部版迻錄
8	開篇	林黛玉	馬如飛	《紅樓夢說唱集》據沈陛雲《開篇大王》迻錄

〔註3〕此三本書為編者胡文彬從所收集的所有《紅樓夢》說唱作品精選、提煉而成，刪除了重複或殘缺的作品，雖有疏漏，但與大數據可進行類推。文學性作品的討論以及本論文的重點皆不在於具體數值的準確，可控的文本作為分析依據，也並不影響本文的觀點及論證，僅僅是借用這樣的方式，方便作者的論述及讀者直觀的理解。

〔註4〕見表1。

〔註5〕開篇：蘇州彈詞、紹興平湖調、四明南詞等曲種和江浙有些地方戲曲劇種如越劇、滬劇等，在正式節目演出前加唱的短篇唱詞。現多專指用蘇州彈詞曲調演唱的短篇唱詞，亦稱為「彈詞開篇」。

9	開篇	黛玉投親		《紅樓夢說唱集》據沈陛雲《開篇大王》迻錄
10	開篇	黛玉遊春		《紅樓夢說唱集》據沈陛雲《開篇大王》迻錄
11	開篇	黛玉傷春		《紅樓夢說唱集》據沈陛雲《開篇大王》迻錄
12	開篇	黛玉思親		《紅樓夢說唱集》據沈陛雲《開篇大王》迻錄
13	開篇	黛玉自怨		《紅樓夢說唱集》據沈陛雲《開篇大王》迻錄
14	開篇	黛玉探怡紅院		《紅樓夢說唱集》據沈陛雲《開篇大王》迻錄
15	開篇	顰卿絕粒		《紅樓夢說唱集》據 1941 年同益出版社版《上海彈詞大觀》上集迻錄
16	開篇	黛玉悲秋		《紅樓夢說唱集》據沈陛雲《開篇大王》迻錄
17	開篇	黛玉葬花		《紅樓夢說唱集》據沈陛雲《開篇大王》迻錄
18	開篇	黛玉離魂	朱介生	《紅樓夢說唱集》據《上海彈詞大觀》迻錄
19	開篇	瀟湘館春困		《紅樓夢說唱集》據沈陛雲《開篇大王》迻錄
20	開篇	瀟湘閨怨		《紅樓夢說唱集》據沈陛雲《開篇大王》迻錄
21	開篇	瀟湘宴	楊斌奎	《紅樓夢說唱集》據《上海彈詞大觀》上冊迻錄
22	開篇	瀟湘斷琴		《紅樓夢說唱集》據沈陛雲《開篇大王》迻錄
23	開篇	瀟湘夜雨		《紅樓夢說唱集》據沈陛雲《開篇大王》迻錄
24	開篇	瀟湘問病		《紅樓夢說唱集》據沈陛雲《開篇大王》迻錄
25	開篇	瀟湘驚夢		《紅樓夢說唱集》據《上海彈詞大觀》上冊迻錄
26	開篇	瀟湘紅淚		《紅樓夢說唱集》據 1949 年顧玉笙編《聯合彈詞開篇全集》迻錄
27	廣東木魚書	夜訪怡紅		《紅樓夢說唱集》
28	廣東木魚書	顰卿絕粒		《紅樓夢說唱集》

29	廣東木魚書	黛玉焚稿		《紅樓夢說唱集》
30	廣東木魚書	黛玉葬花		《紅樓夢說唱集》
31	廣東木魚書	瀟湘聽雨		《紅樓夢說唱集》
32	廣東木魚書	瀟湘琴怨		《紅樓夢說唱集》
33	廣東木魚書	寶玉贈帕		《紅樓夢說唱集》
34	廣東木魚書	黛玉恨病		《紅樓夢說唱集》
35	廣東木魚書	黛玉棄世		《紅樓夢說唱集》
36	廣東木魚書	寶玉相思		《紅樓夢說唱集》
37	廣東木魚書	寶玉哭瀟湘		《紅樓夢說唱集》
38	單弦	黛玉葬花		《紅樓夢說唱集》據吳逢吉過錄本迻錄
39	單弦	黛玉焚稿	榮劍塵	《紅樓夢說唱集》據吳逢吉過錄本迻錄
40	岔曲	黛玉悲秋		《紅樓夢說唱集》據鐵嶺韓季和永未齋藏抄本迻錄
41	岔曲	探病		《紅樓夢說唱集》據孫毓芝迻錄本迻錄
42	時調	瀟湘館		《紅樓夢說唱集》據吳曉鈴藏舊抄本迻錄
43	時調	午眠乍醒		《紅樓夢說唱集》據北京大學藏車王府抄本迻錄
44	時調	悲秋		《紅樓夢說唱集》據中國戲曲研究院茂聚卷集手抄本迻錄
45	揚州調	黛玉自歎		《紅樓夢說唱集》據揚州市文聯編《揚州清曲選》中張鳴春、周錫侯整理本迻錄
46	揚州調	賈寶玉哭靈祭奠	宗伯希	《紅樓夢說唱集》據舊抄本迻錄
47	高郵鑼鼓書	黛玉自歎		《紅樓夢說唱集》據高郵地方流傳抄本迻錄
48	四川清音	寶玉探病		《紅樓夢說唱集》據中華印刷局鉛印本迻錄
49	四川清音	悲秋		《紅樓夢說唱集》據胡度記錄重慶舊抄本迻錄
50	四川清音	黛玉葬花		《紅樓夢說唱集》據胡度記錄瀘州舊迻本迻錄
51	四川竹琴	黛玉焚稿		《紅樓夢說唱集》據胡度記錄重慶舊抄本迻錄
52	河南墜子	黛玉進府	石世昌	《紅樓夢曲藝集》
53	梅花大鼓	黛玉葬花	王允平	《紅樓夢曲藝集》

54	河南墜子	寶玉探病		《紅樓夢曲藝集》據姚惜雲整理
55	梅花大鼓	秋窗風雨夕	周汝昌	《紅樓夢曲藝集》
56	東北大鼓	黛玉焚稿	霍樹棠述	《紅樓夢曲藝集》
57	河南 大調曲子	黛玉賞雪	王澤民 韓宗愈	《紅樓夢曲藝集》
58	山東琴書	寶玉哭靈		《紅樓夢曲藝集》據《山東傳統曲藝選》 殷戀泰藏本　王之祥、張廣泰整理

表 1 中，以刻畫「林黛玉」為主題的作品達到 58 篇，占三本書中所有作品 134 篇的百分之四十三，從數量上不僅遙遙領先《紅樓夢》中其他的女性角色，甚至可以和《紅樓夢》中包括寶玉在內的眾多主要人物改編作品以及眾人共同劇情作品相加而抗衡。

從上表可以看出自「黛玉進府」、「黛玉葬花」、「黛玉悲秋」、「寶玉探病」到「黛玉焚稿」等，書中關於「黛玉」的主要情節，說唱作品幾乎全部進行了改編。

而根據對於這 58 篇以「林黛玉」為主角的說唱作品的梳理，可以發現在對原著進行改編時，說唱作品主要選取了原著「林黛玉」「外貌美麗」、「可憐多愁」、「與寶玉兩情相悅」三個特點及與其相關的故事情節，並依據此進行了更符合說唱文學特點的改編。〔註6〕

表2　58 篇作品與原著之對比

編號	作　品	改編自 原著	有關容貌的詳細描寫	有關身世性格的描寫	有關寶玉黛玉愛情的描寫	與原著相比明顯之 改編關鍵詞〔註7〕
1	會玉摔玉	第 2 回	✓	✓	✓	擴寫外形，增加「端莊典雅」。
2	雙玉埋紅	第 23 回	✓	✓	✓	加入外形描寫。

〔註6〕見表2。
〔註7〕「擴寫」：指對於已有人物描寫或情節，進行超出原著的渲染；「增加」：指增加原著沒有的人物形象特點或故事情節；「加入」：指將原著其他章回有所著墨，但並未在改編所針對的主題部分出現的人物形象描寫或故事情節，移植至此處。「點明」：指將原著未正面結論、描寫的角色特點或故事情節，明確的批評出來。「改寫」：指改變原文劇情或者確定性的結局。「改編」：在原著已有劇情基礎上，進行不超出原著、不違背原著的渲染性、加工性創作。「拼接」：將毫無關係的兩個或多個章節劇情改編後結合，形成原著沒有的，新的主題。「總結」：指對原著多處相關描寫或人物心聲的集合。

3	葬花	第26～28回	✓	✓	✓	增加黛玉追蝴蝶情節。
4	悲秋	第27～29回	✓	✓	✓	增加情節：擴寫悲秋之情。
5	石頭記	第96～98回		✓	✓	將寶釵寶玉婚姻改寫為三人提前皆知，林黛玉心死勸寶玉斷情遂緣。
6	露淚緣	第96～98回 第104回	✓	✓	✓	增加黛玉心聲：園中眾人心思各異與黛玉處境之苦；點明寶釵的惡人形象；增加黛玉對於禮教的維護。
7	寶玉夜探瀟湘館	第89回		✓	✓	增加黛玉的溫和婉約形象描寫；增加明寫鳳姐的惡人形象。
8	林黛玉			✓	✓	增加黛玉求月老的描寫。
9	黛玉投親	第2回	✓	✓	✓	擴寫黛玉外形美麗。
10	黛玉遊春					增加情節：以每句隱紅樓女兒名為特點。
11	黛玉傷春			✓		增加情節：借黛玉傷春。
12	黛玉思親			✓		增加黛玉園中生活委曲求全的描寫。
13	黛玉自怨			✓	✓	對黛玉心聲的總結。
14	黛玉探怡紅院	第34回			✓	與原著劇情基本無異。
15	顰卿絕粒	第89回			✓	與原著劇情基本無異。
16	黛玉悲秋	第45回	✓	✓		增加情節：擴寫黛玉的悲秋之情。
17	黛玉葬花	第27回	✓	✓	✓	加入外形描寫。
18	黛玉離魂	第98回		✓	✓	與原著劇情基本無異。
19	瀟湘館春困	第26回	✓		✓	擴寫外形。
20	瀟湘閨怨	第67回		✓	✓	增加寶玉親勸黛玉便無限歡喜的情節。
21	瀟湘宴	第49回 第38回	✓			拼接兩章回內容並移換場景、主角，原著無瀟湘宴。
22	瀟湘斷琴	第87回	✓	✓		將原文妙玉、寶玉聽琴改寫為瀟湘館內第一視角的黛玉撫琴，加入外形描寫。

23	瀟湘夜雨		✓	✓		加入黛玉外形描寫，擴寫夜雨黛玉病中之景、之情。
24	瀟湘問病	第 45 回			✓	與原著劇情基本無異。
25	瀟湘驚夢	第 82 回				與原著劇情基本無異。
26	瀟湘紅淚	第 89 回		✓		增加姊妹疏冷、寶玉荒唐的形象塑造。
27	夜訪怡紅	第 26 回		✓	✓	點明寶黛之情。
28	顰卿絕粒	第 89 回			✓	與原著劇情基本無異。
29	黛玉焚稿	第 97 回			✓	增加黛玉後悔識字、誤種情根的描寫。
30	黛玉葬花	第 27～28 回	✓	✓	✓	增加擴寫寶玉眼中黛玉美人形象，改編寶黛對話，點明二者之情。
31	瀟湘聽雨			✓		增加劇情，總結並擴寫黛玉愁情。
32	瀟湘琴怨	第 87 回		✓		增加景物描寫，增加黛玉撫琴之心聲描寫。
33	寶玉贈帕	第 34 回	✓	✓	✓	增加寶玉內心對黛玉深情的描寫。
34	黛玉恨病	第 97～98 回		✓	✓	與原著劇情基本無異。
35	黛玉棄世	第 97 回	✓		✓	增加李紈視角黛玉的美麗及才情；點明鳳姐的惡人形象。
36	寶玉相思	第 97～98 回			✓	增加寶玉夢見黛玉情節。
37	寶玉哭瀟湘	第 98 回	✓		✓	增加寶玉哭靈的具體內容。
38	黛玉葬花	第 27 回		✓	✓	改寫結局為寶黛未和好。
39	黛玉焚稿	第 97 回		✓	✓	增加黛玉心聲，點明黛玉處境之苦；增加黛玉後悔識字、誤種情根的描寫。
40	黛玉悲秋			✓		增寫情節，擴寫悲秋之情。
41	探病	第 45 回		✓	✓	與原著劇情基本無異。
42	瀟湘館		✓		✓	增加寶玉哭靈內容，點明寶玉對黛玉愛慕的原因；增加黛玉端莊、溫柔、大度的形象。
43	午眠乍醒	第 96～98 回		✓	✓	改編黛玉病時情景。

44	悲秋			✓		增加情節：擴寫悲秋之情。
45	黛玉自歎			✓	✓	增加黛玉視角園中姐妹假溫存；點明黛玉對寶玉的一片深情。
46	賈寶玉哭靈祭奠	第94～98回			✓	增加寶玉哭靈內容：點明襲人惡人形象。
47	黛玉自歎			✓		增加黛玉自歎薄命不如斷情根。
48	寶玉探病		✓		✓	擴寫寶黛對話，點明二者之情；改寫結局為寶玉甩袖而去。
49	悲秋			✓		增加情節：擴寫黛玉悲秋之情。
50	黛玉葬花			✓		無情節。僅總結性抒情。
51	黛玉焚稿	第97～98回		✓	✓	點明王熙鳳的惡人形象。增加黛玉對大觀園眾多角色的評價與回憶。
52	黛玉進府	第3回	✓		✓	與原著劇情基本無異。
53	黛玉葬花	第27回		✓	✓	改編寶黛對話，點明二者之情。
54	寶玉探病	第29回		✓	✓	改編寶黛對話，點明二者之情。
55	秋窗風雨夕	第45回		✓	✓	增加黛玉喜極反哭，加入寶黛日後結局。
56	黛玉焚稿	第97回		✓	✓	點明鳳姐惡人形象；增加黛玉維護禮教的形象。
57	黛玉賞雪			✓		增加情節：借黛玉賞雪詠梅自憐。
58	寶玉哭靈	第98回	✓	✓	✓	增加寶玉哭靈內容：渲染寶玉眼中黛玉的美麗、才情、可憐、多愁形象；點明寶玉對黛玉的深情一片。

基於此，我們可以從這 58 篇作品對於選取原著的有關「林黛玉」特質及情節，以及其在此基礎上的改編，分析文體限制下「《紅樓夢》說唱」作品的創改特色。

第二節　「偏愛」林黛玉

如前文研究背景中提到的，說唱作品的重要特點之一，即它們的作者大多為民間藝人或者下層文人。作品的受眾，即觀眾，雖也偶有文人墨客、名

流雅士，但更多的是廣大的民間百姓。因此，其作品本身必須要做到「雅俗共賞」，必須要經受住不同階層、不同地域觀眾的考驗。這就要求作者創作時能夠抓住深植於中華民族傳統文化中最普遍的審美心理及其定勢。

> 所謂審美心理定勢，是指主體在進入具體的文學創作與審美之前的
> 一種特殊的心理結構狀態。……這個整體的心理功能不但直接影響
> 著文學創作與審美主體的內在知覺過程，而且還支配著主體的外在
> 行為，並具有一定的趨向性。這種趨向性是指按一種相對穩定的審
> 美趣味、審美態度、審美習慣的思路進行文學美的創造。〔註8〕

即任何一種文學創作和審美活動都不是從零開始的，文學創作與審美活動總是具體的預向準備性的實現。而從觀眾接受學來說，觀眾的審美心理定勢是審美經驗、審美慣性的內化和泛化。主要取決於觀眾群體的知識背景、審美經驗和社會文化因素。〔註9〕因此，當作者與觀眾同屬於同一個國家、同一個民族、同一個社會文化傳統背景時，創作者與接受者將會具有相通的公共的普遍審美心理定勢。如中國古代戲曲中，才子佳人同一劇情走向的劇碼，「落難公子遇小姐，私定終身後花園，有朝一日中狀元，夫妻相合大團圓」，屢見不鮮且長盛不衰，正源於這種創作者與觀眾們相同的審美心理。

另外，民間文學受限於表演時長及觀眾流動的劇場現實，需要在較短時間內向觀眾總結展示能夠引人入勝的角色與故事，突出矛盾衝突和故事性，並由表演者淺顯直白的抒發對作品的感慨和評價。因此，其主角從形象到相關故事曲線既要符合觀眾的審美心理又要給予說唱作品的作者或表演者改編發揮的空間。

一、嬌花照水、弱柳扶風

基於說唱每一個小段都需要重新介紹主人公之特點，表2僅統計了58篇作品中對於「林黛玉」「外貌美麗」進行詳細描寫的作品數量。可發現，有20篇作品強調了「林黛玉」的外形優點。這正是因為，「林黛玉」原著「嬌花照水、弱柳扶風」的形象符合說唱作品觀眾的主要審美之一，即女主角的美麗佳人形象。原著中關於黛玉的外貌描寫，主要集中在出場一章：

〔註8〕 孔莉：《文學創作與審美發生機制研究》，曲阜師範大學文藝美學碩士論文，
2003年，頁8。
〔註9〕 吳浪平：〈論審美心理定勢〉，《沙洋師範高等專科學校學報》，2005年第2
期。

兩彎似蹙非蹙罥煙眉，一雙似喜非喜含情目。態生兩靨之愁，嬌襲一身之病。淚光點點，嬌喘微微。閒靜時如嬌花照水，行動時似弱柳扶風。心較比干多一竅，病如西子勝三分。〔註10〕

說唱作品中，則有眾多選擇、化用原著此段對於「林黛玉」外形描寫的例子：

花容更比梅花瘦，

嬌喘細如一縷煙。

善病西子風不禁，

多愁息嫣默無言。〔註11〕

她是雙鎖愁眉似春病久，

她是嬌軀怯弱欲橫陳。

她是花容憔悴正懨懨病，

她是半帶嬌嗔半帶顰。〔註12〕

甚至，更是有過半作品在原著相關章節未有對黛玉外形具體描寫的情況下主動加入這一因素或不滿足於《紅樓夢》對於黛玉美麗的刻畫，進一步將「黛玉形象」進行趨近觀眾審美中完美標準的描寫，例如：

她身披，猩紅斗篷迎風飄閃，

映雪光，似牡丹怒放玉池邊，

猶如那，奔月嫦娥降廣寒。〔註13〕

那寶玉凝神細看婷婷女，

只見她絕世容華實難描。

宜喜宜嗔芙蓉面，

非煙非霧眉兩頭。

眼秋水、口櫻桃。

西施風韻小蠻腰。〔註14〕

可以發現以上用作描寫黛玉「絕世容華」形象的詞皆為傳統審美中美人的代

〔註10〕清・曹雪芹著，徐少知新注：《紅樓夢》（臺北：里仁書局，2018年），頁86。

〔註11〕胡文彬編：《紅樓夢說唱集・黛玉悲秋》（瀋陽：春風文藝出版社出版社，1985年），頁35。

〔註12〕胡文彬編：《紅樓夢說唱集・瀟湘館春困》，頁45。

〔註13〕天津市曲藝團主編：《紅樓夢曲藝集・黛玉賞雪》（瀋陽：春風文藝出版社出版社，1985年），頁127。

〔註14〕胡文彬編：《紅樓夢說唱集・黛玉投親》，頁20。

名詞：「牡丹」、「嫦娥」、「眼含秋波」、「櫻桃小口」、「蠻腰」、「西施」。而其中，只有「西施」，原小說有所對照。

再如：

> 這佳人嬌嬈姿容絕代，
>
> 端莊典雅別樣的超群。
>
> 年紀兒雖小心胸大，
>
> 舉止兒柔和性情溫。
>
> ……
>
> 林黛玉知係表兄名寶玉，
>
> 欠香軀雙垂玉腕，
>
> 不慌忙二人相見頻施禮，
>
> 這寶玉身雖行禮兩眼出神。〔註15〕

這裡的黛玉不僅「姿容絕代」，令寶玉兩眼出神，且「端莊典雅」、「性情溫柔」，令人心生歡喜。這皆為超出原著「黛玉」外形描寫而屬於說唱作品改編的部分，而其塑造的「黛玉」形象無疑更貼近觀眾審美心理中的完美女主角，更符合民間文學表演特點的主角形象需求。

綜上可見，說唱作品偏愛「黛玉」的原因之一即為她「嬌花照水、弱柳扶風」的外形條件。並且說唱作品也在對於《紅樓夢》的改編中強調、加深了黛玉的這一優點，使其更加完美，以悅觀眾心神。

二、風露清愁、我見猶憐

黛玉固然美麗，但《紅樓夢》百位女性角色，外貌出眾者不在少數。黛玉能夠深得說唱作品偏愛的第二個原因，即她飄零的身世、多愁多情的性格能夠觸發民間文學觀眾的另一種審美心理——同情、偏愛弱者，極易引起創作者與觀眾的憐惜之情。

據表2可知，總共58篇作品中，對於原著黛玉寄人籬下的身世、「風露清愁」的性格進行了描寫、改編甚至擴寫的作品數量高達42篇。

其中，黛玉的身世作為其自憐的主要原因之一，極能引起觀眾「我見猶憐」的情緒，說唱作品多有渲染。例如：

〔註15〕胡文彬編：《紅樓夢子弟書·會玉摔玉》（瀋陽：春風文藝出版社出版社，1983年），頁2。

　　可憐他早喪了高堂父和母，

　　又無有同胞弟與兄。〔註16〕

　　想我紅顏真薄命，

　　小小孤雛沒了娘。

　　可憐我無依無靠少姊妹，

　　伶仃孤苦往他鄉。

　　寄身雖在榮國府，

　　究竟是仰人鼻息不風光。

　　外祖母體念我親骨肉，

　　舅父母畢竟不及娘。〔註17〕

無論是第一人稱自述，或是第三人稱描寫，說唱作品中皆對黛玉的身世著墨頗多，心疼憐惜之情也表達的十分直接，躍然紙上。

　　至於「黛玉」的「風露清愁」，更是說唱作品最偏愛的著手點。眾人皆知的「黛玉葬花」幾乎是所有說唱種類皆有改編的重頭戲：

　　果然是世態炎涼人情冷暖，

　　惜花人面對落花更添愁煩。

　　早知道錦繡春光留不住，

　　又何苦姹紫嫣紅鬥勝爭妍，

　　嘆落花骨秀神清無沾染，

　　怎忍見委身塵土零落階前！〔註18〕

　　綠碎紅摧景暗遷，

　　東風薄倖不留連。

　　癡兒妄想榆錢買，

　　倩女空思芳冢全。

　　春去春來愁漠漠，

　　花開花謝恨涓涓。

　　娥〔註19〕眉始見真情中，

〔註16〕胡文彬編：《紅樓夢子弟書・悲秋》，頁48。
〔註17〕胡文彬編：《紅樓夢說唱集・黛玉思親》，頁26。
〔註18〕天津市曲藝團主編：《紅樓夢曲藝集・黛玉葬花》，頁29。
〔註19〕此處原作訛誤，寫作「蛾」。

淚灑芳塵倍可憐。〔註20〕

「世態炎涼」、「人情冷暖」，黛玉葬的是「留不住」的花，又何嘗不是「空思」一場、「淚灑芳塵」的「倩女」自己。

劇場之中，表演者的渲染之下，這樣一位隻身飄零、多愁善感、悲情結尾的佳人是打動、吸引觀眾的利器。因此，不同的說唱體裁作品中的「黛玉葬花」也好、「黛玉焚稿」也罷，雖然塑造的黛玉形象些微有別，描寫的側重點大相徑庭，但毫無疑問的作品主旨皆立於原著小說「黛玉」惹人憐惜的身世、多愁多情的性格基礎之上。

同時，「黛玉」的身世、多愁、多情也便於作者或表演者借黛玉之形象抒發自己的所想所感，改編可以進行的既讓觀眾覺得合乎情理，又有較大空間自我發揮。例如說唱作品中較為有名的「黛玉悲秋」系列以及表中所列的「黛玉傷春」、「黛玉賞雪」，皆為原著中並未有直接對應章節，而由作者根據《紅樓夢》全書及「黛玉」性格重新融合改編、新增加的作品。這樣的作品悲的、傷的、賞的不僅僅是「黛玉」眼中的秋、春、雪，也是作者眼中的秋、春、雪；例如「黛玉傷春」：

春風吹水綠參差，
春到人間草木知，
春色滿園關不住，
春花春草鬥芳姿。
應當及時行樂遊春景，
底事傷春獨自悲。
因為想起春容容易變，
青春轉眼即過時。〔註21〕

作者在貼合「黛玉」原著形象、感情的前提下，提煉〈葬花吟〉中「黛玉」的傷感，自己總結為「春容易變、青春易逝」的感歎，同時將張栻〔註22〕、葉紹翁〔註23〕描寫春景的詩句進行改編融合進作品。借文人之才，寫盡春景，

〔註20〕胡文彬編：《紅樓夢子弟書・葬花》，頁31。
〔註21〕胡文彬編：《紅樓夢說唱集・黛玉傷春》，頁24。
〔註22〕張栻，南宋學者、教育家，作品《立春偶成》「便覺眼前生意滿，東風吹水綠參差」。
〔註23〕葉紹翁，宋代文學家、詩人，作品《遊園不值》「春色滿園關不住，一枝紅杏出牆來」。

再借黛玉之眼，感傷眼前春色，形成合理的「黛玉傷春」獨立作品。

正所謂「歎顰卿無邊芳草深如海，筆尖兒難畫佳人萬種愁。」〔註24〕「林黛玉」「我見猶憐」的身世、「風露清愁」的性格特質和小說中與此相關的經典情節，既能夠引起民間創作者與觀眾的同情與憐惜，符合民間文學審美，又能夠給予作者及表演者抒發自己所想所感或自己想像「黛玉」所想所感的空間。因此，成為說唱作品改編的高度適配對象。

三、木石之盟、焚稿斷情

毫無疑問，愛情是藝術永恆的主題之一。況且說唱作為受眾百姓的藝術形式，觀眾包括眾多平凡身份的女性，對情感生活的關切不遜於其他題材。因此，如前文所舉例戲曲中的「才子佳人」一般，林黛玉與賈寶玉之間郎才女貌、兩情相悅的木石之盟，同樣是《紅樓夢》中最符合民間文學觀眾審美的題材之一。

從表2可知，總共58篇作品中，有41篇說唱作品，包含了寶黛的愛情故事線。從「寶黛初會」、「黛玉探病」、「雙玉埋紅」、「寶玉夜探瀟湘館」、到「顰卿絕粒」、「黛玉焚稿」、「寶玉哭靈」等，書中關於「寶黛愛情」的重要情節，幾乎全部有不同的說唱品種進行改編。可以說無論是數量抑或是情節豐富程度，都足見「寶黛愛情」的故事線是「林黛玉」成為說唱作品改編寵兒的主因之一。

而與大多戲曲作品中的愛情故事不同，寶黛在《紅樓夢》中並未能獲得「大團圓」結局。也恰恰因為此，「至情至愛」卻「焚稿歸天」、「大夢一場」的「林黛玉」更容易成為被憐惜、難忘的主角。「兩情相悅」卻終是「意難平」的愛情悲劇也給予說唱作品渲染抒情、改寫改編的空間。例如：

> 顰卿一聲慘叫歸天府，
>
> 玉碎香消赴大荒。
>
> 從此瀟湘春寂寂，
>
> 空餘鸚鵡叫姑娘，
>
> 喚醒紅樓夢一場。〔註25〕

「顰卿」歸天、「瀟湘」空寂、「紅樓」夢便醒了。這一作品中，《紅樓夢》即

〔註24〕胡文彬編：《紅樓夢子弟書·雙玉埋紅》，頁30。
〔註25〕胡文彬編：《紅樓夢說唱集·黛玉離魂》，頁42。

為「黛玉」一人之夢。

再如：

> 一篇篇錦心繡口留香句，
> 一字字怨柳愁花漬淚痕。
> 這是我一生心血結成字，
> 對了這墨點烏絲痛斷魂。
> 再不能柳絮填詞誇俊逸，
> 再不能海棠起社鬥青春，
> 再不能凹晶館內題明月，
> 再不能櫳翠菴中譜素琴，
> 再不能怡紅院裡行新令，
> 再不能秋爽齋頭論舊文，
> 再不能持螯把酒重陽賦，
> 再不能自己弔古與攀今。
> ……
> 滄海桑田曾變化，
> 身世何必認假真。
> 浮生真個如大夢，
> 回思舊事是浮雲。
> ……
> 我把這聰明依舊還天地，
> 香奩佳句消除盡，
> 不留下怨種愁根與後人。
> 這就是《黛玉焚稿》一故段，
> 癡情女永斷癡情根。〔註26〕

這一段以「黛玉」第一視角「回思舊事」、從此斬斷與寶玉之間的「癡情」，是根據原著改編擴寫的新內容。回溯的皆為《紅樓夢》中最能體現「黛玉」才情的橋段，用八個「再不能」渲染了「為愛而亡」的黛玉對自己的痛惜，聲聲泣血、句句椎心，既符合說唱表演需要朗朗上口的需求，又易引觀眾入情。並增加了黛玉「聰明還天地」、「永斷癡情根」的心聲，在最後給予了「黛玉」一

〔註26〕天津市曲藝團主編：《紅樓夢曲藝集・黛玉焚稿》，頁119。

個「心死」卻又似乎「解脫」的結局。

當然，對於「寶黛愛情」的悲劇結尾，雖從某個方面來說，因其缺憾，更深入人心，更易激發觀眾對於黛玉的憐惜之心，但仍無法迴避這並不符合民間百姓對於「大團圓」結局的審美喜好。因此，不少說唱作品的作者，借此發揮民間文學作品評論劇情的藝術特色，在作品中跳出敘事，以自己及觀眾的視角表達了對《紅樓夢》悲劇結尾的可惜：

> 但不知何人反對引入岔道，
> 這不是林黛玉心裡尋思，
> 我唱單弦看不過替她推敲。
> 依我看吶黛玉和寶釵在寶玉面前再重投一票，
> 也免得林黛玉把詩稿焚燒。〔註27〕

以上可見，以「林黛玉」為主角的最重要故事線——「寶黛愛情」，因題材符合說唱作品的觀眾審美，且悲劇收尾，給予了改編作品或渲染悲劇或評論惋惜的改編空間，而得到說唱作品的關注與重視。

綜上，不難看出面對「長篇巨製」又「字字珠璣」的《紅樓夢》，說唱作品對於「林黛玉」的偏愛並非是偶然和巧合。「林黛玉」的美麗動人、風露清愁、與寶玉之間的木石之盟，即「林黛玉」的人物形象、性格特質、故事曲線，不僅能夠令觀眾歡喜、憐惜、悲傷，調動觀眾的情緒，適配民間百姓的審美需求，也為說唱作品的作者或表演者依據體裁特質進行改編留下了空間。因此，「林黛玉」成為了說唱作品改編《紅樓夢》選擇主角時的寵兒。

第三節　說唱重構之創改特色

《紅樓夢》的說唱作品除了在題材選擇上，均呈現出偏愛「林黛玉」的現象外，在重構過程中也具有許多共同的創改特色。無論是情節設置、人物塑造抑或是語言風格上，「《紅樓夢》說唱」作品都與小說《紅樓夢》的特點存在差異。

一、從面面俱到走向突出主角

《紅樓夢》的說唱作品在敘事和人物塑造上，受限於文體差異，都與原

〔註27〕胡文彬編：《紅樓夢說唱集·黛玉焚稿》，頁 274。

著有所不同。小說作為文本文學,其一章回較長,可以在無限制的情況下,根據情節需求著墨涉及的每一個人物,給予作者足夠的施展空間。通過作者不同角度絲絲入扣的差別描寫,即使設定雷同的角色,也可以變得獨一無二、鮮活立體。但說唱作品為表演文學,民間藝人在講說時,藝人的表達和觀眾的接受都在短時間內完成,面對《紅樓夢》這種女性角色眾多、情節枝葉龐大的作品,為了幫助聽者進入故事、集中劇情,說唱者必須確定自己主題之下要突出的情節與主角,並以此刪繁留簡。

以小說第三回「賈雨村夤緣復舊職　林黛玉拋父進京都」為例,作者用了近八千個字來描寫「林黛玉入賈府」一事。此處雖看似黛玉為主角,「寶黛相會」為重頭戲,其實作者之意圖遠不止描寫黛玉之形象、心理,而是借黛玉視角,向讀者展示賈府的人物地位、關係及重要人物之形象。如:這一回對於角色外形特點、穿著打扮的具體描寫,僅以黛玉視角就著筆了五位:迎春、探春、惜春、王熙鳳、賈寶玉。

> 第一個肌膚微豐,合中身材,腮凝新荔,鼻膩鵝脂,溫柔沉默,觀之可親。第二個削肩細腰,長挑身材,鴨蛋臉面,俊眼修眉,顧盼神飛,文彩精華,見之忘俗。第三個身量未足,形容尚小。……一雙丹鳳三角眼,兩灣柳葉掉稍眉,身量苗條,體格風騷,粉面含春威不露,丹唇未啟笑先聞。……已進來了一位年輕的公子:頭上戴著……越顯得面如敷粉,唇若施脂,轉盼多情,語言常笑。天然一段風騷,全在眉梢;平生萬種情思,悉堆眼角。〔註28〕

同時「寶黛初會」,又借賈寶玉之眼描寫了黛玉形象:

> 寶玉早已看見多了一個姊妹,便料定是林姑媽之女,忙來作揖。厮見畢歸坐,細看形容,與眾各別:兩灣似蹙非蹙胃煙眉,一雙似喜非喜含情目。態生兩靨之愁,嬌襲一身之病。淚光點點,嬌喘微微。閒靜時如嬌花照水,行動時似弱柳扶風。心較比干多一竅,病如西子勝三分。〔註29〕

曹雪芹的描寫固然精妙,但不難想像,若說唱人按照如此細緻繁瑣、脫離百姓生活的描述來長篇大論的向觀眾說明這些不同的角色外形、打扮的差異,不僅凸顯不出兩位主角,也無法吸引觀眾,容易造成觀眾的走神。因此,說

〔註28〕清・曹雪芹著,徐少知新注:《紅樓夢》,頁72〜85。
〔註29〕同上注,頁86。

唱中的「林黛玉入賈府」往往只有千字篇幅，而「林黛玉」是其中最重要的主角。其他一切配角，甚至有時包括對寶玉的形象描寫都會被刪減，比如河南墜子的作品「黛玉進府」，關於迎探惜三姐妹，只有一句「姐妹們將黛玉圍當中」，王熙鳳只得一句「後院又來了璉二嫂子王熙鳳」，作者僅僅改編了黛玉眼中對寶玉的一小段描寫：

> 見寶玉，面如皓月甚飽滿，
>
> 眉如墨畫俊俏生，
>
> 鼻如懸膽端正正，
>
> 眼如秋波水靈靈，
>
> 看項上，一條五彩絲帶繫美玉。

以及著重描寫了寶玉眼中黛玉的美麗：

> 嘿！好一個妹妹從天降，
>
> 亞賽那一朵輕雲初露山峰，
>
> 嫻靜猶如花照水，
>
> 行動恰似柳扶風，
>
> 病體嬌弱西施美，
>
> 似喜非喜眼含情。〔註30〕

不僅僅是河南墜子，前文黛玉「嬌花照水、弱柳扶風」一目中已舉例過的北方子弟書、南方彈詞開篇，在「會玉摔玉」、「黛玉投親」的文本處理上，也皆採用了這樣的取捨，只保留寶黛二人的形象描寫，且以「林黛玉」為主。

　　同樣，不止人物外形、打扮的描寫刪減，說唱中關於「林黛玉入賈府」的作品，全部刪除了黛玉為拜見兩位舅舅隨邢、王兩夫人而去的情節，也大多都省略了對賈府的描寫，只專注于「黛玉母死入賈府」、「寶黛相會似曾相識」一條主線，根據作品主題選擇性添加「黛玉無玉、寶玉摔玉」的情節。

　　可見說唱作品在改編《紅樓夢》時，為表演需要，與小說的「面面俱到」不同，主要特色是突出主角及主線劇情，對於其他角色和輔助情節都甚少或完全不著墨。

二、人物立體化走向典型化

　　小說《紅樓夢》與說唱的另外一大差異在對於主要人物的塑造方式上。

〔註30〕天津市曲藝團主編：《紅樓夢曲藝集‧黛玉進府》，頁5。

《紅樓夢》的人物塑造非常成功，每一個角色都有其獨特的個人魅力，尤其是前80回，對於《紅樓夢》的一眾女性人物，作者的好惡、褒貶都表現的隱晦且收斂，盡力以客觀角度，使每一個角色立體鮮活起來。

然而，說唱作品的需求與小說的文人審美並不相同。當《紅樓夢》故事被提煉主角、主線，大量減少其他人筆墨時，說唱作品需要在短時間塑造出抓住觀眾注意力、迎合觀眾審美的主角形象，與此相對的，也一定要存在能夠明確引起觀眾厭惡、推動劇情跌宕起伏發展的「壞人」角色。

比如，小說中的「黛玉」雖然聰慧善良、美麗多才、率真單純但也敏感多愁，愛使小性，嘴不饒人。但在說唱作品中，「黛玉」形象除了其本身小說中所描寫的優點，還明顯的有像民間百姓對於女主角典型性審美靠近的痕跡——即被「溫柔化」的傾向。如前文提到的：

> 這佳人嬌嬈姿容絕代，
>
> 端莊典雅別樣的超群。
>
> 年紀兒雖小心胸大，
>
> 舉止兒柔和性情溫。
>
> ……
>
> 林黛玉知係表兄名寶玉，
>
> 欠香軀雙垂玉腕，
>
> 不慌忙二人相見頻施禮，
>
> 這寶玉身雖行禮兩眼出神。〔註31〕

這裡雖是概述，但對於黛玉「端莊典雅」、「性情溫柔」的形容，明顯已與《紅樓夢》中的「黛玉」性格有所出入。

更詳細描寫如小說第四十五回「金蘭契互剖金蘭語　風雨夕悶製風雨詞」，《紅樓夢》原文中寶玉雨夜來瀟湘館探黛玉，二人無意間引出「漁翁」、「漁婆」的玩笑：

> 黛玉笑道：「我不要他。戴上那個，成了畫兒上畫的和戲上扮的那漁婆了。」及說了出來，方想起話未忖度，與方纔說寶玉的話相連，後悔不及，羞的臉飛紅，便伏在桌上嗽個不住。寶玉卻不留心，因見案上有詩，遂拿起來看了一遍，又不禁叫好。黛玉聽了，忙起來奪在手內，向燈上燒了。寶玉笑道：「我已背熟了，燒也無礙。」黛

〔註31〕胡文彬編：《紅樓夢子弟書‧會玉摔玉》，頁2。

玉道：「我也好了許多，謝你一天來幾次瞧我，下雨還來。這會子夜深了，我也要歇著，你且請回去，明兒再來。」〔註32〕

這裡的黛玉燒詩承接上下文，不難想見，最重要的原因是「羞」、是怕自己心思暴露的掩飾，「我也好了許多，謝你一天來幾次瞧我，下雨還來。這會子夜深了，我也要歇著，你且請回去，明兒再來。」言語裡透露的是對寶玉真心的感受，細回味對話溫柔繾綣卻不著痕跡，還帶些女兒的驕矜。而說唱作品裡，這一情節中的黛玉，則僅餘對於寶玉直白淺顯的體貼與關心，害羞、驕矜全然不見：

小小詞稿引起哥哥如此傷情，

還是燒掉的好。

寶哥哥，在這風雨之夜還掛牽妹妹，

冒寒風冷雨而來，

妹妹甚是過意不去；

現在風雨已略小了些，

別累壞哥哥，

請早早回怡紅院安歇了吧。〔註33〕

這裡的黛玉將自己燒詩的理由歸結為不想讓寶玉傷情，言語相較原文也直白、大膽了許多，處處體現著黛玉對寶玉的不加掩飾的在意。這樣的處理非獨此一家，卞祖廣《瀟湘夜雨》：「林黛玉搶過詩稿投進火盆內，免得引起哥哥為我擔心，蒙哥哥風雨之夜來看小妹，哥哥哎！早早回怡紅院，請你放寬心。」〔註34〕

可見說唱在對「黛玉」進行改編時，因其藝術形式，削弱了人物性格特質中的多層次，降低了人物形象的真實、立體性，轉而突出甚至增加「黛玉」符合世俗審美的優點，以保證塑造出符合觀眾習慣接受的典型化「第一女主角」形象。

同樣，為推動情節發展、吸引觀眾、烘托「黛玉」形象，《紅樓夢》的其他角色，在大量的說唱作品中被作為「寶黛愛情」的破壞者。不僅得到的墨

〔註32〕清・曹雪芹著，徐少知新注：《紅樓夢》，頁1105。

〔註33〕王之祥、張廣太、楊清祿編：《山東傳統曲藝選》（山東：山東人民出版社，1980年），頁113。

〔註34〕連波編：《中國曲藝經典唱段100首》（安徽：安徽文藝出版社，2012年），頁48。

筆極少，人物塑造方面也常以單純的「惡」，來典型化處理。如大觀園中的一眾姊妹，在說唱作品中，大多借黛玉之口變為心機深重之人，而「黛玉」則陷入委曲求全的處境：

> 園中姊妹多和好，
>
> 虧得我委曲求全度時光。
>
> 寶哥哥雖然常親近，
>
> 怕的是人言可畏卻難當。〔註35〕
>
> 大觀園眾姐妹全是外表，
>
> 使碎了心機七傷五癆。〔註36〕
>
> 大觀園有一班姊和妹，
>
> 薛氏寶釵、史湘雲，迎春、探春與惜春。
>
> 這都是我寶哥哥的親骨肉，
>
> 哪有你林妹妹待你心腸真，
>
> 你仔細思量要評論。
>
> 還有一般丫環和使女，
>
> 多是聰明伶俐人。
>
> 她們雖是多情女，
>
> 哪有你林妹妹待你情意真，
>
> 她們不過是一派假溫存。〔註37〕

其中，出主意掉包新娘，破壞寶黛愛情的王熙鳳，更在隻言片語間成為為寶黛二人帶來巨大的痛苦典型性「惡人」：

> 怨恨恨煞二嫂嫂，
>
> 滾辣辣辣手毒心腸！〔註38〕
>
> 哥哥呀！二嫂嫂待我太薄情。〔註39〕
>
> 林黛玉性情高傲多強勝，
>
> 倒惹得嫉才的鳳姐暗殺人。〔註40〕

〔註35〕胡文彬編：《紅樓夢說唱集・黛玉思親》，頁26。
〔註36〕胡文彬編：《紅樓夢說唱集・黛玉焚稿》，頁274。
〔註37〕胡文彬編：《紅樓夢說唱集・黛玉自歎》，頁352。
〔註38〕胡文彬編：《紅樓夢說唱集・寶玉哭靈》，頁11。
〔註39〕胡文彬編：《紅樓夢說唱集・寶玉夜探瀟湘館》，頁8。
〔註40〕天津市曲藝團主編：《紅樓夢曲藝集・黛玉焚稿》，頁117。

> 鳳姐她辦家庭事秉性滑刁，
>
> 她與我外面好笑裡藏刀。〔註41〕

這樣的改編類似戲曲作品中將人物「臉譜化」的手法，優點為使觀眾的恨可以有明確的傾瀉對象，更加突出主角形象的完美與悲情。雖然與小說《紅樓夢》相比，這些角色失去了其本身的閃光點和立體性，但在這樣的藝術形式中，服務了主角人物的塑造，也使得作品更加符合一貫以來的民間百姓的審美習慣。

三、從含蓄委婉走向直接明白

小說《紅樓夢》的藝術留白，是它成為經典且幾百年來吸引人們解讀、研究的原因之一。正如前文所說，作者在塑造人物形象時，站在較為客觀的角度，本人的好惡、褒貶都表現的隱晦且收斂，給予了讀者充分理解、感受、詮釋的空間。不僅人物塑造，在情感描寫與人物關係的處理上，作者同樣含蓄且委婉。所有的「情感」皆符合小說的社會背景、人物的地位性格，即使作者偶爾站在「上帝視角」描述角色之內心，也不會在雙方的互動中作出超出實際可能的越界表現。所有「不合適」的人物關係也都只隱晦的出現在細節中或暗示於「焦大酒後」這類特定情境下，絕不會直白的「不合時宜」。

這樣的留白，讓一千個讀者，心中藏著一千個《紅樓夢》。當下的疑惑、探索性的解讀、長時間品味後沁人心脾的恍然，甚至是讀者自身閱歷、知識有所變化後的重新感悟，都助力著《紅樓夢》成為每一個閱讀者心中難以磨滅的經典。但是，這樣的留白藝術，在於說唱作品的創改時，卻無法保留。

首先，一個說唱作品能夠容量的伏線、細節描寫本就遠遜色於小說。其次，如研究背景所述，受到時空雙重限制的說唱表演，表演者的呈現和觀眾對作品的反饋在一瞬間發生。觀眾並不能夠像讀者一樣，面對文本，有足夠的時間揣摩。因此，含蓄委婉的留白，在說唱作品中所產生的效果也不可能比擬於小說。原著中「當下的疑惑」可能變為日後的思考，說唱作品中，「當下的疑惑」則可能直接成為「永久的疑惑」，成為觀眾無法理解與接受作品的原因。

因此，相比小說，說唱作品中無論是人物形象的善惡、情感的表達，甚至是小說中模糊不清的「關係」，都有更直接明白的呈現。其中，關於人物形

〔註41〕胡文彬編：《紅樓夢說唱集・黛玉焚稿》，頁 274。

象善惡的點明及小說中人物對彼此善惡判斷的直接表達,上文已有表述,而情感的描寫,如寶黛之間:

原書的寶黛二人,作者與讀者都對其兩情相悅心知肚明,但僅從小說中描寫的兩位主角來看,雖也偶有「忘情」,但仍然含蓄委婉的停留在符合社會環境、二人身份的客觀現實內,並沒有過於直白的點明。兩人最為震撼人心的互剖心跡,發生在第三十二回「訴肺腑心迷活寶玉 含恥辱情烈死金釧」,黛玉說話間提到金麒麟,暗示寶玉與湘雲的緣分,寶玉被逼急了後,黛玉自悔失言,替寶玉擦汗:

> 寶玉瞅了半天,方說道:「你放心」三個字。林黛玉聽了,怔了半天,方說道:「我有什麼不放心的?我不明白這話。你倒說說怎麼放心不放心?」寶玉歎了一口氣,問道:「你果不明白這話?難道我素日在你身上的心都用錯了?連你的意思若體貼不著,就難怪你天天為我生氣了。」林黛玉道:「果然我不明白放心不放心的話。」寶玉點頭歎道:「好妹妹,你別哄我。果然不明白這話,不但我素日之意白用了,且連你素日待我之意也都辜負了。你皆因總是不放心的原故,纏弄了一身病。但凡寬慰些,這病也不得一日重似一日。」林黛玉聽了這話,如轟雷掣電,細細思之,竟比自己肺腑中掏出來的還覺懇切,竟有萬句言語,滿心要說,只是半個字也不能吐,卻怔怔的望著他。此時寶玉心中也有萬句言語,不知從那一句上說起,卻也怔怔的望著黛玉。兩個人怔了半天,林黛玉只咳了一聲,兩眼不覺滾下淚來,回身便要走。寶玉忙上前拉住,說道:「好妹妹,且略站住,我說一句話再走。」林黛玉一面拭淚,一面將手推開,說道:「有什麼可說的。你的話我早知道了!」口裡說著,卻頭也不回竟去了。〔註42〕

這一句「你放心」,一句「你的話我都知道了。」已是小說中的寶黛二人對彼此,最驚心、貼心的表達。

而到了說唱作品中,寶黛間的對話,則要淺顯、露骨許多。一些《紅樓夢》中,寶玉黛玉至多自己內心默然的心思,在說唱作品的寶黛二人口中皆可以直接明白的表達:

> 妹妹呀,這幾日沒到你瀟湘館,

〔註42〕清·曹雪芹著,徐少知新注:《紅樓夢》,頁816。

望求妹妹你把我寬容。

可是我來了你就煩不來你就想，

妹妹的心事我猜不清。

我問你，帶來的丸藥可見效？

討來的仙方可見靈？

午後發燒怎麼樣？

到夜晚咳嗽可曾見輕？

我勸你藥要勤吃病體要養。

千萬不要把氣生。

妹妹要有個好歹，

你叫愚兄我活也活不成。

妹妹你保重保重多保重，

有個好歹了不成。

表兄我一心無二就是你，

海枯石爛願把誓盟！〔註43〕

「妹妹要有個好歹，你叫愚兄我活也活不成」、「表兄我一心無二就是你，海枯石爛願把誓盟」都是讀者可以「意料之中」且「喜聞樂見」的寶玉對黛玉真摯、唯一的感情，但書中的寶玉是無法這樣對黛玉剖白的，即使偶然的流露，黛玉也不可能放任寶玉表達。如第三十回中：

黛玉道：「我死了。」寶玉道：「你死了，我做和尚！」黛玉一聞此言，登時將臉放下來，問道：「想是你要死了，胡說的是什麼！你家倒有幾個親姐姐、親妹妹呢！明兒都死了，你幾個身子作和尚？明兒我倒把這話告訴別人去評評。」寶玉自知話說的造次了，後悔不來，登時臉上紅脹起來，低著頭不敢則一聲。〔註44〕

而說唱作品中，不僅寶玉可以大膽的表白自己的愛情，黛玉也不會因為這樣的告白感到冒犯。甚至，有些說唱作品中，黛玉還會將內心的吃醋、不安直接訴於寶玉：

二哥你貴體遠遊來到賤地，

想必是瀟湘館外刮了陣香風。

〔註43〕天津市曲藝團主編：《紅樓夢曲藝集·寶玉探病》，頁35。

〔註44〕清·曹雪芹著，徐少知新注：《紅樓夢》，頁776。

香風刮動二哥你，

因此上來到病房中。

這幾天未上我的瀟湘館，

想必是另有幾個絕色的女子在心中？〔註45〕

這裡的黛玉吃醋的真實、毫無顧忌，雖與小說中的人物形象有所差異，但有她獨特的可愛之處。這樣的對話，也很有可能符合小說中黛玉的真實心理，只是絕不可能於小說中出自黛玉之口。

小說中的寶黛，小心翼翼的相互試探真情，委婉含蓄的彼此交換真心，而說唱作品中的寶黛，則直白、熱烈的表達著對彼此的感情。這正是說唱有別于小說的文體特點，所帶來的創改特色。

而關於小說中模糊不清的「關係」，說唱作品的直白詮釋，也有些有趣的例子。比如小說中關於王熙鳳與賈蓉的關係，僅僅有一些細節上話外之音的暗示，並沒有揭露性的描寫。最妙的一段來自《紅樓夢》第六回「賈寶玉初試雲雨情　劉姥姥一進榮國府」王熙鳳叫賈蓉回來，卻遲遲不說話「出了半日的神，又笑道：『罷了！你且去罷。晚飯後你來再說罷。這會子有人，我也沒精神了。』賈蓉應了一聲，方慢慢退去。」〔註46〕作者用王熙鳳的出神、笑和一句「且去」〔註47〕，若有似無的像讀者傳達了一些信息。而說唱作品的改編，則顯得直白淺顯很多。子弟書《一進榮國府》，作者先是把書中第三視角對賈蓉的簡略的形象描寫，改為王熙鳳視角，擴寫了王熙鳳視角中「風流倜儻」的賈蓉，又增加了一段原著中沒有的王熙鳳對賈蓉的關心「蓉兒呀，偏偏惟你鬧的得！難道你家常皮襖只一件，怪冷的天故意拋輕穿的這麼薄。倘然若被風吹體，提防著又要頭疼個了不得。」〔註48〕，而最明顯的是對原著王熙鳳說話內容的改編「也罷麼，此話當人卻講不得。如今你且回家去，西正再來對你說。」〔註49〕這一句「當人講不得」可謂是坐實了兩人之間不一般的「關係」。

綜上，作為面向大眾的民間說唱藝術，受限於文體的特點，作者在處理

〔註45〕胡文彬編：《紅樓夢說唱集・寶玉探病》，頁367。

〔註46〕清・曹雪芹著，徐少知新注：《紅樓夢》，頁196。

〔註47〕蒙府側：「試想『且去』以前的豐態，其心思用意，作者無一筆不巧，無一事不麗。」見清・曹雪芹著，徐少知新注：《紅樓夢》，頁196。

〔註48〕胡文彬編：《紅樓夢子弟書・一進榮國府》，頁17。

〔註49〕同上注，頁18。

《紅樓夢》的委婉含蓄及留白時，常常需要直接明白、以實代虛的改編，使得觀眾較容易理解作品內容，增加作品對觀眾的吸引力。

　　本章僅以春風文藝書版社出版的《紅樓夢子弟書》、《紅樓夢說唱集》、《紅樓夢曲藝集》三本書為例，展示說唱作品在對於《紅樓夢》進行改編時，對「林黛玉」這一人物壓倒性的偏愛。並從其人物形象、性格特質、與寶玉的愛情故事，皆最符合民間文學受眾的審美心理，來解釋其受到偏愛的合理性。同時，對比小說《紅樓夢》與說唱作品，分析不同藝術形式下，說唱作品突出主角、典型化角色、語言與人物形象都更加直白，與小說的面面俱到、立體化角色、委婉含蓄，呈現出的不同特色。

第二章 經典「紅樓」說唱重構作品之突破

　　本文研究背景中已總結過說唱作品重構《紅樓夢》的難點，第一章中也已對文體限制下《紅樓夢》說唱作品呈現出的創改特色，進行了合理性、必然性分析。不過，雖然困境重重、一些重構的侷限不可避免，數量磅礴的《紅樓夢》說唱作品中，仍有歷經時空考驗，依然懸若日月的經典存在。

　　這些於歷史長河中沉澱下的華章，正是今天值得我們研究與思考的經典作品。它們是如何突破說唱作品重構《紅樓夢》的難題？又是如何在同樣具有一些必然特點的說唱作品中脫穎而出，得到受眾的喜愛？

　　本章嘗試從《露淚緣》等經典「紅樓」說唱重構作品切入，依據研究背景中所提出的說唱改編《紅樓夢》之困難，探究經典作品重構《紅樓夢》時如何突破文體帶來的客觀限制，從情節、結構、格律、修辭、雅俗等方面，分析它們，尤其是《露淚緣》成為經典、在子弟書樂曲已佚的情況下，仍爭相被其他說唱形式改編、演出〔註1〕，傳唱至今的原因。

〔註1〕 至今仍活躍在說唱舞臺上的京韻大鼓《紅樓夢》作品，基本襲用了《露淚緣》子弟書曲詞，如《黛玉焚稿》，基本沿襲了《露淚緣》第四回〈神傷〉、第五回〈焚稿〉之詞，《黛玉歸天》則來自第九回〈訣婢〉等，詳參相聲、京韻大鼓演員張雲雷等視頻作品。1956 年徐進改編的越劇《紅樓夢》也有對子弟書《露淚緣》的借鑒，如第九場〈傻大姐洩密〉與《露淚緣》第二回〈傻洩〉，第十場〈黛玉焚稿〉與《露淚緣》第五回〈焚稿〉有明顯的因襲關係。詳參徐進編劇：《越劇紅樓夢》(上海：上海文藝出版社，1979 年 4 月)，根據 1959 年 7 月第七次修改稿翻印。

第一節　《露淚緣》版本概況

傅惜華子弟書著錄：

> 《紅樓夢》十三回。
>
> 韓小窗作。中國俗曲總目稿補遺頁一零六三著錄。此書即《露淚緣》，詳見下文。文盛堂刻本，傅惜華藏。崇文閣刻本，前中央研究院藏，已毀。〔註2〕

又：

> 《露淚緣》十三回。
>
> 韓小窗作。百本張子弟書目錄著錄；注云：「紅樓。十三回。四吊八。」別野堂子弟書目錄亦著錄，書價作「四吊四。」中國俗曲總目稿頁三六二著錄。此書別題紅樓夢，已見上文。清刻本，傅惜華藏。光緒間會文山房刻本，阿英藏。百本張鈔本，中國戲曲研究院、程硯秋、傅惜華皆藏之。聚居堂鈔本，杜穎陶藏。耕心堂鈔本，賈天慈藏。北京刻本、前中央研究院藏，已毀。〔註3〕

以上所著錄之《露淚緣》，是目前可知存在過的所有版本的記載，包括了一種石印本、五種刻本和六本鈔本。同時《露淚緣》也是韓小窗子弟書中根據記載遺留版本最多的作品，側面反映了其流傳之廣、影響之大。

　　如文獻回顧所撰，關於《紅樓夢》說唱作品的研究大多集中在子弟書這一曲種上。而作為其中記載最多、影響最大的佼佼者，《露淚緣》也獲得過不少關注及研究者之筆墨。但目前之研究成果仍存在疏漏且未有學者注意說唱改編小說之必然限制，並在此背景下，關注到《露淚緣》成功的原因，本文擬從情節、結構、格律、修辭、雅俗的視角，嘗試釐析其成功之特點，以及它對於後世重構《紅樓夢》之說唱作品所獨具的參考與反思價值。

第二節　《露淚緣》作品分析

　　韓小窗的子弟書《露淚緣》，歷來被譽為「韓小窗的代表作品」〔註4〕、

〔註2〕傅惜華：《子弟書總目》（上海：上海文藝聯合出版社，1954年），頁27。

〔註3〕同上注，頁30。

〔註4〕關德棟：〈現存羅松窗韓小窗子弟書目〉，《曲藝論集》（北京：中華書局，1958年），頁87。

「《紅樓夢》改編為子弟書的最具代表性作品」〔註5〕，收錄於《中國曲學大辭典》「曲藝名篇」〔註6〕中。學者任光偉曾評價「從道光以來，中國在戲曲、鼓曲中改編《紅樓夢》者屢見不鮮，但真正理解原作的精髓，體現並發揮原作之精神，並能經得起時間考驗者，首推韓小窗的《露淚緣》」〔註7〕。

　　韓小窗，滿族人，以韓小窗為筆名，真名不可考，生卒年、籍貫相關記載有矛盾之處，或有訛誤，不可完全採信，故學界歷來有爭議。〔註8〕大約為乾隆、嘉慶年間人，主要創作應在嘉慶、道光時期，籍貫雖不詳（一說瀋陽人、一說開原人，一說北京人），但主要生活、創作於北京並無疑義。相傳創

〔註5〕王曉寧：《紅樓夢子弟書研究》，中國藝術研究院藝術學博士論文，2009年，頁69。

〔註6〕齊森華、陳多、葉長海主編：《中國曲學大辭典》（杭州：浙江教育出版社，1997年），頁617。

〔註7〕任光偉：〈子弟書的產生及其在東北之發展〉，收錄於《中國曲藝論集》（第2集）（北京：中國曲藝出版社，1984年），頁417。

〔註8〕上世紀60年代，胡光平等根據對民間老藝人的田調，認為韓小窗約生於道光二十年（1840），卒於光緒二十二年（1896）。張政烺在此基礎上進一步推斷韓小窗原名「韓曉春」，遼寧義縣人。但隨著新材料的出現，以上觀點被後世學者推翻。陳加曾根據日本學者太田辰夫《滿洲文學考》、傅惜華碧蕖館藏書和《紅樓夢書錄》等材料認為胡、張二人觀點不成立，「認為韓小窗應為乾嘉間人，且不可能是義縣人韓曉春」。黃仕忠根據鶴侶《逛護國寺》云「論編書的開山大法師，還數小窗得三昧」，認為韓小窗的年代應不晚於鶴侶（1792～1862），故推斷韓小窗生年應不晚於乾隆後期。崔蘊華根據天津圖書館藏《子弟書三種》中《徐母訓子》的後記中「韓小窗先生在前清康熙年間」、北師大藏《千金全德》子弟書後記題「韓小窗，北京人。是書成於康熙間，盛行乾隆時代」，首都圖書館藏《綠棠吟館子弟書選》序中「嘉道間嘗游於京師東郊之青門別墅」，首圖抄本子弟書《千金全德》後記中「道光二十五七月初旬，得書于宣武門內掛貨鋪掌櫃李手」四則材料，認為韓小窗「活動年份不晚於乾嘉，且極有可能是康雍年間生」。王曉寧則從《紅樓夢》的版本時間上入手，韓小窗作品中對於涉及程偉元、高鶚一百二十回本《紅樓夢》有所改編，而程高本梓行時間為乾隆五十六年，故認為「韓小窗的主要創作時限定在嘉慶道光時期」，以上崔蘊華所依據之四則材料，互相之間有所矛盾，可信度不可靠，綜上本章採陳加、黃仕忠、王曉寧說法之總結。詳參胡光平：〈韓小窗生平及其作品考察記〉，《文學遺產增刊》第12輯；張政烺：〈會文山房與韓小窗〉，《社會科學戰線》，1982年第2期；陳加：〈關於子弟書作家韓小窗——兼與張政烺先生商榷〉，《社會科學戰線》，1984年第3期；黃仕忠：〈車王府鈔藏子弟書作者考〉，收錄於劉茂烈、郭精銳：《車王府曲本研究》（廣州：廣東人民出版社，1999年）；崔蘊華：《書齋與書坊之間——清代子弟書研究》；王曉寧：《紅樓夢子弟書研究》；李洵：〈略談韓小窗及其《金瓶梅》子弟書〉，《浙江藝術職業學院學報》，第12卷年第2期，2014年等。

作子弟書 500 多篇，今流傳有四十八篇。韓小窗的子弟書作品題材廣泛、文筆流暢、詞句雅麗、刻畫細膩、感情充沛，是公認的子弟書歷史上最重要的作者，是子弟書體製成熟的代表人物。

一、精選原著關目並合理鋪排

《露淚緣》全十三回。主要內容依據原著第九十六回「瞞消息鳳姐設奇謀　洩機關顰兒迷本性」、第九十七回「林黛玉焚稿斷癡情　薛寶釵出閨成大禮」、第九十八回「苦絳珠魂歸離恨天　病神瑛淚灑相思地」、第一百一十三回「懺宿冤鳳姐托村嫗　釋舊憾情婢感癡郎」及第一百一十六回「得通靈幻境悟仙緣　送慈柩故鄉全孝道」〔註9〕改編而成，以寶黛二人的愛情悲劇為線，筆墨著重在寶玉、黛玉因他人左右而悲劇收場的結局前後。

第一回〈鳳謀〉，為作品的序幕。首先，作者將寶黛前情濃縮於第一回的前半篇，自木石前盟、下凡還淚至黛玉椿萱早喪、寄居賈府與寶玉兩小無猜，到二人與眾姐妹聚居大觀園、輪流開詩社的生活皆做了精要的總結。這樣的總結不僅完善了自原著重構成篇的子弟書作品，也幫助觀眾了解《紅樓夢》中寶黛二人故事的前後脈絡。同時，《露淚緣》作為重構作品，難免存在經歷原著閱讀者考驗的可能，而韓小窗對原著高度還原性的總結，確保了觀眾無論閱讀過原著與否，於子弟書表演的開始，都可以自然的被帶入表演者的節奏，而不會產生抗拒心理。其次，作者不僅強調了寶黛二人「相親相敬更相憐」〔註10〕之情，也簡單勾勒了寶黛二人性格的矛盾點——寶玉「女孩兒隊

〔註9〕 胡文彬編《紅樓夢子弟書・露淚緣》注稱《露淚緣》「據《紅樓夢》第九十六回至九十八回及第一百零四回寫成。」林均珈在碩論《紅樓夢子弟書研究》中，沿用此說法，且認為「證緣」一回原著無出處。劉衍青於博論《「紅樓夢」戲曲、曲藝、話劇研究》中提出，該說法有誤，《露淚緣》中並未有第一百零四回內容，「證緣」、「餘情」兩回應出自第一百一十六、一百一十三回，故《露淚緣》應出自《紅樓夢》第九十六回至九十八回、第一百一十三及第一百一十六回。筆者經過對於原著與《露淚緣》的詳細比對，採劉衍青之說法，但劉衍青於其博論中提出的每一回對應之原著回目同樣存在錯誤，正確總結應為：〈鳳謀〉、〈傻洩〉、〈癡對〉是出自《紅樓夢》第九十六回；〈焚稿〉、〈誤喜〉、〈鵑啼〉則出自第九十七回；〈婚詫〉出自第九十七、九十八兩回；〈訣婢〉、〈哭玉〉是出自第九十八回；〈閨諷〉出自第九十八、第一百一十三回；「證緣」出自第一百一十六回、〈餘情〉出自第一百一十三回、〈神傷〉是作者添加的情節。

〔註10〕本章《紅樓夢子弟書・露淚緣》原文之引用，皆出自胡文彬編：《紅樓夢子弟書・露淚緣》，頁237～287。除方塊引文外不再一一標註。

裡偏和氣，就是那女僕叢中也香甜」「但只是天生癡性終難改，一會兒多情一會兒難纏」、黛玉「又孤高而又冷，心又多疑話又尖」及黛玉「背地裡不知流落多少淚，漸漸的形容瘦損病懨懨」的身體狀況，為後文二人的悲劇作了鋪墊。最後，第一回的下半段，作者始進入本作品從原著中選擇、拼接後的主要情節——寶玉丟玉而瘋，賈母等決定為其娶妻沖喜，恐怕黛玉「福分輕微身子單」，決定擇寶釵為媳。而襲人回稟王夫人寶黛之情，恐寶玉不得遂心，引出鳳姐獻計掉包新娘，哄騙寶玉。

第二回〈傻洩〉，作者先增加了黛玉的心理活動的鋪墊，從黛玉角度向觀眾了描繪了寶黛兩情相悅的美好愛情，利用觀眾已了解寶玉娶親真實情況的「全知視角」與黛玉口吻裡「限知視角」的幻想與糾結，製造衝突矛盾，抓住觀眾心理。其次，在黛玉的糾結後直接接續傻大姐向黛玉洩密「寶玉將娶寶釵一事」的情節，使得情節緊湊、衝突明顯，迫使明明已知此事的觀眾一回到黛玉視角，就立刻與黛玉一同感受肝膽俱裂的絕望情緒。

第三回〈癡對〉，這一回敘述林黛玉聽畢傻大姐之言，似離了魂，直奔寶玉臥房，神情恍惚，與寶玉對坐，寶玉癡笑，黛玉癡愣。至回到瀟湘館方回魂，然萬念俱灰的黛玉，縱有萬語千言，全變成一口鮮血，自此治病的參藥「全不用」。這一回基本繼承原著相關情節，但在黛玉的處理上，比原著更加直白淺顯。原著的黛玉在這裡和寶玉「對著臉傻笑」、黛玉「瞅著寶玉只管笑、只管點頭兒」，回了瀟湘館雖然心中「只求速死」，但未與人直言。而《露淚緣》此回中的黛玉雖也無言，但「沒精打采只發愣」、「目不轉睛看寶玉，也不噓寒溫也不告辭」，回到了瀟湘館回神過後，直命紫鵑、雪雁人參粥藥「總莫提」。原著的處理深意無限，卻難以在當下表演中得到回饋，故而作者的處理雖較之直接明白，卻符合說唱藝術的需求，更能獲得觀眾的理解、抓住觀眾的注意力。

第四回〈神傷〉是原著未有、作者增加的黛玉內心獨白。在得知金玉良緣將成之後，在焚稿離魂之前，作者通過對黛玉的「病美人」描寫及其內心的感慨，再次著墨於黛玉的身世飄零，點明賈母、舅舅、舅母、眾姐妹、丫頭婆子等形象，反映黛玉寄人籬下的艱難處境，描寫黛玉同寶玉間的深情與錯付以及對寶釵「橫刀奪愛」的怨。該回作為作者的原創性改編，非常符合前文論述的說唱重構《紅樓夢》的必然特點，作者以黛玉為主角，從外形美麗、性格多愁、身世惹人憐惜、與寶玉悲劇結尾的愛情幾個方面來塑造黛玉形象，

以迎合觀眾的審美心理。同時不惜犧牲其他人物的立體化形象來突出主角黛玉，甚至一改原著中黛玉的委婉含蓄而確保劇情的完善與觀眾的接受。

第五回〈焚稿〉，焚稿斷情是原著重頭戲之一，此回也同樣是本篇作品的高潮。主要寫黛玉病情日重，回憶往事，滿心悲憤與絕望，最終焚稿。此回與原著焚稿相比也有許多改動。韓小窗筆下的黛玉，在焚稿之前增加了許多的回憶與反思，比如對於讀書識字的怨恨「你再休提書和字，這件東西最誤人，念了書就生出魔障，認了字便惹動情根」、「文章誤我我誤青春」，比如對於柳絮詞、海棠詩社、凹晶館聯詩等原著前文裡對於黛玉既重要又美好的情節的回顧，比如對焚稿的決心「我這聰明依舊還天地」、「不留下怨種愁根誤後人」。增加的內容中，對於作詩聯句等黛玉才氣縱橫的畫面總結，一方面突顯黛玉才情的出眾，另一方面有助於未閱讀過原著的觀眾更深刻的體會到詩稿對於黛玉的重要性，進一步襯托出此時黛玉的心灰意冷。而對於讀書識字的怨恨和還聰明於天地的決定，雖然略顯偏執和直白，但句句傳遞的都是聰慧如黛玉，在面對這無可奈何的結局的絕望。這裡增加情節所反映的黛玉形象其實較原著已有差異，但符合子弟書當下藝術的需要，更能調動觀眾的憐惜之情，將黛玉的才情、通透與決絕表達得淋漓盡致。

第六回〈誤喜〉，以寶玉為主，描繪寶玉誤以為將與黛玉成親，喜不自禁。原著中對於寶玉之「喜」也有描繪，但未有本回如此渲染。且韓小窗借寶玉視角，又再次回顧了寶黛二人相處點點滴滴中的情深義重，強調了黛玉在寶玉心中是楚楚動人、才情兼備、舉世無雙的存在。這樣的筆墨處理，不僅加重了寶黛兩情相悅卻悲劇收場的無力感，更讓具有「全知視角」的觀眾悲不自勝。

第七回〈鵑啼〉，敘述寶玉成親當日，鳳姐傳話要紫鵑去攙扶新人，以騙過寶玉，而紫鵑為黛玉不平，執意拒絕。「紫鵑不願前往新房扶新人，以雪雁代」，原為原著情節，然本回中無論是紫鵑為黛玉不平的心境、對鳳姐的怨恨抑或是執守黛玉的剛烈性格，均經過作者韓小窗創作性的點明、放大與渲染。這樣的處理塑造了紫鵑作為黛玉心愛丫鬟的正面形象，同時也借紫鵑之口，將觀眾心中對於整個故事中關於善、惡的評判，對於人物愛、恨的情感皆宣之於口。

第八回〈婚詫〉，敘述寶玉成親之日，驚覺新婦為寶釵，登時瘋魔，一心要去尋黛玉，願與黛玉「一雙枯骨同葬荒郊」。此回大抵依循原著，最大的不

同在於原著中婚禮現場寶玉雖發病，口中要找林妹妹，但被眾人以安神香壓睡下。反觀此回作者則並未如此收場，而是將原著中寶玉、寶釵二人已過回九後，寶玉與襲人的一段對話挪至婚禮現場，反映寶玉得知上當後的難以接受，聲淚俱下的傳遞了他對黛玉的擔心、癡情及一片真心。從某種意義上來說，這是對寶玉前八十回性格揣摩的成功。作者的改編或許更符合曹雪芹筆下寶玉的性格〔註11〕，更重要的是，這樣的改編，突出了矛盾，使劇情跌宕起伏，寶玉的心痛悲傷，也令觀眾動容，這二者皆有利於表演者抓住表演氛圍與節奏、帶動觀眾的情緒。

第九回〈訣婢〉，擴寫黛玉與紫鵑的訣別時刻，敘述了黛玉在交代完紫鵑後事後，念著寶玉之名，香魂遠去。作者將原著中黛玉與紫鵑僅僅一句半的告白「我是不中用的人了！你伏侍我幾年，我原指望偺們兩個總在一處，不想我……」〔註12〕暈染開來，演繹成一段主僕二人有來有回、推心置腹、感人肺腑的訣別。使得黛玉的真誠，紫鵑的忠心及二人間的情深義重皆有了集中性體驗，承「鵑啼」啟「餘情」。同時，作者留意到原著提及，黛玉香消玉殞之時正是寶玉寶釵成親之間，在本回最後，作者將「魂去」、「洞房」兩個場景借表演者之口放在同一句唱詞內進行對比，以天差地別之景，烘托黛玉令人惋惜、心疼的悲劇結局。

第十回〈哭玉〉，與上回相同，擴寫了原著中未著筆墨具體描寫的寶玉哭黛玉的內容。本回中，作者用大段抒情性的哭玉之詞，表達寶玉對黛玉的憐、愛、敬、悔，表現寶黛二人兩情相悅的愛之深、落得如此收場的悲之切。這兩回的擴寫，分別是黛玉、寶玉二人的「腸斷三聲」，也同樣是說唱藝術中最易打動觀眾的抒情性渲染、表達。

第十一回〈閨諷〉，描寫寶釵勸寶玉看開黛玉之死，收心唸書，求取功名，但未得到寶玉的正面認可。寶釵對寶玉的不同角度的勸慰原著中分在幾回，二人並未有如本回般正面的交鋒，作者這裡的處理可謂是合理的整合及延伸，對寶釵、寶玉形象的塑造都較貼合劇情，這裡的寶玉無論在釋懷黛玉之死或是讀書考取功名的討論上，均未有認可寶釵的言語，倒顯得比續書中的寶玉，

〔註11〕劉衍青：《「紅樓夢」戲曲、曲藝、話劇研究》，頁290。
〔註12〕清・曹雪芹著，徐少知新注：《紅樓夢》，頁2300。原著中黛玉對紫鵑說的話，不同版本有所差異，但皆停留在一句半處，黛玉便說不下去，也均未有紫鵑的回應。

對寶釵更無情些。二者的處理何者更貼近曹雪芹處理，不在本文的討論範圍裡，但毫無疑問，這樣的寶玉一定是更符合說唱觀眾的審美心理的。

第十二回〈證緣〉，點題，寫寶玉魂重遊太虛境，由和尚口中得證與黛玉前世露淚緣，徹悟之下願拋家修行。本回內容大多基於原著，但作者將寶玉在太虛幻境中與鴛鴦、鳳姐、秦可卿等人的互動一筆帶過或直接略過，主要集中於與黛玉相關的內容。且原著的和尚並未與寶玉直言前世因果，故寶玉也未有直接表明修行心意的機會。這樣與原著有異的處理毫無疑問是為了貼合不同文體的需求，不同於小說的多線結構，說唱作品考慮到演出時空限制及效果，集合主線、刪除旁枝末節、直接淺顯的說明故事發展需要的鋪墊及點明主角的心跡，都是說唱作品的合理改編。

第十三回〈餘情〉，敘述寶玉尋紫鵑訴餘情，詢問黛玉臨終可有言語留於自己，而紫鵑冷淡回應。這一回改編自原著第一百一十三回，但稍有不同，原著的寶玉已於第九十八回詢問過黛玉死時之景，這裡去尋紫鵑，目的主要是解開紫鵑對自己的心結，「釋舊憾」。而韓小窗筆下的寶玉沉浸於對黛玉的思念，雖也希望解開紫鵑對自己的誤解，但更多的是「訴餘情」，且沒有前情鋪墊下，作者選擇將寶玉詢問黛玉臨終之際的情形挪至此處，更突顯寶玉對黛玉自始至終「入骨相思總不歇」，滿心只有黛玉一個。這是作者在本篇中對於寶玉形象的一貫處理，即專一、癡情，符合觀眾的心理，也更利於烘托兩情相悅卻悲劇收場的哀傷，以發揮表演作品相較於小說更便於抒情的優勢。有趣的是，這一回接續在寶玉大徹大悟願意修行出家之後，又戛然而止在紫鵑並未領情的冷淡中。寶玉的未來，究竟是如何走向？寶玉未訴完的情，又該何去何從？作者並未留下明確的結局與答案，這是作者留給觀眾的餘音。正如其在本回詩篇中所說「文章要有餘不盡方為妙，越顯得煞尾收場趣味別」。

綜上，不難發現，《露淚緣》的創作充分考慮了說唱當下藝術的客觀需求：首先，選擇了原著相對來說衝突、矛盾較為集中且能夠吸引觀眾的主線劇情。其次，貼合觀眾審美心理選取了原著的主角形象元素並進行加工塑造。第三，集中渲染原著未擴展開來的情節，在不與原著產生衝突且符合人物形象的同時，充分發揮說唱藝術擅於抒情的優勢。

同時對於說唱文體限制下作品呈現的必然特點，在《露淚緣》中也同樣有所體現。尤其是突出主角一點，作品基本刪除了寶黛結局前後，原著中的

旁枝末節，集中塑造了聰慧敏感的黛玉、癡情專一的寶玉、有情有義的紫鵑
等幾個正面形象。而說唱作品作為表演呈現，需要將原著一些委婉、含蓄或
因有深意而未寫明之處，直接了當的表達，對於這一點，《露淚緣》也根據
自身的劇情需要而充分改編。但作者在進行這些不同於原著的剪裁處理時，
又巧妙地將其中許多新創情節，設計為人物的內心獨白，這樣，一方面達到
了讓觀眾於短時間內接收信息、確實明白的了解劇情與人物的目的，另一方
面又將對人物形象的破壞控制在有限的程度內。這樣的設計，對於閱讀過原
著的觀眾來說，意味著作者並未更改原作實際的面貌，只是從某種意義上，
還原並渲染了讀者在閱讀小說時，對於人物心理的自我揣測與臆想，那麼，
只要作者的發聲在大方向上能夠符合大多數讀者對原著的理解和觀眾的審美
心理，便可得到認可與支持。但同時，必須要承認的是，雖然作者在尊重、
貼合原著上極為用心，但依舊犧牲了一些配角形象的立體化，主角較之原
著也有典型化的趨向，並未能完全避免說唱文體改編《紅樓夢》無法迴避的
缺點。

在說唱文體限制下，《露淚緣》的改編做到了對於原著人物形象充分尊重，
對於原著的內容進行合適的情節選擇、合理的增刪鋪排。盡量減少與小說這
一文體相比說唱文體對作品帶來的限制，轉而發揮說唱文體自身的優點，在
尊重說唱文體帶來的必然特點（甚至是必然缺點）與尊重原著中盡力找到可
維繫的平衡點。

這樣看來，《露淚緣》作為重構《紅樓夢》最優秀的說唱作品，便有理可
循了。

二、結構嚴謹、合轍押韻

袁行霈《中國文學史》中有對於子弟書體制的部分論述：

> 子弟書的樂曲今已失傳，由現存文本看，其體制以七言句式為主，
> 可添加襯字，多時一句竟長達 19 字，形式在當時的講唱文學中最
> 為自由靈活。篇幅相對短小，一般一二回至三四回不等，最長者如
> 《全彩樓》敘呂蒙正故事，也不過 34 回。每回限用一韻，隔句也叶
> 韻，多以一首七言詩開篇，可長可短，然後敷演正文。〔註13〕

〔註13〕袁行霈主編：《中國文學史》（第四卷）（北京：高等教育出版社，2005 年），
頁 347。

可見，子弟書雖形式較為靈活，但作為一種以唱為主〔註14〕的韻文文體，雖樂曲失傳，其曲詞仍有其自身的格式、結構要求。

首先，子弟書在每回回目的前面大多有一首詩，以七言為主，大多八句，稱為「詩篇」，因為它是一篇之開始，故又稱為「頭行」，用來敘速作者寫作的動機或總括該篇內容的大意；其次，子弟書以「北方十三轍」〔註15〕為韻，「每回限用一韻，隔句叶韻」，詩篇與正文必須同韻，如果一篇書有多回，則回與回之間可以換韻，若頭回之前有多首詩篇，則每首詩篇彼此可押不同韻部，但頭回正文內容需與最後一首詩篇同韻；第三，子弟書為上下句形式。每句字數只有一個大概的限制：少不少於七字，多者有至二十字左右（雖目前所見子弟書每句字數差距較大，但研究者普遍認為子弟書存在潛在的七言句式結構）；第四，子弟書上下句中，下句用韻，上句結字為仄聲，下句結字為平聲；第五：子弟書分東西兩韻。一種說法認為子弟書東韻每篇為八十句，十句一落共八落，西韻每篇大半一百句，共分十落。一種說法認為子弟書「每回由十番組成，每番有八句或十句唱詞」。而天津曲藝團老演員劉寶光說子弟書應是八十八句，八句詩篇，八十句正文。從現存子弟書來看，以上格式皆有，可能是子弟書於其形成期有明確規定，後來有作者未嚴格遵循，也有可能是本就有多種的體制規格。但總結來說，子弟書大致每回都是在八十句到一百句左右。〔註16〕

〔註14〕子弟書的正文「只說不唱」，關於詩篇是說是唱，資料太少，難下定義，仍有爭議。可參考楊宗珍：《中國小說史》（臺北：傳記文學出版社，1971年），頁142。

〔註15〕具體見附錄1：「北方十三轍」是中國明清以來北方戲曲、曲藝通用的十三個韻部。「轍」也叫「轍口」，就是「韻」。因此「合轍」即為「押韻」。即將字尾所歸之韻總結起來，韻母按照韻腹相同或相似（如果有韻尾，則韻尾必須相同）的基本原則歸納出來的分類，目的是為了使誦說、演唱順口、易於記憶，富有音樂美。「十三轍」包括：發花、梭坡、乜斜、懷來、灰堆、遙條、油求、言前、人辰、江陽、中東、一七、姑蘇，共十三轍。「十三轍」的韻目名稱有多種版本，本文以教育部大辭典編纂處編：《北平音系十三轍》（臺北：天一出版社，1973年）為准。詳參教育部大辭典編纂處編：《北平音系十三轍》；中國大百科全書編輯委員會編：《中國大百科全書戲曲曲藝卷》，頁492；宋承憲：《歌唱咬字訓練與十三轍》（北京：中央民族大學出版社，1998年）。

〔註16〕子弟書的體制規格沒有明確的文獻記載流傳，目前對其體制要求的認知主要來自於是後人各個角度的推定、研究，鑒於本文重點並不在考證其體制絕對正確的規定及後人研究的是非，因此僅對前輩學者們的研究進行梳理、整合，

根據以上子弟書結構、體例的要求，可將《露淚緣》的押韻、句數、詩篇及其韻腳等列為一表〔註 17〕，以供研究：

表 3　《露淚緣》結構分析

回　目	正文押韻	句數	詩篇內容	詩篇押韻	詩篇季節
一〈鳳謀〉	言前（ㄢ）	102	孟春歲轉艷陽天，甘雨和風大有年。銀幡彩勝迎人日，火樹星橋慶上元。芳名園草木回春色，賞花燈人月慶雙圓。冷清清梅花只在林家配，不像那金谷繁華惹熱緣。	言前（ㄢ）	孟春
二〈傻洩〉	梭坡（ㄛ）	102	仲春冰化水生波，節屆花朝天氣和。輕暖輕寒時序好，乍晴乍雨賞心多。杏花村裡尋芳酒，好鳥枝頭送雅歌。怪只怪青柳條兒偏多事，無端的洩漏春光可奈何。	梭坡（ㄛ）	仲春
三〈癡對〉	一七（一）	102	季春和煦正良時，萬木芬芳鬥艷奇。溱洧彩蘭傳鄭女，山陰修禊羨羲之。神女生涯原是夢，情人愛慕總是痴。桃花流水依然在，到如今劉、阮重來路也迷。	一七（一）	季春
四〈神傷〉	江陽（ㄤ）	104	孟夏園林草木長，樓台倒影入池塘。佛誕繁華香火盛，名園富貴牡丹芳。梅雨怕沾新繡襪，踏花歸去馬蹄香。就知是開到荼蘼花事了，玉樓人對景傷情暗斷腸。	江陽（ㄤ）	孟夏
五〈焚稿〉	人辰（ㄣ）	100	仲夏熏風入舜琴，女兒節氣是良辰。忘憂萱草宜男佩，如火榴花照眼新。青青艾葉懸朱戶，裊裊靈符插鬢雲。汨羅江屈原冤魂憑誰弔，空留下天問離騷與後人。	人辰（ㄣ）	仲夏
六〈誤喜〉	油求（ㄡ）	100	季夏炎氣大火流，北窗高臥傲王侯。涼亭水閣紅塵遠，沉李浮瓜暑氣收。花影慢移清晝永，棋聲驚醒夢魂幽。愛蓮花高清雅韻同君子，誤認作連理雙枝並蒂頭。	油求（ㄡ）	季夏
七〈鵑啼〉	灰堆（ㄟ）	100	孟秋冷露透羅幃，雨過天晴暑氣微。七夕年年牛女會，穿針乞巧滿香閨。海棠濺齒佳人淚，萬木秋聲楚客悲。最傷心杜鵑枝上三更月，聽了那一派悲聲怎不皺眉。	灰堆（ㄟ）	孟秋

採用學界普遍讚同的觀點。詳參袁行霈主編：《中國文學史》（第四卷），頁347、崔蘊華：《書齋與書坊之間——清代子弟書研究》、潘霞：《清代子弟書研究》，四川師範大學古代文學碩士論文，2009 年 5 月等。

〔註 17〕見表 3。

八〈婚詫〉	遙條（ㄠ）	100	中秋十五月輪高，月下人圓樂更饒。金風〔註18〕玉露空中落，桂子天香雲外飄。嫦娥應悔偷靈藥，弄玉笛吹隱鳳簫。怕只怕龍鍾月老將人誤，兩下裏錯繫紅絲惹恨苗。	遙條（ㄠ）	中秋
九〈訣婢〉	懷來（ㄞ）	100	季秋霜重雁聲哀，菊綻東籬稱雅懷。滿城風雨重陽近，一種幽香小圃栽。不是淵明偏愛此，此花開後少花開。到夜來枝枝影橫牆上，恍疑似環珮魂從月下來。	懷來（ㄞ）	季秋
十〈哭玉〉	發花（ㄚ）	100	孟冬萬卉斂光華，冷淡斜陽映落霞。小陽風氣春猶暖，下元節令鬼思家。那裡尋桃花開似三春景，只剩下霜葉紅於二月花。瀟湘館重翻千古蒼梧案，弔湘妃竹節成斑淚點雜。	發花（ㄚ）	孟冬
十一〈閨諷〉	姑蘇（ㄨ）	100	仲冬瑞雪滿庭除，冬至陽生氣候舒。酒香不問寒深淺，漏永誰知夢有無。水仙花放黃金盞，心字香焚白玉爐。繡幃中柔情軟語低低勸，好一個寒夜挑燈仕女圖。	姑蘇（ㄨ）	仲冬
十二證緣	中東（ㄥ）	100	季冬萬木盡凋零，臘月留傳節令同。東廚祭灶香煙滿，除日離年酒味濃。百草新芽還未吐，萬花春意已潛生。松竹梅歲寒三友非凡品，須向那三島蓬萊問姓名。	中東（ㄥ）	季冬
十三〈餘情〉	乜斜（ㄝ）	100	三年逢閏歲華接，賞心樂事喜事迭。天官有意留佳景，人世重新賀令節。囊有餘鈔增氣概，家有餘慶衍瓜瓞。文章要有餘不盡方為妙，越顯得煞尾收場趣味別。（乜斜）	乜斜（ㄝ）	逢閏

據表3，可見《露淚緣》十三回，每回回目前皆有「詩篇」，以七言為主，均為八句。且，這十三個主題的詩篇，充分表現了作者匠心獨具的寫作技巧。其詩句不僅和景物有關，而且按照一年四季春夏秋冬的順序排列，將景物描寫與劇情發展結合起來，以映襯故事情節的轉折與主角二人淒涼的結局。

> 林黛玉驚聞婚變，是在仲春之際，隨著愛情的失落，心情也像季節一樣由熱到冷，直到如秋風中的枯葉。賈寶玉娶親時，季節已轉變到秋天，林黛玉在瑟瑟秋風中回憶逝水年華，最後悲病過度而死去，秋天成為生命與愛情消殞的無情象徵。〔註19〕

〔註18〕此處原作訛誤，寫作「鳳」。
〔註19〕詳見崔蘊華：《子弟書研究》，北京師範大學研究生院博士學位論文，2003年5月，頁27～28。

可見作者韓小窗別出心裁的將季節的更替、終結與人生命運的跌宕、消亡結合於一體，使詩篇不僅僅為正文內容服務，發揮自己闡述寫作動機或總括該回劇情的作用，還同時擁有了一個相對獨立、合理推進的自我架構。

又，《露淚緣》上下句中，下句押韻、隔句叶韻，韻腳整齊。每回用一個韻部，詩篇與正文同韻，十三回恰好合完「十三轍」的十三個大轍。且，細細梳理《露淚緣》全文，全篇每句最少七字，至多十四字，上句結字皆為仄聲，下句結字均為平聲。第一、二、三回共 102 句，第四回 104 句，第五至十三回皆為一百句。

可以說，合轍押韻、結構嚴謹，《露淚緣》從各個方面，都完全遵循了自身說唱曲種的結構要求、體例規範，符合表演者和觀眾的演出及觀看習慣。且，規範、整齊的韻腳，也使得它便於演唱者記憶、吟誦起來上口和諧，使得作品極富音樂美，為其廣泛傳唱提供了保證。

三、妙用修辭

研究背景中曾提到，說唱與小說不同，作為口頭表演藝術，尤其是其韻文，在創作時要注意追求節奏分明，朗朗上口，形成對聽眾的吸引力及感染力。除了押韻之外，還需要作者運用例如排比、對比、疊字、頂針等修辭手法加深觀眾對內容的印象，帶動作品節奏。

韓小窗在創作時，就深諳說唱藝術對此的需求，在《露淚緣》中有許多對修辭的妙用。

（一）排比

例如，第五回〈焚稿〉：

> 曾記得柳絮填詞誇俊逸，
> 曾記得海棠起社鬥清新，
> 曾記得凹晶館內題明月，
> 曾記得櫳翠庵中譜素琴，
> 曾記得怡紅院裡行新令，
> 曾記得秋爽齋頭論舊文，
> 曾記得持樽把酒重陽賦，
> 曾記得弔古攀今《五美吟》。[註20]

[註20] 胡文彬編：《紅樓夢子弟書·露淚緣》，頁 256。

作者這裡「曾記得」的八個排比，讓黛玉回憶的情緒逐漸遞增，有利於增加氣勢、渲染感情。表演者帶著觀眾一起如泣如訴地回憶昔日大觀園內的美好生活，回望聰慧有才情的黛玉自己，並與如今淒涼悲慘的結局作對比，為接下來焚稿的劇情做鋪墊。又如，第六回〈誤喜〉：

看他那眉鎖春山含秀氣，
正配我細染霜毫如意鉤。
看他那眼橫秋水無塵垢，
正配我青眼相看格外留。
看他那宜嗔宜喜多情態，
正配我惜玉憐香繞指柔。
看他那文成珠玉繽紛落，
正配我筆走龍蛇常唱酬。
我為他心事全憑詩帕贈，
他為我淚珠常傍枕邊流。
我為他似淡還濃不露意，
他為我欲言又止半含羞。
我為他溫柔玉磬留為聘，
他為我韓壽聞香不許偷。
我為他來把琴心通卓女，
他為我肯將簫韻引秦樓。〔註21〕

作者連用四個「看他那……正配我……」句式，再接續四個「我為他……他為我……」句式的排比，將寶玉誤以為自己將娶黛玉的狂喜以及寶黛二人兩情相悅的愛情表達的淋漓盡致。排比句的使用，使得這一段節奏和諧，顯得感情洋溢，讓觀眾既能受到寶玉心情的感染，又不禁因為了解這場「誤會」的實質而難過。再如，第九回〈訣婢〉：

再和你手摸圓鏡調香粉，
再和你代挽盤龍整玉釵，
再和你尋花小徑持羅扇，
再和你並坐紗窗刺繡鞋，
再和你春朝早起摘花朵，

〔註21〕胡文彬編：《紅樓夢子弟書‧露淚緣》，頁 257。

再和你寒夜挑燈鬥骨牌，

再和你添香侍立觀書畫，

再和你步月同行踏翠苔。〔註22〕

這八個出自紫鵑口的「再和你」排比，精雕細琢的描摹了主僕二人曾經時和歲好的生活畫面，層次清楚、形象生動，牽引著讀者沉浸於作者所營造的感情氛圍中，與紫鵑一同情緒起伏。而《露淚緣》中最長的排比，來自第十回〈哭玉〉，與以上相同結構的排比句不同，作者連用了 16 個同中有異的排比結構，來表達寶玉對黛玉的一腔癡情、一片真心：

我許你高節空心同竹韻，

我重你暗香疏影似梅花。

我羨你千伶百俐見識兒廣，

我慕你心高志大把人壓。

我佩你骨骼清奇無俗態，

我喜你性情高雅厭繁華。

我愛你嬌面如豔花有愧，

我賞你丰神似玉玉無瑕。

我畏你八斗才高行七步，

我服你五車學富有手八叉。

我聽你綠窗人靜棋聲響，

我和你流水高山琴韻佳。

我哭你椿萱並喪憑誰靠，

我疼你斷梗飄蓬哪是家。

我敬你冰清玉潔抬身份，

我信你雅意深情暗浹洽。〔註23〕

這十六句的句頭，皆為「我……你」的結構，但又句句不同，使得情緒層層推進。令寶玉對黛玉的敬、愛、憐、惜皆在這靈堂內的哭白中傾瀉而出，是全篇最長、最巧妙也最富有煽情性的排比。

（二）對比

除了排比，《露淚緣》中也不乏對比手法的運用，例如第四回〈神傷〉，

〔註22〕胡文彬編：《紅樓夢子弟書・露淚緣》，頁 271。

〔註23〕同上注，頁 274。

黛玉在偶然得知金玉良緣已成定局後的內心獨白：

　　他如今鴛鴦夜入銷金帳，

　　我如今孤雁秋風冷夕陽。

　　他如今名花並蒂栽瑤圃，

　　我如今嫩蕊含苞菱道旁。

　　他如今魚水合同聯比目，

　　我如今珠泣鮫綃淚萬行。

　　他如今穿花蛺蝶因風舞，

　　我如今露冷霜寒夜偏長。〔註24〕

　　這其實也是一段排比，但同時更是黛玉心中自己與寶釵境遇的對比。作者借用這樣前後兩句「他如今」、「我如今」相同句式中天差地別的內容比較，極有感染力的向觀眾傳遞了黛玉的絕望與無助。類似作用的對比還出現在第九回〈訣婢〉：

　　一邊拜堂一邊斷氣，

　　一處熱鬧一處悲哀，

　　這壁廂愁雲下雨遮陰界，

　　那壁廂朝雲暮雨鎖陽臺，

　　這壁廂陰房鬼火三更冷，

　　那壁廂洞房喜氣一天開。〔註25〕

　　作者借用說唱藝術特點的優勢，將「黛玉魂去」的悲涼和「寶玉洞房」的喜氣兩個畫面、氣氛各分半句或上下句同時呈現，讓觀眾的想象隨視角輾轉，卻又時刻沉浸在這一場愛情悲劇的哀傷與無助中。

（三）疊詞

　　《露淚緣》中同樣也有疊詞的運用，如第二回〈傻洩〉，黛玉聽了傻大姐的話後：

　　霎時間魂飛魄散怔呵呵，

　　悶沉沉閉口無言咕嘟著嘴，

　　喘吁吁怒氣填胸噎嗓脖。

　　怔呵呵面上發青沒了人色，

〔註24〕胡文彬編：《紅樓夢子弟書‧露淚緣》，頁252。

〔註25〕同上注，頁272。

撲騰騰心裡亂跳顫哆嗦。

直勾勾兩眼無光天地暗，

悶悠悠遍體生風打旋磨。

惡恨恨滿腔怒氣高千丈，

軟怯怯一轉身軀往前挪。〔註26〕

作者連用八個疊詞「悶沉沉」、「喘吁吁」、「怔呵呵」、「撲騰騰」、「直勾勾」、「悶悠悠」、「惡恨恨」、「軟怯怯」，來表達傻大姐洩露的秘密對於黛玉的衝擊。且這八個疊詞包括了動作、聲音、神態、心理、生理各個方面的狀態，唯妙唯肖的向觀眾傳達了黛玉鑽心的痛苦與天崩地裂般的情境。

綜上，韓小窗的《露淚緣》藝術手法多樣，對於排比、對比、疊字等修辭皆有合情合理合時宜的妙用，對聽眾有足夠的吸引力及感染力。

四、雅俗共賞

《露淚緣》在重構《紅樓夢》的說唱作品中，屬於「雅」意較濃的一類。首先，作者的語言非常詩意化。作者化用了不少前人詩句，並加入自身創作。例如第一回〈鳳謀〉「詩篇」中的「銀幡彩勝迎人日，火樹星橋慶上元」，是對黃升「銀幡彩勝參差剪。東風吹上釵頭燕」〔註27〕與蘇味道「火樹銀花合，星橋鐵鎖開」〔註28〕兩個作品的化用，且作者重新創作的詩句，符合七言絕句的格律，足見韓小窗文學功底的深厚。又如：第七回〈鵑啼〉正文中的「歲寒方知松柏茂，隆冬始顯傲霜梅」來自宋庠〈次韻和丁右丞因贈致政張少卿二首其一〉的「歲晏始知松柏茂。凌雲高節不關春」〔註29〕。而第十回〈哭玉〉中「詩篇」的「哪裡尋桃開似火三春景，只剩下霜葉紅於二月花」〔註30〕，

〔註26〕胡文彬編：《紅樓夢子弟書・露淚緣》，頁242。

〔註27〕黃升，南宋詞人（生卒年不詳，字叔暘，號玉林，又號花庵詞客，建安人），〔重疊金〕〈除日立春〉「銀幡彩勝參差剪。東風吹上釵頭燕。一笑繞花身。小桃先報春。新春今日是。明日新年至。學蘭莫探官。人間行路難」。

〔註28〕蘇味道，唐代政治家、文學家（648～705，趙州欒城人），〈正月十五夜〉「火樹銀花合，星橋鐵鎖開。暗塵隨馬去，明月逐人來。游伎皆穠李，行歌盡落梅。金吾不禁夜，玉漏莫相催」。

〔註29〕宋庠（996～1066，初名郊，字伯庠，入仕後改名庠，更字公序，開封府雍丘縣雙塔鄉人），北宋文學家、政治家，官至宰相，〈次韻和丁右丞因贈致政張少卿二首其一〉「幾年辭寵解華紳，佛忍莊恬共嚙神。歲晏始知松柏茂。凌雲高節不關春」。

〔註30〕胡文彬編：《紅樓夢子弟書・露淚緣》，頁272。

則是對杜牧〈山行〉〔註31〕詩句的挪用，等等。

其次，作者巧用典故來濃縮句意、雅化作品。《露淚緣》全篇十三回，韓小窗在情節展開的過程中運用了許多符合當下情境的典故，以幫助情節的豐滿、人物的塑造、以及對觀眾情感情緒的調動。這些典故雖雅，但其背後的故事大多家喻戶曉，以保證觀眾對於作品的順利解讀。關於《露淚緣》用典，整理如下表〔註32〕：

表4　《露淚緣》用典

編號	回次	《露淚緣》原句	典　故	用　意
1	一	管保他銀河織女會牛男	牛郎織女	表示鳳姐設謀使寶玉、寶釵之婚事牽線成功。
2	二	夙昔幽懷付與南柯	南柯一夢	表現黛玉關於愛情的美好願景終成一場空。
3	五	又不能流水高山遇知音	伯牙鍾子期	表現寶黛二人的知己之情及黛玉此刻的絕望。
4	六	數著日子盼河洲	河洲	用多個愛情典故，表現寶黛二人兩情相悅的美好愛情。
5	六	他為我韓壽聞香不許偷	韓壽偷香	同 4
6	六	我為他來把琴心通卓女	司馬相如卓文君	同 4
7	六	他為我肯將簫韻引秦樓	簫史弄玉	同 4
8	六	現如今阿嬌已向金屋貯	金屋藏嬌	同 4
9	六	不亞如新得佳人字莫愁	莫愁	同 4
10	六	管叫他銀河織女會牽牛	牛郎織女	同 1
11	六	選定了紅鸞天喜照秦樓	簫史弄玉	敘述鳳姐罔顧寶玉心意，姻緣已定。
12	七	滿望著京兆揮毫代畫眉	京兆畫眉	表現紫鵑對於寶黛美好結局的憧憬。
13	八	等候那織女牛郎渡鵲橋	牛郎織女	同 1
14	八	分明是薛家姐姐在藍橋	藍橋	表示寶玉與寶釵成婚。
15	九	就是那結草銜環也不稱心懷	結草銜環	表現紫鵑對黛玉知恩圖報、不棄不離的一片真心。

〔註31〕杜牧，〈山行〉「遠上寒山石徑斜，白雲深處有人家，停車坐愛楓林晚，霜葉紅於二月花」。
〔註32〕見表 4。

16	十	他已一命染黃沙	命染黃沙	表示黛玉之死。
17	十	庭前空種相思豆	相思豆	表達寶玉對黛玉的相思之情，表現寶黛愛情。
18	十	砌邊都是斷腸花	斷腸花	表達寶玉對黛玉已死的悲傷，表現寶黛愛情。
19	十	我畏你八斗才高行七步	才高八斗 七步成詩	表現黛玉的才氣之高及寶玉對黛玉的欣賞。
20	十	我服你學富五車有手八叉	學富五車 手八叉	同 19
21	十	他只為知音不把鍾期遇因此上發恨摔琴訪伯牙	俞伯牙鍾子期	表現寶黛二人的知己之情及寶玉此時的悲傷。
22	十	恰便是頹成一痛悲秦女	孟姜女	表現黛玉的悲劇結局令人痛徹心扉。
23	十三	論聰明回紋錦繡添奇巧	蘇蕙	表達寶玉對黛玉才華的欣賞。
24	十三	比才高詠絮銘椒遜敏捷	謝道韞	同 23

　　以上可見，《露淚緣》借典故，將寶黛二人的愛情烘托的越發純潔美好、感人至深，也更好地塑造、豐滿了寶玉、黛玉、紫鵑等主要人物的形象。這些豐富的典故，使全篇充滿詩意、別緻雅觀，未完全失去原著文學素養極高的優點。

　　而《露淚緣》在著墨於詩意化語言的同時，也並沒有忽略自身作為說唱作品，要以面向民間百姓為考慮的演出實際。據表 4 可見，作者在選擇典故時，大多取用了民間也耳熟能詳的故事，或者是一些已發展出民間普遍使用的成語的典故，這樣即使對於典故未聞其詳，也並不影響觀眾對於作品語句的理解。其次，《露淚緣》文本中也不乏口語、俗語等富有民間意味的語言。例如第四回〈神傷〉中，黛玉形容寶釵的用詞「催命鬼」、「惡魔王」，這樣的詞於原著或者於本篇對黛玉的形象塑造來說，都是不相貼合的，但直白顯豁，符合民間形容惡人的語言習慣。抑或是全篇還有許多流傳至今的俗語，例如：「人逢喜事精神爽」、「易求無價寶，難得有情郎」、「自古紅顏多薄命」、「得了新人忘舊交，癡心女子負心漢」等等，這些語句都非常近似觀眾日常生活中的對話，易於拉近觀眾與作品的距離，使得觀眾的帶入感更強。另外，《露淚緣》中，也有不少北方的方言、俚語，以第二回〈傻洩〉為例：

　　莫不是你主子生氣要責罰你？

莫不是大丫頭把你銼磨？

……

大姐說：「方才我也是說的無心話，

和那些姊妹嘮閒嗑。

我姐姐不犯就打我，

巴掌掄圓往臉上搁。

打的我火星直爆金花落，

到如今還是嘴巴生疼不敢摸。」

黛玉說：「你這丫頭真是傻，

到底是為什事情總不明白。

還只管冬瓜茄子胡拉扯，

慪得人心煩不和你閒磨。」

……

「哪個姑娘不出閣？

忽啦巴兒不許人提一句，

弄鬼裝神不知為的什麼？」〔註33〕

從這裡的對話可以看出，無論是身為丫頭的傻大姐還是世家小姐黛玉，談吐間都被加入了方言、俚語。「銼磨」，根據上下句意及語音推斷，應為今天北方方言俚語之「搓磨」，表折磨之意。「嘮閒嗑」，嘮嗑為東北方言，指閒談、閒聊。「閒磨」，北方方言，閒扯之意。「胡拉扯」，北方方言，表示瞎編、亂說一氣。「忽啦巴兒」，北方方言，也作「忽剌巴兒」，表突然之意。〔註34〕這些方言、俚語的加入，使得作品對觀眾來說更有親切感，仿佛話本裡、吟唱裡深門大院內的小姐公子與自己也能聯繫到一起，也能對話、溝通。

綜上，《露淚緣》成功的另一大因素，即為考慮到對地方口語的使用，對原文用詞的改編，使其通俗化、生活化，符合說唱藝術通俗易懂的特質、體現了說唱文學的俗趣。但同時又未失《紅樓夢》原著的「雅緻」，巧用典故、語言詩意化，做到了「俗中有雅、雅中有俗」、「雅俗共賞」。

〔註33〕胡文彬編：《紅樓夢子弟書‧露淚緣》，頁 243。

〔註34〕參考中國復旦大學、日本京都外國語大學合作編纂，許寶華、宮田一郎主編：《漢語方言大詞典》（北京：中華書局，1999 年 4 月）；閔家驥、晁繼周、劉介明：《漢語方言常用詞典》（杭州：浙江教育出版社，1998 年）。

第三節　其他舞臺佳作舉隅

通過上文分析，可以發現，《露淚緣》作為重構《紅樓夢》最成功的曲藝作品，嘗試著平衡文體不同帶來的改編難題。對原著關目合適的選擇、合理的增刪鋪排，較為講究的平仄、合轍押韻及對子弟書體制結構的遵循，巧妙地利用修辭手法，詩意化的語言、典故的運用以及民間方言、口語的融合，匯集了以上優點，使得《露淚緣》雖與原著相比丟失了一些小說文體優勢下的特點，但發揮了自身文體的長處，成為了傑出的《紅樓夢》子弟書、說唱作品。且《露淚緣》合則完整成篇，分也可獨立成章，故雖然子弟書的樂曲已失，但《露淚緣》並沒有消失在曲藝舞臺上，許多至今仍可見演出其他曲藝形式的《紅樓夢》作品，都脫胎於《露淚緣》。例如京韻大鼓《黛玉焚稿》、《寶玉娶親》、《黛玉歸天》、《寶玉哭黛玉》、《太虛幻境》，梅花大鼓《傻大姐洩密》、東北大鼓《黛玉焚稿》、山東琴書《黛玉焚稿》等等。

而除了《露淚緣》外，也依然存在一些相對成功且如今仍活躍於舞臺的「《紅樓夢》說唱」作品。但這些作品多為短篇，成功之原因雖各有所異，但大體不出上述對《露淚緣》成為經典作品的分析，故不再專章解讀，只選取代表於本節作總結性回顧。

從內容上來說，較為典型，有總結性意義的作品為《黛玉悲秋》、《寶玉哭靈》：《黛玉悲秋》是許多說唱形式皆有的作品，如子弟書、彈詞開篇、揚州清曲、河南墜子、大調曲子等等，甚至相同的說唱形式也有許多不同寫法的悲秋曲段。其中情節上較為完整的屬韓小窗的《悲秋》，作者改編了原著26至29回寶黛慪氣的內容，但更多的悲秋作品並不在意劇情，而是著重於借黛玉多愁的性格或對秋景進行細膩描繪，以渲染黛玉借景所抒之悲。不同的悲秋作品曲詞各異，有的化用前人寫秋詩句、借用前人寫秋之作（例如：子弟書《悲秋》「碧澄澄水共長天一色青」、「暗想道幼時讀過《秋聲賦》，果然是物老悲秋今古同。眼前一派淒涼景，似這等衰草寒煙好慟情。才知道歐陽作賦文詞警，怪不得宋玉登高感歎重。」〔註35〕），有的運用了大量疊詞、排比

〔註35〕胡文彬編：《紅樓夢子弟書‧悲秋》，頁49～50。王勃，〈滕王閣序〉「落霞與孤鶩齊飛，秋水共長天一色」。歐陽修，宋仁宗嘉祐四年秋作〈秋聲賦〉，全文以「秋聲」為引子，抒發風摧草木折的悲涼，借悲秋之主旨，抒發自己「百憂感其心，萬事勞其形」的人生感歎。宋玉，〈九辯〉「悲哉秋之為氣也！蕭瑟兮，草木搖落而變衰。憭慄兮，若在遠行，登山臨水兮，送將歸。」文章描寫秋季萬物蕭瑟之景，並與自己失意之愁緒相結合。

（例如：彈詞開篇《黛玉悲秋》「你看那秋月濛濛寒似水，秋風颯颯冷如剪。秋光倏倏遊子淚，秋雨瀝瀝動秋念。秋蟲嘰嘰魂欲斷，秋雁呱呱夢亂顛。秋山寂寂路人醉，秋濤滾滾催可懸。」〔註36〕），有的根據《紅樓夢》原著改編（例如：子弟書《悲秋》「這便是一朝春盡紅顏老，眼看著花謝人亡兩不逢！」〔註37〕），有的甚至加入了民間百姓秋天的生活畫面（例如：梅花大鼓《黛玉悲秋》「在秋江，有一個愛釣秋魚的老漁喂翁。哎哪樵哇夫打柴把秋山上，登秋山，越秋嶺，砍秋柴，翠柏蒼松。哎哪農夫秋天種秋麥，秋天秋地秋月秋星。哎哪讀書的學生作秋對兒，繡女在房中對秋容。」〔註38〕）。但無論哪種，悲秋作品層出不窮、延綿不絕的主要原因是選取原著黛玉多愁的性格形象元素進行加工塑造，渲染不僅符合黛玉形象也符合大多人認知的悲秋情結，渲染悲傷氛圍，充分發揮說唱藝術便於抒情的優勢，貼近說唱帶動觀眾情緒的需要。

《寶玉哭靈》與《黛玉悲秋》類似，也是許多說唱形式皆選擇的重構主題，例如粵曲、廣東木魚書、彈詞開篇、時調、揚州調等等。這一選擇，不難理解，與《露淚緣》「哭玉」一回相同，是著力於渲染原著一筆帶過的寶玉哭靈的內容，在不與原著產生衝突且符合人物形象的同時，盡情渲染寶玉對黛玉的愛、憐、敬、悔。既塑造了寶玉癡情的形象，又表現了寶黛二人間的深情，以烘托陰陽相隔的結局悲情。

從實際演出來說，有些作品雖不像《黛玉悲秋》、《寶玉哭靈》般於各個說唱種類中皆為熱門，但因其貼合作品自身說唱形式的風格，也同樣至今活躍於曲藝演出的舞臺上，如：

河南大調曲子《黛玉賞雪》，押言前轍，以河南方言演唱。原著中未有直接對應章節，是作者根據原著《紅樓夢》及「黛玉」形象新增加的作品。作者借黛玉賞「雪」，而描寫雪的晶瑩如玉、一塵不染等品質，並以雪比黛玉。作品雖然同樣以黛玉為主角，也同樣以外貌美麗、才情俱佳等優點塑造黛玉形象，但由於寫天地之景、用詞大氣磅礴，與其他重構《紅樓夢》的說唱作品風

〔註36〕胡文彬編：《紅樓夢說唱集·黛玉悲秋》，頁36。
〔註37〕胡文彬編：《紅樓夢子弟書·悲秋》，頁51。《紅樓夢》第二十七回，林黛玉〈葬花吟〉「一朝春盡紅顏老，花落人亡兩不知」。
〔註38〕參視頻資料愛奇藝：劉文虎·梅花大鼓《黛玉悲秋》2018年2月24日演出實況，https://www.iqiyi.com/w_19ryob2z5p.html，查詢時間：2019年3月9日。

格差異較大。作品節奏適中，曲調風格也頗為沉雄闊大。胡文彬編《紅樓夢曲藝集》〔註39〕中有對該作品的收錄，但與視頻資料相對比，可以發現實際演出中的改動較大，實際演出中的詞句較底本更為淺顯、口語化，也增加了一些黛玉與紫鵑之間的互動，可能是根據演出實際逐漸進行的修改。

　　彈詞開篇《黛玉離魂》，下句平聲、叶韻，押江陽韻，表演者以蘇州音自彈自唱。塑造了黛玉身世飄零、玉碎香消的可憐人兒形象。以排比句式，擴寫原著中黛玉離魂前對紫鵑的囑咐，並進一步加深亡去時刻的傷感，稱黛玉在親耳聽得隔壁寶釵、寶玉成親的《鳳求凰》音樂聲後，慘叫一聲離魂，渲染了黛玉肝腸寸斷的絕望與悲涼，以感染觀眾。曲調節奏較慢，纏綿悱惻、婉轉悠揚、如泣如訴，僅僅 211 個字的作品，演出時長超過 12 分鐘〔註40〕，詞婉音清，唱腔、詞采、意境頗能展現蘇州彈詞吳儂軟語、意味悠遠的獨特意蘊。

　　以上，是本章對於優秀「紅樓」說唱重構作品的分析與解讀。不難發現，能夠流傳、持續演出，迄今依然活躍於舞臺的《紅樓夢》說唱作品，皆面臨著本文提出的說唱文體重構《紅樓夢》之客觀困境，也表現了本文第一章所探究的在文體限制下，說唱作品重構《紅樓夢》所呈現的創改特點。但優秀的說唱作品作者與表演者並沒有放棄對於《紅樓夢》的熱愛和創作，而是通過自己的文學功底、對說唱藝術的理解，不斷嘗試，在原著與重構作品間盡力尋求平衡，在既有文體的限制裡力求突破，以獲得成功。

〔註39〕天津市曲藝團主編：《紅樓夢曲藝集‧黛玉賞雪》，頁 127。
〔註40〕參音頻資料喜馬拉雅 FM：周雲瑞‧彈詞開篇《黛玉離魂》，https://www.ximalaya.com/xiqu/246309/2350234，查詢時間：2019 年 3 月 9 日。

第三章　清代「紅樓戲」之得失

　　程高本問世的第二年，仲振奎即先撰〈葬花〉一折，拉開了戲曲對於重構《紅樓夢》不間斷嘗試的序幕。至 87 版《紅樓夢》電視劇問世之前，受眾最多、影響最大的《紅樓夢》重構作品即為「紅樓戲」。

　　幾百年來，「紅樓戲」見證了戲曲自身的演變、興衰，經歷了社會的動盪與變革，在時代的浪潮裡受到不同時期政治、經濟、文化等等因素的影響，也因此探索了許多路徑，以至於許多作品中皆殘存著當時時代背景所帶來的特點。關於此，前人的著作或碩博論中研究頗豐，文獻回顧中已有提及。然，作品與作者雖必然有時代，藝術的經典卻是永恆的。要成為如原著《紅樓夢》般的經典，則一定要超越時代背景所帶來的限制。要研究如何成為如原著《紅樓夢》般的經典，也一定要突破作品時代的視角，梳理、分析，才能探得箇中原委。故本文透過研究過往「紅樓戲」，客觀評騭其得失，冀望能為仍在進行中的《紅樓夢》重構領域提供新的思考角度。

　　與說唱藝術相同，在文體限制下，戲曲作品在重構《紅樓夢》時有必然面對之困難。由於戲曲相較於說唱更為複雜，情況更多樣化，本文不再專章總結文體限制下「紅樓戲」作品的特點，而是通過回顧與梳理近代、現當代「紅樓戲」中相對經典或具有典型性研究意義的劇作，去探尋戲曲重構《紅樓夢》在每一個限制元素下如何求得突破與解決之道。

　　基於以上兩點，本文對於「紅樓戲」各個作品的時代特點，或作品之間人物形象、情節結構之歸類、異同，不做過多探討。對於作品只在自身時代背景下有合理意義及觀眾效果的特點也不做理解性或認可性解讀。

　　清代「紅樓戲」作為《紅樓夢》戲曲作品的開端，已獲得了許多研究者的關注。無論是對存世的所有清代「紅樓戲」作品，還是對某個單部作品的研究皆不在少數，前人成果豐碩、各有千秋，本文文獻回顧中曾作梳理、總結，本章不再詳述。又，清代「紅樓戲」當時的演出紀錄與實況已無法完全還原，劇本、曲譜、身段等流傳狀況不佳，現今已幾乎消失於舞臺之上，難求一聞。故本文此章節不再以具體作品為對象進行分析，而是以前人研究為基底，特別從腳色制、主題色彩、砌末、「冷熱」調劑、曲律、辭采等幾個清代「紅樓戲」對於後世具有指導意義與思考方向的角度切入，歸納清代「紅樓戲」創作、演出嘗試中的得失。

第一節　作品概況

　　清代「紅樓戲」以雜劇、傳奇為主。本節根據阿英《紅樓夢戲曲集》、〔註1〕《傅惜華藏古本叢刊提要》〔註2〕、一粟《紅樓夢書錄》〔註3〕、徐扶明《〈紅樓夢〉與戲曲比較研究》〔註4〕、胡文彬《紅樓夢敘錄》〔註5〕等內容，予以梳理研究，不錄《姽嫿封》〔註6〕、《十全福》〔註7〕，總結清代主要「紅樓戲」作品概況，如下表〔註8〕，並以此表中存世的相對優秀或具有代表性的作品作為本章主要討論對象。

〔註 1〕　詳參阿英編：《紅樓夢戲曲集》。
〔註 2〕　詳參王文章主編：《傅惜華藏古本戲曲珍本叢刊提要》（臺北：學苑出版社，2010 年 4 月）。
〔註 3〕　詳參一粟：《紅樓夢書錄》。
〔註 4〕　詳參徐扶明：《〈紅樓夢〉與戲曲比較研究》（上海：上海古籍出版社，1984 年12 月版）。
〔註 5〕　詳參胡文彬：《紅樓夢敘錄》。
〔註 6〕　《姽嫿封》，楊恩壽填詞，楊彤壽按拍，存長沙楊氏坦園刊本，一冊。共六齣。演《紅樓》林四娘事，與原著幾乎無關，故不錄。
〔註 7〕　《十全福》，無名氏撰，存級玉軒刻本，因主角名為妙玉，被許多研究者誤認為改編自《紅樓夢》，而納入清代「紅樓戲」作品之中，此錯誤沿襲已久。而根據齊森華、陳多、葉長海主編：《中國曲學大辭典》，《十全福》所撰其實為書生林俊與如玉、愛玉、妙玉三女的故事，與《紅樓夢》無關，故不錄。
〔註 8〕　見表 5。

表 5　清代主要「紅樓戲」作品概況

劇　目	齣（折）數	體製	作　者	作者活動區域	存佚
黛玉葬花	1	雜劇	孔昭虔（1775～1834）	山東	存
紅樓夢傳奇	56	傳奇	仲振奎（1749～1811）	江蘇泰州	存
醒石緣〔註9〕	60	傳奇	萬榮恩（嘉慶前後在世）	江蘇南京	存
絳蘅秋	28	傳奇	吳蘭徵（1776～1806）	江蘇人	存
三釵夢	4折	雜劇	許鴻磐（1757～1837）	山東濟寧	存
十二釵傳奇	20	傳奇	朱鳳森、姚氏	廣西臨桂	存
紅樓夢散套	16	雜劇	吳鎬（1796～1820）	江蘇太倉	存
紅樓夢	10	雜劇	石韞玉（1756～1837）	江蘇吳縣	存
紅樓夢傳奇	80	傳奇	陳鍾麟	元和（今蘇州）	存
游仙夢	13	雜劇	劉熙堂（乾嘉時人）	秣陵（今南京）	佚
紅樓佳話	6	雜劇	周宜（清嘉、道間人）	江蘇	存
紅樓夢新曲	8折	雜劇	嚴保庸（1796～1854）	江蘇丹徒	佚
鴛鴦劍	二卷	傳奇	張琦（1764～1833）	江蘇常州	佚
鴛鴦劍	16	傳奇	徐子冀	江蘇淮陰	存
紅樓夢曲		傳奇	譚光祜（1772～1831）	江西南豐	佚
畫薔	1	雜劇	林奕構	長州（今蘇州）	佚
紅樓夢曲譜〔註10〕	8		佚名編		存
紅樓夢填詞	24	傳奇	褚龍祥	河北任邱人	存
紅樓夢南曲		傳奇	封吉士		佚
掃紅、乞梅〔註11〕	2折		佚名		存

〔註9〕　《醒石緣》包括《瀟湘怨》、《怡紅樂》兩個部分，《怡紅樂》為續原著故事，故本章所論主要集中在《瀟湘怨》。

〔註10〕　〈合鎖〉、〈葬花〉自仲振奎本出，〈擬題〉自吳鎬本出，〈夢冊〉、〈折梅〉、〈庭訓〉自石韞玉本出，〈園譚〉、〈闈試〉自陳鍾麟本出。

〔註11〕　〈掃紅〉、〈乞梅〉兩折，載於張芬《六也曲譜》元集，共二折，有譜，佚名撰。1936 年 3 月 18 日吳梅日記稱是咸豐同治年間胡孟路所創，因不知胡氏為何人，後人推斷為崑曲藝人俗創之作品。1960 年蘇州市戲曲研究室編《崑曲劇目索引彙編》則稱，此二折均出自陳鍾麟《紅樓夢傳奇》，而非新篇。然經筆者研究，陳鍾麟《紅樓夢傳奇》未有〈掃紅〉、〈乞梅〉兩折或一致之內容，故此處仍視為不同作品，暫列之，以待進一步求證。參吳新雷主編：《中

晚清，花部影響擴大，京劇代替崑曲成為主流的同時，許多地方戲曲也逐漸登上歷史舞臺。而花部戲曲的創作者也漸漸將目光投向《紅樓夢》。這一時期的花部《紅樓夢》作品主要屬於初期嘗試，數量較少、影響力也侷限於地區，流傳情況也不佳。僅根據《中國戲曲志‧廣西卷》〔註12〕、《紅樓夢資料彙編》、〔註13〕《看棋亭雜劇十六種》〔註14〕、《粵劇劇目綱要》〔註15〕、《上海粵劇演出史稿》〔註16〕、梅蘭芳《舞臺生活四十年》〔註17〕、《風月夢》〔註18〕、《周貽白戲劇論文選》〔註19〕等，總結如下表：

表6 晚清花部「紅樓戲」作品

劇　種	劇　目	作　者
桂劇	絳珠歸天	唐景崧
桂劇	芙蓉誄	唐景崧
桂劇	中鄉魁	唐景崧
桂劇	晴雯補裘	唐景崧
桂劇	黛玉葬花（看花淚）	唐景崧
桂劇	寶玉哭靈	唐景崧
滇戲	寶玉聽琴	李坤
滇戲	黛玉葬花	李坤
滇戲	瀟湘館（弔瀟湘）	李坤
粵劇	寶釵問病	佚名

國崑劇大辭典》（南京：南京大學出版社，2002年）。蘇州市戲曲研究室編：《崑曲劇碼索引彙編》（蘇州：蘇州市戲曲研究室出版，1960年。）

〔註12〕詳參中國戲曲志編輯委員會：《中國戲曲志‧廣西卷》（北京：中國 ISBN 中心，1984～1994年）。

〔註13〕詳參朱一玄編：《紅樓夢資料匯編》（天津：南開大學出版社，2001年10月）。

〔註14〕詳參廣西戲劇研究室編：《看棋亭雜劇十六種》（南寧：廣西戲劇研究室，1989年）。

〔註15〕詳參中國戲劇家協會廣東分會編：《粵劇劇目綱要》（廣州：羊城晚報出版社，2007年）。

〔註16〕詳參黃偉、沈有珠等編：《上海粵劇演出史稿》（北京：中國戲劇出版社，2007年）。

〔註17〕詳參梅蘭芳述，許姬傳記：《舞臺生活四十年》，收錄於梅紹武、屠珍等編撰：《梅蘭芳全集‧壹》（石家莊：河北教育出版社，2000年12月）。

〔註18〕詳參清‧邗上蒙人著：《風月夢》（北京：北京師範大學出版社，1990年）。

〔註19〕詳參周貽白：《周貽白戲劇論文選》（長沙：湖南人民出版社，1982年）。

粵劇	林黛玉葬花	佚名
粵劇	晴雯補裘	佚名
粵劇	黛玉葬花	佚名
粵劇	寶蟾〔註20〕進酒	佚名
粵劇	黛玉焚稿歸天	佚名
粵劇	寶玉逃禪	佚名
粵劇	再續紅樓	佚名
粵劇	夢遊太虛	佚名
湘劇	瀟湘館	佚名
京劇	林黛玉自歎	佚名
京劇	黛玉葬花	陳子芳等
京劇	摔玉	陳子芳等
京劇	紅樓夢	田際雲演出本

第二節　得失評騭

　　清代「紅樓戲」實際上對於近代、現當代「紅樓戲」的參考價值是有限的。從情節上來說，原著作為紅樓故事底本，已有無限可取用之素材。從作品成就上，清代並未出現能夠超越時代限制的大家之作，多數流於案頭，故無論是劇本的增、刪、擴、續還是曲律上耳熟能詳的唱段，可直接取材之處皆有限。但無論如何，作為《紅樓夢》問世後受眾最廣的傳播方式之一，作為戲曲重構《紅樓夢》的開山之作，清代「紅樓戲」的嘗試與探索，對清代「紅樓戲」的得失評騭，依然有益於後世「紅樓戲」的創作。

一、腳色制

　　如研究背景一節所言，「腳色制」作為傳統戲曲文體最鮮明的特徵之一，是小說《紅樓夢》改編為戲曲，歷來公認的難題。清代「紅樓戲」首當其衝，對此進行了嘗試與探索。

（一）旦腳過多

　　人物如何歸行當，其實並無一定標準，但大抵依循的原則有：（一）人物的性別、年齡、身份、地位等客觀屬性；（二）人物的性格、氣質等主觀屬性；

〔註20〕此處原作訛誤，寫作「嬋」。

（三）創作者對於人物的美學定位；（四）戲份之輕重；（五）重唱、重念、重做、重打或數功兼備而有所著重的表演技術專長。〔註21〕《紅樓夢》重構為戲曲的難點則在於，原著中重要的女性角色良多，其中性別、年齡、身份、地位等客觀屬性基本相同的情況不在少數。而原著中人物的性格、氣質雖然在小說絲絲入扣的描寫下各有千秋，但由於戲曲腳色類別有限，人物性格氣質的劃分無法細緻如小說，只能在大方向進行切割，直接導致大多重要的女性角色只能歸於同樣幾個行當。至於創作者對於人物的美學定位，則是最容易引起爭議之處之一。「紅樓戲」人物並非「紅樓戲」作者完全原創的新角色，對於人物的形象定位，在創作時不能僅依循作者喜好，更要思量演出時，能否通過戲曲觀眾，原著兼戲曲觀眾的雙重考驗。

在此前提下，各家「紅樓戲」所出現人物皆有不同，對於人物劃分為何腳色也各有探索〔註22〕。

表7　清代「紅樓戲」主要人物腳色表

劇　目	主要人物腳色表			
紅樓夢傳奇（仲）	寶玉：生 王夫人：老旦 襲人：丑 雪雁：副淨	黛玉：旦 王熙鳳：副淨 湘雲：老旦 鶯兒：雜旦	寶釵：小旦 探春：貼 晴雯：貼 麝月：小旦	賈母：淨 惜春：正旦 紫鵑：雜旦
瀟湘怨傳奇	寶玉：小生 王夫人：正旦 王熙鳳：貼 探春：貼	黛玉：貼 薛姨媽：老旦 秦可卿：小旦 惜春：貼	寶釵：小旦 邢夫人：老旦 元春：小旦 湘雲：貼	賈母：老旦 李紈：正旦 迎春：小旦
絳蘅秋	寶玉：小生 王夫人：正旦 王熙鳳：貼 探春：貼；旦	黛玉：小旦；貼 薛姨媽：老旦 秦可卿：小旦 惜春：正旦	寶釵：旦；小旦 邢夫人：正旦 元春：小旦 湘雲：貼；旦	賈母：老旦 李紈：正旦 迎春：旦

〔註21〕參考曾永義先生：《中國古典戲劇的認識與欣賞》（臺北：正中書局，1991年）。

〔註22〕見表7。表7據清·仲振奎：《紅樓夢傳奇》、清·萬榮恩：《瀟湘怨傳奇》、清·吳蘭徵：《絳蘅秋》、清·許鴻盤：《三釵夢》、清·朱鳳森：《十二釵傳奇》、清·吳鎬：《紅樓夢散套》、清·石韞玉：《紅樓夢》、清·陳鍾麟：《紅樓夢傳奇》、清·周宜：《紅樓佳話》，皆收錄於阿英編：《紅樓夢戲曲集》；清·褚龍祥：《紅樓夢填詞》，收錄於《中國古籍珍本叢刊·天津圖書館卷》（北京：國家圖書館出版社，2013年）整理。

三釵夢	寶玉：生 晴雯：貼	黛玉：小旦 紫鵑：貼	寶釵：旦 鶯兒：貼	李紈：正旦
十二釵傳奇	寶玉：生；小生 李紈：老旦 湘雲：旦	黛玉：小旦 王熙鳳：雜旦 岫煙：旦	寶釵：旦 元春：小旦 寶琴：小旦	賈母：淨 探春：貼
紅樓夢散套	寶玉：生；小生 王夫人：老旦 王熙鳳：貼旦；雜旦 迎春：雜旦	黛玉：旦 邢夫人：老旦 探春：雜旦	寶釵：小旦；旦 李紈：老旦 秦可卿：貼旦 惜春：雜旦	賈母：淨 元春：正旦 湘雲：雜旦
紅樓夢（石）	寶玉：生 李紈：雜旦 妙玉：小旦 雪雁：花旦	黛玉：旦；小旦 王熙鳳：小旦 襲人：貼	賈母：老旦 元春：貼 鴛鴦：小旦	王夫人：旦 探春：雜 紫鵑：貼
紅樓夢傳奇 （陳）	寶玉：小生；生 王夫人：正旦 王熙鳳：花旦；貼；旦 惜春：旦	黛玉：旦 薛姨媽：正旦 湘雲：旦	寶釵：旦 邢夫人：正旦 秦可卿：旦 岫煙：旦	賈母：老旦 李紈：旦 探春：旦 晴雯：花旦
紅樓佳話	寶玉：小生 王夫人：老旦 鴛鴦：貼	黛玉：小旦 王熙鳳：旦 紫鵑：旦	寶釵：旦 晴雯：貼 麝月：貼	賈母：淨 襲人：貼
紅樓夢填詞	寶玉：小生 王熙鳳：花旦； 平兒：貼	黛玉：小旦 探春：小旦	寶釵：旦 襲人：旦	賈母：老旦 晴雯：小旦

　　如表 7 所示不難發現，雖然各家「紅樓戲」人物劃分皆有不同，但「紅樓戲」「偏累旦腳、他腳過稀」的問題具有無法避免的普遍性，這樣的情況不僅會造成各個人物形象短時間內難以立體明確的塑造起來，給觀眾帶來審美疲勞及接受困擾，更向實際演出中人員有限的戲曲班底拋出了難題。

　　在這樣的情況下，石著《紅樓夢》、陳著《紅樓夢傳奇》與《紅樓夢填詞》出現了「花旦」。然而崑曲中並無此行當，此乃京劇之腳色劃分。至於根據記載搬演最多的仲著《紅樓夢傳奇》，凡例有云：「淨扮賈母，不敷粉墨。副淨扮鳳姐，丑扮襲人，皆敷艷粧，不敷墨。老旦扮史湘雲，與作旦粧扮同，餘仍舊。」〔註23〕可見，首先，作者對於賈母、王熙鳳、襲人的理解與塑造偏向貶義〔註24〕。其次，作者並未直接以傳統的淨、副淨、丑腳塑造之，可能也

〔註23〕清・仲振奎：《紅樓夢傳奇・凡例》，收錄於俞為民、孫蓉蓉編：《歷代曲話彙編：新編中國古演戲曲論著集成・清代編第三集》，頁 59。
〔註24〕曾永義先生：《中國古典戲劇的認識與欣賞》，頁 282：「由生旦扮演的人物必

是考量到敷墨後，腳色的美觀度與人物認可度皆大打折扣，賈母、王熙鳳、襲人的形象會與原著產生較大的差異。第三，可能也表達出作者的處理是基於調劑行當的權宜之法。然而無論作者的嘗試是否出於腳色制限制下的無奈，從結果上來說，這樣的腳色歸檔，讓原著賈母「仁愛和善」、王熙鳳「豪爽詼諧」、襲人「賢惠體貼」的一面皆化為烏有。故此，屢遭後世詬病與爭議，梁廷枏《曲話》中就批其「腳色不相稱耳」〔註 25〕。

另外，有些清代「紅樓戲」在原著中的女性角色已難以歸行當的下，還以旦應工原著的男性角色〔註 26〕。

表 8　清代「紅樓戲」中以旦腳扮演的原著男性角色

劇　目	男性角色對應之旦腳	
《瀟湘怨傳奇》	賈蘭：貼（〈別試〉、〈却塵〉）	
《絳蘅秋》	賈薔：正旦（〈設局〉）	
紅樓夢傳奇（陳）	秦鍾：旦（〈鬧學〉）；小生（〈野合〉） 香憐：旦（〈鬧學〉） 小太監：旦（〈燈謎〉）	玉愛：貼（〈鬧學〉） 老太監：老旦（〈恩宣〉） 蔣玉菡：旦（〈贈巾〉）

這其中，貼旦有時又可兼演作旦（娃娃生），扮兒童、少年可不分男女，貼扮賈蘭應屬此例。蔣玉菡、秦鍾、玉愛、香憐以旦腳應工，可能是某些特定情節需要突出這幾個角色的女性化特質。而老旦作老太監、旦作小太監可能是從生理特點等方面考慮。至於正旦搬演賈薔，實不知何故。

固然以旦扮男性角色在傳奇、雜劇中非無先例，以上以旦腳扮演男性也非毫無理由，但在「紅樓戲」旦腳已比比皆是的前提下，作者的選擇依然值得商榷。

（二）出現「副」腳

除了石著《紅樓夢》、陳著《紅樓夢傳奇》與褚龍祥《紅樓夢填詞》出現了京劇行當中才存在的「花旦」外，萬榮恩《瀟湘怨傳奇》中還出現了戲曲腳色中從未沒有的「副」〔註 27〕、「副老旦」。

然忠正善良、知書達禮；由淨丑扮演的人物往往奸險狡獪、滑稽突梯。腳色的類別事實上已經含有象徵和褒貶的意味」。

〔註 25〕清・梁廷枏：《藤花亭曲話》卷三，頁 23。
〔註 26〕見表 8。
〔註 27〕非副淨、或副末簡寫，該劇腳色表中另列有副淨與末之應工。

該劇專列有腳色表，腳色表中沒有「副老旦」，「副」一腳扮渺渺真人、儐相。而在每齣具體的「砌末」〔註28〕表中〈種情〉、〈情緣〉、〈舟遇〉、〈卻塵〉、〈結社〉、〈詫奁〉折均有「副」，經比照具體劇本，〈種情〉、〈情緣〉、〈舟遇〉、〈卻塵〉四折「副」扮渺渺真人。〈結社〉一折劇本中實際並未出現「副」。〈詫奁〉一折「副」扮儐相。另，「砌末」〔註29〕表中「探親」一折有「副老旦」，經比照劇本，「副老旦」扮邢夫人，但該劇腳色表中僅列邢夫人以「老旦」應工。

作者創作中不知緣何自添「副」腳，渺渺真人、儐相完全可以以淨、丑類腳色扮演。邢夫人既已為「老旦」，不知何故又於某一齣變為聞所未聞之「副老旦」。

（三）打破傳奇規範

明清傳奇中，生、旦全本不兼扮，其餘腳色同一齣內也只扮演一個人物，同時一個人物全本也通常只由一種腳色來扮演〔註30〕。這種規範，在人物眾多，且腳累累的「紅樓戲」中屢屢被打破，縱觀整個「紅樓戲」，仲振奎《紅樓夢傳奇》作為對此點相對嚴謹之劇，仍於〈聚美〉一齣以正旦應工李紈、仲春（指惜春）兩個主要人物。其他「紅樓戲」更是一齣之中各腳色人數任意，不知如何實現搬演，例如吳蘭徵《絳蘅秋》〈護玉〉一齣，有兩個正旦、四個貼旦、兩個小旦、兩個小生、兩個丑等等。而一個人物全本通常只由一種腳色來扮演在許多清代「紅樓戲」中也沒有得到遵循。例：據表7即可看出，《絳蘅秋》中，黛玉由小旦、貼兩種不同腳色扮演，寶釵由旦、小旦兩種不同腳色扮演，探春、湘雲由貼、旦兩種腳色扮演。《十二釵傳奇》與《紅樓夢散套》中寶玉由生、小生兩種腳色扮演，其中《紅樓夢散套》中還以貼旦、雜旦扮王熙鳳。而陳著《紅樓夢傳奇》中，扮演王熙鳳的則達到花旦、貼、旦三種不同腳色等等。若說這些改扮可能是考慮某一齣場上其他人物之腳色，《絳蘅秋》黛玉出場為小旦，到了〈哭祠〉一齣卻以丫頭為小旦，改黛玉為貼，〈寄吟〉一齣，場上無小旦，而有貼應工紫鵑，卻仍以貼扮黛玉，令人費解。陳著〈情覘〉一齣，場上旦應工林黛玉，以花旦扮王熙鳳。至〈迎鑾〉一齣無花

〔註28〕此處原作訛誤，寫作「砌抹」。

〔註29〕此處原作訛誤，寫作「砌抹」。

〔註30〕偶有例外，當考慮唱詞過多等演出狀況時，會出現同一人物不同腳色搬演。如《長生殿·覓魂》一齣，先由淨扮楊通幽，後由末扮。

旦，已有旦應工李紈，卻仍以旦扮王熙鳳，相關例子於清代「紅樓戲」中不勝枚舉，可見其腳色之混亂。

綜上種種清代「紅樓戲」腳色制之失，除作者確實受《紅樓夢》原著特點影響，在改編為戲曲時存在較為棘手的客觀限制外，或許還有部分原因來自作者對於戲曲創作的業餘、對於戲曲體制認識的片面，也故而清代「紅樓戲」中有許多未見搬演資料，多數流於案頭。

至此不難看出，清代「紅樓戲」對於平衡戲曲「腳色制」與原著人物繁多且差異過於細緻化的探索，並未獲得突破性進展，也並未出現具有經典意義的成功作品。但無論如何，已走過的路總有價值，清代「紅樓戲」於腳色制的嘗試，於後世仍是寶貴的提示與經驗。

二、思想

小說《紅樓夢》中，借賈府——一個世家大族的由興轉衰，展示了生活百般樣態，描繪了世間各色人等，寫進了各不相同的虛情假意、情真情癡，而《紅樓夢》作者真正的主題與意旨，幾百年來爭論不休，一千個讀者，心中有一千個朱樓夢。而重構《紅樓夢》，創作「紅樓戲」的作者除了是小說的閱讀者外，更是《紅樓夢》的詮釋者。對於自己作品所表達出的主題思想，不僅來自於作者對《紅樓夢》的不同解讀，更「借他人酒杯澆心中塊壘」有關於作者自我的思想世界以及意願的表達。故每一部「紅樓戲」都有自己對於人物、故事的選擇與重構方式，都有自己的立意與情感抒發。

然而雖不同作者呈現的是不同的情感思想世界，清代「紅樓戲」在身處相同的時代，相同的政治、思想、文化背景的情況下，主旨仍見高度重合。清代「紅樓戲」，大多側重於對夢、色、空等宗教意味的思考，帶有命定、因果報應的迷信色彩。

《紅樓夢》原著的「夢」與「空」是「落了片白茫茫大地真乾淨」〔註31〕的大夢一場、是「飛鳥各投林」〔註32〕的空空世界。而清代「紅樓戲」的色空觀，則主要為世俗化的色空觀，「色」主要指男歡女愛之情，而愛情悲劇帶來的，是「夢」醒、了悟，從此「空」無牽掛。甚至還有許多作品基於考慮到觀眾的審美與接受，選擇以主角人間之頓悟換得仙界之團圓，走向大歡喜的

〔註31〕清・曹雪芹著，徐少知新注：《紅樓夢》，頁 151。
〔註32〕同上注，頁 150。

結局。可見「紅樓戲」中的「夢」與「空」，要比原著脆弱、淺薄的多。

同時《紅樓夢》原著許多情節伏線千里，但更多的體現的是由因得果，與小說中獨一無二、立體的人物形象相同，曹雪芹對於這些線索的前情與後果只是客觀的敘述鋪陳，並無善惡的情感、價值判斷。但置於清代「紅樓戲」中，善惡有報的因果報應論則成為了主題，人物形象也相應兩分化，以至於戲曲作品作者所喜愛的或作者選擇塑造令觀眾喜愛的對象能得到圓滿，作者所憤恨的或作者選擇塑造承擔觀眾恨意的對象則得到懲處。如陳著《紅樓夢傳奇》中提到寶釵機心太過不得再成正果，細數王熙鳳之惡並描寫鳳姐的淒涼結局等等。這樣的處理使得清代「紅樓戲」相較於原著人物顯得平面化，故事線索也較為平板化，原著「了悟人生」的思想主旨轉變成了迷信色彩。

清代「紅樓戲」主題思想的呈現固然有戲曲文體限制的必然性，甚至包括對觀眾審美需求的考慮。但不可否認的是也存在時代特徵的烙印。然而隨著歷史的變遷，社會體制的改變，這些在某個特殊時間段才具有合理性的思想意涵，是無法跨越時代被接受與理解的。故，於後世總結反思的立場，仍可以認為是清代「紅樓戲」之失。

三、案頭化

「填詞之設，專為登場」〔註33〕。清代「紅樓戲」的搬演狀況難以真實還原，但從現存時人筆記等資料可推斷一二。而關於此，前人研究清代「紅樓戲」的著作、碩博論〔註34〕中已反復分析，且結論統一，故本文僅敘錄相關總結，不再贅述：梨園演出中〈葬花〉、〈折梅〉是「紅樓戲」中較為流行的折子戲，其中以〈葬花〉最受歡迎。傳奇雜劇以仲振奎《紅樓夢傳奇》搬演最多。另外，吳鎬的《紅樓夢散套》，附有工尺譜，歌場亦有歌之。嚴問樵的《紅樓新曲》曾上演過。石韞玉《紅樓夢》中有若干齣被戲曲選集收錄，故推斷可能曾搬演於舞臺。其餘清代「紅樓戲」未見搬演資料。

總體來說，「在康熙朝結束至嘉慶年間，文人傳奇日益理學化，形式上也

〔註33〕清·李漁：《閒情偶寄·選劇》，收錄於中國戲曲研究院編校：《中國古典戲劇論著集成（七）》，頁73。
〔註34〕如趙青《清代「〈紅樓夢〉戲曲」探析》、龔瓊《清代〈紅樓夢〉戲曲的藝術創造》、李念潔《清代紅樓戲研究》、林均珈《「紅樓夢」本事衍生之清代戲曲、俗曲研究》等等。

與舞臺實踐脫節，走上詩文化。」〔註35〕這一時期的「紅樓戲」作品本身受創作風氣的影響，大部分作品已呈現不適合搬演的文人化特徵、案頭化傾向。〔註36〕

（一）客觀時代背景

清代「紅樓戲」的案頭化有部分原因來自於與作品本身無關的時代背景，此處僅做簡單陳述。

「紅樓戲」的出現正處中國戲曲的更迭、轉型期。以崑曲為基本唱腔的傳奇、雜劇漸漸被民間的「花部」戲曲取代，進入衰落期。其中最為風行的即為京劇，1790 年的「徽班進京」一般被認為是京劇孕育期的開端，時代恰好與「紅樓戲」相同。當時「花部」的演出劇本，雖然承襲、改編了一部分適於自身演出的「雅部」劇本，但更多的是來自于民間藝人的創作，對於時下文人新編的傳奇、雜劇很少涉獵，且當時以傳奇、雜劇為體製的「紅樓戲」文人化嚴重，體制龐大，並不適合「花部」的演出，故而並未受到「花部」過多的關注與選擇。

另外《得一錄》卷十一〈翼化堂章程〉之〈翼化堂條約〉提到，《紅樓夢》被列入「永禁淫戲目單」：

> 如敢點演，立將班頭送官究責，或罰扣戲錢三千文，以儆將來。
> 〔註37〕

可見「紅樓戲」被某些地方列入「永禁淫戲目單」，可能因此影響了其搬演情狀。

（二）「冷熱」調劑

從清代「紅樓戲」作品自身而言，大部分流於案頭，不適合搬演的原因之一為過於文人化，不符合戲曲對於關目設置應「冷熱」調劑的要求。

《紅樓夢》原著即為鴻篇巨製，伏線千里，情節的集中性衝突並不多，對於戲曲這類追求戲劇衝突的當下藝術，本已算較「冷」的素材。清代「紅樓戲」作者在這樣的前提下，依然選擇了大量並不適合舞臺搬演的劇情去創作：

〔註35〕郭英德：《明清傳奇史》（南京：江蘇古籍出版社，2001 年 5 月），頁 491。

〔註36〕清代「紅樓戲」流於案頭，「腳色制」也是重要原因之一，但因其與原著人物眾多、重要的女性角色過多有關，已於前文具體論述，此處不再重複。

〔註37〕清·余治：《得一錄》（臺北：華文書局有限公司，1969 年 1 月），頁 803～804。

比如有關大觀園聯詩、結社的情節，萬榮恩的《瀟湘怨》、吳蘭徵的《絳蘅秋》、朱鳳森的《十二釵傳奇》、吳鎬的《紅樓夢散套》、陳鍾麟的《紅樓夢傳奇》等皆有相關改編。出現頻率甚至超過原著中鮮有的「熱」場素材——劉姥姥的劇情。甚至對於原著中稍有波瀾的「黛玉葬花」情節，清代的許多「紅樓戲」也選擇刪除或弱化寶黛誤會，將其改為以黛玉抒懷為主的「冷」場戲。這樣的結果固然由來於作者自身的文人身份〔註38〕，許多文人作者對於文人生活較為熟悉，對於詩詞的改編與創作也更有興趣，卻忽略了戲曲作為當下藝術的需求，致使作品流於案頭，呈現文人化特點。

相反，考慮「冷熱」調劑，正是仲振奎《紅樓夢傳奇》最為流行的原因之一，仲著《紅樓夢傳奇》中明顯縮減了原著中有關聯詩作對情節的篇幅，考慮到「熱」場需求，還原創了周瓊、周瑞父子掃蕩群盜的打鬥戲〈海陣〉一齣以及讓探春插雉尾，佩寶劍，指揮海戰的〈海戰〉一齣。雖然仲著以上原創情節，歷來褒貶不一，常被認為略為牽強，有畫蛇添足之嫌，但從戲曲搬演需「冷熱」調劑之角度考慮，確需承認作者之嘗試與努力。

（三）曲律

戲曲作品的案頭化與否，除卻前文已探討過的腳色制、關目設置之冷熱，還有一個重要的關鍵因素——曲律。關於清代「紅樓戲」的資料與評價多集中於仲振奎、吳鎬、陳鍾麟之作，如周貽白《中國戲劇史長編》：「以《紅樓夢》編為傳奇或散齣的仲雲潤、陳鍾麟、吳鎬等都各有表見，雖未能單獨名家，還算不逾矩矱」〔註39〕。故以此三家為例。

創作清代「紅樓戲」的文人大多並非專攻戲曲，這三人中陳鍾麟「工制藝」、「度曲乃其餘事」，吳鎬「向以詩文著聲」，戲曲乃「其餘技」，僅仲振奎「雲潤所著樂府，概以紅豆村樵署名，至今未梓者尚十五種，吳越紙貴，時

〔註38〕清代「紅樓戲」作者主要為文人，多是進士、舉人出身，有現任官員，也有官員幕僚。為當時「紅樓戲」作序、作評的也多有功名在身。孔昭虔為嘉慶六年（1801）恩科進士，為其作評的孔昭薰則為嘉慶十八年（1813）舉人；石韞玉在乾隆四十四年（1779）就已中舉，乾隆五十五年（1790）成為進士，殿試一甲一名，即狀元；仲振奎曾客於揚州司馬李春舟幕中，曾為此劇題詞的仲振履（仲振奎弟）為嘉慶十三年（1808）進士；陳鍾麟為嘉慶己未（1799）進士；嚴保庸為道光九年（1829）進士；許鴻磐為乾隆四十六年（1781）進士；朱鳳森為嘉慶六年進士；張琦五十歲中舉人；譚光祜曾在湖南一帶為官等等。詳參朱小珍：《「紅樓」戲曲演出史稿》，頁39。

〔註39〕周貽白：《中國戲劇史長編》（上海：上海書店出版社，2007年4月），頁440。

無不知有紅豆村樵者」〔註40〕以譜寫戲曲著名。

因此，仲振奎所著不僅在腳色制上考慮實際演出情況，頗有嘗試性突破，創作時也注意調節關目之冷熱，再兼曲律尚合，故而留下的搬演資料最多，於歌場中最為流行，「成之日，挑燈漉酒。呼短童吹玉笛調之，幽怨嗚咽，座客有潸然沾襟者」〔註41〕。王季烈《集成曲譜》收入〈葬花〉、〈扇笑〉、〈聽雨〉、〈補裘〉四齣，抄本《紅樓夢曲譜》亦選〈合鎖〉、〈葬花〉。

而陳鍾麟不通音韻，自云「余素不諳協律」，「皆用四夢聲調，有《納書楹》可查」，因而其作品「檢對引子以下，大約相仿，惟工尺頗有不諧，時再行斟酌」〔註42〕。可見陳鍾麟本人也知自己所撰《紅樓夢傳奇》付場上演出之時，須重新斟酌工尺、聲調。且陳著以湯顯祖四夢為底，然「四夢」「詞章之佳，直是趙璧隋珠」，「惟其宮調舛錯，音韻乖方，動輒皆是」〔註43〕。故陳著曲律不佳，並因此遭受了許多批評。吳梅認為這正是陳著未能流行於舞臺之原因「陳厚甫《紅樓夢》曲律乖方，未能搬演」〔註44〕。曾永義先生批其「排場更易，終屬舛律；不僅不能搬演，又且遺人以笑柄」〔註45〕。抄本《紅樓夢曲譜》選其〈園諢〉、〈闈試〉兩折，這兩折皆為陳著中少數未類比四夢之作，然〈園諢〉共四支曲牌，皆用【黃鶯兒】，〈闈試〉共九支曲牌，連用【駐雲飛】，陳著之曲律問題，可見一二。

與陳著相反，吳鎬《紅樓夢散套》因為曲律詞藻佳妙，得到了後世許多好評。吳鎬《紅樓夢散套》嘉慶乙亥年蟾波閣刊本與光緒壬午年刊本皆有題「婁東黃兆魁訂譜」，黃兆魁生平不可考，吳鎬同鄉，《紅樓夢散套》曲律之高妙或屬其功。梁廷枏評《紅樓夢散套》：「其實此書中，惟此十餘事，言之有味耳。其曲情亦淒婉動人，非深於四夢者不能也。」〔註46〕吳梅認為吳鎬之作：「膾炙人口，遠勝仲、陳二家。世賞其〈葬花〉，余獨愛其〈警曲〉，【金

〔註40〕湯貽汾：《雲澗詩鈔・序》，泰州圖書館藏嘉慶辛未年興寧刊本。

〔註41〕蔡毅編：《中國古典戲曲序跋彙編（三）》（濟南：齊魯書版，1989年），頁1996。

〔註42〕清・陳鍾麟：《紅樓夢傳奇・凡例》，收錄於阿英編：《紅樓夢戲曲集》，頁804。

〔註43〕傅惜華：〈關於紅樓夢之戲曲〉。

〔註44〕吳梅：《吳梅全集》（理論卷上）（石家莊：河北教育出版社，2002年），頁234。

〔註45〕曾永義先生：《中國古典戲劇的認識與欣賞》，頁315。

〔註46〕清・梁廷枏：《藤花亭曲話》，頁23。

盞兒】兩支，可壓卷。……似此丰神，直與玉茗抗行矣。……荊石山民之《紅樓夢》，分演固佳，合唱亦善」〔註47〕。《紅樓夢曲譜》收其〈擬題〉。

　　除以上清代「紅樓戲」搬演與評點資料外，從目前恢復古本之崑曲演出也略可見曲律之重要性。

　　仲振奎版〈葬花〉是北方崑劇院成立後，有計劃挖掘整理的傳統摺子戲，1960 年由吳梅之子吳南青整理劇本與唱腔、馬祥麟先生捏身段、教習，但未正式公演。文革十年後，1979 年該劇本僥倖得從垃圾堆裏撿回，經整理恢復，但不知為何目前仍未見上演。北崑張毓文老師曾教授溫宇航老師此戲，但也僅可見兩支【山坡五更】的清唱視頻資料。2011 年，龔隱雷於江蘇省崑劇院蘭苑劇場演出了仲本〈葬花〉，應為近 170 年來，清代「紅樓戲」的首次正式演出，也是南崑恢復古本「紅樓戲」的序幕。

　　2018 年 9 月，蘇州崑曲傳習所取仲本〈葬花〉、〈聽雨〉，吳本〈焚稿〉、〈訴愁〉合為四折，仍名《紅樓夢傳奇》，顧篤璜先生以圓其十一年崑劇《紅樓夢》之願擔任藝術總監，由蘇崑青年演員於蘇州大學上演。之後又先後於第七屆中國崑劇藝術節、蘇州大學上演，接受現代觀眾的檢驗。

　　回顧整個清代「紅樓戲」，200 多年過去後仍能回歸於舞臺的，正是曲律方面評價最高的仲雲澗、吳鎬之作。而曲律乖方的陳作及其他有案頭化問題的作品則徹底的消失在歷史長河中。清代「紅樓戲」作者大多為文人，然筆下文辭的優美，並不一定能譜出好戲。畢竟曲律於戲之重要性，從不亞於文辭。

　　以上得見，清代「紅樓戲」的案頭化是大部分作品之失。除了客觀的時代背景外，對於關目設置及曲律問題的忽略皆為重要原因。這也是清代「紅樓戲」留給今世重構《紅樓夢》為戲曲作品的思考之一，排場「冷熱」調劑、曲律佳妙才有可能成為真正的經典。

四、人物扮相與舞臺道具

　　「黛玉葬花」無論於原著抑或是戲曲改編，皆為最經典的情節存在，清代「紅樓戲」以單折計，〈葬花〉就為出現最多的一齣，幾乎每部皆有改編。原著黛玉形象為「卻是林黛玉來了，肩上擔著花鋤，上掛著行囊，手內拿著花帚」〔註48〕，吳鎬《紅樓夢散套》寫黛玉「旦肩花鋤佩紗囊攜羽帚上」

〔註47〕吳梅：《中國戲曲概論》（臺北：學海出版社，1979 年 10 月），頁 2、16、26。
〔註48〕清・曹雪芹著，徐少知新注：《紅樓夢》，頁 612。

〔註49〕，與原著無異。而仲振奎《紅樓夢傳奇》的黛玉形象「旦珠笠、雲肩、荷花鋤、鋤上懸紗囊，手持帚上」〔註50〕，與原著相對比，可見珠笠（吊珠斗笠）、雲肩（圍脖一圈，蓋肩繡花，周圍有穗）為仲振奎所創。仲振奎的黛玉扮相在當時的舞臺上，是真實實現的，成為了清代出演黛玉的旦角喜愛的扮飾〔註51〕：

> 眉仙嘗演《紅樓夢·葬花》，為瀟湘妃子，珠笠、雲肩，荷花鋤，亭
>
> 亭而出，曼聲應節，幽咽纏綿。〔註52〕

現今「紅樓戲」〈葬花〉一折雖少見黛玉戴珠笠，但雲肩卻被很多作品保留了下來，如1956年徐進版越劇《紅樓夢》中〈葬花〉一折，錫劇〈葬花〉等。

除了雲肩，清代「紅樓戲」的〈葬花〉，對於後世還有錯誤影響。孔昭虔《葬花》「小旦持花籃、花帚上。」〔註53〕，萬榮恩《瀟湘怨傳奇》〈埋紅〉一齣「貼擔花鋤、竹籃上。」〔註54〕，吳蘭徵《絳蘅秋》〈埋香〉一齣「貼旦背花籃，持花帚，掃花上」〔註55〕。可以發現三齣對於黛玉葬花的道具各有不同處理，但共通點是將花囊換為花籃或竹籃。

這其中，吳蘭徵《絳蘅秋》〈埋香〉一齣未有花鋤，但也未有安排黛玉鋤地的動作，故可能來自於作者對於自身劇本的考慮。而，孔昭虔《葬花》中黛玉的出場就有些令人費解。孔昭虔《葬花》用花籃代替花囊，且沒有花鋤。但後文又提到「坐地掘土埋花介。」〔註56〕沒有花鋤，卻要掘土，很難想像身為旦角的林黛玉要如何在舞臺實現這一動作。如此不合理之況，可以推得作者這裡的處理應為疏漏與訛誤。

而清代「紅樓戲」多處將花囊換為花籃或竹籃的處理至今影響著許多「紅樓戲」的表演〔註57〕。許多「葬花戲」注意到黛玉不可能沒有花鋤，未將其

〔註49〕阿英編：《紅樓夢戲曲集》，頁435。

〔註50〕同上注，頁28。

〔註51〕參考陸萼庭：《崑劇演出史稿（修訂本）》（臺北：國家出版社，2002年12月），頁404。

〔註52〕清·楊懋建：《長安看花記》，頁311。

〔註53〕阿英編：《紅樓夢戲曲集》，頁2。

〔註54〕同上注，頁151。

〔註55〕同上注，頁289。

〔註56〕同上注，頁2。

〔註57〕京劇〈黛玉葬花〉、越劇《紅樓夢》之〈葬花〉、錫劇〈葬花〉、黃梅戲〈葬花〉、粵劇〈黛玉葬花〉、粵劇〈紅樓夢之黛玉葬花〉、曲劇〈黛玉葬花〉等作品中的黛玉出場，花鋤所掛皆為花籃。

從黛玉出場的道具中除去，但卻依以上「紅樓戲」所撰將花鋤上掛著的花囊改為花籃。這樣改動的合理性是值得商榷的。首先，從「掛」這一詞即可想見，蠶絲做的絹袋作為花囊掛在花鋤上，遠比花籃更貼合角色的形象及行動力，也更方便演員的演出。其次，原著中寶玉見許多花瓣落的滿身、滿書、滿地都是，黛玉有言「如今把他掃了，裝在這絹袋裡，拿土埋上，日久不過隨土化了，豈不乾淨」〔註58〕，可以想見花囊的作用，是裝著花瓣埋入花塚，與花瓣一起化在土中，保證花瓣不像被風吹過般滿地都是，保證它的「乾淨」。若改為花籃，林黛玉「未若錦囊收豔骨，一抔淨土掩風流。」〔註59〕的意境與才情該如何實現？故可見，清代「紅樓戲」於此之失，錯誤的引導了後世許多未深入揣摩此處的戲曲作品。

除此以外，吳蘭徵《絳蘅秋》中對人物的妝扮及舞臺設置上也做了較為詳細的提示。萬榮恩的《醒石緣》也對於每一齣所用道具有詳細的說明。雖因搬演資料的缺失，舞臺效果與合理性還待檢驗與考證。但無論如何，清代「紅樓戲」對於人物扮相、舞臺道具的提示或多或少為後來人提供了一些參考。

五、辭采

如前文所述，清代「紅樓戲」具有案頭化的特徵。而案頭作品的重要特點即為劇本語言富有文采、文學性濃厚。清代「紅樓戲」的作者大多為文人，筆下文辭優美，語言精妙，充滿詩情畫意，典故、駢文、雙音節、詩句化用隨處可見。尤其是與後世相對淺白的「花部」「紅樓戲」及現當代摻雜一些白話用語所譜之新編「紅樓戲」相比，文人化氣息濃厚。

這首先是受明清傳奇自明嘉靖元年形成的戲曲文采化特徵之影響。其次則來源於對原著語言的繼承與運用，《紅樓夢》作為長篇散文小說，原作本就語言典雅優美，抒情性高，且有大量作者以「全知視角」和「角色視角」創作的詩、詞、曲，而清代「紅樓戲」的作者則利用此點，將原文直接或略加修改後植入戲曲，例如萬榮恩《瀟湘怨傳奇》〈撰誄〉、吳鎬《紅樓夢散套》〈癡誄〉皆將原著寶玉之詩文作為賓白，仲著《紅樓夢傳奇》〈扇笑〉將原文改寫作曲詞，唱出晴雯撕扇的情景。第三，清代「紅樓戲」的創作受到湯顯祖「臨川四

〔註58〕清・曹雪芹著，徐少知新注：《紅樓夢》，頁613。
〔註59〕同上注，頁613。

夢」辭采華麗的浪漫風格的影響。清代「紅樓戲」中不難尋覓對「臨川四夢」的借鑒，吳鎬《紅樓夢散套》的序言中聽濤居士提到「今此製選辭造語，悉從清遠道人四夢打勘出來，益復諧音協律，窈眇鏗鏘，故得案頭俊俏與場上當行，兼而有之。」〔註60〕陳著《紅樓夢傳奇》也稱聲調皆來自「臨川四夢」，且《瀟湘怨傳奇》、陳著《紅樓夢傳奇》、《十二釵傳奇》、石著《紅樓夢》等等皆有富有浪漫主義色彩的夢境描摹與構建。同時，根據時人對清代「紅樓戲」的題詩、題詞，也可見當時喜好以湯顯祖「臨川四夢」作為比照對象進行作品評判之風氣。如：諲籲為石著《紅樓夢》題詩「簫譜新從月底修，三生綺夢舊紅樓，臨川樂府先生續，別有吳宮一段愁，憔悴尊前讀曲人，十年風雨可憐春。也知世事都如夢，要化虛空不壞身。」〔註61〕萬榮恩為《絳蘅秋》作序時稱吳蘭徵說「才華則玉茗風流，妙倩則粲花月旦」〔註62〕等等。

　　關於清代「紅樓戲」文辭之美前人論著中已多有具體分析，此處僅以吳鎬《紅樓夢散套》〈警曲〉為例：

　　　　黛玉【金盞兒】：

　　　　猛聽得風送清謳，

　　　　是梨香演習歌喉。

　　　　一聲聲綠怨紅愁，

　　　　一句句柳眷花羞。

　　　　教我九曲迴腸轉，

　　　　憂損了雙眉岫。

　　　　姹紫嫣紅〔註63〕盡日留，

　　　　怎不怨著他錦屏人看賤得韶光透？

　　　　想伊家也為著好春偏愁。

　　　　咳！黃土朱顏，

　　　　一霎誰長久？

　　　　豈獨我三月厭厭，三月厭厭，度這奈何時候？〔註64〕

作者將原文黛玉路過梨香院，聽得十二個女孩演習《牡丹亭》的鋪陳敘述轉

〔註60〕阿英編：《紅樓夢戲曲集》，頁482。

〔註61〕同上注，頁522。

〔註62〕同上注，頁350。

〔註63〕此處原作訛誤，寫作「侘紫薚紅」。

〔註64〕吳梅：《中國戲曲概論》，頁16。

換為寥寥幾句合乎格律、聲腔的曲文，詞藻佳妙，短小精鍊又詩情畫意。且作者還巧妙的轉化了《牡丹亭》原作中「原來姹紫嫣紅開遍」、「錦屏人忒看得韶光賤」〔註65〕兩句入作品，以照應原著黛玉所聽之曲。同時，《紅樓夢》原著只寫了黛玉聽曲後的反映，「仔細忖度，不覺心痛神癡、眼中落淚」〔註66〕，而並未點明黛玉百轉千回的心思，吳鎬此齣中，則用簡略曉暢、淒婉動人的曲詞將黛玉幽咽婉轉的心思表達出來，使作品不僅富有文學性也極具感染力，實為佳作。

辭采曼妙，不僅僅是清代「紅樓戲」之得，也應該是所有重構《紅樓夢》的戲曲作品在兼顧舞臺搬演、觀眾需求的同時，立為目標的追求之一。在以中國歷史上最為優秀的古典小說為素材的前提下，丟失古典文學的優美與價值，是可惜、遺憾且值得反思的。從這個角度而言，在辭采方面，清代「紅樓戲」值得後世作品學習與借鑒。

以上探討的清代「紅樓戲」主要是選取原著多個故事情節重新構建而成的傳奇、雜劇，但許多全本戲只是案頭作品，且結合明末清初折子戲風行的戲曲轉型期背景，上演率更高、最為風行的也是部分全本戲中較為優秀的折子──〈葬花〉、〈折梅〉等。而晚清，「花部」戲曲逐漸關注到《紅樓夢》，所創作的作品已不再是多個故事構成的全本戲，而轉向僅將原著某一個故事或與某一人相關的情節串聯渲染、鋪排，創作排演成為短小精悍的小型戲。

據顧樂真《廣西戲劇史論稿》〔註67〕的分析，皮黃系統中，最早的「紅樓戲」應為清代官至臺灣布政使，當了「臺灣民主國」近十天總統的唐景崧降職回到桂林後的創作。1896年，唐景崧組建「桂林春班」，並自己編寫新劇本，自此的六、七年，創作了《黛玉焚稿》、《晴雯補裘》、《芙蓉誄》等四十個劇本。從唐景崧被保存下來的劇本可以看出，作者的創作選取了《紅樓夢》中比較有個性、觀眾比較熟悉的人物及劇情衝突性或抒情性較高的畫面進行創作，皆為小型戲，每戲僅一個故事，用傳統戲曲中「出場交代」的方式使觀眾快速了解腳色。而其他晚清的「紅樓戲」同樣如此，少有長篇連臺本戲出現。

這樣的轉變固然很大程度上取決於戲曲發展正處於以折子戲演出為主、

〔註65〕明・湯顯祖：《牡丹亭》（臺北：華正書局，1979年），頁43。
〔註66〕清・曹雪芹著，徐少知新注：《紅樓夢》，頁615。
〔註67〕顧樂真：《廣西戲劇史論稿》（北京：中國戲劇出版社，2002年）。

全本戲凋零的背景，也與「花部」戲曲剛剛興起，無論劇本儲備還是演出條件都暫時不支持大型整本戲有關，但同樣體現了清代「紅樓戲」創作得失後的反思與調整。正是因為依據長篇巨製的原著創作「紅樓戲」，原著的多線結構、立體化人物形象皆為難題，戲曲的腳色制、「冷熱」調劑也解決無門，晚清的「花部」戲曲創作才在眾多因素的影響下逐漸轉向了以一個主要故事、有限腳色即可完成的折子戲或小型戲。

清代「紅樓戲」從全本到小型的創作，展示了將《紅樓夢》重構為戲曲，尤其是全本戲的難度與困境，探索了不同體製下「紅樓戲」的創作方式與效果，對後世來說，無疑具有思考和借鑒的價值。

以上，是本章對於清代「紅樓戲」得失的總結，無論是腳色制、主題思想、「冷熱」調劑、曲律還是砌末、辭采等等方面，無論是得大於失還是失大於得，清代「紅樓戲」的嘗試與探索都向後世呈現了戲曲作品重構《紅樓夢》之客觀困境，都對於後世「紅樓戲」的創作有不可磨滅的指導意義與參考價值。

第四章　近代以降「紅樓戲」之異彩

　　近代以降，「雅部」崑曲沒落，「花部」興盛，尤以京劇為代表，至二十年代中期，京劇更有「國劇」〔註1〕之稱。這一時期的「花部」戲曲剛剛興起，一大批優秀的演員相繼出現，相應的編劇團隊開始嘗試創作新的劇本，這些新戲的孕育可以說是與劇種自身的探索、轉型同時進行的，故而有許多方面的試探與突破。在這樣的背景下，《紅樓夢》漸漸進入了「花部」戲曲的視線，「紅樓戲」的創作自民國初，至往後的五六十年裡，也轉型成為「花部」，尤其是京劇為主的時代。

　　這一時期的「紅樓戲」基於時代動盪下觀眾群體的變化、新式文人的參與、傳媒的介入、市場的需求、對戲曲服裝舞美等各要素轉型期的嘗試以及輩出的名角，而呈現出難以複製之異彩。本章僅以具有典型性及獨特性的三個例子：時下最為轟動的梅蘭芳《黛玉葬花》、後世搬演最多的荀慧生《紅樓二尤》及打破粵劇票房紀錄之作《情僧偷到瀟湘館》為切入點，探討這一時期「紅樓戲」在文體限制下對於重構《紅樓夢》的思考與突破。

第一節　梅蘭芳《黛玉葬花》

　　梅蘭芳先生一生共排演過三齣「紅樓戲」──《黛玉葬花》、《千金一笑》（一名《晴雯撕扇》）、《俊襲人》，其中《黛玉葬花》的反響最大、成就最高，

〔註 1〕 北京藝術研究所、上海藝術研究所編：《中國京劇史》（北京：中國戲劇出版
　　　　社，1990 年），頁 20。

也是這三齣中，唯一成為梅派代代傳承，至今仍搬演於舞臺之作。〔註2〕由於梅先生口述出版的《舞臺生活四十年》〔註3〕一書，曾對於「紅樓戲」的創作與搬演有過親身回顧，故對於當時團隊創作「紅樓戲」時的困難、考量及應對，有可信的資料依循，對當時的演出狀況和後續搬演不多的原因也可按圖索驥，本節僅從劇情、腳色、服裝、身段、舞美、辭采、格律、唱腔、演出效果及流傳等方面對《黛玉葬花》進行分析。

一、劇情、腳色設置與「冷熱」

據梅蘭芳回憶，最初大家對許多小說都被改編為戲曲，獨《紅樓夢》沒有人拿它編戲感到百思不得其解，後來前輩王大爺昆仲告訴梅蘭芳：

> 另一個票房，在東城圓恩寺，名叫遙吟俯唱……排過《葬花》和《摔玉》。陳子芳扮黛玉，他的扮相是梳大頭穿帔，如同花園贈金一類的小姐的打扮。韓六的寶玉，也是普通小生的扮相。每逢黛玉出場，臺下往往起哄，甚至於滿堂嗷笑。觀眾認為這不是理想的黛玉。……內行看了這種情形，對於排紅樓戲，就有了戒心，不敢輕易嘗試。這是不演紅樓戲的一部分原因。〔註4〕

可見清末時期，隨著《紅樓夢》原著的傳播，許多閱讀過原著的讀者心中，皆已有自己想像中「黛玉」的具體形象。如本文研究背景所述，當「走出小說」的人物變成戲曲角色，有了立體性的呈現，必然帶來觀眾或接受或抗拒的直觀感受。顯而易見，陳子芳的黛玉形象，與觀眾想象中相去甚遠，故而失敗了。而梅蘭芳的創作團隊基於此，加之有朋友說梅蘭芳的祖父曾演過《紅樓夢》扮史湘雲（梅蘭芳整理了祖父留下來的戲本子，但並未找到），傅惜華又言「紅樓戲」他知道的有三（傳言其所知「紅樓戲」有三：吳鎬《紅樓夢散套》書上故事單獨譜成散齣，已打好工尺，隨時能唱、仲著《紅樓夢傳奇》與陳鍾麟《紅樓夢》是全部故事，只有曲文，並無宮譜。），認定前人不

〔註2〕1987 年梅蘭芳先生之子梅紹武希望梅蘭芳之徒李玉芙能復排《千金一笑》。梅紹武親自修改、整理劇本，使劇情更加緊湊、人物更加豐滿。李玉芙飾演晴雯，李宏圖飾演賈寶玉，徐佩玲飾演襲人。復排後的《千金一笑》，曾於 1988 年 5 月 9 日，在上海舉辦的首屆海內外梅蘭芳藝術匯演第四天，登臺演出。但這一版《千金一笑》與梅蘭芳時期的本子已有較大改動，且復排後的《千金一笑》仍未成為梅派舞臺常演之作，故此處不提。

〔註3〕梅蘭芳述，許姬傳記：《舞臺生活四十年》。

〔註4〕梅蘭芳述，許姬傳記：《舞臺生活四十年》，頁 289。

排「紅樓戲」主要是「服裝不夠理想」。而當時梅蘭芳正在推行「古裝新戲」——根據畫中仕女的裝束，創製適合戲曲演出的古裝，前已有《嫦娥奔月》的成功例子，故服裝上正是嘗試突破之際，不成問題，因此決定嘗試改編《紅樓夢》。

而當真正創作、排演「紅樓戲」時，重構《紅樓夢》為戲曲的其他困難，一一顯現出來。梅蘭芳發現：首先，腳色上難以安排。「紅樓戲」需要的旦腳太多，淨腳又很難安插，演員難以支配。「各戲班的組織，也還是包括了生旦淨末丑各行的腳色……不能為了我排一齣新戲，讓別的幾行腳色閒著不唱，又要添約了許多位旦腳參加演出」〔註5〕。其次，故事描寫戲劇性不夠集中，「冷熱」不易調劑。故，梅蘭芳放棄了排演全本的企圖，最後選擇了以一椿故事單排一個小型戲，即《黛玉葬花》。

梅蘭芳的《黛玉葬花》由齊如山作劇情提綱，李釋戡編寫唱詞，羅癭公參與修訂完成〔註6〕，一共六場，以小說第二十三回「西廂記妙詞通戲語　牡丹亭艷曲警芳心」中葬花、寶黛共讀西廂、黛玉梨香院聽曲為主線，全場共五個人物〔註7〕：

表9　梅蘭芳《黛玉葬花》人物表

人　物	首場演員	出　場	行　當
茗　煙	李敬山	一、二	丑
賈寶玉	姜妙香	二、六	小生
林黛玉	梅蘭芳	三、六	青衣
紫　鵑	姚玉芙	三、五、六	花旦
襲　人	諸茹香	四、六	花旦

從目前所見《黛玉葬花》之劇本，除賈寶玉有明確的「小生賈寶玉」的自我介紹外，其他人物行當未知，但根據人物設定及首場演員之應工，基本可以推測出來。搬演茗煙的李敬山，是有名的京劇丑角，且以丑角演茗煙非常適合；梅蘭芳所扮演之女主角林黛玉，應是青衣無誤；諸茹香是京劇花旦，演寶玉

〔註5〕梅蘭芳述，許姬傳記：《舞臺生活四十年》，頁290。

〔註6〕《黛玉葬花》劇本，收錄於大漢新刊編輯部：《梅蘭芳舞臺秘本》（臺北：大漢出版社，1976年9月）。本章對於《黛玉葬花》劇本原文之引用，皆出自此書，頁114～125。除方塊引文外不再一一標註。

〔註7〕見表9。

之丫鬟襲人，符合戲曲一般對於丫鬟的行當劃歸。姚玉芙主要為京劇青衣，但這裡與諸茹香一樣，飾黛玉的丫鬟，且從梅蘭芳回憶中可見，著裝、打扮與諸茹香一致，另，研讀劇本可以發現，紫鵑與襲人從未同時在場，可推測二人為同一行當，即花旦。

可見，為化解戲曲腳色制對於「紅樓戲」的限制，梅蘭芳選擇排演了一齣僅五個人物的小型戲《黛玉葬花》，且雖然紫鵑、襲人並不是一人改扮，但仍安排二人六場中均不同時出現，考慮到了場上腳色的設置、排布，相較於清代「紅樓戲」，合理的解決了傳統戲曲腳色制規範的限制。

從劇情上看，第一場僅茗煙一人，由茗煙向觀眾說明自己買了幾本外傳、傳奇，準備獻予寶玉；第二場茗煙獻書，寶玉大喜，準備帶入園中；第三場黛玉憐惜落花，吩咐紫鵑準備花帚、花鋤、花囊，前去花塚葬花。第四場交代襲人得賈母之命，尋寶玉去東府請安。第五場紫鵑怕夕陽西下，園中漸冷，帶著衣服去尋黛玉。第六場是全場重頭戲，寫寶黛於桃花林下共讀西廂，妙詞通戲語，二人同葬花。襲人尋到寶玉，寶玉被叫走。黛玉獨走至梨香院外，聽得院內《牡丹亭》曲文，悲從中來。

全劇的第一、二、四、五場皆很短，唱詞也很少，主要起交代前後因果的串聯作用。尤其是第四、五場，襲人、紫鵑輪番上場，僅念幾句詞，唱兩三句，便一場結束，成為了只為交代二人前去尋寶玉、黛玉，為第六場做合理鋪墊的過場戲。至於第六場所涉及之劇情，原著中未有紫鵑，改編後紫鵑的出場似乎僅僅是服務於舞臺調度，先行將花具帶回，並無太大意義。這樣的安排使得整齣戲雖然安排了五個人物，但其實茗煙、紫鵑、襲人皆未作為獨立人物進行塑造。且三個人對整齣戲的情節也並沒有任何關鍵性作用，四場中既沒有戲劇衝突，也沒有什麼喜劇效果，作為過場戲，未見對於舞臺「冷熱」場的調劑有所貢獻。反觀黛玉，第三場葬花的戲份皆在黛玉一人身上，而第六場的長度更是超過了第一到第五場相加，其中僅寶黛互動處寶黛二人皆有戲份，至梨香院聽曲又成為了黛玉一人的獨角戲。可見整場演出，主要戲份集中於黛玉一人。同時，上表整理可見，頻繁的過場、換場以及茗煙、紫鵑、襲人重複的多次出現，使得整齣戲顯得零碎，演出節奏不一。

至於第三場的黛玉準備好花帚、花鋤、花囊，前往花塚葬花，再改原著第二十七回「滴翠亭楊妃戲彩蝶　埋香冢飛燕泣殘紅」中黛玉〈葬花吟〉

〔註8〕為唱詞接續於此處。第六場選取原著第二十三回「西廂記妙詞通戲語　牡丹亭艷曲警芳心」中寶黛共讀《西廂記》、互相以戲語打趣、寶黛共葬花及黛玉梨香院《牡丹亭》聽曲的一連串劇情，再改原著第五回「遊幻境指迷十二釵　飲仙醪曲演紅樓夢」中【枉凝眉】之詞〔註9〕唱之，而未如大多「紅樓戲」選取第二十七回寶黛二人誤會慪氣的片段。這樣的情節安排，決定著整場戲幾乎沒有任何情節衝突與張力，而是將抒情性發揮到極致。某種意義上說，這樣的戲要想抓住觀眾，達到成功的效果，加大了演員，主要是扮演黛玉的梅蘭芳的演出難度。

結合戲份安排與情節設置，不難看出，梅蘭芳的《黛玉葬花》是一齣極「冷」、對演員，尤其是對黛玉演員要求極高的戲，梅蘭芳自己也說道「這齣戲的劇中人只有五個，場子冷得可以的，如果再沒有一點深刻的表情來襯托著唱腔，那就更容易唱瘟了，簡直可以掉到涼水盆裡去的」〔註10〕、「我自己每演《葬花》，總感覺戲是編得夠細緻的，可惜場子太瘟了」〔註11〕。飾演寶玉的姜妙香也言「場子相當瘟，是一齣人保戲的冷戲」〔註12〕。

可見，梅蘭芳的《黛玉葬花》雖然以一齣五人小型戲的手段解決了腳色制的困難，卻無法塑造每一個人物，反而讓整齣顯得零碎、節奏不一。且這版《黛玉葬花》沒有選擇解決「冷熱」調劑的問題，而是竭盡所能的抒情，將吸引觀眾的難題倚賴於飾演黛玉的梅蘭芳一人解決。

二、服裝扮相、舞美道具

《黛玉葬花》作為梅蘭芳團隊新創之戲，服裝扮相、舞美道具等戲曲演出元素也進行了突破性嘗試。

作為梅蘭芳「古裝新戲」的第二炮，《黛玉葬花》繼承了梅蘭芳《嫦娥奔月》中嫦娥的形象，又加以改動：

> 頭上正面梳三個髻，上下疊成「品」字形，旁邊戴著翠花或珠花。姜

〔註8〕清・曹雪芹著，徐少知新注：《紅樓夢》，頁714。
〔註9〕同上注，頁147。
〔註10〕梅蘭芳述，許姬傳記：《舞臺生活四十年》，頁293。
〔註11〕同上注，頁295。
〔註12〕姜妙香：〈談梅蘭芳的《黛玉葬花》〉，收錄於中國梅蘭芳研究學會、梅蘭芳紀念館編：《梅蘭芳藝術評論》（臺北：商鼎文化出版社，1991年10月），頁160。

六爺的寶玉，身上是穿褶子，外加長坎肩，下面還帶穗子，頭上是用孩兒髮加「垛子頭」，就跟《岳家莊》的岳雲頭上的打扮一樣。

姚玉芙扮的紫鵑，諸茹香扮的襲人，他們都是梳大頭、穿裙襖、加坎肩、繫腰帶，還按著老戲裡的大丫環扮的。

葬花時上穿大襟軟綢的短襖，下繫軟綢的長裙，腰裡加上一條用軟紗做的短圍裙，是臨上裝的時候，把它折疊成的。外繫絲帶，兩邊還有玉佩。回房時外加軟綢素帔，用五彩繡成八個團花，綴在帔上。〔註13〕

曾親眼目睹過這齣戲的齊崧先生曾評價黛玉葬花時的造型「淡雅清新」。而「品」字頭的黛玉造型，至今仍見演員沿襲，例如梅葆玖之徒，主攻梅派青衣的張晶版《黛玉葬花》〔註14〕。

　　梅蘭芳扮相的《黛玉葬花》也並非沒有批評之聲，最著名的即為魯迅的評價「我先前唯讀《紅樓夢》，沒有看見『黛玉葬花』的照片的時候是萬料不到黛玉的眼睛是如此之凸，嘴唇是如此之厚的。我以為她該是一幅瘦削的癆病臉，現在才知道她有些福相，也像一個麻姑。」〔註15〕雖然魯迅與梅蘭芳素有舊怨，觀點可能不完全出於客觀，用詞也過於刻薄，但也反映了藝術欣賞是「見仁見智」之事，黛玉的形象因為小說而深入人心，搬演至舞臺確有難度。比起魯迅的批評，穆儒丐在《梅蘭芳》小說中，借書中少有的真正懂戲的「紅豆館主」之口所提出的質疑就更為客觀些「只就行頭而論……你看黛玉的行頭，倒像古裝。怎麼寶玉、襲人、紫鵑還是穿普通戲衣呢？難道同是一時代的人會有兩樣服制麼？……一個戲臺上，跑出兩樣服制、兩樣髮飾的人來，我就不懂是怎樣用意了。」〔註16〕確實，「古裝新劇」只革新了梅蘭芳一人之服飾，僅從一齣戲的完整性來看，確有不統一之嫌。這某種程度上，這也反映出了梅蘭芳團隊創作的新戲，無論劇情、裝扮等等，都圍繞梅蘭芳

〔註13〕梅蘭芳述，許姬傳記：《舞臺生活四十年》，頁293。

〔註14〕張晶，梅派青衣演員，1995年拜梅葆玖為師，參視頻資料優酷：張晶《黛玉葬花》，https://v.youku.com/v_show/id_XMTgzODY3NjMyOA==.html，查詢時間：2019年3月12日。

〔註15〕魯迅：《墳·論照相之類》，收錄於《魯迅全集》第1卷（北京：人民文學出版社，1982年6月），頁187。

〔註16〕穆儒丐：《梅蘭芳》第十回〈醜業婦誤逢姚阿順　癡姑娘思嫁梅畹華〉（瀋陽：盛京時報社，1919年8月），頁132。

一人為主，對其他角色各個角度上的塑造力度有限。

但，無論如何，不可否認的是，梅蘭芳的黛玉形象作為當時影響力最廣的戲曲舞臺形象，成為了後世京劇演出的範本。

《黛玉葬花》的佈景，也經歷了「寫實」的嘗試。

《黛玉葬花》在當時設計了一些舞臺裝置，運用了大量的實景，第三場首先是黛玉閨房，有一個閨房的佈景。葬花時在園林，有一個彩繪園林景片作佈景。第三場的劇情從閨房轉到園林，故而需要換景，這時演員須在幕外，停留等待。而第六場的佈景則在園林景片前擺上假山石，兩邊是用彩紙做成並以電池通電，以電光照射的桃花、柳樹，作為點綴。

這樣的實景裝置，耗錢費事。第三場由於需要當場換佈景，會耽誤不少時間，演員此時只能於幕外等候，故梅蘭芳本人深覺彆扭與不合適，不久便取消了閨房景。而園林景則由於各個戲館輪流演出時搬運不便，後來也棄之不用。

除了實際演出時的客觀難度外，「寫實」的佈景固然可以予觀眾全新的審美體驗，然從長遠角度來說，仍不適合戲曲表演的本質。在多次失敗的嘗試後，梅蘭芳團隊的主要人物齊如山也發現了這一點。畢竟，再新奇的佈景舞美總會成為舊式，而與西方不同，中國戲曲藝術表演的美學，甚至中國傳統美學的追求一直是「超越寫實之真」的「寫意」精神。

齊如山後來的舞美觀點可以總結為「戲曲藝術的舞臺美術應追求寫意化，即舞臺佈置『不許真物上臺』」〔註17〕，並分析了「一桌兩椅」適用於京劇舞臺的原因：

> 國劇則不然，他雖也是演故事，但是以歌舞為重，他所演的場所只是一個舞場的性質，所用的物器都是供歌舞用的舞具，與故事發生的真實場所沒什麼重要的關係。……（國劇）通常（的舞臺佈置）都是一張桌子、兩把椅子，凡檢場人搬移桌椅，就等於移動舞場的地毯，意思是前場舞所用地毯之位置，後場舞用著不合適，則必須移動移動，這並非（安排故事現場之意），他是以合乎情形為目的，

〔註17〕參見齊如山：〈行頭盔頭〉，收錄於《齊如山全集》，頁 563；齊如山：〈臉譜〉，收錄於《齊如山全集》，頁 635；齊如山：《國劇概論》，收錄於《齊如山全集》，頁 1347、1378；齊如山：《國劇藝術匯考》（瀋陽：遼寧教育出版社，1998 年），頁 115～445 等。

不是以像真為目的。〔註18〕

可見，在嘗試過寫實佈景又深感不適後，齊如山重新總結了戲曲「不以像真為目的」，以「一桌二椅」即可完成不同場景之轉換的「寫意」美學實質。這一點，本文研究背景中已有詳述，此處不再展開。

從這個角度來說，《黛玉葬花》的佈景雖然僅僅是梅蘭芳團隊對京劇舞臺美術的突破性嘗試中的一例，但其失敗的結果與理由，無疑推動了後人這一領域的借鑒與反思，對現今的戲曲表演也有很重要的警醒作用。

全齣戲道具不多，此處僅一提葬花時所用之物。梅蘭芳的《黛玉葬花》遵循原著，黛玉吩咐紫鵑準備的是「花帚、花鋤、花囊」。而從後世梅派傳人對這齣戲的演繹來看，有的沿襲了梅蘭芳的本子，例如魏海敏版《黛玉葬花》〔註19〕；有的則將「花囊」改為「花籃」，例如，張馨月版《黛玉葬花》〔註20〕，溯源應是受清代「紅樓戲」錯誤的影響，第三章已有詳述，此處略提一筆。

三、辭采、格律

據編劇李釋戡的說法，因為梅蘭芳的白口功夫很深，無論怎麼生拗艱澀的詞句，梅蘭芳總能唸得疾徐頓挫，饒有意趣，熨貼甜潤，動人心弦，所以他就大膽嘗試在這幾齣紅樓戲的白口和唱詞都襲用曹雪芹《紅樓夢》原文。〔註21〕

因此《黛玉葬花》的曲文賓白大多都來自原著，如重頭戲第六場，寶黛二人的對白，幾乎照搬原著第二十三回。最重要的兩個唱段，第三場改編自原著〈葬花吟〉，第六場改編自原著「紅樓十二曲」【枉凝眉】。第五場紫鵑之唱詞也為原著中「薄命司」之對聯「春恨秋悲皆自惹，花容月貌為誰妍」〔註22〕。故總體而言，《黛玉葬花》借曹雪芹之才，呈現出辭采曼妙，文白俱

〔註18〕齊如山：〈國劇的原則〉，收錄於《齊如山全集》，頁1472。

〔註19〕魏海敏，臺灣京劇旦腳演員，1991年拜梅葆玖為師，參視頻資料優酷：魏海敏《黛玉葬花》，https://v.youku.com/v_show/id_XMzA0NTgwNDQlMg==.html，查詢時間：2019年3月12日。

〔註20〕張馨月，梅派青衣演員，1997年拜梅葆玖為師，參視頻資料優酷：張馨月《黛玉葬花》，https://v.youku.com/v_show/id_XNDAwMTk3NDkyOA==.html，查詢時間：2019年3月12日。

〔註21〕李昭琳：《紅樓戲曲研究》，頁30。

〔註22〕清・曹雪芹著，徐少知新注：《紅樓夢》，頁139。

佳的特點。

　　而《黛玉葬花》一戲中原創的唱詞主要包括襲人第四場的兩句「將身離了怡紅院，尋找寶玉走一番」及第二場寶玉下場及第六場寶玉上場的兩段：

　　　　【西皮原板】〔註23〕
　　　　好一個小茗烟甚是可人，
　　　　平日裏善侍奉伶俐殷勤。
　　　　他見我這幾日甚是煩悶，
　　　　買了些書卷來正稱我心。
　　　　進園時把此書懷中藏定，
　　　　單等那無人處細看分明。〔註24〕

　　　　【南梆】
　　　　好一個小茗烟果然可愛，
　　　　他把那妙文章買進府來，
　　　　趁此時桃樹下別無人在，

　　　　【搖板】
　　　　打開書從頭看暢暢心懷。〔註25〕

不難看出寶玉的兩段唱詞還略有些重複，整體來說原創部分的辭采較為淺白。但縱觀全劇，原創的唱詞很少，戲份也不重，主要集中在對於劇情的交代，故并不影響《黛玉葬花》整體的文辭效果與抒情性，反而易於觀眾了解故事發展的脈絡。

　　《黛玉葬花》的唱詞於押韻上，有一處很值得商榷。即第五場紫鵑的前後四句唱詞：

　　　　【西皮搖板】
　　　　滿地落紅容易掃，

〔註23〕這裡【西皮原板】的合轍，是在十三轍為韻的基礎上，兼顧京劇中的「上口字」。根據楊振淇的定義「上口字」指「至今仍保留在京劇唱唸中那些讀古音、方音的字。古音來自《中原音韻》（或『中州韻』）；方音來自鄂、皖、蘇等方音」。「上口字」有眾多分類之情況，這裡十三轍中中東轍的[iŋ]、[əŋ]發音為[in]、[ən]，與人辰轍同押，屬受「湖廣音」影響，而非出韻。詳參蔡師孟珍：《曲韻與舞臺唱唸》（臺北：臺灣學生書局，2008 年），頁 232～233。
〔註24〕《黛玉葬花》劇本，收錄於大漢新刊編輯部：《梅蘭芳舞臺秘本》，頁 114。
〔註25〕同上注，頁 119。

可憐掃不盡春愁。

……

【搖板】

春恨秋悲皆自惹，

花容月貌為誰妍！〔註26〕

四句唱詞中，「掃」為遙條轍，「愁」為油求轍，「惹」為梭坡轍，「妍」為言前轍，均不出自同一轍，演唱難以上口，缺乏叶韻之美。

《黛玉葬花》的唱詞，皆為上下句，每句七個字或十個字，偶有襯字。七個字基本為2-2-3的形式，十個字基本為3-3-4的形式，上下句形式一致。整齣戲有兩句例外，第一處出現在紫鵑的前兩句唱詞「滿地落紅容易掃，可憐掃不盡春愁」，前句為2-2-3，後一句為2-3-2，後一句的斷句不符合一般的句式結構，再結合上述紫鵑整個唱段四句字尾均屬不同轍的情況，可以說對於演員來說是「很難張嘴」的一段。第二處是黛玉聽曲後所唱【反二黃慢板】的最後一句「想眼中哪能有多少淚珠兒，怎禁得秋流到冬，春流到夏。」從《梅蘭芳全集》中所載的兩份不同曲譜〔註27〕可以看出這句在實際演出中是有爭議的，附錄2的曲譜這一句作「想眼中哪能有多少淚兒，怎禁得秋流到冬，春流到夏」，沒有「珠」字，使上句符合整個聲腔板式中其他唱詞3-3-4的結構。而附錄3的曲譜這一句仍作「想眼中哪能有多少淚珠兒，怎禁得秋流到冬，春流到夏」，為3-3-5結構。梅蘭芳1920年於百代唱片所錄黑膠片之《黛玉葬花》，恰恰唱至這一句之前，未有後續，故難下定論。〔註28〕且上

〔註26〕《黛玉葬花》劇本，收錄於大漢新刊編輯部：《梅蘭芳舞臺秘本》，頁119。

〔註27〕見附錄2、3。附錄2為上海梅蘭芳藝術小組盧文勤先生與吳迎先生根據梅蘭芳先生四十三個劇碼的唱片、舞臺實況錄音、梅先生在家中的錄音積累的資料等綜合整理而成。附錄3是在1954年由中國戲劇家協會編印的《梅蘭芳演出劇本選集》一書的基礎上，於1958年經中國戲曲研究院熊有容先生匯輯整理成編。

〔註28〕從後人演出來看，溫如華版的《黛玉葬花》是按附錄3之曲譜所唱的，即此句為「想眼中哪能有多少淚珠兒，怎禁得秋流到冬，春流到夏」。而李勝素版《黛玉葬花》則按照附錄2曲譜所唱，並將「想眼中哪能有多少淚兒」改為「想眼中哪能有多少淚瀧」，這樣的改動可能是兼顧句式與押韻。

溫如華，京劇男旦，主攻張派，後又研習梅派。參視頻資料優酷：溫如華《黛玉葬花》，https://v.youku.com/v_show/id_XMzAxNzAyMDk2.html，查詢時間：2019年3月13日。

李勝素，梅派旦角，劉秀榮、梅葆玖入室弟子。參考音頻資料優酷：李勝素

句以「珠兒」結尾也未押韻。至於下句由於來自原著且未修改，也打破了此聲腔板式的結構，為 3-4-4 句式。以上是考慮襯字後全齣句式結構上的兩個例外。

京劇上下句唱詞中的一般規律為：一段唱詞的第一句可平可仄，其餘上仄下平，句句押韻，同一個聲腔板式字尾的平仄大體固定。當然，這不是京劇中「放之四海而皆準」的硬性標準，只是一般規律。京劇中非第一句的上句也有押平聲的情況，如《四郎探母》中的名段「一見公主盜令箭，不由本宮喜心間。站立宮門叫小番！備爺的千里戰馬扣連環爺好出關。」〔註29〕、《四郎探母》中「芍藥開牡丹放花紅一片，豔陽天春光好百鳥聲喧。我本當與駙馬消遣遊玩，怎奈他終日裡愁鎖眉間。」、《空城計》中「我也曾差人去打聽，打聽得司馬領兵往西行。一來是馬謖無謀少才能，二來是將帥不和失街亭！」等等。下句押仄聲也並不是沒有，如《打漁殺家》「二賢弟在河下相勸於我，他叫我把打魚的事一旦丟卻」、「老爹爹在草堂呼喚於我，急忙忙捧香茶與父解渴」等等，都是下句押仄聲的例子。但總體而言，這樣的情況意味著「倒字」的可能或改腔的需要，一齣戲中，雖不是不能出現，但不至於較短的唱詞中句句平仄不合。《黛玉葬花》這齣戲，唱詞雖少，但受限於對原著詩詞的運用，顯然犧牲了對此規律的遵循，將演唱的難題交予了演員。如黛玉第六場所唱【反二黃慢板】，【反二黃慢板】這一聲腔板式的韻腳平仄一般為「仄平仄平仄平」，如《宇宙峰》的【反二黃慢板】，韻腳為「眼、前、喚、鸞、面、天」，女起解的【反二黃慢板】韻腳為「辯、男、見、邊、獻、圓」：

【反二黃慢板】
若說是沒奇緣偏偏遇他，（平）
說有緣這心事又成虛化；（仄）
我這裏枉嗟呀空勞牽掛，（仄）
他那裏水中月鏡裏曇花；（平）
想眼中哪能有多少淚珠兒，（仄〔註30〕）

《黛玉葬花》，https://v.youku.com/v_show/id_XMzkxNTA2NjAzNg==.html，查詢時間：2019 年 3 月 13 日。

〔註29〕陳予一主編：《經典京劇劇本全編》（北京：國際文化出版公司，1996 年），頁 307。下述京劇劇本之引用，皆出自此書，頁 303、178、446。

〔註30〕根據梅派後人錄音，此處「兒」字為湖廣音。參音頻資料喜馬拉雅 FM：言慧珠《黛玉葬花》，https://www.ximalaya.com/xiqu/5445381/22723351，查詢時間：

怎禁得秋流到冬，春流到夏！〔註31〕（仄）

不難發現，與一般【反二黃慢板】的平仄差別是較大的，這樣的情況雖是為了取原著之筆，保證作品的辭采，但也增加了演員的演唱難度，容易「倒」字，從這一點來說，作品的難題又轉於演員本身。

四、唱腔、做表

格律上已分析過《黛玉葬花》的唱詞，對於演員有一定的難度。唯梅蘭芳利用傳統的唱腔板式加上變化創新，化解了格律不合帶來的難題。

如【反二黃慢板】的第一句，以「偏偏遇他」作上句句尾，「顧了腔，字就容易倒，顧了字，腔又容易唱得不好」〔註32〕，從與【反二黃慢板】基本型、宇宙峰【反二黃慢板】的譜例〔註33〕對比中，不難發現，梅蘭芳為了弱化字與腔的不和，在唱腔上做了一定變化與調整，將原本四小節的腔型變為五個小節，加入了第二小節的四拍旋律，再重新回到基本型的拖腔中。這樣的改腔既豐富了旋律與腔格，又調和了「他」字在以平聲演唱時與旋律的衝突矛盾，既能字正，又能腔圓，聽起來仍然婉轉動人。

譜例1〔註34〕　黛玉葬花【反二黃慢板】、宇宙峰【反二黃慢板】、
　　　　　　　【反二黃慢板】的基本型第一句末四字譜例對照

2019 年 3 月 13 日。參視頻資料優酷：溫如華《黛玉葬花》，https://v.youku.com/v_show/id_XMzAxNzAyMDk2.html，查詢時間：2019 年 3 月 13 日。

〔註31〕《黛玉葬花》劇本，收錄於大漢新刊編輯部：《梅蘭芳舞臺秘本》，頁 125。

〔註32〕周信芳：〈悼念梅蘭芳先生〉，收錄於中國梅蘭芳研究學會、梅蘭芳紀念館編：《梅蘭芳藝術論評》，頁 124。

〔註33〕見譜例 1。譜例參附錄 2 及林珀姬：《梅蘭芳評劇唱腔研究》（臺北：臺灣學生書局，1985 年）。

〔註34〕本論文所涉及之譜例統一為簡譜。但由於討論譜例 1 相關的改腔問題，需要對腔格進行對比，而五線譜之旋律線較簡譜更為清晰，對比也更直觀易懂，具有說服力，故此處譜例 1 作為例外，以五線譜列之。

　　而另一處上述分析過句式結構、押韻及平仄都存在問題的，【反二黃慢板】的最後兩句「想眼中哪能有多少淚珠兒，怎禁得秋流到冬，春流到夏」的腔，據姜妙香回憶分析，是採用傳統老戲的唱腔加以發展而製成的：「末一句唱腔部分地採用了〈祭塔〉裡反調的末句『願我兒封妻蔭子青史名標在五鳳樓』的唱腔。『秋流』和『封妻』的唱腔相同，其它地方按照新詞重新譜過。特別是尾腔原著板唱（不唱散）：使了個以低音「Mi」和「Sol」音為主的低腔，傷感的情調因而顯得更濃。《葬花》中的反調，梅蘭芳歌來，哀婉纏綿，如泣如訴，傾吐出以淚洗面的林黛玉的滿懷柔情與哀思，充滿了深入肺腑感染力。」〔註35〕

　　除了改腔、重新製腔以化解聲調、樂調的不合外，梅蘭芳的《黛玉葬花》也與其他梅派戲一樣，在唱腔上運用了一些梅派常用的唱腔特色，以此美化唱腔、進一步抒發人物情感。

　　如譜例2、3，根據徐蘭沅先生對梅蘭芳唱腔所用裝飾音的劃分〔註36〕，屬「一挑二顫」。「顫音」〔註37〕指第一個倚音下行四度，第二個倚音下行兩度，是一種下行的倚音唱法，通常用於句尾尾腔。「挑音」指一種上行的倚音唱法，常與「顫音」用法連接使用，同稱為「一挑二顫」。《黛玉葬花》中多處尾腔運用了「顫音」、「挑音」、「一挑二顫」。此處僅以第三場黛玉【搖板】末句「冷雨敲窗夢難全」中「全」的尾腔〔註38〕及第六場黛玉【反二黃散板】末句「奈何天傷懷日哭損芳年」中「年」的尾腔為例。〔註39〕

　　　　譜例2　《黛玉葬花》第三場黛玉【搖板】末句尾腔

〔註35〕姜妙香：〈談梅蘭芳的《黛玉葬花》〉，收錄於中國梅蘭芳研究學會、梅蘭芳紀念館編：《梅蘭芳藝術評論》，頁162。

〔註36〕徐蘭沅先生對梅蘭芳唱腔所用裝飾音的劃分可參林珀姬：《梅蘭芳評劇唱腔研究》，頁336。

〔註37〕譜例2小框內為「顫音」，譜例3小框內為「挑音」，譜例2、3大框內為「一挑二顫」。

〔註38〕見譜例2。譜例參附錄2。

〔註39〕見譜例3。譜例參附錄2。

譜例3　《黛玉葬花》第六場黛玉【反二黃散板】末句尾腔

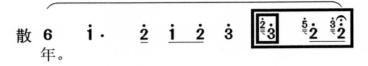

從做表上來說，相對於歌舞表演，《黛玉葬花》是以表情見長之戲。〔註40〕

《黛玉葬花》的身段主要表現在第三場黛玉葬花處。未如《嫦娥奔月》的「花鐮舞」、《千金一笑》的「撲螢舞」等，梅蘭芳的《黛玉葬花》並未提出一個諸如「花鋤舞」的具體概念，僅考慮到黛玉弱女子的人物形象，將動作放慢。姜妙香回憶「曾經有人問我，蘭芳在《葬花》中有哪些舞花鋤身段。但就我記憶，葬花唱【二六】時，蘭芳拿著花鋤只使了不多的幾個身段，就把掘土和鏟土埋花等動作表演出來了，動作分明且比較緩慢，並沒有舞什麼花鋤。這也許就是蘭芳設計的林黛玉與洛神、嫦娥、西施等又一不同之處，這是正合林黛玉當時處境和性格的。」〔註41〕據齊崧回憶第三場黛玉葬花，【二六】唱詞一段「這一段是且歌且舞，舉起花鋤，要在有意無意間，幾個亮相也須輕鬆無力，萬不可氣足神完，那就失去嬌弱之態了。」〔註42〕可見，《黛玉葬花》並不像其他幾齣古裝新戲，有專門的舞蹈、較多的身段動作來吸引觀眾。相較身段，《黛玉葬花》的難度反而在對神情的拿捏上，梅蘭芳自己回憶第三場黛玉葬花：

但是表情方面黛玉的葬花，比嫦娥的採花要吃重得多。這段詞兒是她借著落花來自況的，演員應該把她寄人籬下的孤苦心情，曲曲表達出來。〔註43〕

第六場聽曲：

〔註40〕齊如山曾言：「我因為這些情形，早就想編幾齣言情的戲，於是也就編了幾齣，如：《晴雯撕扇》、《俊襲人》、《黛玉葬花》、《牢獄鴛鴦》，等等幾齣。……以上所說的這兩種，一是言情戲，一是神話戲，一種是以表情見長，一種是以歌舞為重，這是我最想編的兩種戲，目的總算達到了。」見齊如山：《齊如山回憶錄》，收錄於《齊如山全集》（臺北：聯經出版事業公司，1979 年 12 月），頁 6129。

〔註41〕姜妙香：〈談梅蘭芳的《黛玉葬花》〉，收錄於中國梅蘭芳研究學會、梅蘭芳紀念館編：《梅蘭芳藝術評論》，頁 162。

〔註42〕齊崧：《談梅蘭芳》（臺北：傳記文學出版社，1988 年 1 月），頁 175。

〔註43〕梅蘭芳述，許姬傳記：《舞臺生活四十年》，頁 291。

每次聽完一節，就照曲詞重念一遍。這兒黛玉的神情，真不好處理，聽曲的姿態，要有變換，不能老站著傻聽，應該把她因為聽曲而自傷的心情表達出來才對。〔註44〕

可見，《黛玉葬花》的身段雖不算繁複，表情方面卻不好處理，每一個表情都需要小心拿捏。尤其是黛玉聽曲一段，並無太多動作，全靠表情的變化來表現黛玉的內心從「聞聲」到「入迷」到「感傷」等一系列的感受，齊崧有評：

筆者認為全劇最成功的一段戲就是這段聽曲的做工了。他這一段表演真是出神入化，深深把握住當時黛玉的心情。在聽曲時是心隨曲轉，臉上表情突出，分為幾層變化。起初是路經梨香院，聞有曲韻歌聲，無意的聽。繼而是全神貫注的在聽。聽到「則為你如花美眷，似水流年」，臉上起了變化，雙眉微蹙暗自神傷。身上是欲行又止。最後是感懷身世，坐立不穩，對景發癡。這種面目表情與心事的自然流露，和以前一段二六的以花自況，孤苦無依的神態，可謂是前後輝映，令人拍案叫絕。〔註45〕

除此以外，根據齊崧的回憶，黛玉第六場唱聽曲後接原著【枉凝眉】牌子改編的唱詞一段，並無任何身段，全靠唱工與表情征服觀眾，整個唱段裡梅蘭芳僅運用眼珠和輕拂水袖來完成詮釋黛玉內心的外在表演，可見《黛玉葬花》一戲，表情的重要性。這樣的表情拿捏，差以毫釐，失之千里，故而梅蘭芳自己演起來也覺不易。加之這是一齣主要聚焦於黛玉一人的「冷戲」，黛玉的唱、念、做、表無一不被放大審視，黛玉的整體演出的效果也是吸引觀眾的全部籌碼，足見對於演員各個方面的要求之高。

五、演出效果與後世流傳

《黛玉葬花》推出的當下，流行非常，正如梅蘭芳自己所說，依據每一期裡演出的次數，就可以知道觀眾對戲的反映。1916 年冬天，梅蘭芳第三次赴上海演出，地點在天蟾舞臺，歷時 59 天，《黛玉葬花》出演了 7 次，與《嫦娥奔月》一樣是整個演出中頻率最高的劇目〔註46〕。1919 年、1924 年兩次訪

〔註44〕梅蘭芳述，許姬傳記：《舞臺生活四十年》，頁 292。

〔註45〕齊崧：《談梅蘭芳》，頁 177。

〔註46〕梅蘭芳述，許姬傳記：《舞臺生活四十年》中稱此次演出「《嫦娥奔月》7 次，《黛玉葬花》5 次」，但根據申報廣告及謝思進、孫利華：《梅蘭芳藝術年譜》（北京：文化藝術出版社，2009 年）；張斯琦：《梅蘭芳滬上演出紀》（上海：

日也均演出了《黛玉葬花》。梅蘭芳自己也說「許少卿承認在這兩齣戲上給他
賺了不少的錢，每天總是露出一副笑臉來陪我說話。有些在旁邊看了眼紅而
妒忌他的，還跟他開過這樣的一個玩笑呢。天蟾舞臺的經理室掛了一張許少
卿的十二英寸的大照片，有人在那張照片上面的兩個太陽穴的部位上畫出了
兩條線。左邊寫著《嫦娥奔月》，右邊寫著《黛玉葬花》。挖苦挖苦他的腦子
裡，只記得這兩齣戲。」〔註47〕足見，這齣戲當時的流行程度。

　　而關於當時演出時的情況、演出後的反響，也有跡可循。1916 年曾看過
演出的演出的吳白匋先生回憶說：

> 黛玉讀《西廂》，寶玉悄悄走近石邊站住，凝視黛玉看書。這時候整
> 個劇院裏出現了奇蹟，臺上兩位角色不說不動，冷靜得像座石像，
> 臺下觀眾足有三千多人，（那天賣了滿座，還外加了不少凳子）卻全
> 部被他們吸引住了，謐靜無聲，連咳嗽都沒有，一個個全神貫注地
> 看著。這樣冷靜了差不多一分鐘之久，黛玉才慢慢抬起頭來，看著
> 寶玉，寶玉就用《西廂》原詞來打趣她……〔註48〕

對於此梅蘭芳曾回應說：「當時我年輕，膽子大，就敢在這個節骨眼上不動響
器。」〔註49〕這一段回憶，足見梅蘭芳對人物揣度、氣氛把握的功力，也側
面反映了新戲對於觀眾的吸引力、感染力。至於演出結束，申報上則立刻出
現了為梅先生叫好的顧曲詞與評論：

> 絕代風流人姓梅，舞衫歌袖恰登臺。等閒一套葬花曲，惹得千人冷
> 醉來。優伶梅蘭芳重來滬上傾動一時，聲價之高為自來所未有，《黛
> 玉葬花》近人新編歌劇也，梅伶尤所擅場，一般顧曲周郎無不心迷
> 意醉，論者為中「梅毒」云，亦謔而虐矣。粉墨淋漓扮聖人也，云
> 天未喪斯文，登場引得兒童笑，不是當年泣鬼神。〔註50〕

> 梅之飾黛玉扮相穩重，似胸有無限鬱纈愁懷也者，尤妙在葬花一場，
> 身段絕佳，表情無微不至，一段唱詞，委婉動聽，雖不絕佳，但能

中西書局，2015 年），《黛玉葬花》應為 7 此，這裡採 7 次之說。

〔註47〕梅蘭芳述，許姬傳記：《舞臺生活四十年》，頁 295。

〔註48〕吳白匋：〈此時無聲勝有聲──記幼年觀摩梅蘭芳《黛玉葬花》一點難忘的印
象〉，《上海戲劇》，1985 年第 5 期，頁 19。

〔註49〕吳白匋：〈此時無聲勝有聲──記幼年觀摩梅蘭芳《黛玉葬花》一點難忘的印
象〉，頁 19。

〔註50〕塵夢：《最新上海顧曲詞四首》，載於《申報》，1916 年 10 月 25 日。

> 表現出心中無限恨事，念白清爽，耐人揣摹，聞琴聲而愁悶不樂，
> 見寶玉之書而再三索閱，閱西廂而不忍釋手，見如花美眷似水流年
> 句而倍增傷情，歎息至再，愈思愈悶，以至於悲不自勝，此情此景，
> 難以筆述，而梅竟能體貼至微，非有心得，曷克臻此，誠不愧以是
> 劇而享大名，冠絕儕輩也。〔註51〕

可見演出的成功及當時的受歡迎程度，上海觀眾似「中毒」般對梅蘭芳著迷。

　　對於《黛玉葬花》的成功，梅先生自己歸結為「古裝扮相」、「紅樓新戲」，這兩個新鮮的賣點吸引了觀眾，是《黛玉葬花》轟動一時的原因。畢竟梅蘭芳的「古裝新戲」剛剛推出過《嫦娥奔月》，反響非常，又，《紅樓夢》作為「一部家喻戶曉的小說，同時也是文學上極有價值的一部作品。為了曹雪芹先生這部不朽之作，也不知引起了多少筆墨官司。所有讀者，誰不想看一看想像中的林黛玉小姐，在舞臺上到底是個什麼形態呢？」〔註52〕誠然這兩點，是《黛玉葬花》受到關注與歡迎的因素，但媒體廣告的宣傳、梅蘭芳的名氣及梅蘭芳絕佳的演繹，也同樣是成功的關鍵。自1913年梅蘭芳赴上海演出受到《申報》的關注至1949年報紙停刊，以「梅蘭芳」為關鍵詞的《申報》記錄達到9991條，1916年《黛玉葬花》於上海第一次演出之時，《申報》便登出廣告，冠《黛玉葬花》以「全國馳名空前絕後生平最得意最出神古裝之作」：

> 《黛玉葬花》一齣為梅君生平得意妙作。全國聞名，京津譬之仙女
> 臨凡，此曲應來天上，一般不肯輕易一奏。前番演唱，各界有未得
> 逢盛之憾，此次紳商函煩已久，本臺力請再四，梅君因遽欲動身，
> 只此一天，荷蒙應允，真正難得之緣況。〔註53〕

綜上可見，梅蘭芳的新戲廣告宣傳力度之大，以及梅蘭芳本人的知名度之高，影響力之廣。再加上如時人所評，梅蘭芳絕妙的演繹，故而不難想見《黛玉葬花》成功於一時的合理性。

　　然而，「古裝新戲」的東風總有借完之時，「紅樓新戲」的噱頭也終會陳舊，再加上梅蘭芳本人也覺演此戲時場子太瘟，故而從梅蘭芳20年代在北京及20、30年代於上海的演出記錄來看〔註54〕，《黛玉葬花》與其他新戲相

〔註51〕佚名：〈梅蘭芳之《黛玉葬花》〉，載於《申報》，1924年4月21日。
〔註52〕齊崧：《談梅蘭芳》，頁177。
〔註53〕〈廣告一則〉，載於《申報》，1916年10月16日。
〔註54〕抗日戰爭爆發後，梅蘭芳的演出日益減少，大部分時間都在上海演出，故30
　　　　年代僅以上海演出劇目為根據，見附錄4、5。

比，上演率並不算很高。而 20 年代在北京〔註 55〕、上海〔註 56〕的舞臺上《黛玉葬花》至少一直存在著（於上海舞臺上搬演的次數隨時間推移越來越少），到了 30 年代這齣戲被搬演的次數就非常少了，根據表 11，自 1930 年底梅蘭芳於上海跨年 22 天的演出中扮演過一次後，一直到 1938 年才再次出演了一回。

表 10　20 年代北京舞臺《黛玉葬花》演出次數

時　　間	地　　點	《黛玉葬花》演出次數
1920 年～1922 年	北京各堂會	0
1923 年～1924 年	北京各堂會	1
1925 年～1926 年	主要在開明戲院	2
1927 年～1928 年	第一舞臺、堂會、開明戲院、中和戲院	3

表 11　20、30 年代上海舞臺《黛玉葬花》演出次數

時　　間	地　　點	《黛玉葬花》演出次數
1920 年 4 月 12 日～5 月 24 日	上海天蟾舞臺	3
1922 年 5 月 29 日～7 月 10 日	上海天蟾舞臺	3
1923 年 12 月 8 日～1924 年 1 月 20 日	上海法租界共舞臺	1
1926 年 11 月 15 日～12 月 31 日	上海大新舞臺	1
1928 年 12 月 17 日～1929 年 2 月 2 日	上海榮記大舞臺	1
1930 年 1 月 6 日～1 月 15 日	上海榮記大舞臺	0
1930 年 12 月 4 日～1931 年 1 月 14 日	上海榮記大舞臺	1
1932 年 12 月 10 日～1933 年 1 月 6 日	上海天蟾舞臺	0
1933 年 5 月 26 日～7 月 4 日	上海天蟾舞臺	0
1934 年 4 月 13 日～6 月 10 日	上海黃金大戲院	0
1934 年 9 月 11 日～10 月 15 日	上海榮記大舞臺	0
1935 年 10 月 2 日～10 月 26 日	上海榮記大舞臺	0
1938 年 3 月 10 日～4 月 26 日	大上海劇院、上海天蟾舞臺	1

〔註 55〕見表 10。完整統計、數據來源及參考資料見附錄 4。
〔註 56〕見表 11。完整統計、數據來源及參考資料見附錄 5。

可見，當「古裝新戲」的嘗試期過去，「紅樓新戲」的噱頭也過時後，梅蘭芳已很少搬演《黛玉葬花》這齣「冷」戲。

至於《黛玉葬花》的後世流傳，如前文所論，整齣戲雖腳色合宜、辭采佳妙、但黛玉戲份過重，所有劇本不適之處如格律帶來的行腔難度、過「冷」無法吸引觀眾、身段較少需要細微拿捏表情的分寸等難題都需要由演員來填補，表演成功與否可以說取決於搬演林黛玉的演員一身，難度很大，是一齣「人保戲」的冷戲。因而，這齣戲雖然客觀上作為梅派重要劇目之一流傳下來，梅派後人的表演狀況卻並不盡人意，齊崧於其書中就提到「筆者也曾在吉祥戲園看過言慧珠的，那就完全不是那麼一回事兒，相差不可以道里計」、「難求其能久演不衰」〔註57〕。可想而知，《黛玉葬花》此戲的難度及梅蘭芳對於這齣戲的成功起著決定性作用。

現世舞臺可見梅派之《黛玉葬花》有幾個不同的版本，但皆非梅蘭芳原版的演法。現可見的《黛玉葬花》均為片段，是黛玉一人的獨角戲，不再整齣上演，一、二、四、五的過場戲皆已省去不要。一種演法為：保留第三、第六場黛玉獨唱的部分，以葬花的【二六】接改編加入的黛玉誤會寶玉後的心聲，再接第六場的【反二黃慢板】，其餘皆刪去，如溫如華的版本。一種演法為：僅演梅蘭芳原本第三場葬花的【二六】一小段，如魏海敏的版本。一種演法為：改編為黛玉扛著花鋤，花鋤上繫著花囊（或掛著花籃），於梨香院外聽曲，僅保留梅蘭芳本對黛玉聽曲處的演法，後接的唱詞為新編，如張晶、張馨月的版本。

對於梅蘭芳的《黛玉葬花》，前人研究頗多，對其定位也有一定共識，它既是梅派最經典的「紅樓戲」，也是民國時期優秀的「紅樓戲」之一。正如梅蘭芳、姜妙香留下的相關評價，《黛玉葬花》是一齣「人保戲」的「冷」戲，也是學界未質疑之定論。本節得益於梅蘭芳及《黛玉葬花》此戲相關資料的詳細記載與流傳，從劇情、腳色、服裝、身段、舞美、辭采、格律、唱腔、演出效果及流傳等方面嘗試分析《黛玉葬花》在戲曲文體限制下將解決之道傾斜於其他元素，將演出效果皆依賴於「人保」的重構方法，並探尋了《黛玉葬花》一時廣受好評卻難成為久演不衰之戲的根本原因。從某種意義上說，《黛玉葬花》的成功具有不可複製性，畢竟特殊時期特殊的市場需求、戲曲自身的轉型探索期等等都是已不復返的時代背景因素。況且，不是每個團隊都能

〔註57〕齊崧；《談梅蘭芳》，頁174。

集合匹敵當年梅蘭芳排演《黛玉葬花》時所用的陣容〔註58〕，不是每個梅派林黛玉都是梅蘭芳。

第二節　荀慧生《紅樓二尤》

　　這一時期，四大名旦中的另一位——荀慧生先生，也對於「紅樓戲」進行了大量的舞臺實踐。根據記載，荀慧生至少搬演過《寶蟾送酒》（歐陽予倩編）、《賈元春省親》（又名《慶元宵》）、《紅樓二尤》、《晴雯》、《香菱》、《平兒》六齣「紅樓戲」，然其中最經典、至今仍是近代「紅樓戲」中活躍於舞臺代表的，毫無疑問當屬《紅樓二尤》，其他《寶蟾送酒》、《賈元春省親》、《香菱》、《平兒》皆已失傳。根據記載，該劇於 1932 年 3 月 11 日於北京哈爾飛劇院首演，全部戲票三天前就已售罄。〔註59〕1963 年 7 月 14 日荀慧生於政協禮堂的絕唱曲目，恰恰也是此齣。〔註60〕荀派二代、三代弟子中，可知的即有荀令萊、許翰英、童芷苓、趙燕俠、李玉茹、李薇華、沈松麗、趙慧秋、王芷苓、尚明珠、陸正紅、厲慧敏、齊花坦（河北梆子）、孫毓敏、劉長瑜、宋長榮、董金鳳、李妙春、陳秀文、許翠、陳朝紅、龔蘇萍、常秋月、唐禾香等學演過此劇。後童芷苓依《紅樓二尤》改編的《尤三姐》還於 1963 年被拍攝成為電影，進一步擴大了該戲的影響力。可見，《紅樓二尤》成為了荀派真正壓箱底兒的經典京劇劇目，也被稱為「荀派六大悲劇」之一。本節僅從取材選擇、劇情設計、唱腔念白及表演、排場調劑及搬演特色等方面對《紅樓二尤》如何重構《紅樓夢》進行分析。

一、取材選擇與「冷熱」調劑

　　荀慧生本人對於《紅樓夢》是十分偏愛的，他曾說「《紅樓夢》這部書，把大觀園裡各類女性的心理描寫得多麼細膩動人，那真是演旦角兒的一部必讀的書。……在我以往的藝術生活裡，從《紅樓夢》這部書裡所得的好處最

〔註58〕據梅蘭芳回憶，當時第六場黛玉聽曲處，簾內「搭架子」唱《牡丹亭》的是梅蘭芳的崑曲老師：喬蕙蘭。當時的戲館還專門在報紙上以此為噱頭廣告，以吸引已看不到老藝人登臺，但還想一聞其清歌妙曲的觀眾。

〔註59〕荀慧生著、和寶堂整理：《戲苑宗師荀慧生》（瀋陽：遼寧美術出版社，1999年），頁 179。

〔註60〕同上注，頁 180。

大。」〔註61〕據其弟子宋長榮回憶，荀先生說自己把《紅樓夢》原著用毛筆工工整整地抄了三遍，很多詩詞都滾瓜爛熟，對每個女性形象都研究得爐火純青。〔註62〕在荀慧生對於《紅樓夢》有獨特的偏愛及自己的理解的前提下，荀慧生早有把紅樓二尤姐妹搬演上舞臺的想法。〔註63〕正巧北京輔仁大學英語系一個名叫丁世修的學生，以尤三姐殉情的故事為主線撰寫了劇本《鴛鴦劍》。由於他對荀派的喜愛，將此劇本交予了荀慧生，荀慧生與其編劇陳墨香共同商討後，認為只有尤三姐的劇本過於單薄，遂加入了尤二姐的故事，編成《紅樓二尤》。

至於選擇尤二姐、尤三姐的故事進行取材的原因，1959 年荀慧生自己曾言「更鑒於歷來演紅樓故事者，皆以寶玉、黛玉為題材，因想另闢蹊徑，專演尤氏兩姐妹。二姐和三姐本為性格截然不同的兩個人物，但處在封建社會，兩人均不能擺脫悲慘命運。我以為合兩人的不同遭遇於同一戲中，彼此呼應，兩相對照，更能全面而有力地抨擊舊禮教、舊制度乃編寫《紅樓二尤》。」〔註64〕雖這是荀慧生本人對於《紅樓二尤》取材的解釋，但《紅樓二尤》的成功，卻不僅僅源於荀慧生本人以上所言之動機。

首先，確實如荀慧生所說，選擇二尤的故事可以跳脫出「紅樓戲」寶黛故事的窠臼，有別於他人。尤二姐尤三姐作為兩個性格截然不同的人物，演出時也可以產生強烈的對比效果，以吸引觀眾。其次，紅樓二尤故事與形象相較於寶黛對於觀眾還較為新鮮、生疏，可塑造、發揮與重構的空間較大，也適合荀慧生的行當專擅與戲路。但最重要的是，紅樓二尤的相關劇情本身於《紅樓夢》原著來說，已屬於有較強戲劇衝突、戲劇張力的「異類」，相關學者曾經指出：

小說《紅樓夢》的一個顯著特徵是它有故事但是故事性並不強，幾

〔註61〕荀慧生：《荀慧生演劇散論·〈紅樓夢〉的啟示》（上海：上海文藝出版社，1980年），頁 114。

〔註62〕參考宋長榮口述、馬西銘執筆：〈細說紅樓苦尤娘——《紅樓二尤》表演初探〉，《中國京劇》，2019 年 01 期，頁 6。

〔註63〕「我早就有把她們（指紅樓二尤姐妹）搬上舞臺的想法，但一直沒能實現。1924 年以後，北京、天津、上海等地戲班爭排《紅樓夢》故事戲，我也開始編寫排演了《紅樓二尤》，了卻了我的夙願」。見荀慧生：《荀慧生演劇散論·〈紅樓二尤〉的表演和唱腔》，頁 114。

〔註64〕荀慧生：《荀慧生演出劇本選集第二集·前記》（上海：上海文藝出版社，1962年），頁 3。

乎沒有那種鏈形的情節結構，沒有懸念。故事的結局，甚至每個人
的結局，都在故事開始之前，或故事進展之中，用這樣那樣的方式
展現了出來。因此閱讀《紅樓夢》並非閱讀懸念，人們往往停留在
現在的文字之中，而不期待即將到來的文字。尤三姐的故事卻有些
例外。它似乎是某個懸念小說或情節小說的一部分，像是《紅樓夢》
中的一塊飛來石。〔註65〕

尤三姐相關的故事，於小說《紅樓夢》像是飛來石，卻極其適合戲曲舞臺。留
有懸念、能使觀眾期待下文的故事十分符合戲曲當下藝術的需求。故此，《紅
樓二尤》的取材選擇確實精妙，獨具慧眼。

綜合以上幾點，可以看出對於劇本的取材選擇上，荀派的《紅樓二尤》
邁出了合適的一步。

荀慧生的《紅樓二尤》由陳墨香編劇，一共九場，以小說第六十四回至
六十九回內容為主線，前六場以尤三姐為主，後三場以尤二姐故事為主：

第一場〈赴壽〉、第二場〈串戲〉，是為減頭緒原創的兩齣。原著中二尤
的出場在第六十三回「壽怡紅群芳開夜宴　死金丹獨艷理親喪」，尤氏因賈敬
仙逝忙喪禮故請繼母與二尤前往寧國府幫忙看家，一出場就是尤二姐與賈蓉
的一段打情罵俏〔註66〕。至於寫明尤二姐與賈璉見面後互相有意，則是六十
四回「幽淑女悲題五美吟　浪蕩子情遺九龍珮」〔註67〕。而柳湘蓮與尤三姐
的初見則至六十六回「情小妹恥情歸地府　冷二郎一冷入空門」才由尤二姐
回憶之語，托出五年前妹妹於外祖母壽宴，對串戲的柳湘蓮一見鍾情的場
景。〔註68〕這樣的情節與長線鋪排如若直接搬演，則難以突出主線，顯得頭
緒繁多、難免令觀眾有莫名其妙之感，且《紅樓夢》原著對二尤的描寫也不
完全符合劇本試圖塑造的形象。故編者巧妙地藉原著四十五「金蘭契互剖金
蘭語　風雨夕悶製風雨詞」中賴嬤嬤為孫子賴尚榮當官擺酒一事，改編賴尚
榮壽宴為開場，這個由頭既能「園子裡擺幾席酒，一臺戲，請老太太、太太
們、奶奶姑娘們去散一日悶」，也能「外頭大廳上一臺戲，請老爺們、爺們去
爭爭光」〔註69〕，使尤二姐、尤三姐、賈璉、賈珍、賈蓉、柳湘蓮等人皆合

〔註65〕羅書華：《正說〈紅樓夢〉》（北京：團結出版社，2007年），頁156。
〔註66〕清・曹雪芹著，徐少知新注：《紅樓夢》，頁1539。
〔註67〕同上注，頁1563。
〔註68〕同上注，頁1601。
〔註69〕同上注，頁1097。

理的出現在同一場合，方便劇情的展開與敷演。第一場〈赴壽〉屬於過場戲，柳湘蓮上場，自報家門，應邀到賴府串戲。薛蟠與賈璉、賈珍、賈蓉上場，四人中除賈璉外皆為丑腳，一段插科打諢活躍氣氛，並借此以薛蟠之口介紹了賈璉與賈珍、賈蓉父子，點明了尤氏、尤二姐、尤三姐與賈珍等人的人物關係，為後面的劇情做鋪墊。第二場〈串戲〉，尤氏二姐妹上場，一出場就以尤三姐對賴尚榮筵席的厭煩、不喜及尤二姐評妹妹「性子真是古怪」來表現姐妹兩人迥異的性格。並以戲中戲的方式安排柳湘蓮串演《雅觀樓》，以鋪排尤三姐一見傾心的情節發展。這是小說中未有具體描寫，編者原創的橋段。創作者依戲曲文體之特點於全劇起始，巧妙地將原著幾筆略過的敘述鋪陳開來，為劇情的展開做合理的鋪墊，且以薛蟠結尾，為後文薛蟠與柳湘蓮為友埋下伏筆。

　　第三場〈謀姨〉是極短的一場，也為過場戲，賈蓉看穿賈璉心思，同賈璉一起往寧國府去。

　　第四場〈思嫁〉是全劇的重頭戲。包括了尤三姐心念柳湘蓮、賈璉私遺九龍珮、尤三姐反對尤二姐婚事、二姐賈璉成婚、尤三姐鬧酒、尤三姐思嫁等等重要情節，可謂環環相扣、高潮迭起，情節非常緊湊。對於戲劇衝突如此集中的安排，荀慧生稱是有意為之：

> 這場戲十分大，要演一點來鐘，環境、時間的變換也十分頻繁。……
> 如此複雜的內容，跌宕起伏的情節，如果按一般的編劇法，很可能
> 要花費好幾場去加以描寫。為了使戲更加集中、精煉，我有意識將
> 上述內容在一場之中加以表現……人到戲到，戲隨人走，有話則長，
> 無話則短，是場次集中的指導原則；這麼做了以後。過場戲少了，
> 戲劇衝突更加尖銳，對人物刻畫是有利的。〔註70〕

基於以上考慮，這一場將賈璉遺九龍珮於二姐、賈蓉提親被三姐反對、到二姐尤老娘同意婚事、花枝巷成親全部壓縮於同一天，並安排成親第二日五更天賈珍即上門尋尤氏姐妹，將尤三姐鬧酒等後續情節接連推進。快速的鮮明了尤三姐剛烈的性格，與尤二姐的軟弱、逆來順受形成強烈對比。

　　第五場〈授聘〉，柳湘蓮搭救薛蟠一命，成為朋友，巧遇賈璉。賈璉遂求尤三姐之事，柳湘蓮欣然應允，並以鴛鴦劍作為聘禮。賈璉走後，薛蟠的玩

〔註70〕荀慧生：〈《紅樓二尤》的表演體會〉，附於河北省藝術學校：《寶文堂戲曲唱本叢書》（北京：寶文堂書店，1989年）《紅樓二尤》曲本後。

笑話讓柳湘蓮對尤三姐的貞潔產生懷疑，後悔婚事。原著中柳湘蓮是因與寶玉的一番對話得知尤三姐身份，自言「這事不好，斷乎做不得了！你們東府裡除了那兩個石頭獅子乾淨，只怕連貓兒、狗兒都不乾淨！我不做這剩忘八。」這裡若按原著搬演，未有前情描寫，顯得突兀又不合理，且寶玉也從未出場，故移花接木改為薛蟠之玩笑，既表示這樣的說法只是「誤會」，又合情合理的將前後劇情緊湊的連綴起來。

第六場〈明貞〉，以尤三姐求佛開場，細膩的描寫她對於美滿姻緣的嚮往。緊接賈璉帶回鴛鴦劍，尤三姐喜不自禁。卻不想柳湘蓮隨後趕來退婚，尤三姐為明貞，以鴛鴦劍自刎。柳湘蓮懊悔，瘋癲下場。這一場跌宕起伏、大喜大悲，極具舞臺觀賞性，易吸引觀眾。自此，全劇的第一個悲劇尤三姐之死將氣氛推向高潮。

第七場〈泄機〉，進入全戲第二段，尤二姐的悲劇故事。王熙鳳得知賈璉與尤二姐之事，拷問賈蓉，得知二姐已有身孕。賈赦又賜醜妾秋桐於賈璉。王熙鳳假意拉攏秋桐，欲接尤二姐進府，借秋桐刀殺人。

第八場〈賺府〉王熙鳳來到花枝巷佯裝大度騙尤二姐入賈府，同時挑撥秋桐，以此對付尤二姐。這兩場之劇情與原著有較大差異。首先省略了鳳姐唆使尤二姐原許配的張華狀告賈府、大鬧寧國府等手段。其次，有許多不符原著的設定，如原著中王熙鳳接尤二姐入府後，才有賈璉被賞秋桐一事；如秋桐之容貌，原著中並不醜陋；如賈璉對於秋桐之情：原著描寫二人有舊，乾柴烈火，賈璉漸漸冷了尤二姐，以及秋桐未因鳳姐挑唆之時已對尤二姐諸多不滿、不饒人等等。以上的改動自然是考慮到戲曲文體的需求，刪繁就簡、縮減頭緒，將尤二姐的悲劇皆歸咎於王熙鳳這個反派人物的「惡」。

第九場〈摧芳〉也為原創的一齣。尤二姐臨盆，王熙鳳自請接生，命秋桐以熱水燙死嬰兒，並命秋桐以金灌藥於二姐，致尤二姐死亡。並將責任推於秋桐，逼迫其吞金自殺或與賞於僕人來旺兒。最後秋桐出府，尤二姐悲憤而死，全劇終於王熙鳳準備乾柴燒死人的厲聲中。原著中尤二姐之胎兒並未生下便已死於昏醫之手，二姐也是在折磨中自己決定吞金了結，至於秋桐之結局，則未有下文。而原創的第九場，將以上所有的壞事，都歸於王熙鳳一身，更直接、明顯地向觀眾展現了王熙鳳對於尤二姐的摧殘，以尤二姐之死將氣氛推向第二個高潮。

綜上可見，《紅樓二尤》對尤二姐、尤三姐、王熙鳳三個主要人物的塑造

較為突出、典型。劇情設置相對緊湊，情節與情緒跌宕起伏，戲劇衝突與抒情片段兼具，張力足夠，有些過場戲也設置了插科打諢的丑腳，保證了戲曲所需「冷熱」調劑的效果。

二、腳色

《紅樓二尤》首演演員及主要人物腳色表，如下表〔註71〕。《紅樓二尤》流傳的劇本〔註72〕中，除柳湘蓮之「小生」、秋桐之「彩旦」，其餘未有明確的行當劃分，尤二姐、尤三姐、王熙鳳皆為「旦」，賈璉為「生」。本文根據荀慧生的解讀及首場演員本人之行當整理如下表〔註73〕。其餘未知首場演員名單之配角行當包括：

賈珍：丑　　　賈蓉：丑　　　薛蟠：丑　　　尤老娘：老旦

來旺兒：丑　　多姑娘：旦　　平兒：旦　　　賴尚榮：丑

家丁：丑　　　車夫：丑　　　轎夫：丑　　　酒保：丑

表12　首場演員及主要人物腳色表

人　物	首場演員	行　當
尤二姐	前趙桐珊（芙蓉草） 後荀慧生	青衣
尤三姐	荀慧生	花旦
王熙鳳	趙桐珊（芙蓉草）	花旦
薛　蟠	馬富祿	丑
秋　桐	馬富祿	彩旦
柳湘蓮	金仲仁	小生
賈　璉	張春彥	老生

以上不難發現，《紅樓二尤》的主要人物腳色行當未有重複（王熙鳳出場於尤三姐死後），較為注重場上主要人物腳色的豐富性與合理性。當然一齣戲

〔註71〕見表12。

〔註72〕引自中國京劇戲考，http://scripts.xikao.com/play/70203107，整理自荀慧生：《荀慧生演出劇本選集第二集》，查詢時間：2019年3月17日。

〔註73〕從劇本劇情及柳湘蓮應工為小生，賈璉卻僅標「生」來看，賈璉一腳可能並未有明確哪一生行之扮演要求（荀慧生本人未提及賈璉為何行當），此處根據首場演員張春彥之行當記為老生。

生旦淨末丑齊全，演出來才最為生動。但或許是考慮到臉譜於《紅樓夢》男性角色皆不適宜，如梅蘭芳所說「紅樓戲」較難安插淨，故《紅樓二尤》雖相比《黛玉葬花》角色已豐富許多，男性配角也不少，但仍未安置淨腳。

其次，配角多用丑腳，以安排插科打諢，保證全戲的「熱鬧」。尤其秋桐以「丑婆子」即彩旦應工，男性所飾的旦角於戲曲場上一直是充滿笑料、較為鬧騰的存在，加上劇本中對於秋桐明明容貌醜陋卻自比美人、爭穿尤二姐衣衫、搶奪安胎藥等許多誇張性喜劇、動作戲的安排，使全戲很有看點。

而全戲腳色上最大的亮點，即為一人「分飾兩角」的突破：

> 由於京劇傳統的行當限制與表演法分得很嚴格，單以旦行說，其中又分出許多類別，如青衣、花旦、刀馬旦等，每一行當各有特殊的程式，在表演動作上也有嚴格的清規戒律，青衣行必須終生演青衣，只能在這一行中找戲演，不能互相串，也不能越軌。〔註74〕

《紅樓二尤》中荀慧生前以花旦應工尤三姐，後以青衣應工尤二姐，一人分飾兩個行當不同、表演程式不同且性格迥異的主角。芙蓉草前以青衣應工尤二姐，後以花旦應工王熙鳳。名丑馬富祿則前飾薛蟠，後以彩旦應工秋桐。有三人在一齣戲中分飾兩個不屬於一個行當的角色，這不僅是一種大膽的嘗試與突破，更體現了演員兩門抱的演藝才華，成為了此劇的亮點與賣點之一。

三、辭采、格律

此劇念白較多，這取決於荀慧生認為「念白在與觀眾交流時比歌唱更直接、更有力一些」〔註75〕。至於唱詞，也多為原創，對於原著的借鑒有限。總體來說呈現出平實、淺白的文辭風格。這首先是源於荀慧生認為聽曲最忌唱詞艱深古奧，要考慮到觀眾的接受。其次尤二姐、尤三姐的角色定位本就較為「平易近人」，與寶黛及大觀園的眾才女不同，兩人並不是大家閨秀，原著中既未有詩詞方面的才華展現，也沒有相關的判詞。最重要的，《紅樓二尤》對人物形象的塑造與原著存在差異。原著的尤三姐是風情萬種、放浪形骸甚至「無恥老辣」〔註76〕的，鎮住風月場上耍慣的賈珍賈璉，靠的並不完全是貞烈正氣，而是看穿男人的玲瓏心及揮霍灑落的作風，故而原著說「竟真是

〔註74〕荀慧生：《荀慧生演劇散論》，頁143。
〔註75〕孫迎輝、周秋莎：〈荀派京劇藝術風格綜述〉，《小說評論》，2010年04期，頁285。
〔註76〕清・曹雪芹著，徐少知新注：《紅樓夢》，頁1587。

他嫖了男人，並非男人淫了他」〔註77〕，是一個多層次、豐富立體的人物形象，如原著尤三姐鬧酒一段：

> 尤三姐站在炕上，指賈璉笑道：「你不用和我花馬吊嘴的！清水下雜麵——你吃我看見。提著影戲人子上場——好歹別戳破這層紙兒。你別油蒙了心，打量我們不知道你府上的事。這會子花了幾個臭錢，你們哥兒倆拿著我們姐兒兩個權當粉頭來取樂兒，你們就打錯了算盤了！我也知道你那老婆太難纏，如今把我姐姐拐了來做二房，偷的鑼兒敲不得。我一也要會會那鳳奶奶去，看他是幾個腦袋幾隻手。若大家好取和便罷；倘若有一點叫人過不去，我有本事先把你兩個的牛黃狗寶掏了出來，再和那潑婦拚了這命，也不算是尤三姑奶奶！喝酒怕什麼，咱們就喝！」說著，自己綽起壺來斟了一杯，自己先喝了半杯，摟過賈璉的脖子來就灌，「我和你哥哥已經吃過了，咱們來親香親香。」唬的賈璉酒都醒了。〔註78〕

原著的這段描寫其實非常有震撼性，但卻不符合《紅樓二尤》要塑造的尤三姐形象。《紅樓二尤》中的尤三姐是一個被「淨化」過，是非觀貞節觀皆非常強烈，對愛情一見鍾情只是被寧國府名聲所拖累的完全正面的形象。原著中關於她的描寫雖然精彩，卻有損人物的單純性、無辜性，故出於對形象的顧及，原著中的許多描寫並不能借鑒。

於是戲臺上的鬧酒一段，重新創作過後，尤三姐雖然仍然果敢激烈，但要「清白純潔」許多：

> 尤三姐（白）：過來，你們要喝酒，是不是要我陪酒。
>
> 賈　珍（白）：不不不，陪著你喝。
>
> 尤三姐（白）：陪著我喝，說的好。我明白啦，我們姐妹三人嫁給你　　　　　　　們賈家兩個，分明都把我們當做粉頭是不是？
>
> 賈　珍（白）：不敢不敢。
>
> 尤三姐（白）：喝酒，我最喜歡喝酒，可是這麼著……
>
> 賈　珍（白）：怎麼著？
>
> 尤三姐（白）：我得坐在上座。
>
> 賈　珍（白）：讓你坐在上座。

〔註77〕同上注，頁1588。
〔註78〕同上注，頁1586。

尤三姐（白）：你們給我斟酒。

賈　珍（白）：給你斟酒。

尤三姐（白）：你們來，來，來呀！喝呀喝呀！

（尤三姐坐斜場上座）

賈　珍（白）：來來來，喝呀喝呀！

尤三姐（唱【西皮搖板】）：

紈絝兒郎行不正，

我笑你們今朝錯用了心。

來來來同把雙杯飲。

（白）你喝呀，你喝，你喝呀！

賈　珍（白）：我喝。

（尤三姐向賈珍臉上潑酒）

賈　珍（白）：潑了我一臉酒！

尤三姐（唱【西皮流水】）：

大罵賈璉與賈珍：

你家鳳姐心腸狠，

到處聞名是惡人。

我姐姐無能遭勾引，

失身嫁在你家門。

縱然近日多歡幸，

雪裡埋兒有禍臨。

要飲酒來我就同你們飲，

賈　璉（白）：大哥你吃吧。

賈　珍（白）：我不喝啦，你喝吧。

（尤三姐向賈珍潑酒）

尤三姐（白）：你喝吧你！〔註79〕

　　故基於以上原由，《紅樓二尤》與大多「紅樓戲」相比，文辭對於原著的借鑒非常有限，總體來說較為平實、淺白，易於觀眾當下的理解，也便於演員的發揮。

《紅樓二尤》的唱詞，皆為上下句，基本為七個字或十個字，偶有襯字。七個字皆為 2-2-3 的形式，十個字皆為 3-3-4 的形式，上下句形式一致。全劇除一處例外外，皆為上仄下平。句句押韻，全劇未有一處出韻〔註 80〕。朗朗上口，既便於演員的演唱，也有利於唱腔的流傳。從格律上來說，是非常嚴謹的京劇作品。

四、唱腔、念白、表演、服裝扮相

《紅樓二尤》成功的另一個重要因素，即充分體現了荀派唱腔、念白的藝術特色，兼荀慧生本人將此齣戲的表演琢磨的非常具體、透徹，在實際的舞臺實踐中也不斷根據表演效果嘗試、修改與探索。在前後分飾兩角，跨越不同行當的情況下，將演員的藝術境界、荀派的表演風格發揮的淋漓盡致。

「荀慧生的嗓音嬌亮，甜而帶沙」〔註 81〕，唱腔能依角色的情感與表達需要調整，而不是簡單的一曲多用，一曲同唱，腔隨情變、令人動容、顯得充滿自然風韻〔註 82〕。例如第二場〈串戲〉中，尤三姐所唱的【西皮搖板】，前兩句唱的十分纏綿。第一句「觀此劇不由我心情繚亂」，表達的是從僅僅看戲到被柳湘蓮吸引的心緒轉變。「我看他眉目間英氣瀰漫」是在強調柳湘蓮的魅力之處。後兩句「一霎時引得我柔情百轉，好叫我羞怯怯有話難言」則唱的十分嬌媚，表達尤三姐體會到自己一見鐘情的感情後，既羞怯又想要打聽、了解柳湘蓮的願望。荀慧生的每一句唱腔都依角色不同的心境與情緒進行調整與轉換，以求傳遞給觀眾準確的、豐滿的角色內心。

至於荀派的念白，除了「吐字清晰，聲情並茂，運用抑、揚、頓、挫，輕、重、緩、急、長、短、快、慢來表現劇中人物的種種心境」〔註 83〕，講

〔註 80〕與《黛玉葬花》相同，《紅樓二尤》的合轍，是在十三轍（具體見附錄 1）為韻的基礎上，兼具京劇中的「上口字」。「上口字」有眾多分類之情況，十三轍中中東轍的[iŋ]、[əŋ]發音為[in]、[ən]，與人辰轍同押，屬受「湖廣音」影響，非出韻。如第八場開場尤三姐所唱【二黃慢板】「鴛鴦劍送了手足性命，思想起不由人撩亂芳心。一來是三妹妹生來烈性，二來是寧國府壞了聲名。奴且喜嫁擅郎夫妻歡慶，懷六甲但願得早降麒麟。」而第四場尤三姐【四平調】「不似你聰明人遇事和諧」中「諧」依鄂化前讀音念作[ɕiai]，合懷來轍，皆未出韻。詳參蔡師孟珍：《曲韻與舞臺唱唸》，頁 209～243。
〔註 81〕北京藝術研究所、上海藝術研究所編：《中國京劇史》中卷，頁 663。
〔註 82〕李昭琳：《紅樓戲曲研究》，頁 37。
〔註 83〕北京藝術研究所、上海藝術研究所編：《中國京劇史》中卷，頁 663。

究情感的抒發外，還創造了「融合韻白、京白，蘇白為一體的念白」〔註84〕。第九場〈擂芳〉中尤二姐的賓白「大娘啊！我與你往日無冤，近日無仇，方才我兒一死，分明是你……這個……哎，我兒已死，也就罷了。你又何必苦苦要害我的性命，你……你饒了我吧！」〔註85〕荀慧生先用哭音念出「大娘」，又在「分明就是你」處停頓。說出「我兒已死也就罷了」這樣錐心的話後，間隔兩秒，大吸一口氣才接著念「你何必苦苦害我的性命」。隨後又以撕心裂肺的哭音哀聲「大娘你」，「你」音調向上，翻高音，然後用哭音和抖音邊在地上邊爬邊念「你饒了我吧」。〔註86〕且荀慧生認為：

> 這時尤二姐的心情淒慘極了，讓人看著十分可憐，念出的自應該近
> 於哭訴、哀求。我每念這些話的時候，不完全用京白也不完全用韻
> 白，因為完全京白太飄，完全韻白又太板，所以我結合二者來念，
> 以求充分地表達出當時悲悲切切的感情。〔註87〕

可見《紅樓二尤》中荀派念白特色的體現，以及荀慧生對念白細節之考量，對演出的人物塑造、舞臺效果的追求和注重。

關於荀慧生對於《紅樓二尤》整齣戲的表演研究及心得，在上文所引荀慧生所撰〈《紅樓二尤》的表演體會〉、〈《紅樓二尤》的表演和唱腔〉、其親傳弟子宋長榮〈細說紅樓苦尤娘——《紅樓二尤》表演初探〉及親傳弟子孫毓敏〈我如何演戲（八）——《紅樓二尤的表演》〉〔註88〕等文中皆有較為詳細的記載、回憶。

荀慧生對於《紅樓二尤》的表演從上場、表情到身段皆進行了細緻的思量、安排。以第九場〈擂芳〉中的表情及荀慧生自創「灰心袖」〔註89〕的用法為例：在鳳姐說完「自從你進了門，攪得我們家宅不安哪！」之後，荀慧生

〔註84〕同上注，頁 664。

〔註85〕引自中國京劇戲考，http://scripts.xikao.com/play/70203107，整理自荀慧生：《荀慧生演出劇本選集第二集》，查詢時間：2019 年 3 月 17 日。

〔註86〕參考徐海雙：《荀慧生「紅樓」戲研究》，遼寧大學中國古代文學碩士論文，2013 年 4 月，頁 19～20。

〔註87〕荀慧生：〈略談花旦的練功〉，收入《荀慧生演劇散論》，頁 40。

〔註88〕孫毓敏：〈我如何演戲（八）——《紅樓二尤的表演》〉，《中國京劇》，2018 年 08 期，頁 74。

〔註89〕荀慧生所創的水袖用法之一，「傳統水袖要麼單投，要麼雙投，要麼雙袖交叉腹前，要麼一揚一垂」，灰心袖則較特殊（見下文）。見荀慧生：《荀慧生演劇散論·〈紅樓二尤〉的表演和唱腔》，頁 153。

所飾尤二姐，先是神情呆滯，兩眼直視，掃過鳳姐，但敢怒不敢言，無聲的將目光再轉到平兒身上，流露出一絲懇切、哀求，旋即一聲歎息，面色黯淡下來，又掃過秋桐，面子上不敢發作，但要表現出內心的「無人能理解自己、救自己出這深淵」，有苦又不能言的痛苦與掙扎。緊接著以「灰心袖」演法：身子向前一傾，猛一下將一雙水袖頹然垂地，雙肩跟著鬆弛下來。

再如第四場〈思嫁〉，從表情到做工緊扣人物內心情緒的變化，每一個動作表情都研究的非常到位：

> 尤三姐的第二次上場是從下場門上，咬手絹，雙手垂扯地懶散漫步上，唱【四平調】「替人家守門戶百無聊賴，整日裡坐香閨愁上心來（少動作，只是懶洋洋。眼突亮，吸一口氣，神秘地唱，右小指在面前）。那一日看戲文把人戀愛」，滿面喜色地說「那日，在賴尚榮家中觀看那清客子弟，演唱《雅觀樓》乎（右前向左指）。」接唱「你看他雄赳赳（雙手握拳如拎靠牌子狀，聳肩）一表人才。（右上眉指）回家來引得我呀（拋左絹向右轉身）啊，春雲靉靆。」（右指劃臉，再拋右絹，向左轉身）這兩次轉身都要用腰懶轉，腳底不挪步才優美。念白「嗯！他叫柳湘蓮，倒是個俠情的男子哦！（右豎拇指，轉念）女兒家的心腹事不能夠解開，（橫揪手絹，扯開）也只好耐心情機緣等待。」〔註90〕

綜上可見荀慧生在這齣戲上從唱腔、念白到表演，一字一句、一招一式皆經過揣摩與處理。緊扣人物情緒與臺詞唱詞的內容的同時，兼顧自己的優勢、創作與特色。注重演員唱、念、做工等諸多向觀眾展示人物的要素。故而才能將尤二姐的懦弱、尤三姐的剛烈皆刻畫得栩栩如生、入木三分。

《紅樓二尤》作為新創作的作品，荀慧生團隊認為不再使用京劇老的傳統扮相，尤其是原著中對服裝有明確描寫的角色，如果完全忽視原著，而從「大衣箱裡翻行頭」，就會使得塑造的紅樓人物與原著形象相去甚遠，使既是小說讀者又是戲曲觀眾的群體產生不適感。

因此，荀慧生所創作的「留香髻」、「留香裝」皆出現在了《紅樓二尤》中：

> 荀慧生從古裝仕女圖中受到啟發，又根據自己的臉型，設計了一個偏髮髻，把頭面中的頂花加以放大變形，與梅蘭芳的「品」字形髮

〔註90〕孫毓敏：〈我如何演戲（八）——《紅樓二尤的表演》〉，《中國京劇》，2018 年 08 期，頁 75。

髻有異曲同工之妙，被稱作「墜馬髻」，又稱「留香髻」。

除了傳統服裝裙子、襖、褲子、褶子、帔、蟒之外，又出現了蝶形大雲肩、繡花大坎肩、古領衫、古裝二道裙、古裝三道裙、齊腰小坎肩、肥袖喇叭口、圓襟裙子襖等，在用料上也有所改良，過去傳統戲中的坎肩一直是用緞子，顯得挺括……改用軟料子，這樣與頭飾、髮型更加和諧。把廣東粵劇使用的「全廣片」〔註91〕用到京劇服裝上，一改京戲服裝全部用刺繡的格局。……稱之為「留香裝」。〔註92〕

除了髮髻與服裝外，荀慧生對旦角的化妝也做了新的嘗試。京劇傳統的旦角是梳大頭、貼片子、吊眉勒頭，「一字型」眉毛的扮相。荀慧生認為古裝仕女的扮相也應該帶來臉部化妝的變化，於是把「一字眉」改為了「彎曲蛾眉」，又把「櫻桃小口一撮撮」的「三點紅」式唇部化妝改為嘴唇全部塗紅，使之更接近生活。（現在，傳統京劇的嘴唇化妝也更偏向於荀慧生的創作，「三點紅」的化妝方法被捨棄。）《紅樓二尤》中，尤二姐即為新的化妝方法後的扮相。

五、人物形象

前文「劇情設置」、「辭采」中已對《紅樓二尤》相較於原著，人物形象的改變有過相關論述。人物形象的改變主要表現在尤三姐、王熙鳳、秋桐三個角色上，其中尤三姐前文已較詳盡，不再贅述。

秋桐一角，從小說中妙齡、俊俏的受寵丫頭變成了容貌醜陋、遭人嫌棄，行為舉止過分誇張的「丑婆子」。雖然是出於「紅樓戲」容易旦角過多、難以「冷熱」調劑等戲曲演出因素的考慮而做出的轉變與犧牲，但這樣的改編使得整個故事與原著相比，一下子變得惡俗與層次單一，略顯格調不高。

王熙鳳一角，與尤三姐被「淨化」的形象相反，王熙鳳的形象則進一步被「惡化」。原著中尤二姐的悲劇來源於多個方面，王熙鳳的暗害、自身性格的軟弱、成親前有舊情的污點、丫鬟的閒氣、胎兒死於庸醫、賈璉的喜新厭舊、秋桐的不饒人等等皆是釀成尤二姐吞金自殺結局的劊子手。而《紅樓二尤》的改編中，一是為減頭緒，二是為最大化塑造王熙鳳的惡人形象，將這

〔註91〕指在戲服上釘亮片、珠管。局部稱「疏片」，全身稱「密片」。
〔註92〕譚志湘：《荀慧生傳》（石家莊：河北教育出版社，1996年12月），頁239。

一切都歸咎於王熙鳳一人，全都變為王熙鳳或明害或挑唆或暗箱操作的結果。王熙鳳陰險毒辣的一面被竭盡渲染，成為這一人物形象在《紅樓二尤》一劇中的唯一、典型性格。更重要的是，小說中的王熙鳳，雖然「暗是一把刀」，卻深諳立足於是非之地之道，明面上絕不會被人挑出錯處，極愛惜自己的名聲。因為不願將把柄落入他人手，甚至後悔教唆張華狀告賈璉，以至於試圖派人暗殺張華。但《紅樓二尤》的作品中顯然放棄了人物性格的這一層面，使得在賈府八面玲瓏，與人明爭暗鬥的璉二奶奶，竟直接命秋桐用熱水燙死嬰兒，又明明白白的當著他人之面逼尤二姐及秋桐吞金自殺。雖比原著更加心狠手辣，卻也不見心機與權謀，而是將把柄完全授之於人。

　　這樣的反面人物「臉譜化」、「平面化」、「典型化」的處理，甚至包括尤三姐正面人物「淨化」、「無辜化」的處理，如研究背景所述，從戲曲文體要求的角度，並不難理解，正是戲曲在時空、腳色制等因素的限制下，與小說必然的差異，但確實也略顯平庸與簡單。使得重要的人物形象與原著予以讀者、觀眾的印象差距過大。這一點，也成為了《紅樓二尤》搬演於舞臺後遭受到的最主要批評。

六、後世流傳

　　從後世流傳來看，《紅樓二尤》幾十年來常演不衰，也在舞臺實踐中也不斷進行修改、重構。

　　如五十年代末，考慮到《紅樓二尤》在有限時間內需要鋪排尤二姐、尤三姐兩個主要人物的悲劇，稍顯侷促，人物形象和主題表達都受局限，情節展開也略顯倉促。荀慧生親傳弟子童芷苓在與劇作家陳西汀的合作中，將《紅樓二尤》一分為二，先後推出了《尤三姐》〔註93〕及《王熙鳳大鬧寧國府》〔註94〕兩齣分別以「尤三姐」、「王熙鳳尤二姐」為主線的戲曲作品。

　　1981年荀慧生親傳弟子劉長瑜主演的《紅樓二尤》〔註95〕，對荀慧生版的劇情進行了進一步的刪改、增加與調配，改秋桐為俊扮「潑辣旦」，減少配

〔註93〕參視頻資料優酷：童芷苓《尤三姐》，https://v.youku.com/v_show/id_XNTY3MTg4NjUy.html，查詢時間：2019年3月18日。

〔註94〕參視頻資料優酷：童芷苓《王熙鳳大鬧寧國》，https://v.youku.com/v_show/id_XOTYwOTY4NDY0.html、https://v.youku.com/v_show/id_XOTYxNTY5Nzky.html，查詢時間：2019年3月18日。

〔註95〕參考朱穎輝：〈雛鳳清於老鳳聲——從荀本《紅樓二尤》的整理、演出看流派戲的繼承與革新〉，《人民戲劇》，1981年04期，頁16。

角人物的登場並豐富了柳湘蓮的形象，表演上也重新進行了一些調整與揣摩等等。

現今舞臺上所見《紅樓二尤》，仍能見到這齣戲尤二姐、尤三姐、王熙鳳、薛蟠、秋桐共由三人飾演，即「分飾兩角」的亮點〔註96〕。也出現了以五個不同的演員分別飾演尤二姐、尤三姐、王熙鳳、薛蟠、秋桐的版本〔註97〕。

總的來說，《紅樓二尤》雖然編演較晚，非民國初期京劇「紅樓戲」的最新作，但仍獲得極大成功。雖然當時的影響力比梅蘭芳之《黛玉葬花》略遜一籌，但從長遠的搬演及流傳來看，無疑是這一時期京劇「紅樓戲」真正的經典之作（其他如歐陽予倩所編「紅樓戲」未得到繼承，退出了舞臺）。

以上，本節從取材、劇情、「冷熱」調劑、腳色、辭采、格律、唱腔、念白、表演、服裝扮相、人物形象、後世流傳等方面分析了《紅樓二尤》一劇。可以看出在戲曲文體限制下，荀慧生的創作團隊獨具慧眼的選擇了《紅樓夢》中「飛來石」般的二尤故事，並進行突出主角塑造與戲劇矛盾的重構、改編。唱詞平實淺白，格律嚴謹，既容易理解又朗朗上口。並且考慮到戲曲藝術的需要，著重「冷熱」場的調劑，創造強烈的舞臺效果。充分發揮荀派唱腔、念白、表演的特色，兼配合荀慧生個人條件而新創的服裝扮相，配合整個團隊眾位名角兒們出色的表演技藝，「分飾兩角」的突破性亮點，最終成就了《紅樓二尤》的成功。

同時，《紅樓二尤》對於原著相關故事劇情多少存在邏輯不合的更動，對原著的人物形象也進行了某種意義上顛覆性的改變，以及為「熱」場而對丑腳過多的運用等，依然是該作品值得商榷，也在表演中受到批評的部分。雖然在戲曲文體的限制下，很容易理解這些不當出現的原因及必然性，但當下藝術的殘酷性決定著這依然無法避免會成為觀眾觀看時感受到的缺點。故而，在舞臺上沒有了足夠吸引及震撼觀眾的四大名旦之一——荀慧生先生本人以及其整個名角兒團隊後，荀派後人也不斷的嘗試對於《紅樓二尤》進行不同方式的整理、改編，以求突破從而獲得新的成功。

〔註96〕唐禾香，京劇旦角，孫毓敏弟子。參視頻資料優酷：唐禾香主演《紅樓二尤》，https://v.youku.com/v_show/id_XMjgwNzY0MzQ0NA==.html?spm=a2h0k.11417342.soresults.dtitle，查詢時間：2019 年 3 月 18 日。

〔註97〕羅戎征，京劇花旦，劉長瑜入室弟子。參視頻資料優酷：羅戎征主演《紅樓二尤》，https://v.youku.com/v_show/id_XMzIwOTQ2MDA3Mg==.html?spm=a2h0k.11417342.soresults.dtitle，查詢時間：2019 年 3 月 18 日。

　　另一個值得思考的部分是，正如上文所述，《紅樓二尤》的取材於《紅樓夢》具有特殊性。即使這一個故事再適合於戲曲改編，也只能成就一齣戲，並不能解決其他主題「紅樓戲」的難題以及連臺本戲的困境，複製的指導意義有限。同時，也正是因為《紅樓二尤》取材的特殊性，劇中所涉及的《紅樓夢》主角少之又少，金陵十二釵中僅有王熙鳳一人出場，且王熙鳳形象還被完全「惡」化。再加之考慮到二尤的身份等，相關的作品文辭必然不會以優美佳妙見長。從某種意義上來說，缺少了《紅樓夢》的典雅與意蘊，與《紅樓夢》主線故事幾乎毫無關聯，失去了以《紅樓夢》為重構對象的主要意義。

第三節　粵劇——何非凡《情僧偷到瀟湘館》

　　粵劇是草根出身的廣東省地方戲曲，源頭可以追溯到明嘉靖年間。進入民國，粵劇表演藝術進入發展的高峰。而在粵劇所有取材於演義小說的劇目中，對《紅樓夢》的改、編、演最多，是清末民初「紅樓戲」最活躍的劇種。在這樣的背景下，1948 年粵劇名武生何非凡團隊編演了《情僧偷到瀟湘館》。該戲於廣州連續上演一年多，場場爆滿〔註98〕，獲得空前票房，達到了粵劇「紅樓戲」的頂峰，且至今活躍在粵劇舞臺上。不過，雖然《情僧偷到瀟湘館》仍在演出，但今天所見或所能聽到的皆是經過重新整理、修改的版本，1948 初版《情僧偷到瀟湘館》的劇本或影音已難得見。又，地方戲相較於京劇影響力有限，相關資料的保存與傳播都較為困難，故本節僅依據筆者所能獲悉之資料，從《情僧偷到瀟湘館》的編演背景、主演人員、劇情梗概、經典片段、唱腔、服裝、舞美等方面對該戲重構《紅樓夢》的成功進行簡要分析。受限於粵劇專業知識的匱乏與能力不足，必有疏漏或訛誤，望今後有機會進一步學習、修改。

〔註98〕具體場次有爭議。陳仲琰：《粵曲精選》（廣州：廣東高等教育出版社，1990年）中記載該戲「連演 160 多場，場場爆滿」。陳自強〈四十年代及解放初期廣州粵劇史述評〉一文說「《情僧》在海珠戲院一錘鑼鼓連演二百多場，後來何非凡的劇團又在香港高升、普慶戲院連演八台，一台七天，共五十六天。」，轉引自何梓焜：〈何非凡及其唱腔的藝術特色〉，《南國紅豆》，1999 年 02 期，頁 26。郭秉箴：《粵劇藝術論》（北京：中國戲劇出版社，1988 年）中記載「連演三百六十七場，場場狂滿」。大多相關論著、論文裡以「三百多場」略過，但該劇首次上演打破粵劇票房紀錄無爭議。

一、劇情設置與經典片段

粵劇「紅樓戲」自光緒年間開始上演，至《情僧偷到瀟湘館》出世之前，近 60 年的時間裡，已至少有《紅樓夢》、《黛玉葬花》、《晴雯補裘》、《寶玉怨婚》、《千金一笑》、《舊館殘香》、《葬花留恨影》、《情試賈寶玉》、《還淚債》、《曲水流紅》、《黛玉悲秋》、《寶蟾進酒》、《黛玉焚稿》、《尤二姐辭世》、《瀟湘琴怨》、《晴雯別園》、《瀟湘館聽琴》、《寶黛談禪》、《大石蒲頭》等等幾十齣「紅樓戲」進行過搬演〔註99〕。

而在長期的探索中，受到觀眾歡迎並能捧紅眾多演員的戲，已將粵劇觀眾對於「紅樓戲」的審美偏向體現的較為明顯，例如：捧紅多位旦角包括仙花法、新丁香耀、李雪芳在內的《黛玉葬花》，朱次伯開創「平喉」小生的劇目《寶玉哭靈》，八大名曲中的《離恨天》、《離恨天訪姝》等等。這些符合粵劇觀眾喜好的情節自然而然的影響了《情僧偷到瀟湘館》的劇情設置。以粵劇最早（約 1891～1892 年）、也捧紅過最多為旦腳的「紅樓戲」之一──《黛玉葬花》為例，根據《粵劇劇目綱要》記載，《黛玉葬花》並不是僅葬花故事的折子戲，而是一齣共八場的小型戲：第一場〈怨婚〉、第二場〈葬花〉、第三場〈臥病〉、第四場〈歸天〉、第五場〈訴情〉、第六場〈哭靈〉、第七場〈逃禪〉、第八場〈離恨〉，主要劇情為：

> 寶釵約寶玉到園中宴樂，黛玉心生妒念，目睹殘紅滿地，感懷身世，葬花自慰。後寶玉失去通靈寶玉得病，太君以寶釵許之，黛玉聞言吐血歸天。太君恐寶玉得知黛玉死訊而生變故，乃使寶釵冒黛玉名與寶玉拜堂。洞房之夜，寶玉知是寶釵，痛好事難成，往黛玉靈前哭祭。哭後靈魂被幻虛仙帶上離恨天往見黛玉。黛玉初不願見，後經紫鵑勸諫始允相見互訴衷情。〔註100〕

劇情主要取材於後四十回續書的部分，以寶黛釵三人愛情糾纏為主題，自寶玉失玉為啟示，保留黛玉葬花的經典劇情，至金玉成良緣黛玉焚稿仙逝達到高潮，再渲染鋪排原著中一筆帶過的哭靈情節，並通過離恨天的重逢給予寶玉一個原著中沒有的傾訴機會，彌補觀眾與讀者對寶黛愛情悲劇結

〔註99〕詳參一粟：《紅樓夢書錄》，頁 397～403；朱一玄編：《紅樓夢資料匯編》，頁 941～943；《粵劇大辭典》編纂委員會編：《粵劇大辭典》（廣州：廣州出版社，2008 年）；中國戲劇家協會廣東分會編：《粵劇劇目綱要》等。

〔註100〕中國戲劇家協會廣東分會編：《粵劇劇目綱要》，頁 156。

尾的遺憾。

這是粵劇「紅樓戲」長期探索中最受觀眾喜愛與認可的故事線，之後許多受歡迎的粵劇「紅樓戲」劇情皆與此主題相關，或是僅表現其中一個片段的折子戲，如：《寶玉哭靈》、《舊館殘香》，或是劇情大致相同的小型戲，如：《寶玉與黛玉》等。

〈情僧偷到瀟湘館〉最早是「最懶人」（歐漢扶）所撰歌壇曲，該曲由名家廖了了〔註101〕演唱並灌錄成唱片，作為單支歌伶曲，一時風行。〔註102〕何非凡創辦「非凡響劇團」後，請廖了了為劇務，遂以此曲入劇，並成為《情僧偷到瀟湘館》一劇演出的主題曲〔註103〕。

在這樣的背景下，參考了粵劇「紅樓戲」長期探索中影響較大作品所採用的原著劇情，包括「黛玉葬花」、「寶玉怨婚」、「寶玉哭靈」、「黛玉焚稿歸天」等，沿用了已傳唱開來的歌壇曲〈情僧偷到瀟湘館〉，由馮志芬編寫，陳冠卿根據劇情編插小曲，洪三和進行舞美設計的粵劇經典《情僧偷到瀟湘館》應運而生。

1948 年版的《情僧偷到瀟湘館》原貌，已不可考。而由於不同時期該戲均進行過不同的改編，劇情梗概也流傳了眾多版本〔註104〕。僅根據 1962 年

〔註101〕廖了了（1909～1969 年），又名廖興利，字名堅，祖籍廣東新會，出生於美國，1926 年開始在廣州大新公司天臺粵劇部工作，曾經主唱過多出粵劇，《廣東大戲考》中收有他監製、張月兒演唱的紅樓戲《舊館殘香》。

〔註102〕周光蓁：《香港音樂的前世今生：香港早期音樂發展歷程（1930s～1950s）》（香港：三聯書店（香港）有限公司，2017 年 10 月），頁 349；黎鍵：《香港粵劇敘論》（香港：三聯書店（香港）有限公司，2010 年 11 月），頁 378。以上兩本書皆為此說法。郭秉箴《粵劇藝術論》一書中提到此曲是「最懶人」編寫的《大石蒲頭》中的「寶玉逃禪」一曲。見郭秉箴：《粵劇藝術論》，頁 167。

〔註103〕劇中一段由主人公演唱的、主要的、完整的「核心唱段」的慣稱。十九世紀中期，粵劇唱腔得到豐富發展。這期間，粵劇上演的劇碼，增加了歌唱場面，使戲劇情節和矛盾衝突集中而貫串。後來，更逐漸在一些劇碼中出現通過唱來敘述故事、或反映主題、或抒發感情、或兼而有之；並充分集中地展現演員唱腔藝術的大段唱腔。經媒體宣傳、行內和觀眾接受，被稱為「主題曲」。

〔註104〕眾多版本的劇情梗概略有不同，源於《情僧偷到瀟湘館》的不斷改編，如1956 年電影版《黛玉歸天》一場加入了寶玉趕到瀟湘館與黛玉訣別。但其中李虹：《粵劇紅樓戲叢談》中對於《情僧偷到瀟湘館》的劇情簡介與其他版本差異較大「奉旨為賈元妃省親而興建的大觀園落成，賈元妃隆盛回府。寄居賈府的林黛玉，無時不感到孤獨寂寞。寶玉深愛黛玉，在冷酷之環境裡，

何非凡所錄製的同名粵劇唱片及香港中文大學戲曲資料中心的記載，推測較為接近原版的劇情梗概為：

> 大觀園內侍婢預備酒席待寶玉、寶釵及黛玉等人前來賞花品酌。寶玉冷落寶釵，卻對黛玉甚為親熱。時怪風刮起，寶玉似為風寒所侵，身上的通靈寶玉亦不翼而飛，賈母急命人扶他回房。寶玉臥病多天，昏迷間頻喚黛玉名字。賈府長輩欲為寶玉娶妻沖喜，並主張以寶釵配寶玉。黛玉偶然得知寶玉將娶他人，黯然吐血。時寶釵喜聞婚訊，前去探望寶玉，反被他驅趕。鳳姐為安撫寶玉，欺騙他將與黛玉成婚。大婚當日，寶玉驚見新娘並非黛玉，怒返怡紅院，時黛玉積怨成疾，在瀟湘館內焚毀詩稿及手絹。寶玉嗟歎被鳳姐擺佈，迷惘間見黛玉前來責問。侍婢來報黛玉死訊，寶玉極為悲傷，飛奔離去。寶玉決皈依佛法，出家前回瀟湘館追憶往事，賈府眾人聞聲趕來，寶玉已黯然離去。〔註105〕

全劇分為〈賞花失通靈〉、〈探病起酸風〉、〈驚知婚變〉、〈寶釵探病騙婚〉、〈拜堂逃婚〉、〈寶玉怨婚〉、〈黛玉歸天〉和〈偷祭瀟湘〉八場。不難看出故事線基本為粵劇「紅樓戲」長期探索後受到觀眾喜愛與歡迎的情節。

而其中毫無疑問最經典、最為人稱道的是突破原著，構思獨特的第八場〈偷祭瀟湘〉：寶玉身披袈裟回到瀟湘館，抒發對黛玉「可誓天日」的真摯愛情和無比深切的懷念。從情節上來說，原著雖無此一章，但怨鳳癡鸞被拆散，黛玉焚稿歸天淒涼而去，讀者、觀眾心中都充滿了無限的悲涼與遺憾。對於寶玉之後的態度、所思所想都有強烈的好奇與期待。故而「祭瀟湘」的敷演

黛玉暫時得到安慰。賈家自元妃死後，家道中落，寶玉病癡，灰色籠罩大觀園。賈母意圖用金玉姻緣來沖喜，安排寶玉與寶釵成婚。黛玉自傻婢口中得知金玉姻緣後，百無一望，希望徹底破滅，怨恨交加，舊病迸發，焚燒詩稿哭喊寶玉，最後在寶釵與寶玉成親的歡樂聲中死去。寶玉察覺中計，又聞黛玉已死，大慟成狂。寶玉雖瘋，仍不忘情，到瀟湘館偷祭黛玉，見到黛玉愛婢愛娟，才知黛玉慘死之原因。寶玉看破紅塵，憤而出家。」經筆者比對，此應為楚岫雲搭檔呂玉郎《偷祭瀟湘館》之劇情，而非《情僧》某一版改編本，應屬作者訛誤。

〔註105〕 參考電子資料庫：香港中文大學戲曲資料中心，http://www.cuhkcoic.hk/?a=doc&id=11772，查詢時間 2019 年 3 月 20 日。唱片參考音頻資料 Youtube：何非凡等《情僧偷到瀟湘館》，https://www.youtube.com/watch?v=eODlwlHsbyU&t=761s、http://www.cuhkcoic.hk/?a=doc&id=11772，查詢時間 2019 年 3 月 20 日。

並不會顯得突兀或多餘，反而正符合了觀眾的審美理想，是合適的創作衍生。
從「冷熱」調劑來說，作為突出寶玉內心戲的一段表演，雖無劇情上的矛盾
衝突與張力，但角色所傳遞的深情是濃烈、波折且痛徹心扉的。作為抒情戲，
極具吸引力和感染力。從音樂來說，粵劇的音樂體系包括三類。一為失明藝
人所演唱的地水南音，二為梆子二簧合稱的「梆簧」，三為小調或從其他處吸
收的曲目，編入粵劇，統稱「小曲」；而《情僧偷到瀟湘館》即為常用「小曲」
之戲。為了吸引觀眾注意，何非凡當時特邀陳冠卿吸收流行曲、外國電影、
歌劇的元素填寫入戲，包括了《夢中人》、《夜來香》等十多首「時代曲」和
「流行曲」，以求引領粵劇新的潮流，並獲得觀眾們的追捧。然而從結果來看，
無論《情僧偷到瀟湘館》推出的當時還是至今搬演的今天，人們傳唱最多的
依然是《偷祭瀟湘》一場的「梆簧」，足見其無論是情節、情感抑或是音樂，
皆為最具吸引力的片段。

二、主要人物之腳色、演員

《情僧偷到瀟湘館》1948 年版主要人物人物腳色與演員，如下表：

表 13　主要人物腳色及演員表

人　物	首場演員	行　當
賈寶玉	何非凡	文武生
林黛玉	楚岫雲	正印花旦
薛寶釵	鳳凰女	二幫（梆）花旦
紫　鵑	英麗梨	三花旦
傻大姐	小覺天	丑生
賈　政	馮鏡華	武生
石春（原創人物）	陸雲飛	丑生

粵劇鼎盛時期，行當曾分為一末、二淨、三正生、四正旦、五正丑、六員
外、七小、八貼、九夫、十雜，合稱十大行當。後來受戰爭、政治等社會動盪
的衝擊，粵劇逐漸走向衰落期。相應地，劇團票房收入也不足以維持如此龐
大完善的行當編制。為了生存下去，許多劇團被迫壓縮編制，把行當減少為
六個，即文武生（第一男主角）、正印花旦（第一女主角）、小生（第二男主
角）、二幫（梆）花旦（第二女主角）、武生、丑生。由於這六個行當成為了一
個劇團的六位台柱，因此，粵劇的腳色的這種模式又為「六柱制」。而由於整

台戲一般僅由這六個主要演員擔當起來，故而每位元演員需要突破原有行當的限制，兼演幾個行當的戲。正印花旦作為戲中的第一女主角，與二梆（幫）花旦在表演藝術上已無大區別，兩者均集合武旦、貼旦、花旦及青衣等角色於一身。可見粵劇的腳色制及程式其實已無嚴謹的劃分與要求。不過，「紅樓戲」涉及的旦腳過多的問題仍然存在，故而《情僧偷到瀟湘館》中除了「六柱制」中的六個行當，還出現了第三女主角「三花旦」。以及考慮到「冷熱調劑」之問題，不僅有丑生飾演的傻大姐，還原創了丑腳石春，雖然該角色戲份很少，但「陸雲飛將小明星和何非凡的專腔結合加以『丑』化，創造出別具一格的『豆泥腔』，令觀眾捧腹大笑」〔註106〕。

《情僧偷到瀟湘館》1948年版主要人物的演員皆為名角，其中最重要的是飾演賈寶玉的何非凡與飾演林黛玉的楚岫雲。該戲打破粵劇票房，歷時一年多不換戲演出的輝煌即為二人所創造。

1947年，何非凡曾自組第一屆非凡響劇團，與正印花旦芳艷芬合作，但票房未有起色，散班收場。1948年何非凡自組第二屆非凡響，換聘從外國演出載譽歸來的名旦楚岫雲，非凡響劇團一轉頹勢，第二屆班至第五屆班一飛沖天，場場爆滿。《情僧偷到瀟湘館》是二人合作最成功、最火爆的一劇。後來，由於班主蘇永年與何非凡不和，帶楚岫雲離開非凡響劇團，二人再未合作。這之後楚岫雲曾搭檔呂玉郎改編此劇，更名《偷祭瀟湘館》。何非凡也先後搭檔車秀英、紅線女於澳門、香港等地上演此戲，皆獲不少好評與追捧。

何非凡，原名何賀年，又名何康琪，廣東東莞人。16歲起便投身梨園，拜李叫天、陳醒章、石燕子等名伶為師。一開始，他常常因為有地方口音，且念錯，甚至念不出臺詞而被人譏笑，輾轉多個劇團未成名。直至，在他的悉心揣摩下，利用自己聲線的特有條件，吸收曲藝唱腔，創造出獨特的「凡腔」，而所有作品中最能表現其個人獨特唱腔特點的，就是《情僧偷到瀟湘館》。

楚岫雲，原名譚耀鑾，廣東東莞人。粵劇名伶巢雪丹入室弟子，又得伍再明教她武戲，練成超卓越的唱做唸打翻：圓台碎步、蹺功、靶子功、水袖、雙飛腳、車輪車身、踢槍、舞雙刀、脫手、推車、跑馬、水髮、穿靠旗打大翻等全面南北派排場功架絕技。在與何非凡合演的《情僧偷到瀟湘館》中，楚

〔註106〕何梓焜：〈何非凡及其唱腔的藝術特色〉。

岫雲演唱的〈黛玉葬花〉及〈黛玉焚稿〉等主場戲，琅琅上口、人人唱之，獲得了「生黛玉」之稱號。其後於其他「紅樓戲」中所飾的黛玉也廣受好評。不少業內和粵劇迷間至今仍評價：「近幾十年來，楚岫雲的瀟湘妃子認咗第二有人敢認第一！」

　　由此可見優秀的男女主演何非凡、楚岫雲，優秀的一個作品《情僧偷到瀟湘館》，相互之間是缺一不可、互相成就的關係。也由此可見，《情僧偷到瀟湘館》成功很大一個因素即為非凡響劇團的眾位名角，尤其是兩位主演。

三、唱腔

　　何非凡嗓音明亮，圓潤甜美，聲線高低自如，演唱時叮板穩準。他根據自己的嗓音條件，獨創「凡腔」，又稱「狗仔腔」，運腔連疊，忽而低沉，忽而高亢，並有意識地採用跳躍性的吐字，行腔跳頓較多，富有韻味，因而膾炙人口。《情僧偷到瀟湘館》即為「凡腔」最出色的作品，而「凡腔」也成就《情僧偷到瀟湘館》成為廣為傳唱、至今受到粵劇觀眾喜愛的經典作品。以前文所述《情僧偷到瀟湘館》第八場中最經典的「祭瀟湘」唱段〔註107〕為例：

> 【打掃街】：
> 　環佩聲珊珊，玉影去復還，
> 　相思我不慣，姻緣莫當閒。
> 　我遙望著，這這這邊，嫋嫋娜娜，
> 　步催轉彎，彎彎彎，（序）長夜漫漫。

這一段何非凡並未按部就班地按【打掃街】原譜唱，而是運用了許多休止符〔註108〕，通過間斷性的停頓加強演唱力度，增強節奏感與情感的表達。這也是「凡腔」的特點之一。

譜例4　《情僧偷到瀟湘館》第八場
賈寶玉【打掃街】「這這這邊，嫋嫋娜娜」簡譜

$\frac{4}{4}$ 70 60 70 00 2 | 70 2 60 70 2 6 |
这　这　这　　边　嫋　　嫋　　娜　　娜。

〔註107〕唱詞參考粵劇大辭典編纂委員會編：《粵劇大辭典》。

〔註108〕見譜例 4。譜例參何梓焜：〈何非凡及其唱腔的藝術特色〉及參考音頻資料 Youtube：何非凡獨唱《情僧偷到瀟湘館》及工尺譜，https://www.youtube.com/watch?v=0bccAOdNTuw&t=196s，查詢時間：2019 年 3 月 20 日。

【二黃慢板】：

佢系環佩珊珊。

（唱序）虛無縹緲間，恨緣慳。

（唱序）瀟湘姻緣被鳳姐推翻推翻，遭離間。

（唱序）我難開口你亦難，至令到鴛鴦分散分散。

（唱序）瞬息風流，妹你別塵寰，魂散。

到今宵，我偷偷來祭你，沉香靈柩，卻不料門鎖重關。

這一段不僅同樣有「凡腔」適當停頓來增強演唱力度的特點，還體現了「凡腔」另一個特色——即拖腔的運用，如「緣慳」的「慳」字與「離間」的「間」〔註109〕以及「風流」兩字之間。將旋律處理地跳躍而不平淡，但拖腔的高低起伏及節奏的強弱分明，又不過於刻意，讓人感覺到自然流暢。

譜例 5 　《情僧偷到瀟湘館》第八場
賈寶玉【二黃慢板】「恨緣慳」、「遭離間」簡譜

【反線中板】：

呢一個賈寶玉，與你顰卿相交，可誓天日情非泛泛。

呢呢呢呢我敢話，與天地相終始，不是等閒。

絳雲軒，雖有個寶釵姐姐，我共佢情同冰炭。

可知道你寶哥哥，中了佢詭計神奸。

這段【中板】也用了不少四分之一甚至八分之一拍的休止符，如「情非泛泛」〔註110〕、「與天地相終始」等句中的小拉腔，旋律靈活，節奏分明。而「顰

〔註109〕見譜例 5。參何梓焜：〈何非凡及其唱腔的藝術特色〉及參考音頻資料 Youtube：何非凡獨唱《情僧偷到瀟湘館》及工尺譜，https://www.youtube.com/watch?v=0bccAOdNTuw&t=196s，查詢時間：2019 年 3 月 20 日。

〔註110〕見譜例 6。參何梓焜：〈何非凡及其唱腔的藝術特色〉及參考音頻資料 Youtube：何非凡獨唱《情僧偷到瀟湘館》及工尺譜，https://www.youtube.com/watch?v=0bccAOdNTuw&t=196s，查詢時間：2019 年 3 月 20 日。

卿」〔註111〕兩字，自「Re」至高音「do」的跳躍性則體現了「凡腔」的第三個特點，即喜歡由高到低或由低到高，音程大跳下行或上行，使觀眾感受到人物情緒的波動。

譜例6　《情僧偷到瀟湘館》第八場
賈寶玉【反線中板】「情非泛泛」簡譜

$$\frac{2}{4} \; \underline{210} \; \underline{0535} \; 6 \; (\underline{032135} \; | \; 6) \; \underline{0565} \; \underline{3053521} \; | \; 5 \; \underline{6\dot{1}65} \; \underline{3053521} \; | \; 5)$$

情　　非　　　泛　　　　泛

譜例7　《情僧偷到瀟湘館》第八場
賈寶玉【反線中板】「與你孿卿相交可誓天日」簡譜

$$\frac{2}{4} \; 3 \cdot) \; \underline{5\;5} \; \underline{2\;2\dot{1}} \; | \; \underline{\dot{1}76} \; \underline{6\;3} \; \underline{6\;3} \; |$$

与你孿卿　相　交　可誓天日

四、服裝、舞美、宣傳

　　粵劇作為草根出身的地方戲，最早多在農村搭戲棚演出，和其它劇種一樣，都是以一桌兩椅變化組合成象徵性的舞臺景物。這一時期的服裝、舞美皆簡單樸實，甚至是粗糙、簡陋的。20世紀初，粵劇進入城市，開始由廣場藝術向劇場藝術過渡，這個時候的佈景，一般是單純裝飾性的畫景和擺設。後隨著劇碼內容的增多、表演風格的變異及政治、戰爭等社會背景的轉變，粵劇的舞美又經歷了「學習話劇」、聲光電機械製作的「機關佈景」到「淨化舞臺」三個階段。總體來說，是一個由簡陋到不斷豐富，過於追求標新立異，反思、揚棄，最終以適合舞臺表演藝術為原則的過程。

　　《情僧偷到瀟湘館》正是處於粵劇在商業競爭的市場下，為了標新立異、吸引觀眾，屢屢期望「出奇制勝」的階段，故而於舞美甚至服裝、宣傳上都進行了許多探索與創新。

　　《情僧偷到瀟湘館》的舞美設計師洪三和運用時興的電燈作為裝飾對演員進行包裝，與何非凡、楚岫雲本人一起專門設計了適合演員特質的「寶玉

〔註111〕見譜例7。譜例參考音頻資料 Youtube：何非凡獨唱《情僧偷到瀟湘館》及工尺譜，https://www.youtube.com/watch?v=0bccAOdNTuw&t=196s，查詢時間：2019年3月20日；電子資源：http://www.qupu123.com/xiqu/qita/p237884.html，查詢時間：2019年3月20日。

裝」、「黛玉裝」。其中「寶玉裝」上特意掛上了閃閃發光的小燈泡，據說，〈寶玉怨婚〉一場，吹熄龍鳳燭時，全場黑暗，只有寶玉戲服胸前亮出一個發光的雙喜。甚至何非凡的鞋底還安有一塊鐵，舞臺上安裝電源，賈寶玉大叫要與林黛玉結婚時，用腳猛踩，電源接通，戲服霎時發出亮光。

《情僧偷到瀟湘館》的佈景則包括了一幢怡紅院、一幢瀟湘館的立體硬佈景以及最後一場由瀟湘館外景變成離恨天的由機械製作的機關佈景，即今天所謂的暗轉變景，不同於當時粵劇舞臺設計的傳統規矩。

至於宣傳方面，在公演前，洪三和為劇團設計了大花車環遊廣州市區，用來盛大宣傳。車頭掛著何非凡白袍禮帽的畫像，環以七彩燈泡。是當時觀眾聞所未聞、見所未見過的大陣仗宣傳，轟動了廣州城。〔註112〕

以上無論是服裝、舞美或是宣傳方面，標新立異的設計手法在當時確實予以觀眾新鮮的刺激感、意外的驚喜感。是當時舞臺演出的必要輔助手段，也是《情僧偷到瀟湘館》一年多時間內產生了前無古人的轟動效果的功臣之一，但有其時效性和特殊性。從今天，這個離開當時社會、時代背景的角度來說，這些是背離戲曲藝術規律、未將舞臺表演作為真正中心的「旁門左道」，只能於一時取勝。故而，後世的《情僧偷到瀟湘館》，尤其是今天舞臺上的《情僧偷到瀟湘館》，已不見這些「獵奇」的設計。

五、辭采

《情僧偷到瀟湘館》以廣州話押韻，語言對原著不乏借鑒，也有「雅句」。但總體上來說還是呈現平實淺白的特點，未有生澀難懂之辭。尤其是念白，多見俚語的運用。以全劇開場石春的念白為例：

> 你估我係邊個啊？我係大觀園嘅人物，石春，就係我啦，生得耳大口尖眼又凸。咧若問我的責任，專理花園嘅廢物。大觀園嘅丫鬟，多到只加零一。人人都扮靚，好似較妝扮就來度日。我得閒就服侍啊林姑娘，佢待我都算唔話得。可憐她周時病，個藥煲冇日離開得。好彩寶二爺就鍾意佢，果個少奶就一定走唔甩。今日擺酒就來賞花，我妝扮靚啲就唔好咁老實。哎呀，快啲梳靚啲頭髮，搭翻啲口紅咋。〔註113〕

─────────────

〔註112〕參朱小珍：《「紅樓」戲曲演出史稿》，頁70。

〔註113〕現不見《情僧偷到瀟湘館》劇本，後世演出中，第一場大多修改。此處為筆

其中「加零一」為廣東俚語，表「數不清」之意。不難看出，石春的念白考慮其丫鬟、丑腳的定位，辭采已不止是平實、淺白，甚至還有些過於俚俗。至於唱詞部分，雖也有對於原著的借鑒，如〈黛玉葬花〉一場有對於〈葬花詞〉的部分改編，但從總體而言並未追求類於古典詩詞的意境及太過華麗的詞藻，如〈偷祭瀟湘〉：

【梆子中板】：

呢個寶玉逃禪，今晚偷復返。

薦別南中歸葬，個一位薄命紅顏。

可歎天下盛筵，無有不散。

睇下零星落索，惟見那月兒彎。

只剩樓臺空慘淡。

獨留聲影，恍惚那霧鬢風鬟。

【打掃街】：

環佩聲珊珊，玉影去復還，

相思我不慣，姻緣莫當閒。

我遙望著，這這這邊，嫋嫋娜娜，

步催轉彎，彎彎彎，長夜漫漫。

【合尺滾花】：

行近瀟湘情加慘。

仔細凝眸來分辨，風吹綠竹，腰舞小蠻。

卻原來，我認錯。

【二黃慢板】：

佢係環佩珊珊。

（唱序）虛無縹緲間，恨緣慳。

（唱序）瀟湘姻緣被鳳姐推翻推翻，遭離間。

（唱序）我難開口你亦難，至令到鴛鴦分散分散。

（唱序）瞬息風流，妹你別塵寰，魂散。

者根據 1962 年《情僧偷到瀟湘館》唱片聞聲翻錄，或有錯漏之處。唱片參考音頻資料 Youtube：何非凡等《情僧偷到瀟湘館》，https://www.youtube.com/watch?v=eODlwlHsbyU&t=761s，http://www.cuhkcoic.hk/?a=doc&id=11772，查詢時間 2019 年 3 月 20 日。

到今宵，我偷偷來祭你，沉香靈柩，卻不料門鎖重關。

【反線中板】：

呢一個賈寶玉，與你卿卿相交，可誓天日情非泛泛。

呢呢呢呢我敢話，與天地相終始，不是等閒。

絳雲軒，雖有個寶釵姐姐，我共佢情同冰炭。

可知道你寶哥哥，中了佢詭計神奸。

【滾花】：

妹妹呀你在離恨天宮，

也要食多啖胡麻飯。

待等我在西天成佛，

個陣不致見妹你瘦骨珊珊！〔註114〕

寶玉的唱詞較石春的念白顯然有格調、規整了許多，且注重節奏感，多用疊詞修飾。但總體而言，未有艱澀之言，保證了觀眾一聞便知其意的需求。

六、後世流傳

《情僧偷到瀟湘館》雖然作為「地方戲」，受限於劇種、語言等方面因素，未如崑曲、京劇般流行於華語區各地，但至今仍活躍於粵劇舞臺。

現今粵劇舞臺上的《情僧偷到瀟湘館》一般是當年為該戲插曲的陳冠卿重新整理的版本。分為七場：〈黛玉進府〉、〈夜訪怡紅〉、〈葬花盟心〉、〈傻露驚變〉、〈黛玉焚稿〉、〈寶玉鬧婚〉、〈偷祭瀟湘〉。劇本結構有所更動，唱詞語言也有文采化傾向。

粵劇《情僧偷到瀟湘館》的成功，該戲編劇馮志芬本人曾有總結：

> 該劇之成功，全在計畫方面。而其計畫中，實在宣傳及不惜工本，
> 以從事於燈光、佈景，尚屬以努力而制勝。至於成功主要因素，尚
> 在人事方面。「情僧」故事，係從《紅樓夢》中取材，而改編善為運
> 用。屬於演員方面，何非凡與車秀英一生一旦，個性氣質，與大觀
> 園中人物賈寶玉、林黛玉之典型吻合（按：該採訪發生於何非凡搭
> 檔車秀英演出期間）。至於戲曲方面，近年來，粵劇甚少大支曲由擔
> 綱台柱唱出。今「情僧」一劇利用兩大支成名歌曲如「寶玉怨婚」
> 及「情僧偷到瀟湘館」「風雪訪情僧」作主題曲，以一新觀眾耳目視

〔註114〕唱詞參考粵劇大辭典編纂委員會編：《粵劇大辭典》。

聽之娛，則該劇之所以轟動一時，實非幸致。〔註115〕

確實，從上述分析不難看出，《情僧偷到瀟湘館》得幸於粵劇對於「紅樓戲」的長期探索，取材上抓住了觀眾的審美傾向。同時雖取材於《紅樓夢》，但以獨特的藝術構思，創造出「情僧」回到瀟湘館祭黛玉的經典片段。出演的演員皆為紅極一時的名角，尤其是 1948 年的首版，女主角楚岫雲是唱、做俱佳的全能演員「生黛玉」，男主角何非凡又以「凡腔」成就了諸多經典唱段。至於舞美、服裝、宣傳，包括對於時下流行曲的吸收，又為該戲賺足了眼球、噱頭。且不同於清末的傳奇雜劇和受眾較廣的京劇，粵劇作為在動盪的社會背景下發展受到限制且自身也仍處於嘗試、探索期的地方劇種，對於腳色制等戲曲文體的要求遵循的並不嚴格，體制相對鬆散，故而重構時受到的限制較小。綜合以上，《情僧偷到瀟湘館》成為了粵劇歷史上至今無人突破的票房神話，也成為了《紅樓夢》重構作品中值得記錄的重要一筆。

以上，本章對於近代以降存在典型性及獨特性的三個「紅樓戲」：實時最轟動的梅蘭芳《黛玉葬花》、後世搬演最多的荀慧生《紅樓二尤》及打破粵劇票房紀錄之作《情僧偷到瀟湘館》，進行了分析與論述。除了每節對於各作品成功原因的總結及通過後世流傳情況展開的反思外，同樣值得關注的是，這一時期的「紅樓戲」有一極為重要的共同特質：「因人成戲」。這一時期的「紅樓戲」也正是基於這個相同特點，綻放出了難以複製之異彩。

鑒於小說《紅樓夢》屬於多線交織的網狀結構，戲曲塑造的人物又必然與原著存在對比的客觀情況，除類似《黛玉葬花》折子戲這類獨角戲外，「紅樓戲」很難呈現傳統戲曲「一生一旦」主角明確的特點。即使是小型戲，也常常成為每個角色皆有重要性、塑造性的群戲。而通過本章內容可知，無論是梅蘭芳的《黛玉葬花》、荀慧生的《紅樓二尤》還是何非凡的《情僧偷到瀟湘館》，戲中皆有具備挑起大樑絕對實力的中心人物，使得戲可以量身而定，達到最好效果。同時其他戲中人物無論重要程度、戲份多少，扮演者也皆為一時名角，班底可謂「群星雲集」，職責為搭配主角的所謂「二路演員」個個技藝非凡，能夠出色的塑造人物，錦上添花，保證整個戲較高水準的完成。而這一特質的實現並非易事。彼時戲曲是觀眾難得的娛樂途徑，是主流的藝術形式，故而成就了一個「名角輩出」的時代，才使得這樣演出班底得以實現。

〔註115〕〈《情僧偷到瀟湘館》編劇採訪〉，載於《市民日報》，1949 年 10 月 18 日。

　　然而這樣的戲曲作品首先傳承的依賴度高、難度大，流傳、繼承並發揚需要的遠不止一個鳳毛麟角的主角演員。但觀今日戲曲生存的客觀局面，當戲曲已不再是人們娛樂生活的重點，也不再有主流藝術的發展資源，能稱之為「角兒」的優秀藝人已少之又少，更何況是並不受重視的「二路演員」或者說配角的培養。加之以上三個例子皆為小型戲，若要對涉及人物更多的連臺本戲或是情節劇情更豐富的重構作品進行嘗試，以這一時期「紅樓戲」成功的規格去參考、複製則是不可能實現的難題。

　　故而，近代以降「紅樓戲」雖是《紅樓夢》重構作品中寶貴的財富，在戲曲與小說不同的文體限制下，對於「紅樓戲」的創作進行了突破性的嘗試及極有意義的探索，給後世留下了無限的寶貴經驗與研究價值。但同時不得不承認的是，它所綻放的異彩，是獨屬於那個時代的輝煌與燦爛。

第五章 現當代「紅樓戲」重構之商榷

　　現當代隨著戰爭的平息，經濟、文化、傳媒、科技等復甦、穩定並快速發展起來。戲曲這一藝術形式也進入了一個新的探索週期。首先，民國初期以「名角」為中心的「以人成戲」戲班模式不復存在，取而代之的是戲曲學校的成立，團體式、組織式的演員培養。其次，一九五〇大陸的「戲曲改革」以京劇作為全國性劇種，提倡各地方戲「百花齊放」，改編傳統戲、新編歷史劇、現代戲，眾多劇種誕生了一批批改編舊作或完全原創的新劇碼。而二〇〇一年，崑曲被聯合國教科文組織列為「人類口述和非物質遺產代表作」，「百戲之祖」崑曲又重新在舞臺上活躍起來，近十幾年來，崑曲的新作與恢復古本演出不斷。

　　同時，隨著社會穩定，《紅樓夢》的相關研究也蓬勃發展，「紅學」熱潮經年不衰。再加上義務教育的力度加大，話劇、電視劇、電影等新的重構方式日益成熟，電視、網絡等傳播媒介的介入，《紅樓夢》原著及紅樓故事的影響力也不斷擴大。受眾範圍不可同日而語，真正進入了無人不知、無人不曉的時代。

　　在這樣的背景下，現當代各個劇種紛紛將《紅樓夢》搬上舞臺，而受限於整個華語區幅員遼闊、人口眾多，劇種數不勝數，這一時期的「紅樓戲」已無法調查搜集齊全。但可以肯定的客觀情況是，大多數劇目仍未成為影響較大的作品，一部分當下已經不再上演〔註1〕，遑論流傳。另外一些地方戲作品

─────────────────

〔註1〕例如一部分作品由於政治背景，一味地反映和強調「階級鬥爭」、「反封建」的內容，已脫離藝術作品本身，如：崑曲《晴雯》、越劇《寶玉與黛玉》等。這類作品在離開當下社會意識形態後，已消失在舞臺上。而還有一部分作品

在劇種文體的特色下探索與創造，發揮了自己的優勢與長處，受到了好評，但未造成全國性影響，包括：川劇《王熙鳳》、龍江劇《荒唐寶玉》等等。至於黃梅戲《紅樓夢》，作為一時之名作，但主演馬蘭退出後，也無疾而終。本章局限於篇幅與能力，不再一一詳述，僅以公認「紅樓戲」歷史上最經典的作品——1958 年徐進版越劇《紅樓夢》及從動筆改編、全國性選角到正式演出皆備受關注，話題度極高的 2011 年北崑版紅樓夢為例，對前者的成功原因和後者的優劣進行商榷與探討。

第一節　越劇徐進版《紅樓夢》

1955 年，徐進開始創作越劇《紅樓夢》，並於 1955～1958 年期間，根據試演的效果不斷修改、打磨。1958 年 2 月 18 日該劇首演，此後連演 54 場，場場爆滿，觀眾超過八萬人次。據上海越劇院演出檔案記載，該戲自 1958 年至 1962 年五年中演出了 335 場，是該院上座最高的一個劇碼。且該戲 1959 年作為國慶十周年獻禮劇碼進京演出，後來又作為中國代表性文藝作品多次參加各種外事活動，在海內外皆獲好評。1962 年，上海海燕電影製片廠將該劇攝製成彩色戲曲藝術片，由岑范執導，在國內外放映。1978 年文革結束後，該片在國內重映時再次轟動全國。

同時，1958 年版的越劇《紅樓夢》一經推出，就被同時期的各地方劇種都移植搬演，這一時期各地方院團上演的《紅樓夢》，絕大多數都以此版為範本，結合自身的劇種特色改編後重新搬演。如揚劇、評劇，甚至是朝鮮的「唱劇」等等。而該戲的經典唱段，包括寶黛初會時的「天上掉下個林妹妹」，寶玉哭靈時的「問紫鵑」，都成為了真正家喻戶曉、人人歌之的旋律。

毫無疑問，這一版越劇《紅樓夢》是「紅樓戲」歷史上第一個，也可以說是目前為止唯一一個獲得普遍認可與好評，雖為地方劇種但影響力遍及華語戲曲界的經典之作。本章僅從越劇重構《紅樓夢》劇種的天然優勢、反復打磨後合理的主線與劇情設置、對過往重構《紅樓夢》的戲曲曲藝作品的巧妙借鑒、辭采雅俗兼顧、主演自成一派的唱腔等等幾個方面，論述越劇《紅樓夢》成功的原因。

對原作的情節、人物關係做了很大改動，或對人物形象做出過度的醜化，已失去重構《紅樓夢》的意義，如新生曲劇團演出的《紅樓夢》、錫劇《紅樓夢》。這類作品也一是失去了探討價值，二是也沒有得到觀眾認可。

一、重構《紅樓夢》的劇種優勢

越劇自清代孕育，至二三十年代正是定名為「越劇」，經歷了一個由男班到女班的獨特歷程。

越劇〔註2〕最早發源於嵊縣（1852年左右），是一種農村草臺演出的戲曲形式，藝人大多為兼職演出的男性農民，故稱為男班。越劇第一個女班於1923年開辦，1929年解散。這六年期間越劇僅此一個女班，雖歷程艱難且最終失敗，但對於女子越劇的發展具有重要意義。它不僅培養出了第一批有名的越劇女演員（包括後來被譽為「越劇泰斗」、「花衫鼻祖」的施銀花、名旦趙瑞花、越劇第一個女小生屠杏花等等），更創造了適合女演員演唱的，改「Do-Sol」（D調）為「低音La-Mi」兩音定弦（F調）的「四工腔」。

自1929年第二個女班開辦，越劇女班便如雨後春筍般湧現、發展。這主要是由於1930年左右全球性經濟危機，農村貧苦女孩子往常去工廠打工和種田的兩條路，都受到重創，學戲成為重要出路之一。另一方面，女班都是年紀較輕的演員，尤其是「坤生」，才藝雙全、富有吸引力，在舞臺上很有光彩。女班的「四工腔」也更能體現「文戲」抒情的濃厚特點，再加上越劇的唱腔、曲調較為簡單，朗朗上口、便於流傳，開始受到觀眾喜愛，故而女班蓬勃發展起來。而男班反倒因難以形成獨特的劇種特點，演員漸漸轉作女班的教習，後繼無人，最終被女班取代。故而，越劇又稱女子越劇，很長的一段時間，都完全由女演員演出，男演員銷聲匿跡。

以上，越劇不同於其他劇種的獨特發展背景，恰恰使得越劇具備了重構《紅樓夢》的天然優勢。一些其他劇種在改編《紅樓夢》時受到限制與困難考驗的因素，越劇皆可化解並轉而為特色。

〔註2〕當時還稱作小歌班的男班越劇進入上海演出、發展，但因藝術粗糙簡陋，觀眾寥寥無幾，前三次均告失敗。藝人們不斷改進唱腔、伴奏、表演，吸收京劇、崑曲等多種劇種的優點，排練新劇目，直至四闖上海灘才站住腳跟。昇平歌舞臺的後臺老闆周麟趾見小歌班終於在上海打響名頭，有商機可尋，只是沒有絲弦伴奏，總被人質疑不像戲曲，故從嵊縣請來當地的半職業性的民間音樂組織「戲客班」，又稱「道士亂彈班」的鼓板、板胡、鑼鼓手三人，組成越劇史上第一支專業伴奏樂隊，演奏時以「Do-Sol」兩音定弦（D調），沿用紹興大班習慣，稱為「正宮調」，簡稱「正調」，從此「絲弦正調」成為了後來無論男班女班初期的主腔；同時借鑒灘簧、紹興大班創製過門音樂，並漸漸發展為托腔伴奏。最後根據演出情緒的變化，分為「一凡」、「二凡」、「三凡」三種板式以及導板，初步建立起板腔體的音樂框架。本節越劇的發展歷程，詳參高義龍：《越劇史話》（上海：上海文藝出版社，1991年）。

首先，越劇與《紅樓夢》某種程度存在著審美上的共通，著名劇作家洪深曾這樣形容越劇：

> 越劇演員全都是女演員，這是使它取勝的一個因素，這裡絕不是說越劇用「女色」來吸引觀眾，而是因此構成表演某種戲情的特殊便利，因為越劇最初大半是「風情」的，寫男女之間私事，用女子扮演男人在舞臺上描繪風情動作，觀眾除接受表演的本身以外，不會再引起反感和厭惡，所有的只是「風情」——表演本身的美而已。〔註3〕

《紅樓夢》亦然，《紅樓夢》中女性角色眾多，對各種各樣的「情」也皆有描寫，但不是一部以「情」甚至以「色」為吸引力的小說，它的一切也基於藝術本身的美而已，具有不可替代的「風情」。越劇與《紅樓夢》，兩者某種意義上的審美是相吻合的，故而雖然越劇真正成型只有百年歷史，但重樓《紅樓夢》的相關戲碼據可查就持續了六十多年，有眾多作品問世。

而從更為具象化的方面去闡述越劇的天然優勢，可以分為兩個方面。首先，由於劇種女班的特色、發源地的風格、「四工腔」更適合抒情戲等等因素，越劇一向的經典作品與審美取向皆呈現清麗細膩、委婉纏綿、富有詩意的特點，圍繞著江南文化的情感表達，集中於女性視野的審美渲染。故而向來文戲偏多，長於抒情，越劇觀眾也因此較為習慣的接受全女班文戲這一特色審美，而不一味追求一般傳統戲曲中的「冷熱」調劑，這是越劇適合重構《紅樓夢》最為重要的一點。另一方面，從腳色制上來說，越劇作為較為年輕的地方劇種，並不嚴格的遵循傳統戲曲的規範。越劇的行當初期僅「二小」（小生、小旦）、後發展為「三小」（小生、小旦、小丑）、「四柱頭」（小生、小旦、小丑、老生），最終以六大類腳色〔註4〕行當為制。但 40 年代戲曲改革以後，越

〔註 3〕嵊縣政協文史資料委員會編：《越劇溯源》（杭州：浙江文藝出版社，1992 年），頁 206。

〔註 4〕越劇的六大類腳色行當包括一、小生：飾青年男性角色。在女子越劇中，由於小生由女演員扮演，比其它劇種的小生行當更具柔美特色。其中又可分為 4 種路子及稱謂：（1）巾生，主要飾演儒雅瀟灑、文質彬彬的讀書人。（2）窮生，又叫鞋皮生。主要飾演窮困潦倒的落難公子和寒家子弟一類角色。（3）官生，主要飾演古代官員、顯貴一類的角色。（4）武生，主要飾演有武藝的青年男性角色。二、小旦：飾青年、少年女性角色。其中又可分為六種路子及稱謂：（1）閨門旦，專飾名門閨秀、千金小姐一類角色。如《紅樓夢》中的林黛玉、薛寶釵。（2）花衫，飾演古代青年女子。表演介於閨門旦和花旦

劇便打破了嚴格的行當界限，只保持基本的行當體制。且由於此戲誕生於現當代，越劇又是全部女演員的班底，故而與以往「紅樓戲」人員調配上存在困難不同，越劇《紅樓夢》的女性演員眾多，搬演毫無壓力。從 1958 的演員表〔註5〕來看，即使劇本裡已安排了眾多女性角色，仍有多人飾同一角的情況出現。

表 14　1958 年上海越劇團二團《紅樓夢》演員表

人　物	演　員	人　物	演　員
紫　鵑	孟麗英、芮泰英、金美芳	焙茗	顏妙珍
珍　珠	陳佩華	鶯兒	芳資潔
傻丫頭	熊維新、洪德英	襲人	陳月娥、包翠玉
繡鶯	芮泰英、姚淑華	晴雯	王佩珍
周媽媽	戴雅仙	王媽媽	朱玉崑
林黛玉	王文娟	賈政	錢妙花
老婆子	朱玉崑	僕人	丁孝梅

之間，既有閨門旦的大家風範和端莊大方的儀態，又有花旦俏麗、活潑的舉止。（3）花旦，專飾天真活潑、聰敏伶俐的青少年女性角色。（4）悲旦，專事命運悲慘的青、中年婦女角色。（5）正旦，主要飾演做了母親的中年婦女一類的角色。如《紅樓夢》中的王夫人、薛姨媽。（6）武旦，專飾有武藝的女性角色。三、老生：飾中老年男性角色。演出掛髯口，根據角色年紀大小，分黑髯、花白髯、白髯三類。按表演特點，可分為 2 種路子及稱謂：（1）正生，帶黑髯，唱、做並重。（2）老外，戴白髯或花白髯，過去戲文中的稱「末」，以做工為主。四、小丑，又稱小花臉。表演特點是幽默機智或狡猾陰險，動作靈活誇張，表情豐富。其中又可謂分為 4 種路子及稱謂：（1）長衫丑，又稱文丑，多飾演花花公子、品行不端的讀書人，或帶有喜劇色彩的正面人物。（2）短衫丑，通常飾演茶博士、店主或店小二、用人、衙役或公差等角色。（3）官丑，飾反派或可笑的官吏。（4）彩旦，由小丑或有喜劇性的老旦應工。通常飾演媒婆、巫婆、老鴇、和風趣的中老年婦女角色。五、老旦，飾演女性角色。表演特點是沉穩老練，唱做並重。如《紅樓夢》中的賈母。六、大面，又稱大花臉。多飾演奸臣和奸邪的員外、惡霸，多施白臉。如紅鬃烈馬中的魏虎等角色。也有扮演耿直忠勇或性格粗獷的角色，除了包公勾臉外，其他角色越劇不勾臉。詳參葉建遙：〈越劇角色行當細分類〉，引自中國戲劇網：http://www.xijucn.com/html/yueju/20110905/28633.html，查詢時間：2019 年 5 月 25 日。該文越劇行當分類整理自上海越劇藝術研究中心編，高義龍主編：《越劇藝術論》（北京：中國戲劇出版社，2009 年）一書。

〔註 5〕見表 14。

雪雁	江敏麗	長府官	葉宏亮
賈母	周寶奎	賈環	筱春芳
王夫人	鄭忠梅	僕人	鄭來君
王熙鳳	唐月瑛、姚淑珍	僕人	徐雪華
賈寶玉	徐玉蘭	薛姨媽	魏小雲
薛寶釵	陳蘭芳	喜娘	鄭來君

綜上，越劇由於劇種自身全女班的特色、抒情文戲的溫婉風格以及過於年輕，沒有受到戲曲框架的全部限制等因素，不僅在審美上與《紅樓夢》有共通之處，搬演時相較於其他劇種也難度較小，觀眾接受高，故而非常適合「紅樓戲」的創作，具有天然的劇種優勢。

二、合理的主線選擇與情節設置

徐進在創作越劇《紅樓夢》時，對於《紅樓夢》重構為戲曲作品的困難與限制非常清楚：

> 有人說：「《紅樓夢》小說是部封建社會的百科全書。」要把內容如此豐富、篇幅非常浩瀚的這一古典文學名著改編成戲，確非易事。自知力不勝任，但一方面卻常又躍躍欲試。……一著手試編，便應了俗語所說的：「學到用時方恨少，事非經過不知難」──主觀上客觀上都存在著困難。……小說有其相當的複雜性和深刻性。同時，小說是以廣泛的筆觸，無數散開的細節組成的，頭緒十分紛繁，我看曹雪芹在結構小說時，也曾煞費過苦心的。且看小說第六回上寫道「且說榮府中合算起來，從上到下也有三百餘口人，一天也有一二十件事，竟如亂麻一般，沒個頭緒可作綱領……」，而戲的結構和小說又不同，戲需要高度集中，需要濃郁的戲劇情節，需要場次連貫，一氣呵成，特別是小說可以不受時間、空間的限制，而戲卻受著舞臺嚴格的約束。此外，還須考慮到使沒讀過小說的人也能看懂戲，再加上自己創作水準的很大局限，就更如亂麻一般，沒個頭緒可作綱領了。

> 在改編過程中，曾經走過不少彎路。例如由於要求能反映小說的各個方面，戲的取材便包羅萬象，其結果是每個事件孤立，感情跳躍，正切合「頭緒繁多，傳奇之大病也」這一評語。顯然，此路不

通。接受了不能包羅萬象的經驗，回過頭來另闢途徑，於是儘量壓縮，剪其枝葉，簡其頭緒。由於沒有認識到這需要更高程度的概括，更大的工力才能完成，結果是片面的集中，挂一漏萬，使戲瘦骨嶙峋，人物和事件都十分簡單，全然失去了《紅樓夢》的豐骨秀貌。〔註6〕

可見，編劇徐進對於本文所討論的戲曲與小說文體上的差別以及戲曲重構《紅樓夢》的困難是有深刻認知和思考的，在這樣的前提下，徐進仔細研讀了前文提及的清代「紅樓戲」《紅樓夢散套》、《紅樓夢傳奇》、韓小窗的曲藝作品《露淚緣》等多部較為經典的《紅樓夢》重構作品，並進行總結，得出了自己創作越劇《紅樓夢》的原則〔註7〕：

其一，不苛求戲的主題範圍和描寫面如小說那樣寬廣，而是從千頭萬緒中理出一條主線來。根據《露淚緣》等作品的經驗，選擇寶玉和黛玉的愛情悲劇作為全戲中心。

其二，戲曲與小說畢竟為兩種不同的藝術形式，故而「紅樓戲」的佈局，既要參考小說，也不能完全照搬、受其制約。特別是《紅樓夢》全書有精密的細節，如何剪裁、組織、調動、運用，使細節去豐滿人物，充實劇情，至為重要。故而根據戲的需要，要大膽而又細心地去裁剪小說、調動素材、組織劇情。選取小說中圍繞二人的愛情的情節，融會、貫穿，體現原著小說的精神面貌。

其三，小說人物過多，是戲曲所不能承載之眾。必須把人物作最高度的精煉集中，只選取一些主要人物戲，使人盡其用。且戲的有限篇幅不能平均使用，必須以濃墨飽筆主要塑造寶玉、黛玉主人公的形象。

而如前文所述，徐進自 1955 年開始創作越劇《紅樓夢》，於 1955～1958年期間，根據考量及試演不斷的修改、打磨。在這樣的過程裡，徐進依據自己的創作原則，對人物與情節幾經取捨，前後增刪過包括「金釧之死」、「寶釵撲蝶」等等劇情與相關人物，最終推敲出這部經典之作。

〔註6〕　徐進：〈從小說到戲——談越劇《紅樓夢》的改編〉，載於《人民日報》，1962年 7 月 15 日。
〔註7〕　整理自徐進：〈從小說到戲——談越劇《紅樓夢》的改編〉。

表 15　越劇《紅樓夢》情節設置〔註 8〕

回　目	劇情梗概	主要劇情於原著的相對應回目
第一場 黛玉進府	黛玉進賈府，與寶玉一見如故，寶玉因黛玉無玉，摔通靈寶玉。	第三回「賈雨村夤緣復舊職　林黛玉拋父進京都」
第二場 識金鎖	寶釵進賈府，寶釵金鎖上的字與寶玉玉上的字恰是以一對。眾人搬進大觀園，賈政囑咐寶玉。	第八回「比通靈金鶯微露意　探寶釵黛玉半含酸」、第二十三回「西廂記妙詞通戲語　牡丹亭艷曲警芳心」
第三場 讀《西廂》	寶黛共讀《西廂》，兩人以戲語相互打趣。寶玉向黛玉要香袋，引出黛玉對寶釵的吃醋之言，寶黛二人互剖心跡。	第二十三回「西廂記妙詞通戲語　牡丹亭艷曲警芳心」、第二十回「王熙鳳正言彈妒意　林黛玉巧語謔嬌言」
第四場 「不肖」種種	寶玉替晴雯畫眉，自晴雯口交代王夫人不喜「林妹妹眉眼」模樣的晴雯。寶玉與琪官互換汗巾被襲人發現，襲人與寶釵共同規勸寶玉，寶玉引黛玉為知己。	第七十四回「惑奸讒抄檢大觀園　矢孤介杜絕寧國府」、第十九回「情切切良宵花解語　意綿綿靜日玉生香」、第二十八回「蔣玉菡情贈茜香羅　薛寶釵羞籠紅麝串」、第三十二回「訴肺腑心迷活寶玉　含恥辱情烈死金釧」
第五場 笞寶玉	因琪官出逃之事，忠順親王府向賈政要人，賈政痛打寶玉。	第三十三回「手足耽耽小動唇舌　不肖種種大承笞撻」
第六場 閉門羹	寶釵探寶玉聽得寶玉只要木石前盟的夢話，黛玉探寶玉，晴雯正因寶釵半夜來不耐煩，給黛玉吃了閉門羹。	第三十四回「情中情因情感妹妹　錯裡錯以錯勸哥哥」、第三十六回「繡鴛鴦夢兆絳雲軒　識分定情悟梨香院」、第二十六回「蜂腰橋設言傳心事　瀟湘館春困發幽情」
第七場 葬花、試玉	薛寶釵、薛姨媽、王熙鳳等人陪賈母大觀園賞花，而黛玉此時正獨自葬花。〈葬花吟〉被寶玉聽見，寶玉痛哭，二人互剖心意、解除誤會。紫鵑為試寶玉對黛玉之心，騙寶玉黛玉要回蘇州，寶玉大病。	第二十七回「滴翠亭楊妃戲彩蝶　埋香塚飛燕泣殘紅」、第二十八回「蔣玉菡情贈茜香羅　薛寶釵羞籠紅麝串」、第五十七回「慧紫鵑情辭試忙玉　慈姨媽愛語慰癡顰」

〔註 8〕徐進的越劇《紅樓夢》前後修改了十餘次，部分劇情來回刪增，1958 年連演期間也做過兩次修改，後來拍攝為電影、其他劇團再演出時更相應作了改編，對於不同版本，此處不再展開論述。僅以觀眾較為熟知的 1979 年上海文藝出版社出版，根據 1959 年 7 月徐進第七次修改稿翻印的《越劇紅樓夢》內容分析其人物、情節設置。詳參徐進編劇：《越劇紅樓夢》。關於徐進版越劇《紅樓夢》的改編歷程及版本具體可參傅謹：〈越劇《紅樓夢》的文本生成〉，頁 1～14。

第八場 王熙鳳獻策	寶玉病，賈母等人擔心寶黛二人閣出禍來兼想為寶玉沖喜，故決定讓寶玉娶親。王夫人與王熙鳳皆鍾意寶釵，賈母擇定寶釵，眾人又擔心寶玉不肯，王熙鳳獻偷梁換柱計。	第九十六回「瞞消息鳳姐設奇謀　洩機關顰兒迷本性」
第九場 傻丫頭洩密	傻大姐無意中洩密，林黛玉知道了寶玉即將娶寶釵，想要前去質問寶玉，卻吐血昏迷。	第九十六回「瞞消息鳳姐設奇謀　洩機關顰兒迷本性」
第十場 黛玉焚稿	黛玉與紫鵑訣別，焚稿而亡。	第九十七回「林黛玉焚稿斷癡情　薛寶釵出閨成大禮」、第九十八回「苦絳珠魂歸離婚天　病神瑛淚灑相思地」
第十一場 「金玉良緣」	寶玉成親，方知新娘不是林黛玉，求賈母要與黛玉共死生。寶釵告訴寶玉黛玉已死，寶玉奔出洞房。	第九十七回「林黛玉焚稿斷癡情　薛寶釵出閨成大禮」、第九十八回「苦絳珠魂歸離婚天　病神瑛淚灑相思地」
第十二場 哭靈、出走	寶玉前往瀟湘館哭靈，將通靈寶玉留在瀟湘館，出走。	小說第九十八回「苦絳珠魂歸離婚天　病神瑛淚灑相思地」對於寶玉哭靈一事一筆帶過，基本為原創劇情。

根據表 15 不難發現，徐進如自己所說對於原著的劇情進行了大膽的裁剪、調動，緊扣寶黛愛情的主線，摘取原著中以二人情感交流為主要劇情的片段，重新鋪排。而值得肯定的是，第一，對原著的高度尊重與還原，除了第十二場為眾多重構《紅樓夢》作品皆嘗試過的非常符合戲曲曲藝觀眾審美的原創劇情「寶玉哭靈」外，其他十一場的主要劇情幾乎全部來自原著，還原度極高。第二，重新鋪排後的越劇《紅樓夢》確實減掉了許多多餘的頭緒，在自己的中心線上顯得情節緊湊，結構完整。第三，在還原原著又保證劇情緊湊的前提下，創作者還注意到了整個新劇本的合理邏輯，使得劇情雖然被重新整理、排序，但毫無裁減的突兀痕跡。即使對於從未閱讀過原著的觀眾來說，新的故事仍舊做到了前後照應、自圓其說。

例如，以一場〈「不肖」種種〉，既表達了王夫人對於眉眼像林黛玉的姑娘的不喜，為後文二人的悲劇做鋪墊。又點明了琪官一事，為下一場賈政答寶玉做引子。同時還體現了寶玉對於丫頭、戲子不合於「主流價值觀」的態度，表現了襲人、寶釵與寶玉道不同的理念，體現寶黛二人的知己之情。短

短的一場選取了原著前後不同回合的多個片段，還毫不突兀的融合到了一起，在劇情中起到重要的承上啟下作用，足見創作者的功力與用心。

再如，將葬花改為笞寶玉之後。原著中黛玉同樣是吃了閉門羹後葬花，但笞寶玉及寶釵聽到寶玉的夢話則是另外兩個故事。這裡徐進巧妙地將它們融於一體，再重新鋪排，變成一條新的邏輯線。寶玉被笞，寶釵探望聽到寶玉夢話，黛玉同樣惦記被打了的寶玉，前來探望，晴雯因生氣寶釵半夜打擾故而不給黛玉開門，使得黛玉吃了閉門羹，傷心後葬花。這樣一個嶄新的故事鏈邏輯合理，自成體系。且使得寶黛二人葬花後的互訴衷腸有更深刻的事實結構基礎，使黛玉的感情宣洩更為淋漓盡致，她既憐寶玉又怨寶玉，既憐自己又怨自己。也使觀眾進一步體會到黛玉的性格特點及二人兩情相悅的濃情。

至於葬花後即紫鵑試玉、寶玉生病，故而賈母等人要為寶玉沖喜娶親，則又是創作者減頭緒、緊湊劇情的手筆。原著中葬花互訴衷腸後黛玉確實離開，但趕來的是襲人，這裡直接改為紫鵑，接試玉情節。原著中寶玉被試後也大病一場，但無有下文，賈母等人為寶玉娶親是在寶玉失玉後病重的情況下。徐進這裡將幾個故事連綴到一起，同樣沒有邏輯破綻。寶玉因黛玉而病，賈母等人依然是為病中的寶玉沖喜提出了成親一事，唯一不同的是，這裡眾人意識到寶玉因黛玉而病，怕二人闖出禍來，加之前文鋪墊的黛玉身子薄、王夫人對黛玉長相的不喜、賈母等人對寶釵的欣賞等等，故而擇定寶玉與寶釵成親。這樣一來，也恰好可以省去由襲人提出寶玉心中人其實為黛玉、成全「金玉良緣」有風險的劇情，不必再以更多戲份塑造襲人的身份、形象。

綜上可見，徐進深知戲曲重構《紅樓夢》必然存在不同文體帶來的限制，合理的放棄了展現整個原著多層次主題的野心。在對前人《紅樓夢》戲曲曲藝作品進行詳細的研讀後，提出了改編時於情節、人物形象上符合戲曲表演要求的原則。而實踐中，徐進也確實做到了自己所言「對事件、情節必須精選。《紅樓夢》全書猶如滿桌珍饈，如何選用，頗費躊躇。我認為應先從大處者眼，即先注意小說章回中的重要回目，把這些最能接觸本質和最富於矛盾衝突的事件挑選出來，然後遴選最能體現人物性格的細節，作烘雲托月，綠葉扶花之用」〔註9〕，且更加難能可貴的是，在尊重原著的同時，既緊湊了劇

─────────────────────

〔註9〕徐進：〈從小說到戲——談越劇《紅樓夢》的改編〉。

情，使得劇本符合戲曲當下藝術的表演需要，又顧慮到了自身故事的邏輯性。可以說徐進的越劇《紅樓夢》劇情並不是簡單地依據場次的需要，簡單地將原著情節順序顛倒或融合，而是在真正體會、透徹了原著內容後，自成體系的重新創作。

　　而也正是徐進重新創作後，符合觀眾審美的主線選擇與合理的情節設置，保證了越劇《紅樓夢》的成功與經典。

三、對《露淚緣》的借鑒

　　正如徐進自己所言，《露淚緣》對越劇《紅樓夢》的創作影響很大。作為曲藝重構《紅樓夢》的經典之作，越劇《紅樓夢》對它的借鑒與參考，無疑是自身最後獲得成功的原因之一。

　　根據表 15，徐進的劇本前七場，集中於曹雪芹前八十回的原著部分，把寶黛二人的知己之意、相愛之情皆描寫的細膩、美好，也鋪墊了釀成二人愛情悲劇的不利因素。後五場則是原著後四十回續書部分的內容，是寶黛二人最終的結局，也是全戲的最後一個高潮。從本文第二章對《露淚緣》的具體情節分析可以發現，《露淚緣》正是以這個部分作為情節主線的。故，將越劇《紅樓夢》後五場的回目與《露淚緣》進行對比〔註10〕：

表 16　《露淚緣》與越劇《紅樓夢》後五回回目對比

《露淚緣》回目	鳳謀	傻洩	癡對	神傷	焚稿	誤喜	鵑啼	婚詫	訣婢	哭玉	閨諷	證緣	餘情
越劇《紅樓夢》後五回回目	王熙鳳獻策	傻丫頭洩密			黛玉焚稿	內容融入金玉良緣	內容融入黛玉焚稿	金玉良緣	內容融入黛玉焚稿	哭靈出走			

　　不難發現，徐進越劇《紅樓夢》的後五回基本依照《露淚緣》對於後四十回情節選取，構建故事結構，沿襲了《露淚緣》對原著關目的精妙選擇和合理鋪排。同時，也依據戲曲與曲藝不同的藝術需求，刪掉了「癡對」、「神傷」兩場韓小窗原創度較高的抒情性戲碼，在傻大姐洩密後，直接進入黛玉

〔註10〕見表16。

焚稿的情節。並將〈誤喜〉中寶玉的心聲融入〈金玉良緣〉一場，將〈鵑啼〉、〈訣婢〉融入〈黛玉焚稿〉一場，使得頭緒更精簡、劇情更加緊湊，戲劇張力更加明顯，適合戲曲舞臺表演的形式。

　　除了後五場的情節結構外，越劇《紅樓夢》還承襲了許多《露淚緣》中的唱詞，並以此為基礎再創作，衍生出了膾炙人口的經典唱段。

　　例如《露淚緣》中紫鵑勸黛玉時說道：

　　　　姑娘說的什麼話，

　　　　你別要信口開河屈死人。

　　　　老祖宗何等疼愛你，

　　　　看你如同掌上珍。

　　　　若是有一差兩錯意外的事，

　　　　卻叫他白髮高年怎樣禁？

　　　　一家哥嫂和姊妹，

　　　　那個不為你張羅費盡心。〔註11〕

黛玉答：

　　　　這些人兒都不必提起，

　　　　誰是我知疼著熱的親人？〔註12〕

越劇《紅樓夢》以此為底本，作了一定修改：

　　　　紫鵑：姑娘，

　　　　（唱）姑娘你身子乃是寶和珍，

　　　　再莫說這樣的話兒痛人心，

　　　　世間上總有良藥可治病，

　　　　更何況府中都是疼你的人，

　　　　老祖宗當你掌上珍，

　　　　眾姐妹貼近你的心……

　　　　林黛玉：（生氣，忙止住紫鵑）不用說了。

　　　　（唱）紫鵑你休提府中人，

　　　　這府中，誰是我知冷知熱親？！〔註13〕

〔註11〕胡文彬編：《紅樓夢子弟書‧露淚緣》，頁254。
〔註12〕同上注，頁254。
〔註13〕徐進編劇：《越劇紅樓夢》，頁58。

而黛玉焚稿時，《露淚緣》中的唱詞為：

　　　詩與書竟作了閨中伴，

　　　筆和墨都成了骨肉親。

　　　既不能玉堂金馬登高第，

　　　又不能流水高山遇知音。

　　　這是我一生心血結成字，

　　　對了這墨點烏絲怎不斷魂！

　　　曾記得柳絮填詞誇俊逸，

　　　曾記得海棠起社鬥清新，

　　　曾記得凹晶館內題明月，

　　　曾記得櫳翠庵中譜素琴，

　　　曾記得怡紅院裡行新令，

　　　曾記得秋爽齋頭論舊文，

　　　曾記得持樽把酒把重陽賦，

　　　曾記得弔古攀今《五美吟》。〔註14〕

而越劇的《紅樓夢》〈黛玉焚稿〉一場，沿用了《露淚緣》第五回〈焚稿〉的唱詞，刪減合併，重新組織：

　　　〔林黛玉只是搖頭，紫鵑只得端火盆來，放在塌邊。〕

　　　林黛玉：（拿起詩稿，無限感慨）

　　　（唱）我一生與詩書作了閨中伴，

　　　與筆墨結成骨肉親。

　　　曾記得，菊花賦詩奪魁首，

　　　海棠起社鬥清新。

　　　怡紅院中行新令，

　　　瀟湘館內論舊文。

　　　一生心血結成字，

　　　如今是記憶未死，墨蹟猶新，

　　　這詩稿，不想玉堂金馬登高第，

　　　只望它，高山流水遇知音。

〔註14〕胡文彬編：《紅樓夢子弟書‧露淚緣》，頁255～256。

如今是，知音已絕詩稿怎存？（焚稿）〔註15〕

這樣的承襲關係，在這兩部作品中還有許多，包括《露淚緣》中〈焚稿〉中紫鵑對黛玉的勸慰、〈訣婢〉中紫鵑與黛玉主僕二人告別時的對話以及〈婚詫〉中寶玉願與黛玉共死生的請求，均在越劇《紅樓夢》中可見沿用的痕跡。

其中，最重要的是《露淚緣》〈哭玉〉中的一句話：

問紫鵑「姑娘的詩稿今何在？給予我盥手焚香細評跋。」

紫鵑說「姑娘自己焚化了」〔註16〕

這樣的句式原文僅此一句，然徐進以此為啟發，創作出一段與紫鵑的問答對唱。不同於以往作品對「寶玉哭靈」的處理，徐進認為，雖然黛玉已逝，但觀眾仍希望看到寶黛二人最後的互動，故借由寶玉詢問紫鵑的這段對話，表現寶玉對黛玉相關一切的關心與懷念：

賈寶玉：（環視四周後）

（唱）問紫鵑，妹妹的詩稿今何在啊，

紫鵑：（唱）如片片蝴蝶火中化。

賈寶玉：（唱）問紫鵑，妹妹的瑤琴今何在，

紫鵑：（唱）琴弦已斷你休提它。

賈寶玉：（唱）問紫鵑，妹妹的花鋤今何在，

紫鵑：（唱）花鋤雖在誰葬花。

賈寶玉：（唱）問紫鵑，妹妹的鸚哥今何在，

紫鵑：（唱）那鸚哥，叫著姑娘，學著姑娘身前的話。

賈寶玉：（唱）那鸚哥也知情和義，

紫鵑：（唱）世上的人兒不如它！〔註17〕

這一唱段不僅讓觀眾感受到當下瀟湘館「物是人非」的淒涼景象，更從情緒上延展了寶玉對黛玉的痛徹心扉的緬懷。從演出結果上，也成為了該劇傳唱至今的經典唱段，這樣的處理方法，後來也被許多其他劇種「紅樓戲」沿用。

除《露淚緣》外，徐進版《紅樓夢》同樣多多少少借鑒了清代「紅樓戲」及越劇之前的「紅樓戲」作品。如寶黛二人初會時分別唱各自心聲，參考了《絳蘅秋》；〈寶玉哭靈〉一場的唱詞有的來自於陳鍾麟《紅樓夢傳奇》；將「葬

〔註15〕徐進編劇：《越劇紅樓夢》，頁 59〜60。

〔註16〕胡文彬編：《紅樓夢子弟書・露淚緣》，頁 275。

〔註17〕徐進編劇：《越劇紅樓夢》，頁 72。

花」、「試玉」放於同一場沿用了蘇青創作越劇「紅樓戲」《寶玉與黛玉》第三回〈傾訴衷情〉的敘事結構等等。但總體而言，《露淚緣》對越劇《紅樓夢》的影響最大，是成就越劇《紅樓夢》的助力之一。

從某種意義上而言，徐進對於《露淚緣》的借鑒，表現了他對於文體不同重構《紅樓夢》必然受到限制的清晰認知，也再次證明了前文論述《露淚緣》的經典有其合理性及必然性。

四、辭采雅俗兼備

越劇《紅樓戲》相對於前文論述過的京劇、粵劇來說，唱詞頗多。更為難得的是無論曲文、賓白皆做到了雅俗兼備，字淺意深。在大量運用了原著文字，保證了文學語言優美風格的同時，也通過對原著內容的刪減、與原創語言的合併等，在押韻的基礎上保證了觀眾一聞便解其意。

例如〈葬花〉一場，眾多「紅樓戲」的唱詞皆會借鑒〈葬花吟〉，越劇《紅樓夢》也不例外。但正如戴不凡所說「這些都是會使我們流過眼淚的好詩，可是一搬上舞臺，那將成為拙劣之曲」〔註18〕。因為這樣的詩詞固然押韻又淒美感人，但卻缺少明白曉暢的特點，全文演唱時需要觀眾具有一定的文學素養和思考時間才能理解，故而，越劇《紅樓夢》僅許選取其中較易理解的句子：

> 花落花飛飛滿天，
> 紅消香斷有誰憐。
> 一年三百六十天，
> 風刀霜劍嚴相逼。
> 明媚鮮豔能幾時，
> 一朝飄泊難尋覓。
> 花魂鳥魂總難留，
> 鳥自無言花自羞。
> 願儂此日生雙翼，
> 隨花飛到天盡頭。
> 天盡頭，何處有香丘，

〔註18〕戴不凡：〈談《紅樓夢》的改編〉，收錄於安葵：《當代戲曲作家論》（北京：中國戲劇出版社，1989 年），頁 228。

未若錦囊收豔骨，

一抔淨土掩風流。

質本潔來還潔去，

不教污淖陷渠溝。

儂今葬花人笑癡，

他年葬儂知是誰。

一朝春盡紅顏老，

花落人亡兩不知。〔註19〕

又在這段前加上了一段徐進自己的原創唱詞「繞綠堤，拂柳絲，穿過花徑，聽何處，哀怨笛，風送聲聲？人說道，大觀園，四季如春，我眼中，卻只是，一座愁城。風過處，落紅成陣，牡丹謝、芍藥怕、海棠驚，楊柳帶愁、桃花含恨，這花兒與人一般受欺凌。我一寸芳心誰共鳴？七條琴弦誰知音？我只為，惜惺惺，憐同病，不教你陷落污泥遭蹂躪，且收拾起桃李魂，自築香墳落英」〔註20〕不僅作為葬花的前情交代，更成為〈葬花詞〉的解釋性鋪陳，進一步幫助觀眾理解之後黛玉所唱的〈葬花詞〉內容。

而另一個越劇《紅樓夢》的經典唱段「天下掉下個林妹妹」也能體現出越劇《紅樓夢》文辭上的優點，原著中寶黛二人眼中的彼此，描寫如下：

寶玉早已看見多了一個姊妹，便料定是林姑媽之女，忙來作揖。厮見畢歸坐，細看形容，與眾各別：兩彎似蹙非蹙罥煙眉，一雙似喜非喜含情目。態生兩靨之愁，嬌襲一身之病。淚光點點，嬌喘微微。閒靜時如嬌花照水，行動時似弱柳扶風。心較比干多一竅，病如西子勝三分。〔註21〕

黛玉心中正疑惑著：「這個寶玉，不知是怎生個憊懶人物，懵懂頑童？倒不見那蠢物也罷了。」心中想著，忽見丫嬛話未報完，已進來了一位年輕的公子：頭上戴著……越顯得面如敷粉，唇若施脂，轉盼多情，語言常笑。天然一段風騷，全在眉梢；平生萬種情思，悉堆眼角。〔註22〕

〔註19〕徐進編劇：《越劇紅樓夢》，頁40～41。

〔註20〕同上注，頁40。

〔註21〕清・曹雪芹著，徐少知新注：《紅樓夢》，頁86。

〔註22〕同上注，頁85。

而越劇《紅樓夢》名段「天上掉下來個林妹妹」如下：

　　賈寶玉：（唱）天上掉下個林妹妹，似一朵輕雲剛出岫。

　　林黛玉：（唱）只道他腹內草莽人輕浮，卻原來骨骼清奇非俗流。

　　賈寶玉：（唱）閒靜猶似花照水，行動好比風拂柳。

　　林黛玉：（唱）眉梢眼角藏秀氣，聲音笑貌露溫柔。

　　賈寶玉：（唱）眼前分明外來客，心底卻似舊時友。〔註23〕

不難發現，越劇《紅樓夢》「寶黛初見」的唱詞同樣脫化於小說原意，將小說的敘述性文字改編成了朗朗上口的韻文。呈現出辭采、韻味貼近小說但又平實易懂、入耳生根、雅俗共賞的特點。故而口口相傳，加之傳播媒介迅速發展的時代背景，成為了中國大陸家喻戶曉的名段。

五、主演者唱腔獨特

　　徐進版越劇《紅樓夢》的兩位主演，賈寶玉徐玉蘭、林黛玉王文娟，都是著名的越劇演員，唱腔自成一派，具有自己的獨特特點。

　　徐玉蘭，著名的越劇小生。因早期曾演過老生，後改演小生，故在她的唱，尚包含有老生唱腔的氣質，很能反映出男性的剛強、熱情、堅定。徐玉蘭吸收了高昂、悲壯的紹劇曲調，剛勁、堅實的京劇老生吐字特色，健康、樸實的越劇前期男班唱調，加上嗓音條件很好，上、下限度音域的幅度較大，多以 1＝A 定調，使得徐派唱腔不同於一般越劇唱腔僅有纏綿、沉湎、悲哀的特點，同時還能呈現高亢、激昂、豪爽、奔放的情緒〔註24〕。且徐派唱腔收放自如，根據劇中人物感情需要可以剛柔並濟，不斷轉換，表現力非常豐富。

　　以《紅樓夢》〈金玉良緣〉為例，寶玉【散板】第一句「是第一件稱心滿意的事啊！」〔註25〕，自起腔便旋律起伏，到了「滿意的事」又由「Do」逐漸到上升一個八度的「do」，然後再轉旋而下，纏綿中又透露著壓抑不住的熱情，將寶玉將娶黛玉時心中難以自制的喜悅之情生動形象的表現了出來。

〔註23〕徐進編劇：《紅樓夢》，頁 7。

〔註24〕詳參周大風著：《越劇音樂概論》（北京：人民音樂出版社，1995 年 1 月），頁 359～375。

〔註25〕見譜例 8。譜例參連波著：《越劇唱腔欣賞》（上海：上海音樂出版社，2001 年 5 月），頁 259。

譜例 8　越劇《紅樓夢》第十一場
賈寶玉【散板】「是第一件稱心滿意的事啊！」簡譜

散　0· 1　6· 1　1　6　ᵛ5　6　5 ⁶5　2 3 2 1　6　│ᵛ1　2　3
　　是　第　一　件　　称　心　　　滿　意　的

（伴奏入）
（3　-
5　i　- 6· i　5　- 3· 5　2 1　6 1 2 1　6　-　5　6 5│3　-│
事　　　　　　　　　　　　　　　　　　啊！

　　徐玉蘭的唱腔還打破了越劇一貫平穩、起伏性不大的特點，將大跳與級
進相結合，使旋律起伏較為明顯，產生強烈的感情對比，與較有衝擊力的傳
遞。在徐玉蘭的唱腔中八、七、六度的大跳都常能見到。例如《紅樓夢》
〈金玉良緣〉中「總算是東園桃樹西園柳」一句，自「是」到「東」向上跳
了七度〔註 26〕。「此生得娶你林妹妹」一句，自「你」到「林」向下跳了七
度〔註 27〕。

譜例 9　　越劇《紅樓夢》第十一場
賈寶玉【緊中板】「總算是東園」簡譜

⁴⁄₄ 5　7 2　6 5 6│5　-　3 5 2 1│
　　总　算　是　　东　　园

譜例 10　　越劇《紅樓夢》第十一場
賈寶玉【緊中板】「此生得娶你林妹妹」簡譜

⁴⁄₄ 1 6　1　5 5 3 5│6　1　5 3 5│3 5 2 1　6　0│
　　此　生　得　取　你　林　　妹　　妹，

　　王文娟，著名的越劇旦腳。唱腔平易樸實，自然流暢，韻味濃郁厚實。
以真聲為主，吐字清晰、不追求華腔。中低音區音色渾厚柔美，在唱段的重
點唱句中，則運用高音以突出唱段的高潮，從而形成強烈的色彩對比。善於
把不同曲調、多種板式組織為成套唱腔，細緻而有層次地揭示人物內在感情
的細微變化。

〔註 26〕見譜例 9。同譜例 8 參，頁 260。
〔註 27〕見譜例 10。同譜例 8 參，頁 261。

　　以《紅樓夢》中〈黛玉焚稿〉為例，黛玉唱到「如今是知音已絕」的「絕」字，唱腔戛然而止，配合人物情緒的醞釀，並運用高音加強力度，接唱「詩稿怎存」〔註28〕，表現黛玉的絕望。而唱到「萬般恩情從此絕」的「絕」〔註29〕字，則從中音「Mi」立刻大跳到高音「Re」，並且推進至高音「Mi」，再立刻下行，以表示黛玉的絕望之情及決絕的了斷之心。

譜例 11　越劇《紅樓夢》第十場

林黛玉【弦下腔・慢板】「知音已絕詩稿怎存」簡譜

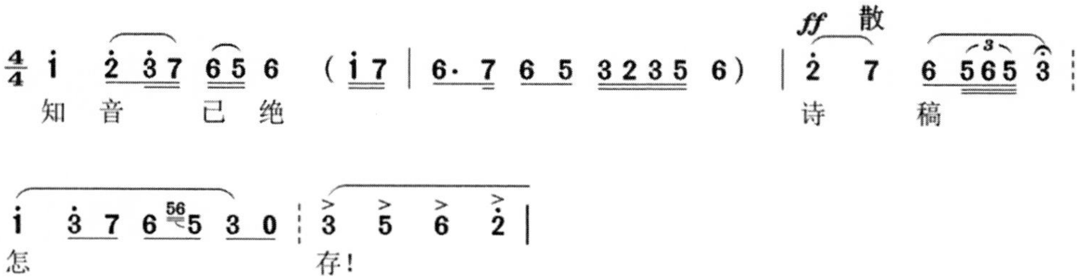

譜例 12　越劇《紅樓夢》第十場

林黛玉【散唱流水板】「萬般恩情從此絕」簡譜

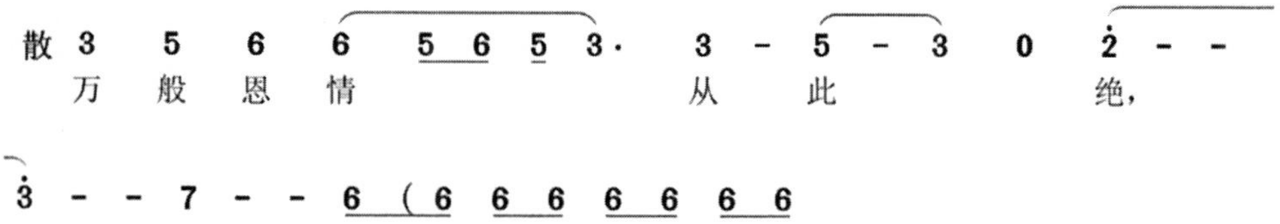

　　總的來說《紅樓夢》〈黛玉焚稿〉「一彎冷月照詩魂」一段〔註30〕隨著人物感情的變化轉折，運用旋律高低起伏、節奏頓挫，賦予了人物鮮明的音樂形象，是能夠體現王派唱腔特色的典型唱段，故錄全段曲譜於附錄，供參閱。

　　綜上，越劇作為較為年輕的地方劇種，於腳色制、格律等方面有較多的突破或變體，沒有受到全部傳統戲曲框架的限制。又因全女班的劇種特質，對於重構《紅樓夢》在搬演難度、觀眾審美習慣上都有其他劇種無法比擬的天然優勢。加之編劇徐進對於戲曲、小說不同文體深刻的認知，對各個時期重構《紅樓夢》的戲曲、曲藝作品的借鑒與研究，越劇《紅樓夢》放棄了展現

〔註28〕見譜例 11。同譜例 8 參，頁 130。

〔註29〕見譜例 12。同譜例 8 參，頁 132。

〔註30〕見附錄 6。

整個原著多層次主題的野心，在尊重原著內容的同時，選擇了集中符合觀眾審美的一條主線，構建了減頭緒後緊湊的情節結構。同時辭采兼顧雅俗，主演也皆為唱腔具有特質、自成一派的名角兒。再恰逢傳播方式的革新，彩色有聲戲曲電影的拍攝、戲曲表演的電視播放，使得越劇《紅樓夢》中入耳生根、朗朗上口的唱段傳遍了大江南北，提高了知名度與影響力。以上種種因素匯集，最終成就了這齣「紅樓戲」的巔峰之作。

第二節　北崑《紅樓夢》

　　2011 年，崑曲申遺成功十週年之際，北崑以獻禮之姿，以「傳承與發揚」崑曲為責任，推出了斥巨資打造的第一個崑曲全景式「紅樓戲」，號稱「大型崑曲青春豪華版」《紅樓夢》。自伊始，該戲就通過全國性的演員選秀、靚麗活力的年輕陣容及現代媒體的宣傳，博得了極高的關注度與期待值，是現當代崑曲「紅樓戲」中話題度最高、影響力最大的作品，下文以北崑版《紅樓夢》稱之。

　　北崑版《紅樓夢》的首演取得了不俗的成績，後續雖未能如越劇《紅樓夢》般連演不斷，但仍然活躍於舞臺上。作為一部較新的作品，目前還在接受觀眾與時間的檢驗。作品較新、藝術價值待定，加之劇本與曲本也還未有出版或流傳，故而雖然觀戲後感不少，褒獎與批評四起，但目前仍未見學界學者較為全面、具體的論述其優劣及原因。本節僅依影像資料〔註 31〕，對北崑版《紅樓夢》的情節、曲牌聯套、唱詞進行整理，從劇情設置、舞臺佈景、格律、曲牌、辭采等等方面，對該戲的優缺點進行梳理、商榷，對有所爭議之處進行探討。

〔註 31〕本文劇情、曲牌、唱詞為筆者依北崑版《紅樓夢》DVD 整理，劇情見表 17，曲牌見表 18，唱詞見附錄 7。DVD 視頻資料參嗶哩嗶哩動畫：北崑版《紅樓夢》，https://www.bilibili.com/video/av5929925/?p=1、https://www.bilibili.com/video/av5938148/?p=1，查詢時間：2019 年 3 月 27 日。
值得注意的是，網絡上流傳著五頁北崑版劇本的圖片，僅涉及上本序、第一折、及第二折的部分。與 DVD 版相比，劇情差異較小，曲牌名幾乎皆不相同，唱詞略有更動。依筆者現場觀演之記憶，首演版大屏幕之曲牌名應為此五頁劇本的版本。但因此資料僅有五頁，無法進一步研究，故而僅整理後作附錄 8。因此，下文對於唱詞的引用皆來自附錄 7，對於首場版資料的引用皆來自附錄 8，皆為筆者整理，不再一一詳注。至於二者曲牌的差異，下文具體論述。

一、過於繁雜的劇情設置

北崑版《紅樓夢》並未以某一人物或某一故事為中心，展開鋪排。而是試圖呈現小說中主要的故事情節，以及原著多層次的思想主題。全劇分為上下本，共計六個小時左右的演出時間，現將北崑版《紅樓夢》的情節依影像資料整理如下表：

表 17 北崑版《紅樓夢》情節設置

折次	劇情梗概
上本楔子	茫茫大士、渺渺真人開場，二人遇女媧補天遺漏的唯一棄石，按其心願，帶其下凡，前往紅塵歷劫。
上本第一折	黛玉進府，問候賈母、賈政、大舅母二舅母、三春、王熙鳳、賈璉等人。寶玉因知今天能與黛玉見面，匆匆趕回。兩人一見如故，寶玉聽聞黛玉無玉，生氣摔玉。元春封妃，命賈府蓋省親別院，迎貴妃省親。
上本第二折	賈璉、王熙鳳兩夫婦賈府弄權。王熙鳳帶著賈蓉、賈薔偶遇妙玉，淨虛法師交代妙玉來歷，借王熙鳳言明妙玉身份。淨虛法師因之前所託張家小姐守備公子之事 送三千兩予王熙鳳。平兒規勸王熙鳳，王熙鳳稱自己不相信因果報應，毫不在意兩條人命。
上本第三折	寶黛二人下棋，又因黛玉猜忌寶玉將自己送他的香袋給了寶釵而慪氣。寶玉以耗子洞的故事哄黛玉。薛寶釵登場，三人對坐，寶玉寶釵的玉與金鎖上的字，正為一對。三人心事各異，湘雲登場。
上本第四折	寶黛讀《西廂》，兩人以西廂妙戲語互相打趣，訴知音之情。黛玉寶玉共演西廂，被寶釵撞見，曉諭二人。老爺帶著一班清客往園子要考寶玉楹聯匾額之才，寶玉驚慌失措。
上本第五折	賈政清客逛園子題詞，考寶玉才華。小廝們因寶玉表現得好而請賞，拿走了寶玉身上的東西，發現了琪官的汗巾，寶玉告訴小廝們自己與琪官互視知音，對換汗巾，以示心跡。寶玉表明對清客、戲子、女兒們的不同態度。寶玉問王夫人的丫鬟金釧願不願意調到怡紅院去一塊兒玩，金釧讓寶玉去拿環哥和彩雲。王夫人醒了大怒，趕走金釧。寶玉為金釧求情。王夫人教育寶玉，寶玉不知自己何錯。金釧投井。
上本第六折	賈政審出寶玉換汗巾之事，懷疑寶玉私藏戲子，賈環誣告寶玉，稱金釧因寶玉強姦不遂被寶玉打了一頓故而賭氣跳井，賈政痛打寶玉。寶玉養病，寶釵前來送藥，寶玉感動眾姑娘之心，稱死又何妨。黛玉前來哭寶玉之傷。寶玉安慰林黛玉，向黛玉告白，贈黛玉舊帕。
上本第七折	劉姥姥進大觀園，逗賈母眾人開心。寶玉聞妙玉歌聲，拜見妙玉，攔下妙玉要扔的茶盅。聖旨下，賈貴妃上元之日將省親。
上本尾聲	賈貴妃省親。結尾時寶玉聞聽得「好了歌」。

下本 序	警幻仙姑帶寶玉遊太虛幻境，見得曲文，觀得《紅樓夢》唱演，噩夢警醒。元春下旨有意寶玉寶釵的婚事，獨額外賞二人紅麝香珠，黛玉傷心欲絕。
下本 第一折	黛玉葬花，唱〈葬花吟〉。寶玉聞〈葬花吟〉痛哭，黛玉見是寶玉，欲言又止未理寶玉即離開，寶玉獨自感傷一回。
下本 第二折	賈璉出門，尤二姐懷孕病重，王熙鳳遲遲不請太醫。平兒求情，王熙鳳責怪平兒與大家一樣都盼她死，欺瞞她賈璉花枝巷娶親一事，反而對尤二姐百般憐憫。尤氏昏迷，胎兒不保。平兒再次求請太醫，王熙鳳掌嘴。尤二姐男嬰不保，吞金自盡。寶玉於窗外聽到王熙鳳狠毒之語。
下本 第三折	大觀園搜得繡春香囊，王善保家的挑唆邢夫人搜查大觀園。王夫人、王熙鳳帶著王善保家的抄檢大觀園。晴雯與王善保家的衝突，惹怒王夫人。王夫人稱寶玉是晴雯勾引壞的，攆走晴雯，寶玉求情，晴雯被攆走。搜出紫鵑處寶玉舊物，王熙鳳勸王夫人，王夫人稱男女有別以後不能如此，盡數沒收。探春稱自己才是「賊王」不准搜她的丫鬟，王善報的搜探春身，探春掌嘴，預言賈家將敗。最後搜出王善保家的外孫女、迎春的丫鬟司棋處，有男人衣物，被趕出園子。寶玉目睹這一切。賈元春薨逝。
下本 第四折	寶玉丟玉，神魂不定。錯認五兒為被攆走的晴雯，要去秋爽齋方想起探春已遠嫁，要去綴錦樓方想起迎春已死，寶釵搬出園子了，湘雲歸家。寶玉瘋癲，喊著要去找林妹妹。妙玉為寶玉扶乩，寶玉瘋笑而去不要乩語。賈政即將赴任，賈母算命寶玉需要金命之人幫扶，出主意讓寶玉與寶釵成親沖喜。賈政心疼寶玉，告訴寶玉要讓他成家，寶玉點頭同意。襲人向王夫人等人訴寶玉對黛玉的一片癡情，王熙鳳出掉包之計。傻大姐哭泣，黛玉問因，傻大姐洩露寶釵寶玉婚事，黛玉昏倒。
下本 第五折	寶玉寶釵結婚，黛玉病重。寶黛隔空對話，寶玉對著新娘表白黛玉，黛玉對著空屋訣別。黛玉焚帕，亡去。寶玉發現所娶非黛玉，傷心欲絕，回憶對黛玉的承諾，脫掉婚服。
下本 第六折	賈府被抄家，王熙鳳、賈母先後逝去。湘雲丈夫得疾病，夫家召她即刻回去。惜春出家，妙玉被擄。眾人皆散。
下本 第七折	數日不到，偌大的大觀園瞬息荒涼。寶玉於瀟湘館哭黛玉。尋黛玉魂魄不得。寶玉頓悟，再聞「好了歌」，出家。

綜上不難發現，從黛玉進府到寶玉出家，北崑版《紅樓夢》裁減、調整後展現了小說中大多重要情節，也塑造了小說中眾多角色。但戲曲作為時空相對有限的藝術形式，如此繁雜的情節設置，必然令觀眾、演員皆陷入蜻蜓點水、無法展開的束縛之感。而最值得探討的問題在於，整個作品的邏輯存在著衝突與矛盾。作為重構經典的戲曲作品，與原著的對比是無法避免之事，顛倒、打亂、裁減、拼接也皆為必然手段，但創作者自身首先要以清晰之要旨。如若不以遵循原著為旨，便要保證作品自身可以自圓其說，作為獨立作品可以被理解與解讀。如若受限於時空等因素，對眾多劇情無法自前因至後果的

交代，對眾多人物也無閒暇筆墨展現，需要借《紅樓夢》的東風，依靠觀眾對於原著的熟知進行想像性彌補與理解，便要保證對於原著典型性、合理性設定的尊重，不能過度修改造成觀眾的彷徨與反感。

而以此兩條標準去衡量北崑版《紅樓夢》，可以發現創作者未清晰認識到這一點，以致整個劇情設置令人感到繁雜、混亂。

拋開《紅樓夢》原著來理解該戲，則會發現諸多問題。如上本第二折賈薔的出場甚至沒有自報家門與他人交代，除了與賈蓉一樣稱王熙鳳賈璉「叔叔嬸嬸」外，觀眾甚至很難確定角色是何人（現場演出時應是依靠大屏幕字幕）。至於劇情上，如上本第二折淨虛法師送王熙鳳三千兩銀子之事，既不具體交代所辦何事，也不說明王熙鳳如何弄權，僅從平兒口中讓觀眾大概理解，王熙鳳可能害了兩條人命，著實讓人摸不著頭腦。再如下本第二折尤二姐之事，借媽媽與平兒的對話表達王熙鳳一直冷待尤二姐，尤二姐生病後不請太醫，又借王熙鳳口交代賈璉於花枝巷偷娶尤二姐一事。至於賈璉偷娶是如何被王熙鳳知曉？尤二姐既娶於花枝巷又怎麼突然到了賈府？皆未交代。且在賈璉如此重視懷孕的尤二姐，出門前交代小心伺候的前提下，尤二姐自生病到胎兒流產到吞金自殺，王熙鳳的錯處其實只是三天未請太醫以及不同於表面的美言，背後盡顯恨意而已，並沒有使什麼其他手段，這樣的處理手法如若以獨立的作品來看，尤二姐的故事似乎太過突兀、膚淺與泛泛而談了。整個劇情設置裡，類似的例子還有很多，如上本第七折，為什麼寶玉突然出現在妙玉處？劉姥姥進大觀園是何時與妙玉產生的聯繫，眾人何時去的櫳翠庵喝茶？下本第一折，寶玉聽聞黛玉〈葬花吟〉大哭，黛玉為何欲言又止的避開，不理寶玉？下本第三折，抄檢大觀園，王夫人突然針對晴雯？僅於黛玉進府時出場過一次的探春竟公然頂撞王夫人？下本第四折，眾人要替寶玉娶親，寶玉答應後也毫不好奇新娘是誰？黛玉從傻大姐處聽聞寶玉寶釵二人婚事，也不試圖與寶玉對質等等。

可見，不依靠觀眾對於原著的熟知，發揮想像來補充、理解的話，北崑版《紅樓夢》自身的劇情就顯得過於突兀與不合情理，人物形象的塑造也顯得忽如其來，缺乏自圓其說的完整邏輯。且對於演員與觀眾來說，這樣的安排，情緒上沒有鋪墊、過渡，也無從醞釀，迫於時長的有限及繁雜的內容只能不斷的表達與接受，這樣的表演是游離與斷裂性的，演員很難情緒上到位，觀眾也很難被感染。

　　而若明確的借《紅樓夢》經典之力，默認觀眾能從點到即止的情節安排上理解作者之深意來看，北崑版《紅樓夢》對原著一些重要的設定又進行了破壞性的改動。如上本第一折寶玉摔玉時，賈政與眾女眷同樣在場，以及下本四折賈政心疼寶玉，離家之前要為他娶親的一段煽情。這不僅與小說中的賈政形象相差甚遠，也完全背離了小說中父子二人的互動方式。再如上本第五折金釧一事，下本第三折晴雯一事。金釧一事，王夫人大怒，寶玉當著母親的面，即稱是自己孟浪，下跪為其求情。到了晴雯一事，寶玉求情不成，在王夫人執意攆走晴雯後，不顧王夫人等人，直接追晴雯而去，王夫人甚至未去阻攔或深究。這皆是完全不符合二人身份的互動，也不符合王夫人、賈寶玉形象，甚至不符合賈家詩禮簪纓身份的設定。整個劇情設置裡，類似的例子還有很多，如上本第四折寶黛共讀《西廂》，寶玉以西廂詞打趣黛玉，黛玉深陷其中，二人纏綿了好一會兒黛玉才突然翻臉，說寶玉用淫詞艷曲來欺負她。兩人和好後甚至把自己當作演員同演起《西廂記》來。再如平兒與王熙鳳，全場二人僅有兩次對話，皆為火藥味十足的碰撞。又如元春還未省親的大觀園，不止寶黛釵三人先於貴妃在園中共讀《西廂》，連劉姥姥都先一步進園陪賈母遊玩等等。

　　這樣眾多從根本上對原著的情節、人物形象、互動關係破壞性的改編，以及不符合原著整體設定，甚至不符合邏輯的處理，雖可以想見是創作者出於排場調度、減頭緒等方面的考慮而為之，但仍然不可避免的讓觀眾產生反感與質疑。

　　因此，姑且拋開以寶黛共讀《西廂》接續釵黛「金蘭契互剖金蘭語」、將「題帕三絕」變為寶黛共作這類從藝術角度上存在爭議的改編，僅以整本戲的劇情節奏與設置來說，創作者的邏輯線略顯混亂。畢竟，戲曲是當下藝術，觀眾對於一齣戲的觀看與感受是同時進行的，創作者不能期冀觀眾在觀看時以對原著之熟悉來自我填充劇情，彌補時空限制與繁雜內容造成的突兀感，而在評價作品、感受作品時又完全跳脫出原著來接受新的、具有根本性變化的人物與情節設定。何況，雖然《紅樓夢》的普及度很高，但如果觀眾是完全未閱讀過原著或者對原著不夠熟悉的受眾群體，整齣北崑《紅樓夢》演完，可能都迷惘的未釐清人物關係與劇情因果，遑論去感悟作者要傳達的思想主題了。

　　綜上，北崑版《紅樓夢》試圖突破寶黛二人的愛情主線，嘗試更為廣闊

和深層次的主題是好的出發點與思路，但如何在戲曲的文體特點下，找到可行的通途，還需要更多的揣摩與商榷。

二、華麗的實物化佈景

北崑版《紅樓夢》的舞臺佈景相當華麗，採用了雕欄玉砌的園林設計，上本整體劇情較為「熱」與「喜」，整個舞臺以紅色調為主。下本進入劇情「冷」與「悲」的氛圍，整個舞臺借由燈光，以黑色調為主，實物化佈景仿佛真的於舞臺上搬演了整個大觀園，頗受好評。

但同時，實物化佈景、固定化舞臺裝置，與戲曲寫意化的表演的一貫衝突，也體現於北崑版《紅樓夢》之中。周育德就曾提出：

> 一是寶玉題匾一齣，按規定情景，舞臺空間是流動的。景隨人移，人行景動，和《梁祝》的「十八相送」的性質是相同的。現在的舞臺設計和舞臺裝置是固定化的，與人物的舞臺動作是矛盾的，看起來不協調。〔註32〕

除此以外，上本第四折寶黛共讀《西廂》，二人坐於佈景的欄杆上，而非原著的石頭上，這誠然是因為固定的舞臺設置而取巧的改動，但也使得二人共讀《西廂》的地點必然不再是原著中沁芳閘橋邊的桃花樹下，而變成了一處有柱有欄杆的屋簷。鑒於此處無葬花劇情，地點的改動也非不可，但北崑版《紅樓夢》可能又考慮到對原著的遵循，設計了幾枝桃花自屋簷橫著向下長的背景，著實讓人摸不清這大觀園的桃樹是栽於何處，才能實現此景。

寫實化的佈景固然有其自身的感染力，在製作、技術、經費皆備的今天，也非不能適用於戲曲舞臺，但合理的設計以及與劇情適當的匹配，也同樣是一門需要更多思慮的學問。

三、曲牌及格律

北崑版《紅樓夢》最大的爭議、受到最嚴厲的批評，即為是否仍能稱作「崑曲」。如研究背景所述，崑曲是曲牌聯套體的代表。崑曲的音樂以曲牌為基本結構單位，由不同曲牌按一定章法連綴成套而構成。同時曲牌對曲詞句子的長短、字數的多少、聲調的平上去入、音韻的清濁陰陽，皆有限制。而北崑版《紅樓夢》對此幾點，卻皆未遵循。

〔註32〕周育德：〈小談北崑版《紅樓夢》〉，《中國戲劇》，2011 年 05 期，頁 15。

（一）曲牌聯套

觀北崑版《紅樓夢》的作曲，有些折均為南曲曲牌，有些折皆為北曲曲牌，有些折則南北曲曲牌混用，並未遵循「南北合套」之規範。曲牌的混用，不論引子、正曲、過曲，不論宮調，僅有幾個熟套出現。總體上了來說，似乎只是隨意選用、排列曲牌，並不能稱之為真正的「曲牌聯套」作品。

根據北崑版《紅樓夢》標明的曲牌，整理如下表：

表 18　北崑《紅樓夢》DVD 版曲牌及其宮調〔註 33〕

回次	曲　　牌
上本 楔子	唱詞未有曲牌
上本 第一折	【劉潑帽】（南曲南呂宮）、【秋夜月】（南曲南呂宮）、【三學士】（南曲南呂宮）、【東甌令】（南曲南呂宮）、【前腔】（南曲南呂宮）、【節節高】（南曲南呂宮）、【催拍】（南曲大石調）、【朱奴兒】（南曲正宮）、【端雲濃】、【前腔】
上本 第二折	【折桂令】（北曲雙調）、【海棠春】（南曲仙呂宮）、【羅帳裡坐】（南曲越調）、【前腔】（南曲越調）
上本 第三折	【三換頭】（南曲南呂宮）、【啄木啼】、【石榴花】（北曲中呂宮）、【幺篇】、【臘梅花】（南曲仙呂宮）、【普天樂】（南曲正宮）、【雁過聲】（南曲正宮）
上本 第四折	【小梁州】（北曲正宮）、【九回腸】、【破齊陣】（南曲正宮）、【卜金錢】（北曲大石調）
上本 第五折	【青山口】（北曲越調）、【幺篇】（北曲越調）、【古竹馬】（北曲越調）、【桂枝香】（南曲仙呂宮）、【賞花時】（北曲仙呂宮）
上本 第六折	【得勝令】（北曲雙調）、【太平令】（北曲雙調）、【西地錦】（南曲黃鐘宮）、【菊花新】（南曲中呂宮）、【玉芙蓉】（南曲正宮）、【傾杯序】（南曲正宮）、【大迓鼓】（南曲南呂宮）、「題帕三絕」唱詞未有曲牌
上本 第七折	【畫眉序】（南曲黃鐘宮）、【滴溜子】（南曲黃鐘宮）、【雙聲子】（南曲黃鐘宮）、【鮑老催】（南曲黃鐘宮）、【怨別離】（北曲大石調）
上本 尾聲	【醉落魄】（南曲雙調）、【鬧樊樓】（南曲黃鐘宮）
下本 序	【生查子】（南曲南呂宮）、【山花子】（南曲中呂宮）、【大紅袍】（北曲仙呂宮）、【會河陽】（南曲中呂宮）

〔註 33〕筆者據王正來：《新定九宮大成南北詞宮譜譯註》（香港：香港中文大學出版社，2009 年）、鄭騫：《北曲新譜》（臺北：藝文出版社，1973 年）、吳梅：《南北詞簡譜》（臺北：學海出版社，1997 年）整理。

下本第一折	【懶畫眉】（南曲南呂宮）、【玉交枝】（南曲仙呂宮）、【尹令】（南曲仙呂宮）、【幺令】（南曲仙呂宮）、【醉歸遲】〔註34〕（南曲越調）。
下本第二折	【朝天懶】（南曲南呂宮）、【瑣寒窗】（南曲南呂宮）、【前腔】（南曲南呂宮）、【尾聲】（南曲南呂宮）
下本第三折	【番卜算】（南曲仙呂宮）、【江兒水】（南曲仙呂宮）、【鬥雙雞】（南曲黃鐘宮）、【翫仙燈】（南曲黃鐘宮）、【古竹馬】（北曲越調）
下本第四折	【二郎神】（南曲商調）、【集賢賓】（南曲商調）、【尾聲】（南曲商調）、【番山虎】（南曲越調）、【前腔】（南曲越調）、【喜遷鶯】（北曲黃鐘宮）、【後庭花】（北曲仙呂宮）、【掉角兒】（南曲仙呂宮、【煞尾】
下本第五折	【脫布衫】（北曲中呂宮）、【朝天子】（北曲中呂宮）、【四邊靜】（北曲中呂宮）、【三煞】、【二煞】、【煞尾】
下本第六折	【水仙子】（北曲雙調）、【恨更長】（南曲黃鐘宮）、【煞尾】
下本第七折	【寄生草】（北曲仙呂宮）、【孤飛雁】（南曲商呂宮）、【山坡羊】（南曲商調）、【尾聲】

　　從曲牌的選用來看，北崑版《紅樓夢》不僅南北曲曲牌、不同宮調間的曲牌未有一定章法的隨意取用，還偏向擇取較為冷門的曲牌，如【古竹馬】、【海棠春】、【臘梅花】等等。而 DVD 版對比首演版，甚至還專門換掉了耳熟能詳、名篇較多之曲。這可能正是考慮到過於熟知的曲牌，較容易令觀眾察覺格律之錯漏、訂譜之差距。也體現了首演結束後，北崑於曲牌、格律接收到的反饋與做出的修整。

　　如首演版，黛玉一出場的自敘，當時唱的是一段【皂羅袍】：

黛玉【皂羅袍】：

恰原來千里孤影隨驚雁，

籬下寄花臨風歎。

一離姑蘇入京華，

意濃離情怯，

紅淚頻添。

〔註34〕王正來：《新定九宮大成南北詞宮譜譯註》無此曲牌，根據齊森華、陳多、葉長海主編：《中國曲學大辭典》【五韻美】條目，《四賢記·尋親》題【五韻美】作【醉歸遲】。而《紫釵記·怨撒金錢》、《牡丹亭·魂遊》之【醉歸遲】為【五韻美】、【黑麻令】合稱；《南詞簡譜》【五韻美】可名【醉歸遲】。故此以【五韻美】宮調標之，見此書 798 頁。

乍看猶疑誰家院。

【皂羅袍】的格律應為全曲十句：6△〔註35〕，5，4△。7△，7△。4，4△；4△。7△。〔註36〕然而，黛玉的這支【皂羅袍】僅六句，字數也無法對應，更不論平仄。且據《中原音韻》〔註37〕，「雁」、「歎」為寒山韻，「華」為家麻韻、「怯」為車遮韻，「添」為廉纖韻，「院」為先天韻，這六句【皂羅袍】，押了五個不同的韻部，可以說整隻曲僅僅是標【皂羅袍】為曲牌而已。而由於【皂羅袍】名篇極多，影響力較大，演出結束後，即有不少對於這支【皂羅袍】的質疑。可能是出於這樣的原因，DVD 版中黛玉出場的這一段唱詞作了一定修改，曲牌也變為了【秋夜月】：

黛玉【秋夜月】：

可憐俺△，

孤影隨驚雁△。

寄花籬下臨風歎△，

姑蘇一別京華寒△。

還疑誰家院△，

淚痕拭又添△。

【秋夜月】的格律應為全曲六句：3△，5△。7△，7△。5△，5△。平仄為：×去平，×仄平平去（上）。×仄平平平平去（上），平平仄仄平平去（上），去平平上去，去平平上去。〔註38〕黛玉的這支【秋夜月】句數、字數皆合，然仍有「憐、俺、花、下、寒、還、家、拭、又、添」十個字不合平仄。押韻方面「俺」為監咸韻，「雁」、「歎」、「寒」為寒山韻，「添」為廉纖韻，「院」為先天韻，六句所押的仍是四個不同韻部。

除了選用冷門曲牌，將首演場受到質疑較多的名曲替換掉以外，北崑版《紅樓夢》還出現了全新的曲牌，包括上本第一折的【端雲濃】，上本第三折【啄木啼】，上本第四折的【九回腸】。其中，【端雲濃】、【啄木啼】根據首場版劇本，作【瑞雲濃】、【啄木鸝】，此皆為存在之曲牌，但唱詞句數、平仄、押韻皆不合此二曲牌格律，至首場版 DVD，改為新曲牌【端雲濃】、【啄木

〔註35〕△表用韻，▲表可韻可不韻，×表可平可仄。

〔註36〕齊森華、陳多、葉長海主編：《中國曲學大辭典》，頁 774。

〔註37〕元·周德清：《中原音韻》（臺北：藝文出版社，1979 年）。

〔註38〕齊森華、陳多、葉長海主編：《中國曲學大辭典》，頁 786。

啼】，不知是曲牌名訛誤，抑或是創作者新作之集曲。還有些唱詞未有曲牌，如寶黛二人所唱「題帕三絕」，楔子處的最後一個唱段〔註39〕等，其對於崑曲曲牌體傳統之規範的忽視可見一斑。

（二）格律

而僅就北崑版《紅樓夢》所標明之曲牌，去考究其唱詞，無論是句數、句式、押韻皆錯漏百出，平仄的比對更是無從下手，前文【秋夜月】已為一例。

從句數上來說，北崑版《紅樓夢》中有許多不合格律處。如上本尾聲【鬧樊樓】僅四句，格律為八句。下本第四折【集賢賓】僅兩句，格律為十一句等等。

從句式上來說，以【折桂令】為例，【折桂令】格律為十一句：7△，4▲，4△。4，4，4△。7△，7△。4△，4，4△。平仄為：××××仄平平，×仄平平，×仄平平。×仄平平，×平×仄，×仄平平。××××平去（上），××××仄平平。×仄平平，×仄平平，×仄平平。首句可減字為六個字，句式為 2-2-2。五六兩句可合為上三下四七字句，第九句下可增四字，平仄同第九句〔註40〕：

賈璉王熙鳳【折桂令】：

準備著省親來△，

事不尋常▲，

別苑新修△。

督事繁忙，

（造園林）此時權掌。

（料理家政）還讓紅妝△，

一點滴都存心旁△。

大事兒決不彷徨△，

（揮灑得）銀似泥壤△，

金似湯湯△。

（定換得）院苑堂皇，

（方顯得）金碧輝煌△。

〔註39〕此唱段於首場版劇本中曲牌為【洞中仙】，後可能考慮到僅有四句，不合格律，故而刪去。

〔註40〕齊森華、陳多、葉長海主編：《中國曲學大辭典》，頁759。

這支【折桂令】句數、字數與格律相合，然從第一句結構和斷句，可以看出，未考慮句式問題。平仄上「旁」、「壞」不合，押韻方面，「來」為皆來韻，「修」為尤侯韻，「常」、「忙」、「掌」、「妝」、「旁」、「徨」、「壞」、「湯」、「皇」、「煌」皆為江陽韻，雖大多句尾同韻，但根據對比可以發現，創作者仍未按曲律要求創作。

從音韻上來說，上述例子因皆兼論叶韻，不難看出北崑版《紅樓夢》押韻之隨意。而北崑版《紅樓夢》還出現以十三轍兼「上口字」的京劇合轍法創作的情況：

> 眾仙女【大紅袍】：
> 從來的，分離聚合皆天定，
> 為官富貴莫嘆凋零。
> 看破入空門，
> 癡迷送性命，
> 有恩有情都成冢。
> 唉，好一似食盡鳥投林，
> 落了個，白茫茫大地真乾淨。

【大紅袍】應為 32 句，14 處押韻〔註41〕，此處句數句式皆未合，故無法標定押韻處。僅從每句韻尾看，「定」、「零」、「命」、「淨」為庚青韻，「門」為真文韻，「冢」為東鍾韻，「林」為侵尋韻。但若以十三轍兼「上口字」的京劇合轍法，則未出韻。同樣的還有黛玉【懶畫眉】〔註42〕的寒山韻、先天韻、桓歡韻混押，十三轍中皆屬言前轍：

> 黛玉【懶畫眉】：
> 愁滿懷忍踏桃李瓣△，（寒山韻）
> 桃飄李飛待來年△。（先天韻）
> 只怕閨中誰相伴△，（桓歡韻）
> 香巢來年棲紫燕△。（先天韻）
> 卻不道，人去巢傾空梁間△。（寒山韻）

〔註41〕王正來：《新定九宮大成南北詞宮譜譯註》（二），頁 677。
〔註42〕全曲五句：7△，7△，7△。5△，7△。平仄為×平×仄仄平平，×仄平平仄仄平，×平×仄仄平平。×平平平去，×仄平平仄仄平。第四局句首可加兩字×平，成為七字句。該隻【懶畫眉】句數合，平仄不合，此處僅討論其應句句叶韻之問題。格律參齊森華、陳多、葉長海主編：《中國曲學大辭典》，頁 781。

綜上，北崑版《紅樓夢》並非真正的曲牌聯套體，曲詞句子的長短、字數的多少、聲調的平上去入、音韻的清濁陰陽，皆未遵曲律填之。故而引發了「話劇化」、「崑歌大聯唱」的質疑。當然，有質疑聲的同時，也不乏支持者。於是話題又被引回了「戲曲、尤其是崑曲應該遵循傳統抑或是改革創新？」、「改革創新又可否對崑曲根本性特徵——曲牌體進行破壞或者說突破？」這類一時間無有答案，曠日持久的爭論上。

無論如何，北崑以「傳承」為名，交出了這齣《紅樓夢》為答卷，以上分析的北崑創作時的處理究竟是破壞傳統「不正宗的傳承」，還是立足時代、不死板「活的傳承」，就是另一個論題了。

四、辭采

「文辭尚欠雅麗」〔註43〕，是北崑版《紅樓夢》推出以來，受到的最多批評。格律、曲牌聯套或許不是每一個走進戲院的觀眾皆熟知的領域，辭采卻一定會予以所有臺下客最直觀的感受。加之，前有原著《紅樓夢》的字字珠璣、細膩傳神，後有崑曲一貫古雅典麗的風格，對於崑曲《紅樓夢》作品的文辭，觀眾必然有期待，也有要求。

而北崑《紅樓夢》於這一點，顯然不盡人意。僅從唱詞看，上本第一折黛玉進賈府，邢王二夫人首場版的唱詞即已無甚修飾、過於白話，後推出的DVD版修改後更是以白話文的標準都顯得有些拗口：

> 首場版
> 邢夫人王夫人【吳音子】：
> 如此楚楚動人樣，
> 誰人不疼不愛憐。
> 江南弱柳移皇城，
> 舅媽只當你親生看。

> DVD版
> 邢夫人王夫人【東甌令】：
> 這般楚楚可人樣，
> 誰不疼還讚。
> 此門一入且心安，

〔註43〕周育德：〈小談北崑版《紅樓夢》〉，頁15。

會當你親生看。

而王熙鳳的唱詞就更是毫無韻味可言：

王熙鳳【催拍】：

有惜春一般的嬈，

有迎春一般的嬌，

探春般的俏，探春般的俏，

難怪老祖宗日日念叨。

有嫂嫂般勤，

老祖宗撐腰，

眾親戚共付辛勞，

從今你且逍遙。

至於劉姥姥進大觀園一折，劉姥姥的唱詞粗俗可以理解，丫鬟們的唱詞白話也自不用提，王熙鳳卻也直接將茄鯗的做法當作唱詞用「富貴纏綿」的【鮑老催】唱了出來：

王熙鳳【鮑老催】：

茄子把皮削了，

鮮肉碎成細末了，

再用雞油燒炸了，

雞脯子切成丁了。

（那香菌新筍蘑菇腐乾雞湯煨好），香油收了，糟油攪拌了，瓷罐子

封了。吃時取出雞瓜拌了，

這道茄子功告成了。

到了抄檢大觀園一折，則無論是王夫人、晴雯、王熙鳳，還是頗有才華的探春，唱詞皆為原著口語化用而來，無甚文采可言：

王夫人【番卜算】：

好個病西施，你掩耳盜鈴，

當我耳聾眼不明。

誰許你打扮得柳綠花紅，

忒輕狂狐狸媚樣。

怎容你混在寶玉房中，

攆出你大觀園方乾淨。

晴雯【江兒水】：

憑空裡被被被喚成狐狸精，

遭羞辱怎堪這惡名。

人嬌俏是天造地生，

我本人潔心清。

何曾有勾引之情，

枉擔了虛名。

皎皎的日月為憑，

厚地高天無可為證。

賈探春【鬥雙雞】：

蠢奴才狗仗人勢，

天天的挑唆生事。

詩禮簪族榮寧府，

鎮日裡我防你提。

太太呵，豈不聞，百足之蟲死而不僵。

今日偏要自抄家，自殘自死。

試可見大廈傾，不寒而慄。

王熙鳳【玩仙燈】：

可笑奴才是非搬弄，

到頭來自惹笑柄。

今宵煩惱，忽覺得神乏體重。

　　至於男女主角賈寶玉和林黛玉，最斐然成章的唱詞仍來自於原著的詩詞作品，如上本第六折二人的〈題帕三絕〉，下本第一折黛玉所唱之〈葬花吟〉。其他部分，與王熙鳳等人相同，也有許多並不適宜化為唱詞的原著中對話的口語。即使是原創部分，也有多處實難以文采稱之：

寶玉【石榴花】：

這隻小耗子智非凡，要竊香芋過個年。

它說是變成香芋混其間，

先瞞人眼再把香芋搬。

黛玉【么篇】：

說什麼黛山林山，

原來為了哄還騙，
信口在胡編。

黛玉【小梁州】：
弄些個淫詞艷曲，
滿口裡胡說八道。
無端欺人，
且到舅舅堂前訴告。
聽你狠遭訓教，
看你何處討饒。

寶玉【九回腸】：
好妹妹，千萬饒我這一遭，是我說錯了。
若有心欺負妳，
掉進池裡變王八，
替你墳上馱碑去，
你說好不好，你說好不好，好不好。

寶玉【玉芙蓉】：
可感又可歎，可欣又可敬，
何德何能濁公子，
卻換得女兒冰心。
寶玉不過挨打幾許，
竟折得花容失鳥驚心。
一個個倍感憐惜，
倘若竟遭殃禍死，
又不知是何等悲戚。
得情如此死又何幸，
一生事業縱付東流，
我寶玉亦無阻歎息矣。

賈寶玉【古竹馬】：
女兒本似水清純，
這幾個女人卻奸邪毒狠。

她也曾女兒真，

怎出閣近男身，

便嬌鶯變鷗梟，

清水變污濁，

混賬勝男人，

更可悲可恨。

啊呀，好肅殺的紅塵。

黛玉【大迓鼓】：

如轟雷掣電，

捅紙破情穿。

聞此言，

竟如我肺腑中掏來。

心中事欲說又難言，

相執手無語哽咽。

林黛玉【四邊靜】：

俺將心兒化作啼血杜鵑，

一滴一點向君還，

此去黃泉不帶走一點點。

嘔盡這血滴猶熱，

血滴猶熱，

還清你心兒辦辦。

　　雖然某種意義上說，這樣的唱詞確實使崑曲脫離了一向「曲高和寡」的標籤，使觀眾一聞便知其意，但實屬連戲曲唱詞基本之韻味都難尋之一二，更遑論《紅樓夢》及崑曲之古麗雅緻。縱觀前文論述，能稱之為經典或長時間流傳的「紅樓戲」作品，無論京劇、地方戲，甚至是「紅樓說唱」作品，在雅俗兼備，考慮到觀眾接受的同時，仍竭力有文采之修飾，或遵循原著詩詞曲，或妙化詩句典故，或創作者根據自我體會原著之意蘊，妙筆生花，以彰顯改編《紅樓夢》之意義與最大特色。何況是向來以「雅部」為名的崑曲？

　　關於此，北崑版《紅樓夢》或許仍有較大的打磨、改進空間。正如龔和德所評「全劇的唱詞還要加工。……寫好唱詞，才不降低崑曲作為文人戲劇

的高度，才不委屈大觀園中那些美麗的靈魂和詩化的生命」〔註44〕。

五、幾點探討

　　北崑版《紅樓夢》的身段設計上，評價不一，此處不妄加論斷，留予觀眾與時間檢驗，這裡僅就兩處與劇情的適配程度做些微探討。兩處皆為上本第六折，首先，寶玉挨打，在寶釵離去、黛玉趕到之間，安排了一段寶玉感歎大觀園女兒們對自己關心的獨唱，同時設計了許多寶玉離開床的舞蹈動作。這無疑影響了之前鋪墊的父子衝突的劇烈性以及之後請黛玉「放心」的深情。原著中的賈政怒火中燒，笞寶玉毫未留情。寶玉傷勢很重，卻在看到黛玉哭腫的眼睛時，仍以自己只是「裝個樣兒哄他們」寬慰黛玉，足見寶玉對黛玉的疼惜及真心。而這裡的寶玉只因感慨女兒們的一片冰心，便能夠下床做幅度較大的身段動作，顯然頗欠考量。反而是如果刪去這一段寶玉的身段，既並不影響劇情，也更適合承前情，啟下文。另外，這一折黛玉前來探望寶玉，寶玉請黛玉放心，直言黛玉因不放心「弄出了一身病」「病的一日重似一日」。北崑版《紅樓夢》因情節的繁雜，大多數劇情只能點到為止，觀眾們從戲中對於黛玉為了寶黛愛情日日流淚，身體每況愈下的情狀並沒有了解，寶玉這裡所言，正是下文劇情合理展開的重要墊筆。然觀眾剛剛接收到黛玉「弄出了一身病」「病的一日重似一日」的信息，黛玉即在寶玉接下來「任弱水三千只取一瓢飲」的告白後，連續做了幾個力度很大，邊三百六十度轉圈邊舞水袖的身段動作。雖理解設計者這裡想要表現黛玉聽到寶玉直言告白後的震撼與感動，但這樣的處理，實在有違黛玉弱柳扶風的病西施形象，或許可再斟酌。

　　另，上本第二折中，賈薔所念京白，韻味不足，極接近國語。念白方面南崑一般為蘇州白話，北崑則大都以韻白及京白為主。但生行京白的情況，還是較為少見的。即使在京劇中，念白為京白的也一般是花旦、丑腳，或是沒有姓名的龍套，生行很少涉及，故而也沒有相應的程式。此處編劇可能考慮到舞臺上已有兩個念韻白的小生賈璉、賈蓉，為做些區分，從而選擇讓賈薔念京白。一方面，這樣幾乎接近日常對話的念白方式缺少「戲味兒」，略顯突兀。另一方面，這又再次體現了「腳色制」對於戲曲舞臺的限制。北崑版《紅樓夢》並未做腳色上的調劑，而是以越劇化的處理方式，予以每個人物

〔註44〕龔和德：〈崑曲演出史上的一件大事〉，《中國戲劇》，2011年05期，頁13。

合適的行當，於是《紅樓夢》重構裡的難題——一舞臺的旦腳、生腳過多就不可避免的出現了。除了服飾有較大特點及經常出場的主角外，其他身份、地位較為接近，同一行當的劇中角色，不藉助大屏幕字幕的提示，觀眾很難分辨清楚。而即使是第二折這種僅有四個人物的舞臺，因為三個小生的同時存在，為避免審美疲勞，編劇還是選擇了以京白、韻白作為有所區別的方式。但這樣的選擇，無論從腳色越劇化、話劇化的角度，還是從生行近乎國語念白的角度，都削弱了戲曲的藝術特色，有損於崑曲的藝術價值。

正如上文所述，「腳色制」帶來的另一個問題，即為影響觀眾對角色、對演員的記憶、辨別和理解。加之北崑版《紅樓夢》因全國性海選，演員後備充足，上、下本推出了兩個不同的班底主演。上本飾演薛寶釵的邵天帥，下本改飾林黛玉。然而，由於北崑版《紅樓夢》未作腳色調劑，林黛玉與薛寶釵皆為閨門旦，唱、念、做、表皆無明顯分別。加之情節複雜，二人的戲份有限，整個上本過去，觀眾可能才剛剛分辨清兩位女主角。到了下本，上本的寶釵突然變為了黛玉，增加了觀眾的觀看難度是其一，更重要的是過於繁複的情節設置下，本就未能有更多的時間、空間塑造的兩個重要角色顯得更難分辨、界限更加模糊了。

最後一點，北崑版《紅樓夢》中王熙鳳一些可以稱之為低俗的臺詞，或許考慮刪去。雖然這些臺詞從原著可考，但原著的王熙鳳形象是經歷了長線的立體塑造的。潑辣幹練的風格下，即使一些略顯市井化的髒話說出口，也不會引起讀者太大反感。但戲曲時空有限，需要照顧的劇情、人物在短時間內顯得過多，上本第一折剛剛和眾人一同出現的王熙鳳，第二折就口出低俗化臺詞，於崑曲舞臺，屬實有些突兀與誇張。

當然，北崑版《紅樓夢》以戲曲劇種中創作難度最高的崑曲對原著進行重構，並嘗試展示全景式「紅樓戲」，已是非常大的挑戰，勇氣與立意都值得肯定與稱讚。況且作為一齣新戲，仍處於打磨階段，還有時間和空間去嘗試、探索和改進，一個作品藝術價值的高低，當下雖必然有討論與評價，但終歸要經歷時間才能獲得真正的答案。綜上，本節僅從北崑版《紅樓夢》的情節、佈景、曲牌格律、辭采等方面進行一定的分析。既藉北崑版《紅樓夢》，展示「紅樓戲」，尤其是崑曲「紅樓戲」創作的困難，梳理戲曲改編《紅樓夢》鑒於文體的客觀元素受到的限制。也同時基於前文已梳理的各個時期、各部不同「紅樓戲」的特點及價值，希冀於北崑版《紅樓夢》仍待考量與商榷之處，

給予一定探討、改變的思路。

　　以上，是本章對於現當代「紅樓戲」中較有探討意義的兩部作品——越劇《紅樓夢》、北崑版《紅樓夢》的分析與論述。這一時期，地方「紅樓戲」出現了幾百年嘗試以來最經典的作品——徐進版越劇《紅樓夢》。曲牌體的「雅部」崑曲也重新活躍於舞臺，開始了新「紅樓戲」的創作及古本「紅樓戲」的恢復性演出。越劇《紅樓戲》向我們證實，正視並透徹地了解戲曲與小說文體的差異，有意識地分析、借鑒過往的重構《紅樓夢》作品於新的創作是重要且有益的。而北崑版《紅樓夢》則向我們展示了新的文化、社會、科技背景下，「紅樓戲」或者說戲曲的復興、發展與諸多可能。總而言之，積澱已足夠深沉，靜待「紅樓戲」的下一個花開。

結　論

　　自乾隆中葉至今，《紅樓夢》可謂古典小說之極境。細論其成功之因，充分發揮了小說鋪排任意、可供反復閱讀等書面文學的優勢，以網狀式劇情，埋下伏筆、塑造人物，意蘊綿長、思想豐富，令人回味無窮。故而，不僅滋養出專以研究之「紅學」學門，更衍生了無數以其為本事的重構作品。其中，以說唱、戲曲二體最早問世、成果最豐。

　　唯數百年來，說唱、戲曲之紅樓作品競出，卻多曇花一現，難見經典之筆，難以企及原著成就。探其因，關鍵當在文體之不同。蓋說唱相較於小說受限於格律、節奏、觀眾層次、表演藝術、音樂等多方因素。戲曲則綜合化更甚，搬演作品不僅涉及時空限制、代言體形式、演員唱念做表，更兼自身特有之腳色制、寫意化舞美、規範性較強的文學與音樂等等。故而客觀上無法完全依循小說搬演，小說之長處也可能反成此二體之短處。然若完全貼合說唱、戲曲之文體需求改編，又必然磨滅《紅樓夢》的獨特光彩，淪為平常之作。加之重構作品的觀眾，多同時兼為小說讀者，「尊重」與「創新」之平衡，實難把握，故而鮮有佳作。

　　《紅樓夢》之生機百年來汩汩不絕，《紅樓夢》重構領域的進行也未見中斷。故而，至今「紅樓說唱」與「紅樓戲」依然可見新作。只是文體帶來的創作困難與限制，同樣不曾消弭，難見上品、對原著成就望塵莫及的窘境仍待突破。是以，本文論述重點在於尋究說唱、戲曲二者文體之根本要素，建立合理的評鑒體系，並以此標準探討說唱、戲曲百年來作品之特點與佳作。以期為今世之創作，梳理寶貴的前人經驗、啟發可能的切入角度，希冀能供以些微助力與補益。

一、「《紅樓夢》說唱」作品之特點與經典

　　「《紅樓夢》說唱」作品的合理、必然特點，包括對「林黛玉」一角的偏愛、僅注重主角人物的塑造、人物形象的典型化及「說破」原著中隱晦之筆。

　　蓋從觀眾接受學來說，同一個地區、民族、社會文化背景下，創作者與接受者具有相通的普遍審美心理。原著中「林黛玉」無論外形、性格、涉及之故事脈絡等各個角度，皆為貼合民間觀眾心裡之最佳人選。同時黛玉的性格特點、故事曲線，還有利於重構創作者的發揮與渲染，易於體現說唱作品抒情之長。而作為當下藝術，受限於時空，對主角人物的筆墨集中、對人物形象層次性的捨棄、對原著隱晦之筆的「說破」式表達，皆為顧及說唱之藝術形式、傳遞與接收方式所致。

　　在以上削減了原著優勢的特點限制下，創作者以「擴寫」、「增加」、「加入」、「點明」、「改寫」、「改編」、「拼接」、「總結」〔註1〕等眾多手法，對以說唱藝術形式重構《紅樓夢》，進行了探索。其中對原著中一筆帶過的情節進行抒情性渲染，如「寶玉哭靈」、借原著人物進行相適配的「抒作者己志」，如「黛玉悲秋」等切入角度，因無原著情節比照、遵循了角色形象，且符合說唱藝術形式的抒情敘事特長，於眾多說唱類型的不同短篇作品中皆獲得了較大的成功。另，一部分考慮到自身說唱形式風格的而原創劇情的「紅樓」作品，也得以在小範圍內流傳，如河南大調曲子之《黛玉賞雪》等。

　　至於「《紅樓夢》說唱」作品歷來公認的經典之作──韓小窗創作的子弟書《露淚緣》，則以《紅樓夢》後四十回中情節矛盾較為突出的「金玉結緣、絳珠離魂」為重構對象，釐清主線、刪去旁枝末節，並以四季之景創作「詩篇」映襯劇情起承轉合。構思巧妙、結構嚴謹、合轍押韻，語言上既不生澀古奧又不失原著意蘊，雅俗共賞。故而雖子弟書音樂失傳，消失於歷史中。然《露淚緣》一作仍作為《紅樓夢》說唱」的巔峰之作，保留在多種說唱藝術中，也為後世眾多「紅樓戲」的創作作出了鋪墊與指引。

二、近代以前「紅樓戲」之探索與異彩

　　清代「紅樓戲」的作品以傳奇、雜劇為主，多為流於案頭的文人戲。大部分作品辭采佳妙，卻無視排場調劑，且於曲律不合。主題思想較原著過於

〔註1〕具體定義見第一章注7。

「平板化」，有較深刻的時代烙印。腳色制方面雖以打破傳奇規範、新創腳色、破格大膽的應工安排等多種方式進行嘗試，卻仍未見獲普遍認可的突破辦法。故而，清代「紅樓戲」僅人物扮相與舞臺道具對後世產生了或正面或負面的直接影響，其餘僅保留了警示及參考的間接價值。清代「紅樓戲」的眾多傳奇、雜劇作品，也僅以譜寫戲曲著名的仲雲澗之作《紅樓夢傳奇》、曲文佳妙的吳鎬之作《紅樓夢散套》中有幾齣經改編後，於近年崑曲恢復古本的演出中出現過。而受戲曲自身藝術轉型之影響，清代末期的「紅樓戲」已轉向「花部」，且多為集中於某一人或某一故事進行敷演的小型戲。

　　近代京劇成為「國劇」，地方戲興起。「紅樓戲」進入名角輩出、「以人成戲」的時代。梅蘭芳之《黛玉葬花》雖無劇情張力、場子極冷，又因注重辭采，唱詞幾乎來自原著，以致格律存在不合，但依靠梅蘭芳個人唱、念、做、表的超群實力及名氣，兼梅蘭芳團隊「古裝新戲」之風行，依然成為當時最流行之「紅樓戲」，並作為梅派經典作品之一保留下來。不過因此劇需「人保戲」之特點，後期梅蘭芳搬演次數漸少，梅派後人演出效果不佳，現已不見原本演出。荀慧生《紅樓二尤》獨具慧眼取材《紅樓夢》中唯一故事敘述集中、劇情衝突激烈的「飛來之筆」──尤二姐、尤三姐之情節。並對於劇情因果進行簡單化處理，單一化尤三姐、王熙鳳之形象層次，格律嚴謹、文辭平實、注重排場「冷熱」調劑，兼荀慧生等名角「兩門抱」殊才之亮點，成為荀派經典劇目之一，是後世搬演最多的近代「紅樓戲」。至於粵劇《情僧偷到瀟湘館》，根據粵劇對《紅樓夢》長期改編中呈現的觀眾審美，自後四十回中劇情「寶玉失玉」搬演至「寶玉怨婚」。並以時下流行之單支歌伶曲〈情僧偷到瀟湘館〉為主題曲，創作戲眼──「寶玉身披袈裟回到瀟湘館祭黛玉」。在第一代主演何非凡之獨特唱腔、楚岫雲「生黛玉」之形象氣質的完美結合下，輔以服裝、舞美、宣傳的出格性設計，於廣東地區轟動一時，打破了粵劇票房紀錄。

三、現當代「紅樓戲」之商榷

　　現當代，「紅樓戲」終於出現了整個華語區皆具影響力的經典之作──徐進版越劇《紅樓夢》。首先，越劇以全女班、文戲見長、一貫審美風格、年輕地方劇種並不嚴格的遵循傳統戲曲規範等劇種的獨特優勢，於搬演「紅樓戲」的困難度及觀眾接受度方面佔盡先機。加之編劇徐進對於「紅樓戲」創作的

深刻反思與對《露淚緣》經典作品的研讀、借鑒，選擇了以「寶黛愛情」為中心的故事主線。在長期的舞臺實踐與探索中，不斷的增刪劇情與人物，合理的對原著相關劇情重新排序、拼接，在尊重原著的同時做到了刪減頭緒且顧及自身故事發展脈絡的邏輯自洽。文辭多化用原著，典麗雅緻，但又刪除不能耳聞即詳之句，並對原著詩詞予以通俗化的鋪墊或處理，保證觀眾入耳生根的需求。徐玉蘭、王文娟兩位主演之唱腔皆自成一派，適逢傳媒之發展，經典唱段得以家喻戶曉，傳遍大江南北。以上種種，終成就了這齣「紅樓戲」至今的巔峰之作。

而隨著崑曲申遺成功，重新活躍於觀眾視野。如何傳承、突破，如何創作新作，再度成為熱議。在這樣的背景下，北崑以巨資打造、全國性的演員選秀、靚麗活力的年輕陣容、現代媒體不遺餘力的宣傳等手段，推出了現當代崑曲「紅樓戲」中話題度最高、影響力最大的作品——號稱「大型崑曲青春豪華版」的全景式《紅樓夢》。從劇情來看，設置過於繁雜，在「如何遵循原著」的藝術處理上存在邏輯矛盾。從曲牌與格律來看，已非崑曲的曲牌聯套體，也未遵循所標註曲牌的句數、句式、叶韻、平仄等格律。文辭過於白話，有失《紅樓夢》原著及崑曲的雅韻。實物化的佈景雖華麗、大氣，卻也乖離古典戲曲象徵化原則。總體而言，作品較新，話劇化、崑歌化爭議頗大，仍處於修改、探討與檢驗階段。

四、有關重構經典《紅樓夢》之省思

關於《紅樓夢》說唱、戲曲作品的探討，在創作標準中目前仍出現發言盈庭的兩點分歧。筆者才疏學淺，未敢妄抒己見、驟下斷言，僅就本論文之梳理略述若干省思。

其一，當重構作品的觀眾與創作人同具小說讀者的身份，從創作者的傳遞與受眾的接受學角度來說，比純原創作品要複雜許多。「紅學」蔚為風潮，《紅樓夢》經典不滅，主要的人物形象及故事情節深入人心。而《紅樓夢》原著歷來有眾多解讀與構想，改編作品之作者，以讀者身份接受原著內容，再創作新的「紅樓一夢」。而其新作品之觀眾，往往與創作者相同，兼具小說讀者之身份，雖未必對於原著之閱讀於實踐進行再創作，但仍存在個人對原著之思想、感情的理解。故而，在對《紅樓夢》進行其他藝術形式的重構創作時，與原著的契合與否、與觀眾心中「這場夢」的差異必然成為討論的標準

之一，很難割裂原著作為獨立的藝術作品評價。故而創作時，「尊重」與「創新」之平衡，需多加思量。

其二，對於傳統戲曲的程式、規範，也許有必要真正的「傳承」，而不是一味捨棄性的「從新」。尤其是，規範程度最高、創作最為困難的崑曲。所謂藝術，正如聞一多先生所說「是要帶著腳鐐跳舞」〔註2〕，規範本身的難易，合乎限制的程度，從某種意義上來說，正是區別一種藝術形式與其他藝術形式的根本，也決定著一門藝術的可取代性的高低。正如顧篤璜先生所言，有人總認為崑曲不改革就要進博物館，可一味地改革只會讓崑曲連博物館都進不去〔註3〕。在不同的社會環境、文化背景及科技水平下，思考新的突破、創作新的作品是無可厚非之事。一味「守舊」固然不是推動戲曲發展的方法，然創新的限度，同樣更值得反思與掂量。對於一門藝術之所以可以稱之為「藝術」的元素，或許創作者仍須秉持應有的敬畏與尊重。

無論說唱、戲曲，抑或是其他《紅樓夢》重構作品，皆為曹雪芹未演完之「悲金悼玉紅樓夢」的延續與生機。雖然創作歷程窒礙難行，創作限制無法消弭，仍不斷有小說讀者，轉化為新的「釋夢人」，去築建一座座不同的大觀園、譜寫一曲曲不同的「飛鳥各投林」。而讀者與觀眾，謹慎又苛刻的比較、審視這每一個有所不同的夢境，以期如原著般深入人心、令人沉醉之作出現。這固然是因為曹雪芹之夢留下了太多的餘音與可能，又何嘗不是因為人人皆在守護自己昨夜的那場朱樓一夢。

回溯以往，寄望未來，祈願給予新的釋夢、築夢人一些斟酌與省思，靜待再度陷入一場不願轉醒之大夢。

〔註2〕聞一多：〈詩的格律〉，載於《北京晨報·副刊》，1926 年 5 月 13 日。
〔註3〕總結自顧篤璜：〈崑劇價值的再認識——保存與創新的對話〉，《藝術百家》，1988 年 01 期，頁 71。

附　錄

附錄 1　十三轍

不同韻書之韻目及「十三轍」、現代背景音比較 [註1]

中原音韻 （1324）	韻略易通 （1442）	韻略匯通 （1642）	等韻圖經 （1606）	現代 北京音	十三轍
東鍾	東洪	東洪	通	中東	中東
庚青	庚晴	庚晴			
江陽	江陽	江陽	宕	江陽	江陽
齊微	西微	灰微	壘	灰堆	灰堆
		居魚	止	衣期	一七
支思	支辭	支辭		支思	
魚模	居魚	居魚		居魚	
	呼模	呼模	祝	姑蘇	姑蘇
皆來	皆來	皆來	蟹	懷來	懷來
真文	真文	真尋	臻	人辰	人辰
侵尋	侵尋				
寒山	寒山	寒山	山	言前	言前

〔註 1〕詳參教育部大辭典編纂處編：《北平音系十三轍》；王力：《漢語音韻》（北京：
　　　　中華書局，1991 年）。

桓歡	端桓				
監咸	緘咸				
先天	先全	先全			
廉纖	廉纖				
蕭豪	蕭豪	蕭豪	效	遙迢	遙條
歌戈	戈何	戈何	果	梭坡	梭坡
				車遮	
車遮	遮蛇	遮蛇	拙	乜斜	乜斜
家麻	家麻	家麻	假	麻沙	發花
尤侯	幽樓	幽樓	流	油求	油求

十三轍口訣與注音、國際音標、漢語拼音的對應

名稱	口訣	對應之注音符號	對應之國際音標	對應之漢語拼音
中東	冬	ㄥ	[əŋ]、[iŋ]、[uŋ]、[yŋ]	eng、ing、ong、iong
江陽	往	ㄤ	[ɑŋ]、[iɑŋ]、[uɑŋ]	ang、iang、uang
人辰	春	ㄣ	[ən]、[in]、[uən]、[yn]	en、in、un、ün
言前	南	ㄢ	[an]、[iɛn]、[uan]、[yɛn]	an、ian、uan、üan
油求	秋	ㄡ	[ou]、[iou]	ou、iu
遙條	報	ㄠ	[au]、[iau]	ao、iao
灰堆	北	ㄟ	[ei]、[uei]	ei、ui
懷來	來	ㄞ	[ai]、[uai]	ai、uai
發花	夏	ㄚ	[A]、[ia]、[uɑ]	a、ia、ua
乜斜	界	ㄝ	[ie]、[ye]	ie、üe
梭坡	各	ㄛ、ㄜ	[o]、[ɣ]、[uo]	o、e、uo
一七	喜	ㄧ、ㄩ、帀、ㄦ	[i]、[y]、[ɿ]、[ʮ]、[ɚ]	i、ü、-i、er
姑蘇	互	ㄨ	[u]	u
小言前	一	ㄚㄦ	[aɹ]、[iaɹ]、[uaɹ]	ar、iar、uar
小人辰	一	ㄝㄦ、ㄛㄦ、ㄧㄦ、ㄨㄦ、ㄩㄦ、ㄜㄦ	[eɹ]、[oɹ]、[iɹ]、[uɹ]、[yɹ]、[əɹ]	e、ir、ur、ür、or

附錄 2　《黛玉葬花》曲譜 1 〔註2〕

黛　玉　葬　花

　　此劇是 1915 年末,梅先生根据《红楼梦》改编的,为梅先生早期常演的古装戏之一。剧情为：林黛玉夜访宝玉,丫环误拒之,林疑宝玉薄己,心中忧闷。次日,荷锄至园中,偶见落花无主,益感身世飘零,乃赋诗葬花抒发愁怀。值宝玉至,向其表明心迹,复言归于好。1916 年冬,梅先生第三次来沪曾五次贴演此剧,后由于场子太瘟,故梅先生在中年以后就不常贴演了。然其剧本、唱腔均经精心设计编排,其中颇多引用《红楼梦》原作改写,诗意盎然,与唱腔配合,俨然一体,故此剧演唱需出原著之意境。

（林黛玉唱）

[西皮导板]

〔註 2〕曲譜為上海梅蘭芳藝術小組盧文勤先生與吳迎先生根據梅蘭芳先生四十三個劇碼的唱片、舞臺實況錄音、梅先生在家中的錄音積累的資料等綜合整理而成。詳參梅紹武、屠珍等編撰：《梅蘭芳全集・伍》（石家莊：河北教育出版社,2000 年 12 月）,頁 269〜285。

花谢　　　　　　花飞

花　满　天，

(接唱[西皮慢板])

随　风

飘　荡

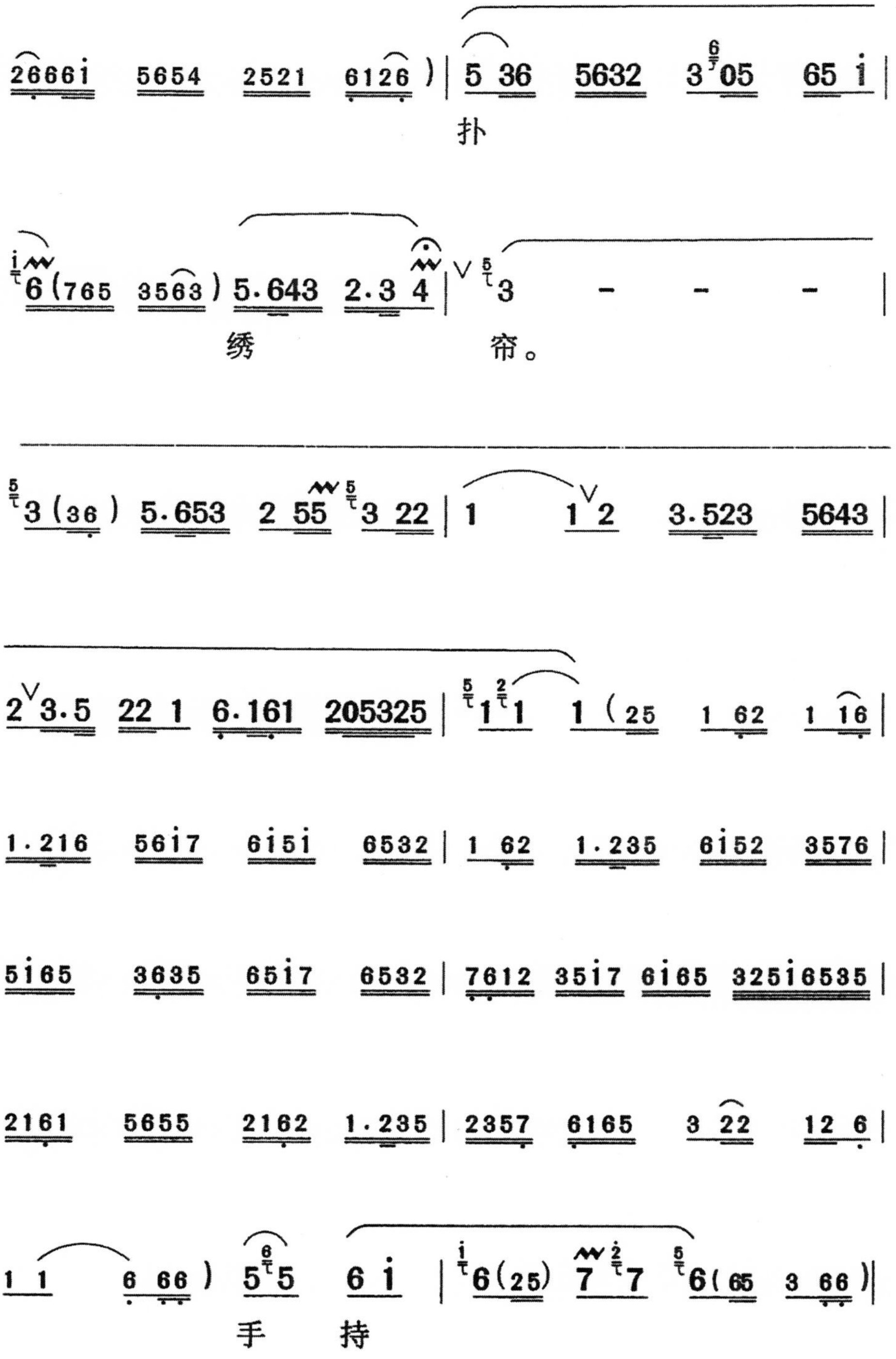
扑
绣
帘。
手
持

花　　　帚

掃　　　　　　　　　　　　　　　　花

片，

　　　　　　　　　　　　　　　　　　　　　　　紅　消

香　　　　断

有

谁　　怜！　　取　过

花　　　　囊

把　残　花　来　　敛，

(接唱[西皮摇板])

携　到　香　冢　葬　一　　　　番。

[二六]

（0 62｜1　62｜16　12｜56　1｜60　4｜34　3.2｜

5 6　3 2｜3251　6532｜1　66i｜56　55｜23　56｜

1162）｜i　i2｜55　3i｜6.i 3 5（36｜55i35）i6｜
　　　　　取　　過　了　　　　　花

i 35　6｜33　5（36｜55i35）6.i5｜66　i（62｜
鋤　　仔　　　細　鏟，

1 16）i6｜ii　ii　65｜665　4 33｜2（521　6.123）｜
輕　松　　的　香　土

2.3　53 i｜6 55　2.346｜322　1（62｜1 16）i6｜
掘　一　　　番。　　　　回

ii 6｜3.5　5305｜iii 5（36｜55i35）i5｜6 3.5 2｜
身　倒出　殘　　　　花片，好

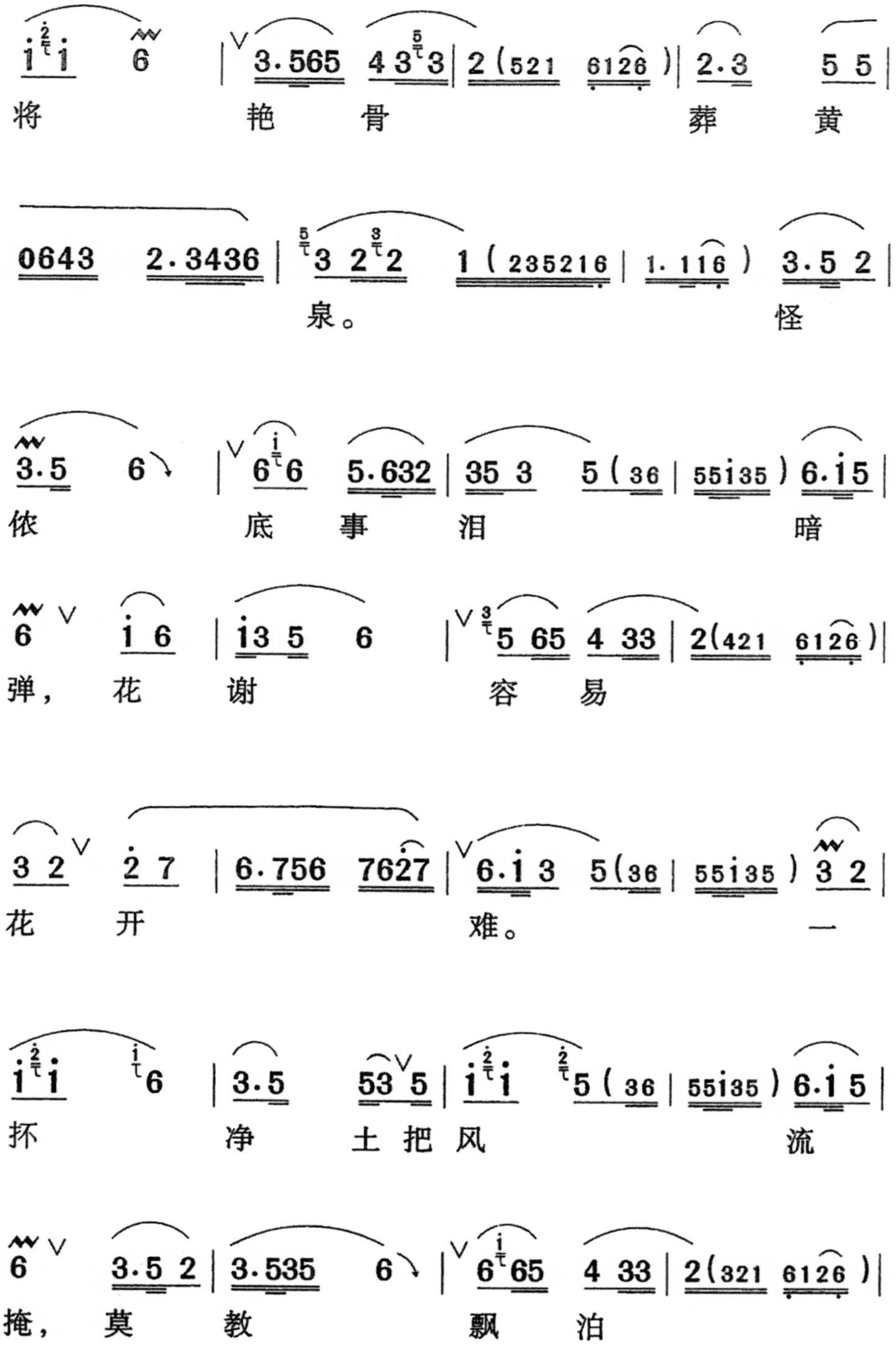

将 艳 骨 葬 黄
泉。怪
侬 底 事 泪 暗
弹，花 谢 容 易
花 开 难。一
抔 净 土 把 风 流
掩，莫 教 飘 泊

2.3 5³5 | 0 643 203434 | 3 2³2 1 (62 | 1 16) 3.52 |
似 红   颜。   质

3.535 6 | 6¹6 5⁶3 | 35 3 5 (36 | 55135) 6.15 |
本 洁 来 还   洁

6 3 1 | 1 35 6 | 6566 4.633 | 2 (317 6123)
返，强 如 污 浊

2 2 23 | 0643 2.323 | 43603 4362.3 | 5 (165 3251653 |
陷 泥   团。

5.656) 3.52 | 3 53 5 | 7 6 | 6 0 5 3.52 |
荷 锄 归

3.5 65 1 | 6 0 5 | 7 6 5 3 5 3 5 6 |
去   把 重 门 来 掩，

(接唱 [西皮摇板])
(6 | 6 | 3 5 | 5 5 | 3 6 | 5 5 | 3 2 | 1 2 | 6 5 | 5 5)

冷　雨　敲　窗

梦　　难　全。

[西皮摇板]

正　行

走　来　至　在　　　这　梨　香　院　外。

（接唱[西皮摇板]）

这　歌　声　　与　　笛　韵　何　处　吹　来！

[反二黄慢板] 4/4

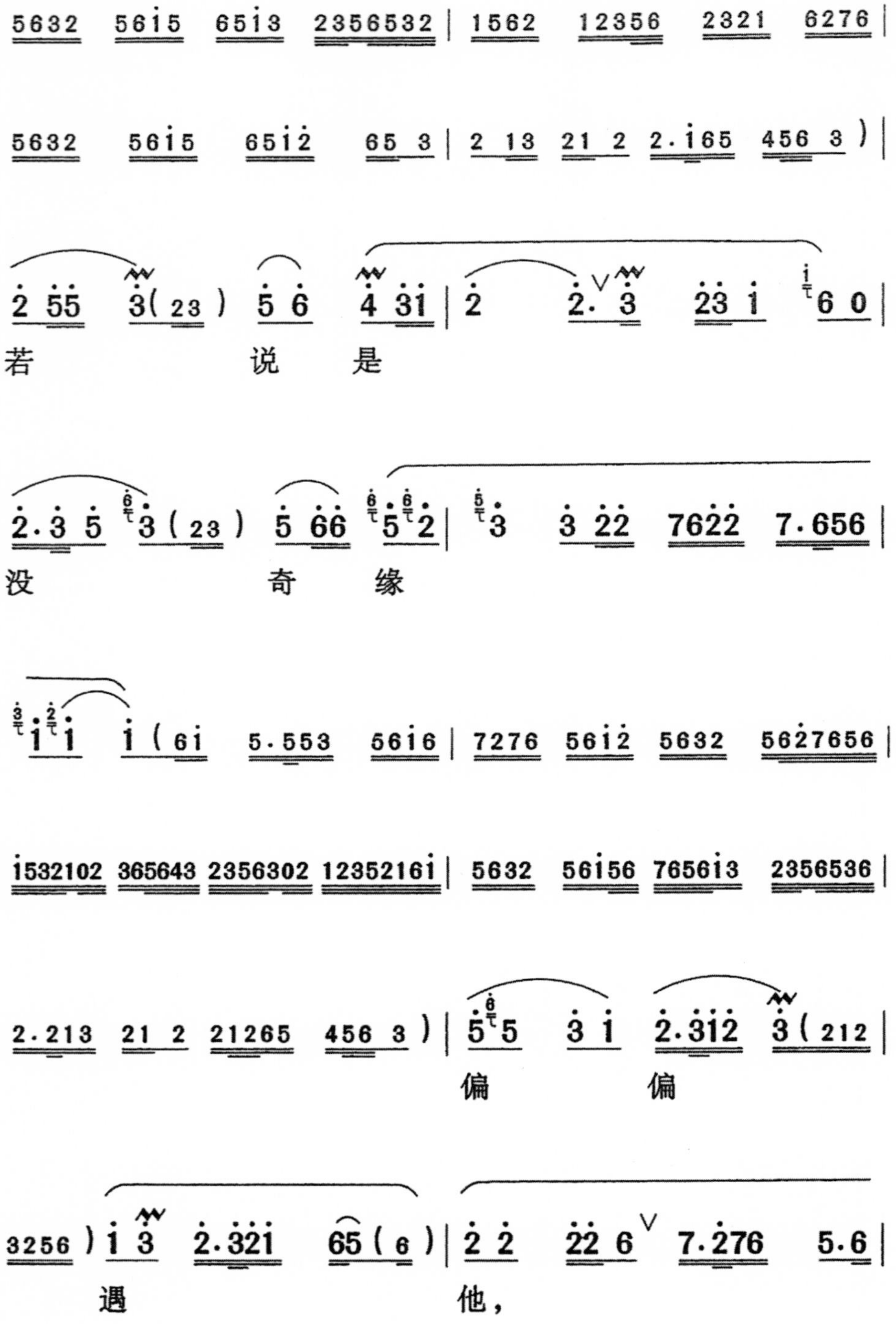
若 说 是
没 奇 缘
偏 偏
遇
他，

7622　6.276　5 06　5.672 | 6.535　6 1　2.212　3 2 |

7 6767　232 7　6.71 727665 | 6 6　6（67　2.227　6561 |

3.235　61566 7　2.327　6276 | 5632　5610　656106　561261 5 |

3.333　3333　2346　32 1 | 2.313　2312　3561　6543 |

2356　3211　6156　7.376 | 50323　5615　656106　567265 36 |

2 13　21 2　2 12　356 1 ） | 3　3 0　2 2　3 23 |
　　　　　　　　　　　　　　　　　说　　　有　　　缘

5 05　30 66　3 26（1.232 | 1 13）2 21　5.631　22 1 |
　　　　　　　　　　　　　　这　　心　　事

2.3 4　3 1　231.2　3.（212 | 3 23）5 53　2.3 5　6532 |
又　　成　　　　　　虚

话；

我 这 里

柱 嗟 呀

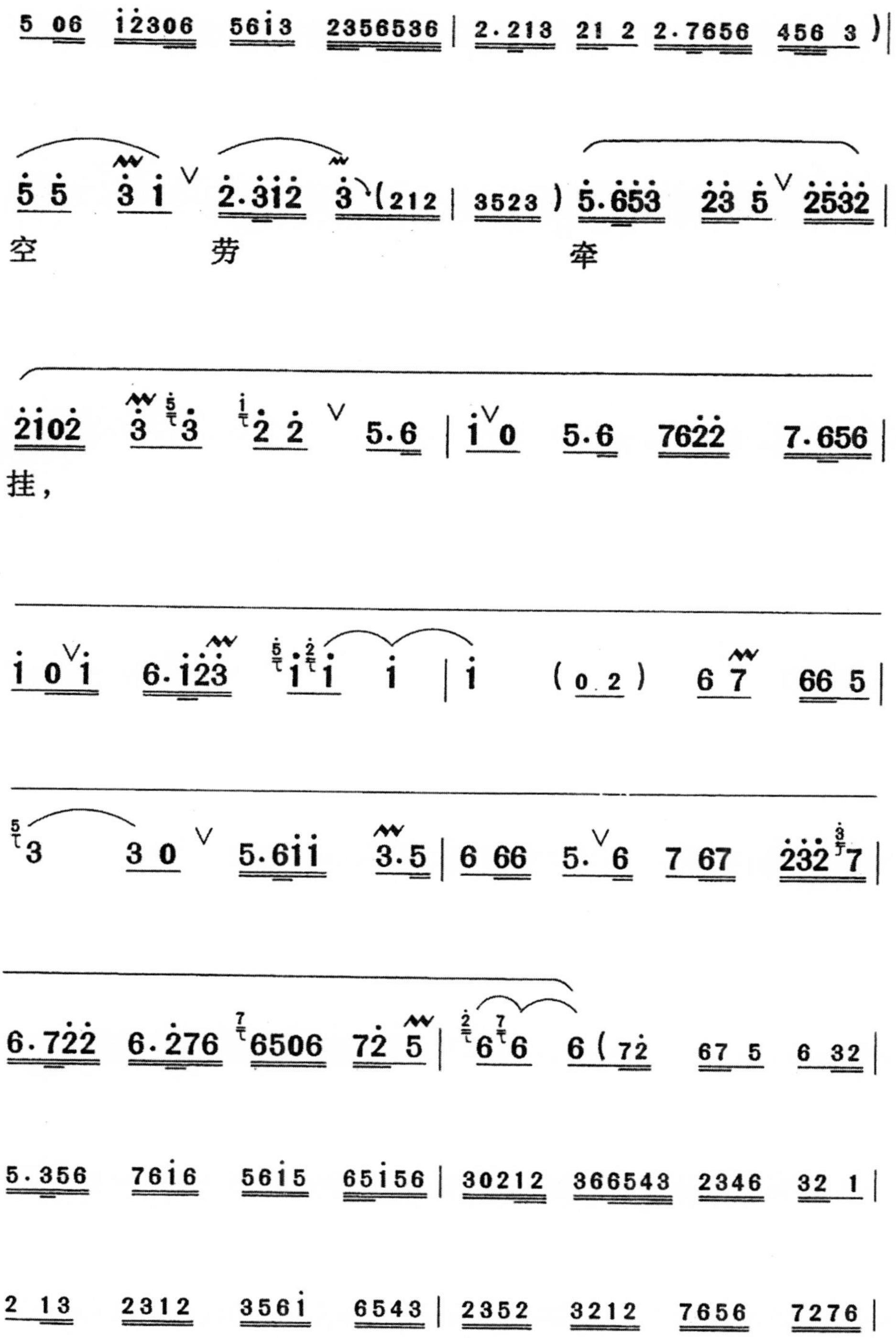
空
劳
牵
挂，

5632　5643　2.346　32 1｜2.213　21 2　2.212　356i）｜

3　3 0　2 2　∨　32 3｜5 05　3.5 6　3 26（1.232｜
他　那　里

1613）2 i　∨　5 5　3 1｜2 4　3 i　2 i.2　3｜
水　中　月　镜　里

3（643　2356）2　2｜2　2 7　6.7　67 i｜
昙

7.2　76 5　∨　6　－｜6（276　5356）7 67　22 7｜
花；

6.722　7 6 6　4366　4.323｜5. 6　i6 2　6.i65　4.561｜

5 5　5（16i　5632　5 6i｜2123　5643　235i　6532｜

1562　1235　2321　3.565i｜5632　56i56　765 6i3　2356535｜

2.213　21 2　6.1532　1.2325 ）| 6̃　－　－　－ |
　　　　　　　　　　　　　　　想

6.（661　6532）　11　61 | 2.　3̃　1.　2̃ |
眼　　　　　　　　　中

7̃　7̃(17)　6.722　6.276 | 5.6　2.323　5165　3.56̃.1 |

5　5　5（43　2.3　2356）| 25̃5　3 21̇　16 1̌　2.3 4̃ |
　　　　　　　　　　　　　哪　　能　　有

3̃　3 22̌　1.̌2　1.235 | 11　1（243　2351　6532 |

1562　1235　2321　6276 | 5632　5672　65613　235165 35 |

2.213　21 2　2 65　456 3 ）| 5 5　3 1　2.312　3̃.（212 |
　　　　　　　　　　　　　　　多　少

－213－

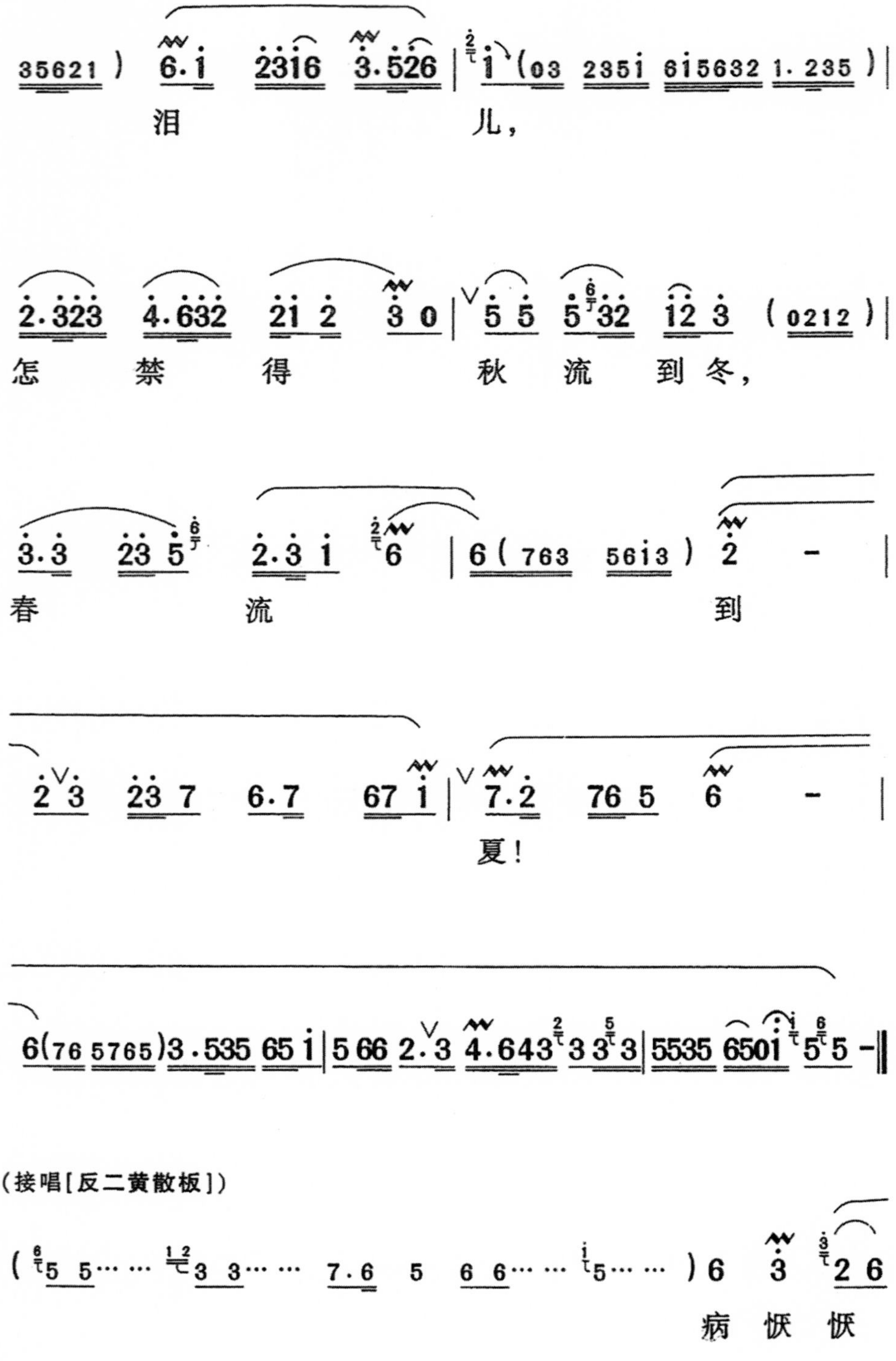

淚 兒，
怎 禁 得 秋 流 到 冬，
春 流 到
夏！
（接唱[反二黃散板]）
病 懨 懨

i. 2 3.5 i ⌢³⌢2 (2 1 3 2 ……) 5 5 7 7̃ 7.2 5 6̃

泪　　涟涟

(0 6 5 7 6 ……) 3̇ 2̇ 2̇.3̇ 5 6 ∨ i 6 i 2̇ ⌢i²⌢2 ⌢⁵⌣²⌣ i i

闲 愁 难　　　遣，

（接唱〔反二黄散板〕）

(⌢⁶⌣5 5 …… ⌢¹²⌣3 3 …… 7.6 5 6 6 …… ⌢i⌣5 ……) 2̇ 4̃̇ 3̃̇ ∨ 5̇

奈　何　天 伤

5̇.6̇ 3̇2̇ ∨ i 2̃.3̃ i 2 3̃ (0 2 1.2 3 ……) 3̇ 3̇ 5̇

怀　　日　　　　　　　　哭 损

(6) 3̃.5̃ 2̃i ∨ 6 i. 2̇ i 2 3 ⌢²̇⌣3 ⌢⁵̇⌣³̇2̇ 2̇

芳　　　年。

附錄 3 《黛玉葬花》曲譜 2〔註 3〕

黛 玉 葬 花

（西皮导板）节拍自由

$(\dot{6} \dot{6}\ \dot{6}6\ 35\ 6\ 6\ 6\ 65\ 5\ 5\ 5\ \dot{1}\ \dot{1}\ \dot{1}\ \dot{1}\ 3\ 12\ 2\ \widehat{76}\ 6\ 21\ 1\ \overset{6}{\underset{7}{}}11\ )$

花 谢　　　　　花 飞

花 满　　　　天，

（慢板）

| 伴奏 | $\frac{4}{4}$ 6 7 6 5 3 5 6535 | 6 5 i 3 5 1 65ii |
| 唱腔 | $\frac{4}{4}$ 0 0 0 0 | 0 0 0 0 |

〔註 3〕曲譜在 1954 年由中國戲劇家協會編印的《梅蘭芳演出劇本選集》一書的基礎
　　　　上，於 1958 年經中國戲曲研究院熊有容先生匯輯整理成編。詳參梅紹武、屠
　　　　珍等編撰：《梅蘭芳全集・柒》（石家莊：河北教育出版社，2000 年 12 月），
　　　　頁 422～443。

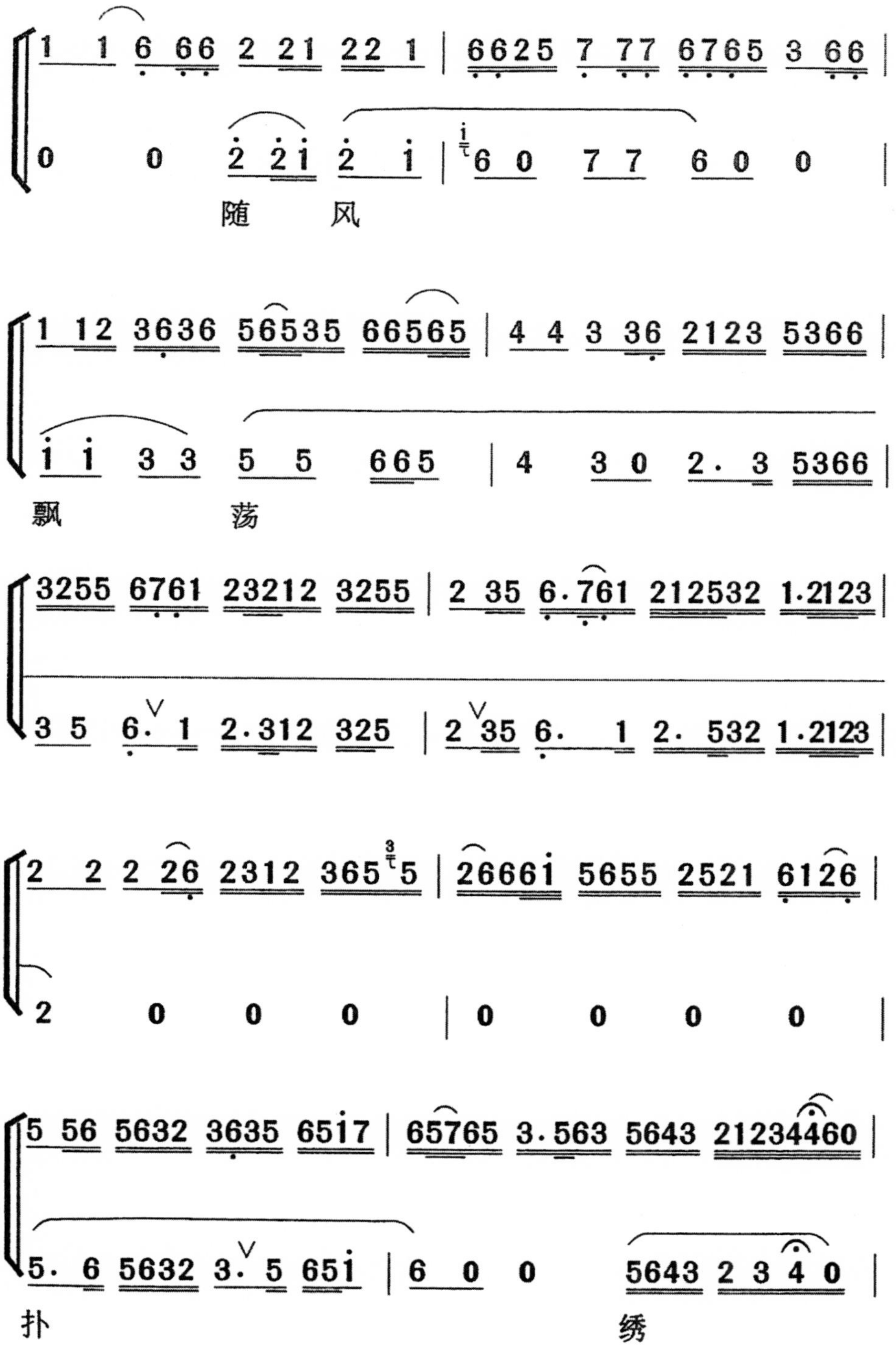
随 风
飘 荡
扑 绣

帘;

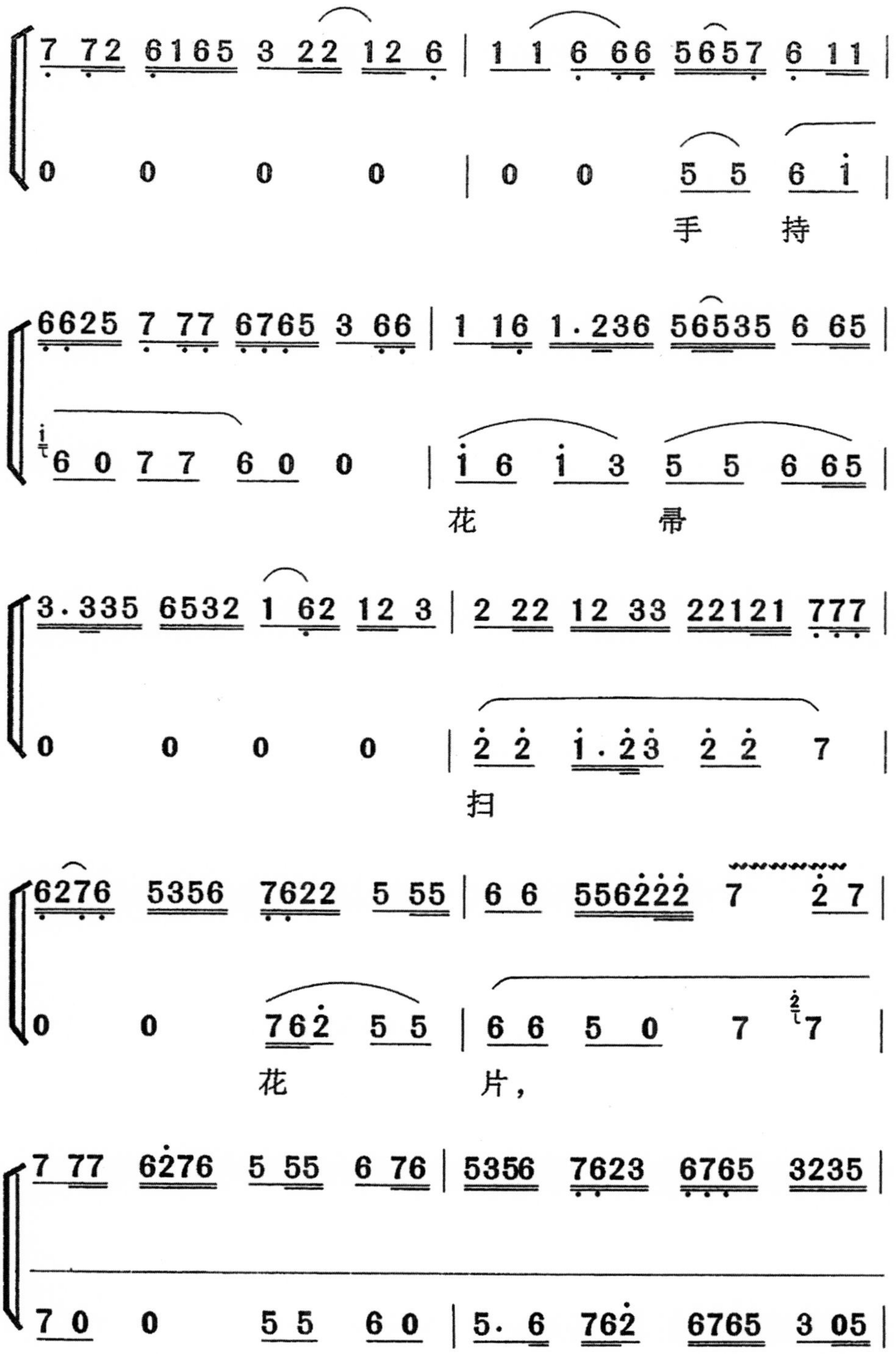
手 持
花 帚
扫
花 片，

65676 5.65672 6 6 6635 | 6 72 7654 3635 6153 |

6.576 5.6567 6 0 | 0 0 0 0 |

6156 i 3.6 5617 65ii | 3 6 3635 1612 3653 |

0 0 0 0 | 0 0 0 0 |

2123 5643 235i 6532 | 7612 3635 6i36 5643 |

0 0 0 0 | 0 0 0 0 |

2161 5655 21 6 1125 | 7 72 6165 3 22 12 6 |

0 0 0 0 | 0 0 0 0 |

1 1 6 66 2 21 22 1 | 1125 7 77 6765 3 66 |

0 0 2 2i 2 i | i 6 0 77 6 0 0 |
　　　　　紅　　　消

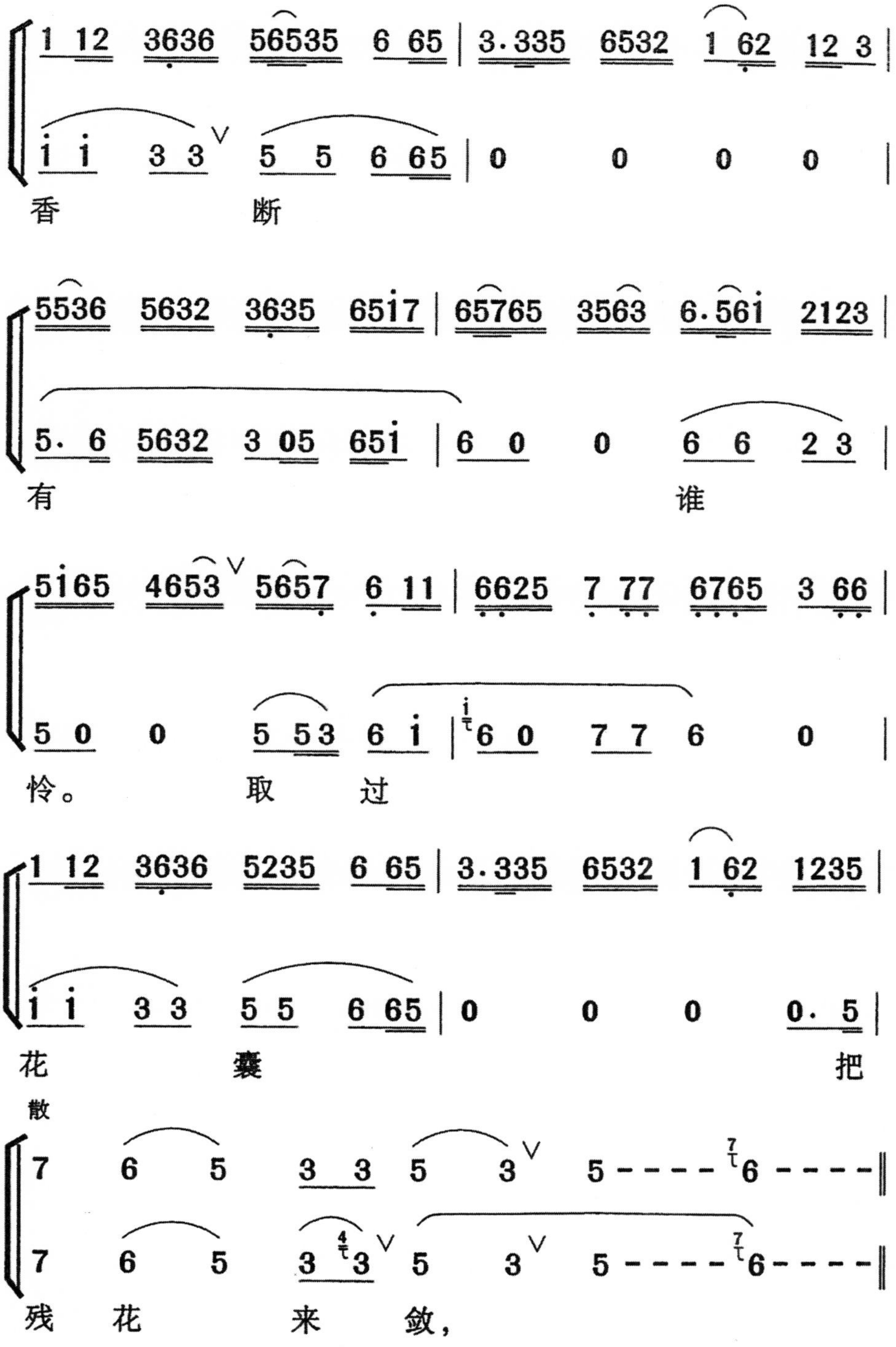
香　断
有　谁
怜。取　过
花　囊　把
散
残　花　来　敛，

（搖板）节拍自由

（6̣ 6̣ 5 5̲5̲ 3̲6̲ 5̲5̲ 3̲2̲ 1̲2̲ 6̣̲5̲ 5̲5̲） 1̇ 5 6̲6̲ 6̲5̲ 5̲2̲ 3 3̇ 5 ----｜

携到香塚葬 一　　　　番。

（二六板）

伴奏　§ 2/4 0 6̣̲2̲ ｜ 1 6̣̲2̲ ｜ 7̲6̲ 1̲2̲ ｜ 5̲6̲ 1 ｜ 6̣ 4 ｜

唱腔　§ 2/4 0 0 ｜ 0 0 ｜ 0 0 ｜ 0 0 ｜ 0 0 ｜

3̲4̲ 3̲2̲ ｜ 5̲6̲ 3̲2̲ ｜ 3̲2̲5̲3̲ 6̲5̲3̲2̲ ｜ 1 6̣̇·1̇ ｜ 5̲6̲ 4̲3̲ ｜ 2̲3̲ 5̲6̲ ｜

0 0 ｜ 0 0 ｜ 0 0 ｜ 0 0 ｜ 0 0 ｜ 0 0 ｜

1 1̲ 6̣̲2̲ ｜ 1 1 1̲1̲2̲2̲ ｜ 5̇·6̲5̲5̲ 3̲6̲1̲2̲ ｜ 6̣̲1̇3̲6̲ 5̲3̲1̇3̲ ｜ 5̲1̇3̲5̲ 1̇ 6̣̲2̲ ｜

0 0 ｜ 1̇ 1̲2̲ ｜ 5 5̲ 3̲1̇ ｜ 6̣1̇3̲ 5 ｜ 0 1̲̇6̲ ｜

取　　　　过　　了　　　　花

1̲2̲3̲5̲ 6̲7̲6̲5̲ ｜ 3̲6̲3̲6̲ 5̲0̲3̲5̲6̲1̇ ｜ 5̲1̇3̲3̲5̲ 6̲5̲6̲1̇6̲5̲3̲5̲ ｜ 6 6̲6̲ 1̲1̲6̣̲2̲ ｜

1̇ 3̲5̲ 6 ｜ 3̲3̲ 5 ｜ 0 6̲1̇5̲ ｜ 6̲6̲ 1̇ ｜

锄　　　　仔　　　细　　铲，

1 1̲6̣̲ 1̲2̲6̣̲2̲ ｜ 1̲6̲1̲1̲ 6̣ 6̣̲5̲ ｜ 6̲7̲6̲5̲ 4̲6̲3̲5̲ ｜ 2̲5̲2̲1̲ 6̲1̲2̲3̲ ｜ 2̲1̲2̲3̲ 5̲3̲1̇1̇1̇ ｜

0 1̲̇6̲ ｜ 1̇1̇ 6̣̲5̲ ｜ 6̲6̲5̲ 4̲3̲ ｜ 2 0 ｜ 2̇·3̲ 5̲3̲1̇ ｜

轻　　松　的　香　土　　　　掘　一

66565 21234346 | 35232 1 62 | 1 16 1 62 | 1.235 6765 |

6. 5 2.34 6 | 3 22 10 | 0 16 | i i 6 |

番。　　　　回　身

3636 56535 | 1611 5 36 | 5135 6155 | 6765 3523 | 1611 6765 |

3. 5 5305 | i i 5 | 0 15 | 6 352 | i i 6 |

倒　出　残　　　花　片，好　将

3.565 4635 | 2317 61243 | 2123 5 5 | 0643 21234346 |

3.565 4 3 | 2 0 | 2.3 5 5 | 0643 2.3436 |

艳　骨　　　葬　黄

3463432 1235216 | 1 16 33525 | 3635 6135 | 6561 5.632 |

3 22 1 | 0 3.52 | 3. 5 6 | 6 6 5.632 |

泉。　　　怪　侬　底　事

3352123 53653561 | 5135 6155 | 6156 1262 | 1235 6136 |

35 3 5 | 0 615 | 6 | i 6 | i 35 6 |

泪　　暗　弹，花　谢

5365 4635 | 2521 6126 | 3 2 3.535 | 67656 7627 |

5 65 4 3 | 2 0 | 3 2 3. 5 | 6756 7627 |
容 易 花 开

61 36 5313 | 5135 3523 | 1611 6765 | 3636 56535 |

6.13 5 | 0 3 2 | 1 1 6 | 3. 5 5 3 5 |
难。 一 杯 净 土 把

1611 5 36 | 5135 65616535 | 6765 3525 | 3635 6765 |

1 1 5 | 0 6 1 5 | 6 352 | 3.535 6 |
风 流 掩, 莫 教

6 65 4635 | 2521 6123 | 2.123 5 5 | 50643 2.34346 |

6 65 4 3 | 2 0 | 2. 3 5 5 | 0643 2034346 |
飘 泊 似 红

3532 1 62 | 1 16 3525 | 3635 6135 | 6566 5632 |

3 2 1 0 | 0 352 | 3. 5 6 | 6 6 5 3 |
颜。 质 本 洁 来

3523　503561 | 513.5　6155 | 6765　3512 | 1235　6765 |

353　5　| 0　615 | 6　3 1 | 1 35　6 |

还　　　　洁返，强　如

6566　4635 | 2321　6123 | 2 21　2023 | 0643　2.123 |

6566　4633 | 2　0 | 2.　3 | 0643　2.123 |

污浊　　陷　　泥

4634603　4362123 | 5165　3251653 | 5.656　3525 | 3636　5356 |

4 3 603　4362 3 | 5　0 | 0　352 | 353　5 |

团。　　　　荷　锄

7672　6535 | 6 56　3525 | 3635　6517 | 6765　3565 |

7　6 | 605　3 2 | 3.　5　651 | 6　05 |

归　　　去　　把

散

7　6　5　3 3　5--- 3　5--- 6 --- |

7　6　5　3 3　5--- 3　5--- 6 --- |

重　门　来　掩，

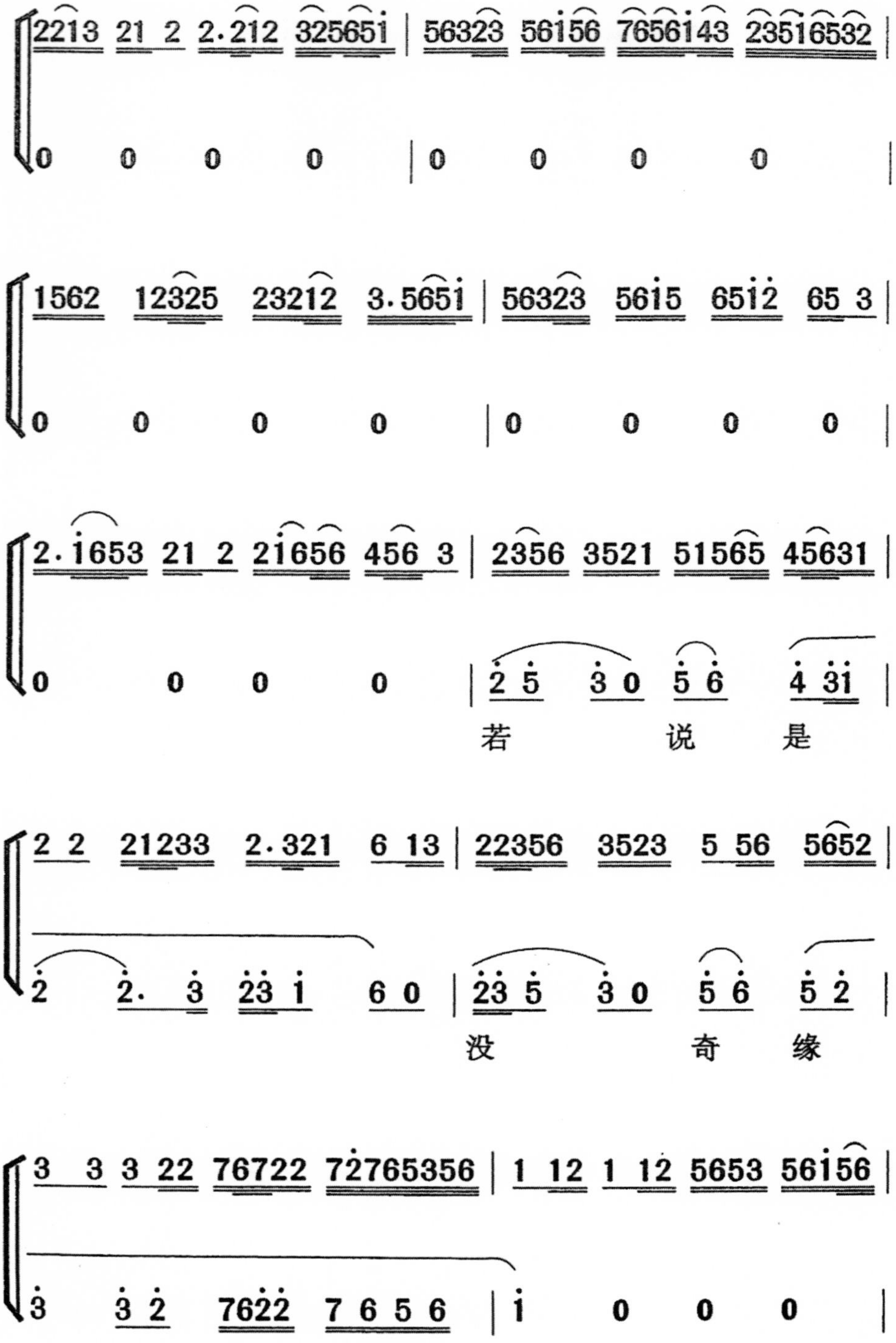
若 说 是
没 奇 缘

$$\widehat{76276} \quad 56\widehat{12} \quad 5632 \quad \widehat{562}\widehat{7656} \mid 1612 \quad \widehat{3235643} \quad 2356302 \quad 123521\widehat{61} \mid$$

$$0 \qquad 0 \qquad 0 \qquad 0 \qquad \mid 0 \qquad 0 \qquad 0 \qquad 0 \qquad \mid$$

$$5632\widehat{3} \quad 56\widehat{156} \quad \widehat{7656143} \quad 2351\widehat{6535} \mid 2213 \quad 21 \quad 2 \quad 2126\widehat{56} \quad 456 \quad 3 \mid$$

$$0 \qquad 0 \qquad 0 \qquad 0 \qquad \mid 0 \qquad 0 \qquad 0 \qquad 0 \qquad \mid$$

$$5656 \quad 3\widehat{5613} \quad 2\widehat{3212} \quad 3212 \mid 3256 \quad 1233 \quad 2.321 \quad 6\dot{1}\widehat{7656} \mid$$

$$\underline{\dot{5}} \quad \dot{5} \qquad \dot{3} \quad \dot{1} \quad \dot{2}.\dot{2}\dot{1}\dot{2} \quad \dot{3} \mid 0 \qquad \dot{1} \quad \dot{3} \qquad \dot{2}\dot{3}\dot{2}\dot{1} \quad 665 \mid$$

偏　　　　偏　　　　　　　遇

$$2 \quad 2 \quad 2266 \quad 7\widehat{7276} \quad 5356 \mid 726722 \quad 6\widehat{26276} \quad 765076 \quad 5\widehat{3567672} \mid$$

$$\dot{2} \quad \dot{2} \quad \dot{2} \quad 6 \quad 7.\dot{2}76 \quad 5. \quad 6 \mid 7 \quad 6 \quad \dot{2}\dot{2} \quad 6\dot{2}6276 \quad 5 \quad 06 \qquad 5 \quad 6 \quad 7 \quad \dot{2} \mid$$

他，

$$\widehat{67653235} \quad \widehat{6532113} \quad 2\widehat{3212} \quad 3 \quad 22 \mid 2706567 \quad 23237 \quad \widehat{67671712} \quad \widehat{7276565} \mid$$

$$6 \quad 5 \quad 3 \quad 5 \quad 6 \quad \dot{1} \qquad \dot{2}\dot{2}12 \quad \dot{3} \quad \dot{2} \mid \overset{\dot{2}}{\underset{c}{7}} \overset{\vee}{} \quad \underline{6767} \quad \dot{2}\dot{3}\dot{2} \quad 7 \quad 6 \quad 7 \quad \dot{1} \qquad \widehat{72766} \quad 5 \mid$$

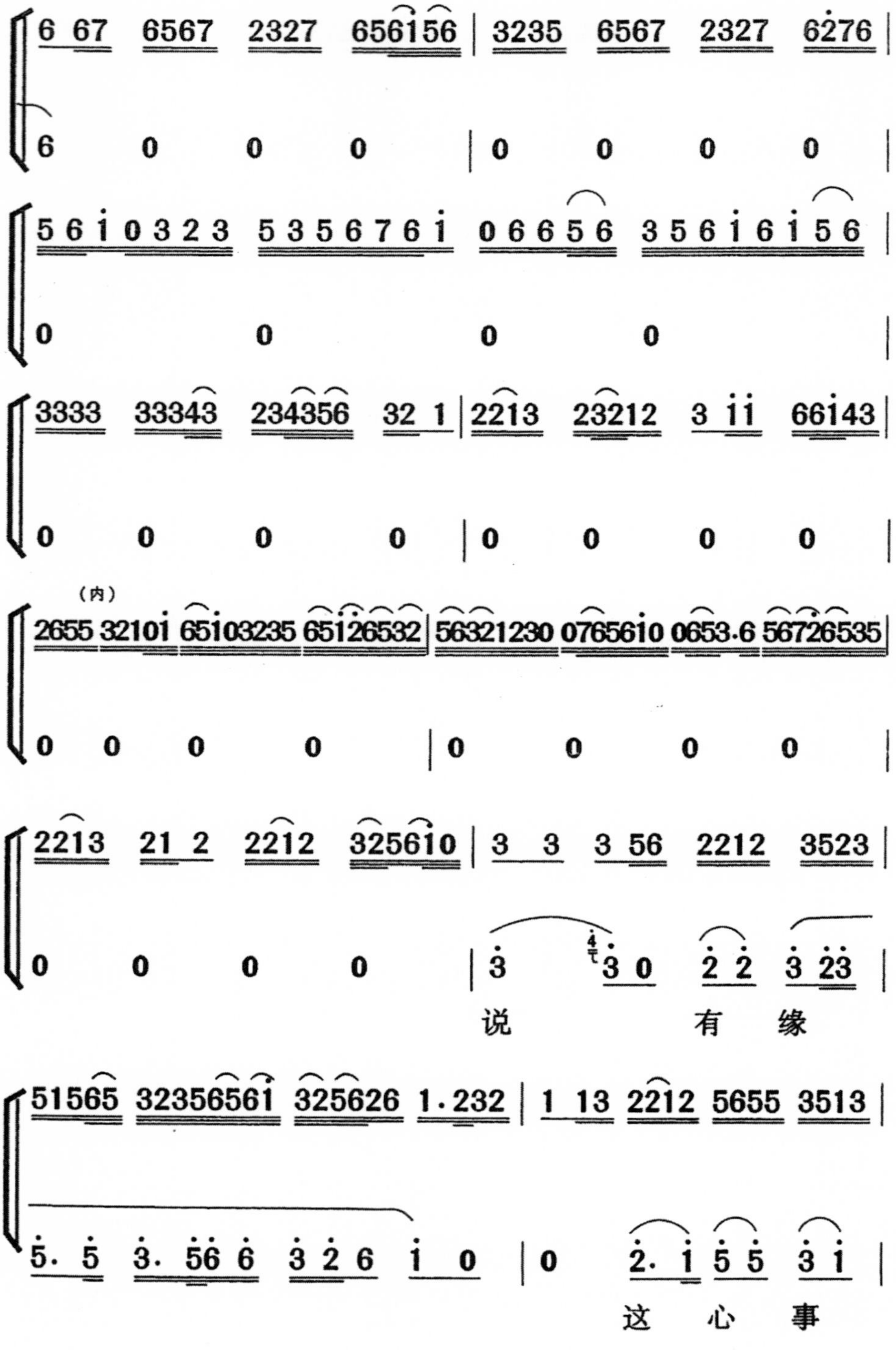
(内)
说 有 缘
这 心 事

2.346 35613 23212 3212 | 3523 5653 2351 65632 |

23 4 3 1 2.212 3 0 | 0 5 53 235 6 5 32 |

又　　　　成　　　　　　　虚

21. 1.212 3 66 5643 | 2135 6761 23212 32356 |

1 102 3 6 5643 | 2035 6 01 2312 32 5 |

话；

2035 6761 212532 1.2123 | 2 2 2135 2 31 2 35 |

2035 6.1 2 5 32 1.2123 | 2 0 0 0 |

2123 5653 2351 6532 | 156532 1.23256 2321 6276 |

0 0 0 0 | 0 0 0 0 |

56323 561056 76561043 23516535 | 2213 21 2 2356 456 3 |

0 0 0 0 | 0 0 0 0 |

2356　3521　1661　2531 | 2 2　2532　1236　5321 |

2̇ 5̇　3̇ 2̇1̇　1̇6̇ 1̇　2̇5̇3̇1̇ | 2̇　0　0　0 |

我　　这　　里

2356　3523　51651　5632 | 3 3　3 22　7622　6.276 |

235̇　3̇ 0　5̇ 6̇　5̇ 2̇ | 3̇　30̇2̇　7622̇　6.276 |

枉　　嗟　　呀

516156　3.235　6161　212325 | 1 1　1 2　1.5.1　615632 |

5.165　3. 5 6 01　21 3 5 | 1　0　0　0 |

1 2.3　21651　56323　566532 | 1612　32356　2321　6276 |

0　0　0　0 | 0　0　0　0 |

56323　5.6762　651102　32516535 | 2213　21 2　0656　456 3 |

0　0　0　0 | 0　0　0　0 |

5655　3513　23212　3212｜3523　5.653　2356　2532｜

5̇5̇　3̇1̇　2̇31̇2̇　3̇0｜0　5.653　235̇　2532｜
空　　　劳　　　牵

2112　3233　2376　56325356｜12352161　563256　726722　62765356｜

2̇1̇02̇　3̇3̇　2̇0　5356｜1̇0　5.　6762̇　62765 6｜
挂，

(內)

12352321　6561232　1　1　1　1｜1　1　1　22　6　67　6155｜

1̇0 1̇　61̇ 2̇2̇　1̇　－｜1̇.　　0 67 675｜

3　3　32123　561̇2̇　3235｜6276　5356　7767　2327｜

3　　　3 0　561̇　3.5｜66　5.6　7 67　2̇327｜

6722　6276　76506　7672555｜6　6　65672̇　67 5 6　32̇3̇｜

672̇2̇　62̇76 ⁷⁶⁵ 06 7 2̇ 5｜6　　0　　0　　0｜

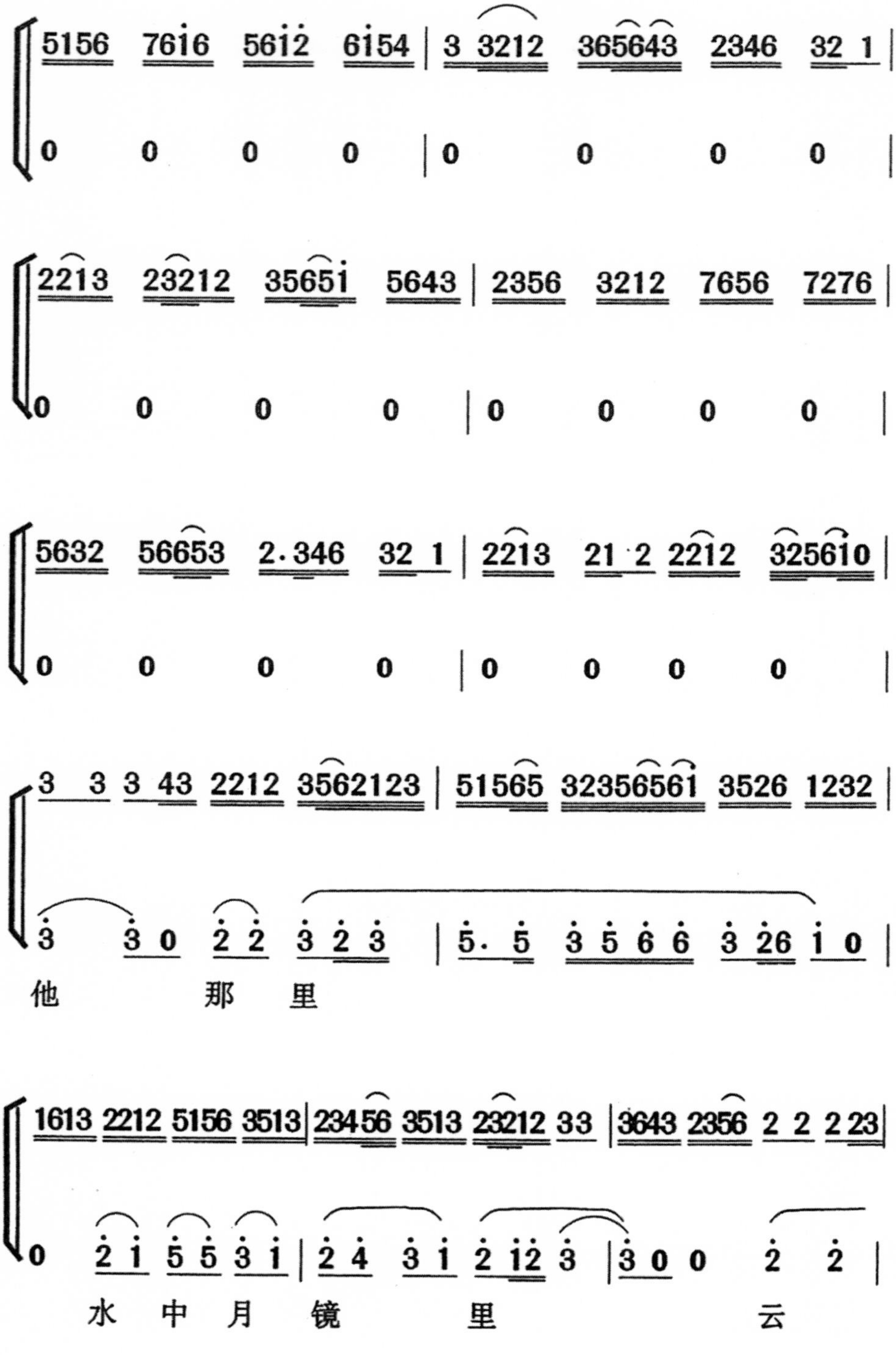
他 那 里
水 中 月 镜 里 云

2　2　2227　6.7　6712｜7672　76567　6　6　6 67｜

2　　2 7　6.7　671｜7.2　765　6　－｜

花；

6276　5356　7767　2327｜672̇　7766　4366　4323｜

6　0　0　7 67　2̇ 7｜672̇　7 6　4366　4323｜

5356　162̇2̇　616165　3.53561̇｜5 5　51651̇　5 32　5061̇｜

5.6　162̇　616165　305356｜1̇5　0　0　0｜

2123　5643　2351̇　615632｜1251̇6532　1.23256　2321　6276｜

0　0　0　0｜0　0　0　0｜

5632　56176　56761243　23516535｜2213　21 2　2165　456 3｜

0　0　0　0｜0　0　0　0｜

想　　　　眼

中

哪　　能　有

56323　5615　65612　656356 ｜ 2213　21　2　2.1656　456　3 ｜
0　　　0　　　0　　　0　　　｜ 0　　　0　　　0　　　0　　　｜

51565　3513　23212　3212 ｜ 3521　6761　2356　5632 ｜
5　5　　3　1　2.212　3　0 ｜ 0　　　6.1　235　5632 ｜
多　　少　　　　泪　　珠

2103　2351　615632　1235 ｜ 2　23　4632　2112　3212 ｜
1　0　　0　　　0　　　0　　｜ 2.3　4.632　21　2　3　0 ｜
儿，　　　　　　　怎　禁　得

5　1　5632　123　0212 ｜ 3233　2135　23　16　67 ｜ 6763　56　1　2　2　2　2 ｜
5　5　32　123　0 ｜ 3.3　2　35　2.31　6 ｜ 600　　2　- ｜
秋　流　到　冬　春　　流　　　到

2　23　2317　6　67　6712 ｜ 7672　765672　6　6　6　67 ｜
2　3　237　6.7　671 ｜ 7.2　765　6　- ｜
夏。

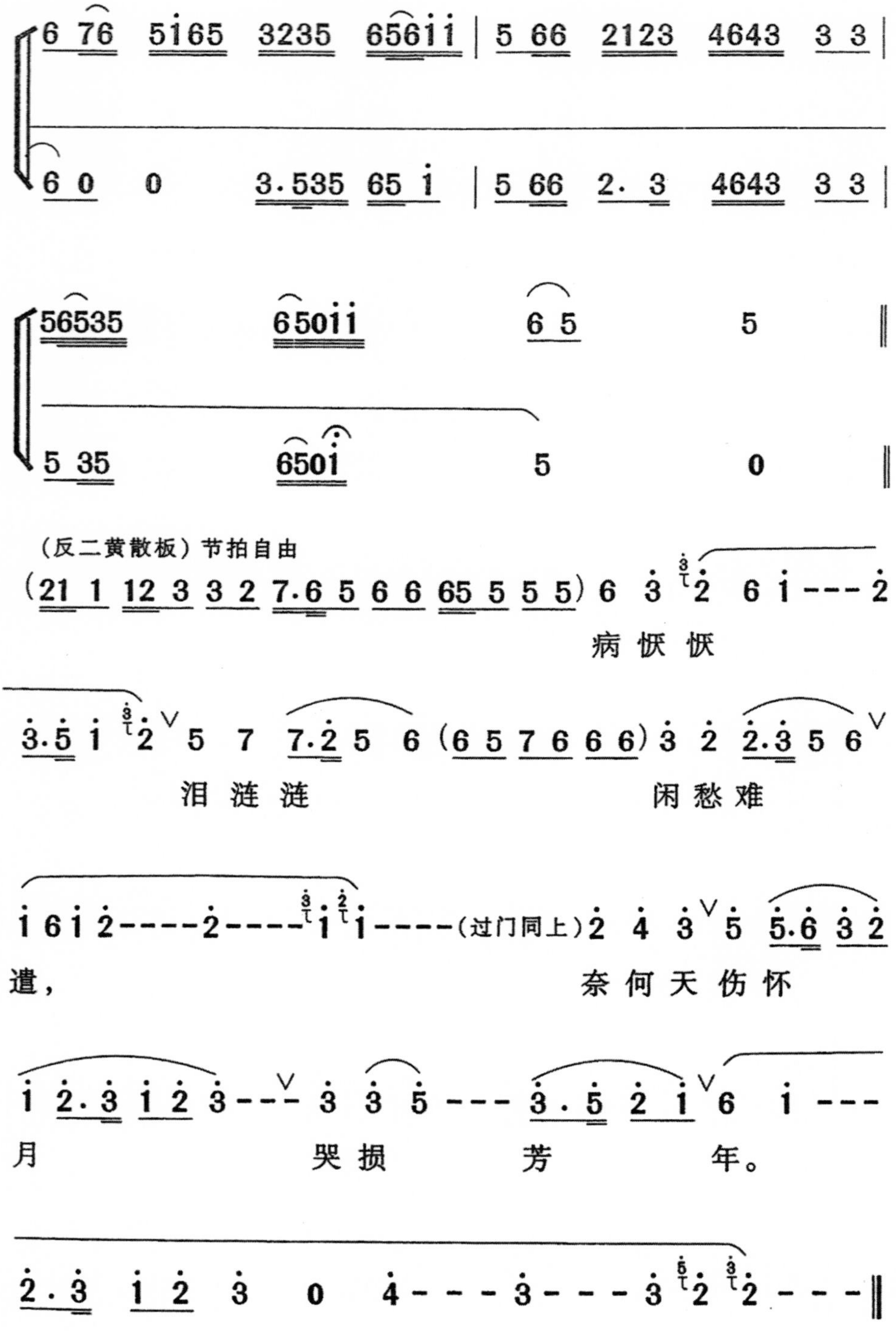
（反二黄散板）节拍自由
病 恹 恹
泪 涟 涟
闲 愁 难
遣，
（过门同上）
奈 何 天 伤 怀
月
哭 损
芳
年。

附錄 4〔註4〕　　20 年代梅蘭芳北京演出劇碼匯總

時間、天數、 地點、戲碼數	演出戲碼
1920 年～1922 年 北京各堂會	**新劇：** 《麻姑獻壽》（9 次）、《嫦娥奔月》（8 次）、《木蘭從軍》（3 次）、《千金一笑》（3 次）、《天女散花》（2 次）、《上元夫人》（2 次）、《霸王別姬》（2 次）、《牢獄鴛鴦》（2 次）
	崑曲： 《金雀記》（8 次）、《奇雙會》（4 次）、《獅吼記》（3 次）、〈春香鬧學〉（3 次）、〈思凡〉（2 次）、《玉簪記》、《風箏誤》、〈遊園驚夢〉
	傳統戲碼： 〈遊龍戲鳳〉（6 次）、〈貴妃醉酒〉（5 次）、《汾河灣》（4 次）、〈審頭刺湯〉（3 次）、《慶頂珠》（3 次）、《宇宙峰》（3 次）、《探母・回令》（3 次）、〈武家坡〉（3 次）、《四郎探母》（2 次）、〈虹霓關〉（2 次）、〈打漁殺家〉（2 次）、《玉堂春》（2 次）、〈女起解〉、〈回荊州〉、《雁門關》、《八蠟廟》、《天河配》、〈轅門射戟〉、《四杰村》、《樊江關》、《御碑亭》、〈祭塔〉、〈鎮潭州〉
1923 年～1924 年 北京各堂會	**新劇：** 《霸王別姬》（4 次）、《紅線盜盒》（3 次）、《洛神》（3 次）、《天女散花》（2 次）、《西施》、《黛玉葬花》、《嫦娥奔月》、《千金一笑》、《木蘭從軍》
	崑曲： 《奇雙會》（4 次）、〈遊園驚夢〉（2 次）、《玉簪記・問病偷詩》
	傳統戲碼： 〈回荊州〉（2 次）、《探母・回令》（2 次）、《玉堂春》、《慶頂珠》、《四郎探母》、《汾河灣》、〈長坂坡〉、《八蠟廟》、〈遊龍戲鳳〉、《春秋配・秋蓮撿柴》、〈審頭刺湯〉、《寶蓮燈》
1925 年～1926 年 主要在開明戲院	**新劇：** 《紅線盜盒》（5 次）、《西施》（4 次）、《廉錦楓》（3 次）、《木蘭從軍》（3 次）、《太真外傳》（3 次）、《嫦娥奔月》（2 次）、《牢獄鴛鴦》（2 次）、《黛玉葬花》（2 次）、《霸王別姬》、《鄧霞姑》、《洛神》
	崑曲： 《奇雙會》（7 次）、〈春香鬧學〉（3 次）、〈思凡〉（3 次）、《金山寺》（2 次）、《風箏誤》（2 次）、〈佳期拷紅〉、《南柯記・瑤臺》、《獅吼記》
	傳統戲碼： 《寶蓮燈》（6 次）、《打漁殺家》（5 次）、〈貴妃醉酒〉（4 次）、〈虹霓關〉（4 次）、〈長坂坡〉（4 次）、《探母・回令》（4 次）、〈女起解〉（3 次）、《御碑亭》（3 次）、

〔註 4〕 詳參謝思進、孫利華：《梅蘭芳藝術年譜》。參考趙婷婷：《民國時期梅蘭芳演
出劇碼研究——以民國報刊史料為考察對象》，東華理工大學中國語言文學
碩士論文，2018 年 6 月。

	《戰蒲關》(3 次)、〈武家坡〉(3 次)、《汾河灣》(2 次)、《春秋配》(2 次)、《法門寺》(2 次)、《天河配》(2 次)、〈槍挑穆天王〉、〈回荊州〉、《宇宙峰》、《朱砂痣》、《桑園會》、《樊江關》、《梅玉配》、《慶頂珠》、〈三擊掌〉、〈彩樓配〉、〈金針刺紅蟒〉、〈審頭刺湯〉、《珠簾寨》、《四五花洞》
1927 年～1928 年 第一舞臺、堂會、 開明戲院、中和戲院	新劇：《霸王別姬》(7 次)、《太真外傳》(4 次)、《廉錦楓》(3 次)、《黛玉葬花》(3 次)、《西施》(2 次)、《千金一笑》(2 次)、《春燈謎》(2 次)、《麻姑獻壽》(2 次)、《天女散花》、《上元夫人》、《洛神》、《俊襲人》、《紅線盜盒》、《牢獄鴛鴦》、《鳳還巢》、《木蘭從軍》、《嫦娥奔月》
	崑曲：《奇雙會》(2 次)、〈遊園驚夢〉、〈思凡〉、《鬧學》、《玉簪記》
	傳統戲碼：〈貴妃醉酒〉(3 次)、〈武家坡〉(3 次)、〈探母·回令〉(3 次)、《寶蓮燈》(2 次)、〈長坂坡〉(2 次)、《五花洞》(2 次)、《摘纓會》(2 次)、《四郎探母》(2 次)、《宇宙峰》(2 次)、《六月雪》(2 次)、〈女起解〉(2 次)、《八蜡廟》、《四五花洞》、〈遊龍戲鳳〉、《混元盒》、《御碑亭》、《打漁殺家》、《天河配》、《汾河灣》、《玉堂春》、《朱砂痣》、〈琵琶緣〉、〈轅門射戟〉、〈審頭刺湯〉、〈金針刺紅蟒〉、〈虹霓關〉、《法門寺》、《桑園會》、《春秋配》

附錄 5〔註 5〕　　20、30 年代梅蘭芳上海演出戲碼匯總

時間、天數、 地點、戲碼數	演出戲碼
1920 年 4 月 12 日～ 5 月 24 日 演出 43 天 上海天蟾舞臺 戲碼 27 個	新劇：《天女散花》（6 次）、《上元夫人》（4 次）、《木蘭從軍》（4 次）、《嫦娥奔月》（3 次）、《麻姑獻壽》（3 次）、《黛玉葬花》（3 次）、《千金一笑》、《鄧霞姑》 崑曲：《販馬記》（3 次）、〈遊園驚夢〉（3 次）、《玉簪記》、〈佳期拷紅〉、〈春香鬧學〉、《獅吼記》 傳統戲碼：二本〈虹霓關〉（2 次）、《汾河灣》（2 次）、《春秋配》（2 次）、〈彩樓配〉、《玉堂春》、《樊江關》、〈武家坡〉、〈大登殿〉、《珠簾寨》、《百花亭》、《御碑亭》、《四郎探母》、〈轅門射戟〉
1922 年 5 月 29 日～ 7 月 10 日 演出 41 天 上海天蟾舞臺 戲碼 31 個	新劇：《霸王別姬》（8 次）、《天女散花》（5 次）、《黛玉葬花》（3 次）、《嫦娥奔月》（2 次）、《花木蘭》（2 次）、《上元夫人》、《麻姑獻壽》、《千金一笑》、《鄧霞姑》 崑曲：《販馬記》（3 次）、《玉簪記》（2 次）、《牡丹亭》（2 次）、〈遊園驚夢〉、《風箏誤》、《獅吼記》、《南柯夢》、《白蛇傳》、《金雀記》 傳統戲碼：〈長坂坡〉（4 次）、《法門寺》（2 次）、《樊江關》（2 次）、〈回荊州〉（2 次）、《汾河灣》（2 次）、〈虹霓關〉（2 次）、〈打漁殺家〉、〈蘇三起解〉、〈金針刺紅蟒〉、〈武家坡〉、《玉堂春》、《雙金蓮》、《御碑亭》
1923 年 12 月 8 日～ 1924 年 1 月 20 日 演出 44 天 上海法租界共舞臺 戲碼 25 個	新劇：《霸王別姬》（7 次）、頭本《西施》（6 次）、二本《西施》（4 次）、《廉錦楓》（4 次）、《洛神》（3 次）、《紅線盜盒》（2 次）、《天女散花》（2 次）、《麻姑獻壽》、《黛玉葬花》、《鄧霞姑》 崑曲：《奇雙會》（2 次）、《玉簪記》、《金雀記》、〈春香鬧學〉 傳統戲碼：《珠簾寨》（2 次）、《南天門》（2 次）、〈長坂坡〉（2 次）、〈武家坡〉、《樊江關》、《美人計／回荊州》、《春秋配》、《天河配》、《四郎探母》、《御碑亭》、《紅鬃烈馬》

〔註 5〕詳參《申報》1920 年～1939 年；謝思進、孫利華：《梅蘭芳藝術年譜》；張斯琦：《梅蘭芳滬上演出紀》，上海：中西書局，2015 年。參考：管芝萍：《現代傳媒視野下的戲曲演出──以 1913～1929 年〈申報〉上有關梅蘭芳的戲曲信息為考察對象》，東華理工大學文藝學碩士論文，2012 年 6 月。詹爭艷：《梅蘭芳演繹生活的記錄與見證──〈申報〉梅蘭芳戲曲史料研究》，廈門大學戲劇戲曲學碩士論文，2014 年。趙婷婷：《民國時期梅蘭芳演出劇碼研究──以民國報刊史料為考察對象》。

1926 年 11 月 15 日～ 12 月 31 日 演出 47 天 上海大新舞臺 戲碼 26 個	新劇：《霸王別姬》（6 次）、三本《太真外傳》（4 次）、四本《太真外傳》（4 次）、二本《太真外傳》（2 次）、頭本《太真外傳》（2 次）、《廉錦楓》（2 次）、《洛神》（2 次）、《前後部西施》（2 次）、《黛玉葬花》、《天女散花》、《紅線盜盒》 崑曲：《販馬記》、《玉簪記》 傳統戲碼：《寶蓮燈》（3 次）、《御碑亭》（2 次）、《四郎探母》（2 次）、〈審頭刺湯〉（2 次）、《春秋配》（2 次）、〈虹霓關〉、《汾河灣》、《紅鬃烈馬》、〈蘇三起解〉、〈甘露寺〉、〈法門寺〉、《玉堂春》、〈武家坡〉、〈遊龍戲鳳〉、《反串八蠟廟》、〈武昭關〉
1928 年 12 月 17 日～ 1929 年 2 月 2 日 演出 44 天 上海榮記大舞臺 戲碼 24 個	新劇：《霸王別姬》（11 次）、三本《太真外傳》（3 次）、頭本《太真外傳》（2 次）、頭二部《西施》（2 次）、《俊襲人》（2 次）、《廉錦楓》（2 次）、《洛神》（2 次）、《春燈謎》（2 次）、《鳳還巢》（2 次）、《紅線盜盒》、二本《太真外傳》、四本《太真外傳》、《牢獄鴛鴦》、《黛玉葬花》 崑曲：《奇雙會》（2 次）、《玉簪記》、〈春香鬧學〉 傳統戲碼：《宇宙峰》（3 次）、《四郎探母》（2 次）、《法門寺》（2 次）、《寶蓮燈》、《御碑亭》、〈蘇三起解〉、《紅鬃烈馬》、《春秋配》、《玉堂春》、《六月雪》、《穆桂英》
1930 年 1 月 6 日～1 月 15 日，演出 10 天 上海榮記大舞臺 戲碼 7 個	新劇：《霸王別姬》（5 次）、《俊襲人》、《洛神》 崑曲：《販馬記》 傳統戲碼：全本《四郎探母》、《反串八蠟廟》
1930 年 12 月 4 日～ 1931 年 1 月 14 日 演出 32 天 上海榮記大舞臺 戲碼 23 個	新劇：《霸王別姬》（4 次）、《前部西施》（2 次）、《鳳還巢》（2 次）、《廉錦楓》、《俊襲人》、《後部西施》、頭本《楊貴妃》、二本《楊貴妃》、三本《楊貴妃》、四本《楊貴妃》、《洛神》、《春燈謎》、《紅線盜盒》、《黛玉葬花》 崑曲：〈刺虎〉（3 次）、《奇雙會》（2 次） 傳統戲碼：《四郎探母》（3 次）、《宇宙峰》（2 次）、〈蘇三起解〉、《紅鬃烈馬》、《汾河灣》、《六月雪》、《寶蓮燈》、全本《美人計》、〈穆天王〉、〈武昭關〉、《玉堂春》
1932 年 12 月 10 日～ 1933 年 1 月 6 日 演出 28 天 上海天蟾舞臺 戲碼 25 個	新劇：《霸王別姬》（6 次）、《洛神》（2 次）、《鳳還巢》、前部《西施》、後部《西施》、《廉錦楓》、《俊襲人》、《紅線盜盒》 崑曲：〈刺虎〉（2 次）、《販馬記》、〈思凡〉、《金山寺》 傳統戲碼：《法門寺》（3 次）、〈蘇三起解〉（2 次）、〈虹霓關〉、《宇宙峰》（2 次）、〈大甘露寺〉（2 次）、《汾河灣》、《春秋配》、〈穆天王〉、《六月雪》、《玉堂春》、《打漁殺家》、《御碑亭》、〈貴妃醉酒〉、《寶蓮燈》

1933 年 5 月 26 日～ 7 月 4 日 演出 40 天 上海天蟾舞臺 戲碼 23 個	新劇：《霸王別姬》（8 次）、《抗金兵》（4 次）、《鳳還巢》（3次）、三本《太真外傳》（3 次）、二本《太真外傳》（2次）、四本《太真外傳》（2 次）、《西施》、《廉錦楓》、《牢獄鴛鴦》、《俊襲人》、《天女散花》 崑曲：《奇雙會》（2 次）、〈遊園驚夢〉 傳統戲碼：《煤山恨》（4 次）、《四郎探母》（3 次）、《法門寺》（2 次）、〈蘇三起解〉、《打漁殺家》、〈大甘露寺〉、《汾河灣》、《宇宙峰》、《春秋配》、〈轅門射戟〉、《玉堂春》
1934 年 4 月 13 日～ 6 月 10 日 演出 29 天 上海黃金大戲院 戲碼 24 個	新劇：《生死恨》（4 次）、《鳳還巢》（2 次）、《紅線盜盒》、《廉錦楓》、前後部《西施》、《牢獄鴛鴦》、頭本《太真外傳》、二本《太真外傳》、三本《太真外傳》、四本《太真外傳》、《木蘭從軍》、《洛神》 崑曲：《奇雙會》、〈琴挑〉、《金山寺》 傳統戲碼：《四郎探母》（3 次）、〈穆天王〉（2 次）、《寶蓮燈》（2 次）、《宇宙峰》（2 次）、《御碑亭》（2 次）、《三娘教子》（2 次）、《春秋配》、《汾河灣》、《打漁殺家》、《法門寺》、〈女起解〉、《玉堂春》
1934 年 9 月 11 日～ 10 月 15 日 演出 29 天 上海榮記大舞臺 戲碼 20 個	新劇：《霸王別姬》（8 次）、《鳳還巢》（2 次）、《生死恨》（2次）、《抗金兵》（2 次）、前後部《西施》、二本《太真外傳》、三本《太真外傳》、《洛神》、《廉錦楓》 崑曲：〈刺虎〉 傳統戲碼：《一捧雪》（3 次）、《三娘教子》（3 次）、《法門寺》（3 次）、《寶蓮燈》（2 次）、《宇宙峰》（2 次）、《打漁殺家》（2 次）、《六月雪》、《龍鳳呈祥》、《御碑亭》、《汾河灣》、〈女起解〉
1935 年 10 月 2 日～ 10 月 26 日 演出 22 天 上海榮記大舞臺 戲碼 17 個	新劇：《霸王別姬》（4 次）、《鳳還巢》（2 次）、《生死恨》（2次） 崑曲：《販馬記》、《金山寺》、〈刺虎〉、〈琴挑〉 傳統戲碼：《四郎探母》（2 次）、《宇宙峰》（2 次）、〈蘇三起解〉、〈甘露寺〉、〈降龍木〉、《法門寺》、〈貴妃醉酒〉、《打漁殺家》、《汾河灣》、《玉堂春》
1938 年 3 月 10 日～ 4 月 26 日 演出 25 天 大上海劇院、上海天蟾舞臺 戲碼 23 個	新劇：《霸王別姬》（5 次）、《生死恨》（3 次）、《春燈謎》（3次）、《鳳還巢》、《紅線盜盒》、前部《西施》、《黛玉葬花》、《洛神》、《天女散花》、《木蘭從軍》、三本《楊貴妃》 崑曲：〈刺虎〉 傳統戲碼：《宇宙峰》（3 次）、《四郎探母》（3 次）、《王寶釧》（3 次）、《三娘教子》（2 次）、《美人計／回荊州》、〈槍挑穆天王〉、〈御碑亭〉、〈起解〉、〈甘露寺〉、《法門寺》、《玉堂春》

附錄 6　越劇《紅樓夢》〈黛玉焚稿〉「一彎冷月藏詩魂」曲譜〔註6〕

一弯冷月葬诗魂

（选自《红楼梦·焚稿》）

1=D　4/4
（1—5 定弦）
[弦下腔·慢板]

王文娟饰林黛玉
顾振遐、高　鸣编曲

（<u>5.6</u>　<u>i 7</u>　<u>6 5</u>　<u>3 6</u>　|　<u>5 4 3</u>　<u>2 3 5</u>　<u>0 1</u>　<u>2 3 5 6</u>）|

1　　<u>2 3</u>　<u>5 6</u>　<u>3 0 3</u>　|　i　<u>7 6 5</u>　<u>6 6 6</u>　<u>3 0</u>　|
我　　一　　生　　与　诗　　书　　作　了

<u>3 1</u>　0　　<u>5.6</u>　<u>5 3</u>　|　<u>3 2</u>　（3　<u>5 6 1 i</u>　<u>2 7 6 3</u>）|
围　　中　　伴，

5　<u>i 6 5</u>　<u>5 6 1</u>　（<u>3 2 1</u>）|　5　<u>5 2</u>　<u>3 0 5</u>　<u>3 2 1</u>　|
笔　墨　　结　成　　骨　肉

1（<u>2 3</u>　<u>i 2 i 7</u>　<u>6 7 i 2</u>　<u>7 6 5 6</u>　|　<u>i.2 7 6</u>　<u>5 6 i</u>　<u>i 5 i</u>　<u>6 5 3 2</u>）|
情。

〔註 6〕連波著：《越劇唱腔欣賞》，頁 128～133。

3 6̂56̂ 5̂3̄³3 5̂ 5̂3̄ 5̄1̇6̂ | 5 　 5̄3̄2̄1 2̄ˇ6̄ （2̄1̄6̄） |
曾记　得　菊花　赋诗　夺　魁　首，

ˇ5 　 5̄3̄ 1̇̄6̄5̄ 5̄3̄5̄2̄1̄ | 5̄ 5̄ ²3̄2̄1̄ 1.（7̄ 6̄1̄2̄3̄） |
海　　棠　起　社　斗清　　新。

6̇̇ 　 1̄.2̄ 3̄2̄3̄ （3̄2̄3̄） | 3 　 6 　 5̄.4̄ 3̄2̄3̄0̄ |
怡　和　院中　　行　新　令，

3̄.2̄ 1 　 5 　 6̂1̂6̄ | 5̄.3̄ ┌²³²┐1̄.6̄ 1.（7̄ 6̄1̄2̄3̄） |
潇　湘　馆　内　论　旧　文，

5 　 1̇̄6̄5̄ 6̄ 6̄ ˇ3̄0̄ | 1̇ 　 2̄ˇ7̄ 6̄.5̄ 6̄5̄6̄1̇ |
一　生　心血　结　　成

5̄ 6̄1̇ 5̄3̄5 （1̇2̄3̄5̄ 2̇̄1̄6̄1̄ | 5̄6̄4̄3̄ 2̄3̄5̄ 0̄ 1̄ 2̄3̄5̄6̄） |
字，

$\frac{2}{4}$ 1̂ 2̄3̄ 5̂3̄ | $\frac{4}{4}$ 5 　 1̇̄6̄5̄ 6̄1̄ 6̄0̄ |
如今　是　记忆　未死

3 　 5 ˇ 3̄.5̄3̄2̄ 1̄6̄1̄2̄ | 5̄ 6̄5̄ 3̄2̄3̄ 3̄（7̄ 6̄1̄5̄6̄ |
墨　迹犹　　新，

3̄4̄3̄2̄ 1̄2̄3̄4̄ 3̄5̄ 6̄1̄5̄6̄） | 1̇ 　 6̄0̄ 2̄.7̄ 6̄5̄6̄1̇ |
这　诗

稿，　　不想　玉堂　金馬

登　高　第，

只望它　高山流水　遇　知

音。

如今　是　知音　已绝

诗　稿

怎　　　　存！

5　｜　0 6　｜　6 i　｜　5 2　｜　3 5　｜　0 i　｜

7 6　‖：i 2　｜　i 3　｜　0 5　｜　3 2　｜　i 7　｜

6 i　｜　2 6　｜　7 2　｜　i 7　｜　6 7　｜　6 5　｜　4 3　｜

2 3　｜　2 5　｜　0 i　｜　7 6）：‖　5　　5　　-

i.　2 6 5　5 3.　　3　6　-　i　5 6
肠　　　　　　　　文　　章

5　-　5　-　1 2　3 5.　3 2　3　-
　　　付　　火　　　焚，

（3音过门）3　i　-　i　6 5　3 5　5 3.
　　　　这 诗　　帕　　原　是　他

1　5　3 2.　　2（2音过门）3　i　i　6 5.
随　身　　带　　　曾　为　我

i　-　-　-　i　6 5　5 3　6 i　5 6　5　-
揩　　　　　过　　多　少

5　1　2 3　5 6　5　-　3 2　3.　3　5
旧　泪　痕！　　　　谁　知

$\underline{5}$ 3. $\dot{1}$ - $\dot{1}$ $\underline{6\ 5}$ 3 $\underline{5\ 6}$ $\underline{5}$ 3.
道　　诗　帕　　未　变.

3 - 5 - 2 - - - 5 -
人　　心　　变,

6 3 3 2 - - （2音过门） $\dot{1}$. $\dot{1}$
　　　　　　　　　　　　　　　　可　叹

$\dot{1}$ $\underline{6\ 5}$ $\dot{1}$ - $\underline{6\ 5}$ 3 5. $\underline{6}$ 5 -
我　　真　　心　人　换　得　个

5 $\underline{1\ 2}$ 5 - 3 - （3音过门） $\dot{2}$. $\dot{1}$
假　心　　人!　　　　　　　早　知

6 $\underline{\dot{1}\ 6}$ 6 5 - 6 0 5 $\dot{1}$ -
人　情　比　纸　薄,　　我　懊

$\dot{1}$ $\underline{6\ 5}$ 5 $\dot{1}$ 6 5 6 3 6 -
悔　留　存　诗　帕　到　如　今!

$\underline{5\ 6}$ $\underline{5}$ 3. 3 5 6 6 $\underline{5\ 6}$ $\underline{5}$ 3.
　　　万　般　恩　情

3 - 5 - 3 0 $\dot{2}$ - -
从　　此　　　绝,

$$\dot{3} \quad - \quad - \quad 7 \quad - \quad \widehat{6 \; (6} \quad 6\;6 \quad 6\;6 \quad 6\;6$$

$$\|: 6\;7 \quad 6\;5 \; :\| \quad \widehat{6} \quad 0 \;) \quad | \quad [慢板] \quad 5\;32 \quad 1\;2 \quad \widehat{5\;23} \quad 0 \quad |$$

只　　落　　得

$$\widehat{5\;5} \quad 3\;2 \quad 1 \quad \widehat{5\;3} \quad | \quad \widehat{2\;353} \quad 7\;\underset{.}{6} \quad \overset{(5 \quad 4 \quad 3\;56)}{\underset{.}{5}} \quad 3\;0 \quad |$$

一弯　　冷　月　葬　　诗

$$\underset{.}{7} \quad - \quad \underset{.}{6} \; \underset{.}{5} \quad \underset{....}{65676} \quad | \quad \underset{.}{5} \quad - \quad - \quad 0 \quad \|$$

魂。

附錄 7　北崑《紅樓夢》DVD 版唱詞整理〔註7〕

上本第一折

眾人【劉潑帽】昨宵鴻雁來書看，破曉迎來那一片孤帆。江南江北途迢遠，因她千里投親，榮禧堂上翹首倚門盼。

林黛玉【秋夜月】可憐俺孤影隨驚雁，寄花籬下臨風歎。姑蘇一別京華寒，還疑誰家院，淚痕拭又添。

賈母【三學士】傷心怎堪對淒慘，雙淚簌簌漣漣。老來白髮身還健，倒送了黑髮人兒歸九泉，此後掌珠珍愛看，女孤零天也憐。

賈政【東甌令】祖孫聚新月圓，今日裡闔家當盡歡。

邢王夫人【前腔】這般楚楚可人樣，誰不疼還讚。此門一入且心安，會當你親生看。

三春【節節高】閒來繡彩鴛露荷添，迎春針線常相伴。華庭畔芳草邊西窗晚，探春伴讀人清健。惜春鋪紙捧新硯，千里投親莫言愁。笙歌一曲開歡宴。

王熙鳳【催拍】有惜春一般的嬈，有迎春一般的嬌，探春般的俏，探春般的俏，難怪老祖宗日日念叨。有嫂嫂殷勤，老祖宗撐腰，眾親戚共付辛勞，從今你且逍遙。

賈寶玉【朱奴兒】金風送，姑蘇客船，聞消息寶玉歸心似箭。穿了遊廊過小園，繞屏風才近廳前。縱然是還未結緣，幾回盼來相見。

賈寶玉【端雲濃】恰見她，兩彎似蹙非蹙罥煙眉，一雙似泣非泣目微垂。行動風扶柳，閒靜花照水。輕愁淡雲飛。

林黛玉【前腔】恍然間朗月浮雲相照，憐花人夢裡喚醒春曉。我見那佩玉人，天然一段風騷，盡在眼角。平生萬種情思，悉堆眉梢。好生怪也，問前生何處相識早。此番紅塵裡相逢一笑，相逢一笑。

上本第二折

賈璉王熙鳳【折桂令】準備著省親來，事不尋常。別苑新修督事繁忙，造園林

〔註 7〕 DVD 視頻資料參嗶哩嗶哩動畫：北崑版《紅樓夢》，https://www.bilibili.com/video/av5929925/?p=1、https://www.bilibili.com/video/av5938148/?p=1，查詢時間：2019 年 3 月 27 日。僅包含有明確曲牌之唱詞。

此時權掌。料理家政還讓紅妝，一點滴都存心旁。大事兒決不彷徨，揮灑得銀似泥壤，金似湯湯。定換得院苑堂皇，方顯得金碧輝煌。

妙玉【海棠春】氣質美若蘭，才華馥比仙。天生厭俗成孤僻，世人皆罕。

平兒【羅帳裡坐】聞說道，那曠女怨男雙雙殉，李衙內竹籃打水空尋。眼見得兩條人命，隔墻有耳不免心驚，隔墻有耳不免心驚。

王熙鳳【前腔】俺自小爭強好勝，素日裡，從不信因果報應。且慢說，欠下了兩條人命。天大事又怎的，且讓它霎時息寧。

上本第三折

畫外音【三換頭】閒庭品茶弈棋窗下，看無猜兩小青梅竹馬。廝磨鬟髮，洽還嗔嬉又鬧，甚好年華，春日融融初綻花。

襲人【啄木啼】一會兒情投意合，一會兒唇槍舌劍。一會兒親親熱熱，一會兒雙目睜圓。一會兒近一會兒遠，不是冤家不聚頭，真真的老祖宗所言。

賈寶玉【石榴花】這隻小耗子智非凡，要竊香芋過個年。它說是變成香芋混其間，先瞞人眼再把香芋搬。

林黛玉【幺篇】說什麼黛山林山，原來為了哄還騙，信口在胡編。

薛寶釵【臘梅花】身隨母兄來京畿，榮國府姨媽身畔，且棲寄。也因待選還有時，人多眼雜，處事周全莫差池。

賈寶玉【普天樂】妹妹是幽蘭香透凌霄上，傲然獨立人間礦。我與你兩情恰如協宮商，何必百轉愁腸。

薛寶釵　驀然間金與玉，成雙模樣，佩玉人別有風流狀。這心神又喜又慌，不蕩漾偏還蕩漾。嘆仙家語言難審詳。

林黛玉【雁過聲】驚惶，眼前境況，分明是金玉成雙。仙家話語非虛妄，又何必蓋彌彰。我生來無玉又無金，縱然心意賞。春來秋去添悲愴，不如獨自對怨悵。

上本第四折

林黛玉【小梁州】弄些個淫詞艷曲，滿口裡胡說八道。無端欺人，且到舅舅堂前訴告。聽你狠遭訓教，看你何處討饒。

賈寶玉【九回腸】好妹妹，千萬饒我這一遭，是我說錯了。若有心欺負妳，掉進池裡變王八，替你墳上馱碑去，你說好不好，你說好不好，好不好。

薛寶釵【破齊陣】白玉堂前春解舞，東風卷得均勻。蜂團蝶陣亂紛紛，幾層隨逝水，豈必委芳塵。萬縷千絲終不改，任他隨聚隨分。韶華休笑本無根，好風憑借力，送我上青雲。

薛寶釵【卜金錢】子弟相處也曾翻雜書，幸大人教方知性情誤。女兒家識字原非本分，無才是德是福。寶兄弟經世行事為要，你且將正經書讀。

上本第五折

賈政【青山口】天工開苑人間筑省親院即刻完工。唯剩那亭台樓閣盧前額，門廳楹柱待客中。

清客　卻原來山光水色人點睛，只等那文曲星出世騰空。

【幺篇】賈政　　小徑通幽清流瀉，有亭翼然凌波空。

賈寶玉　繞堤柳借三篙翠，隔岸花分一脈香。

清客　　千竿幽簧，遮映那曲折遊廊。

賈寶玉　湘竹徑，寶鼎茶閑煙尚綠。幽窗棋罷指猶涼。

清客　　薜荔藤蘿，蔽繞在山石崖墻。

賈寶玉　書蕉葉，吟成豆蔻才猶艷。睡足酴醾夢也香。

賈政　　茅舍竹籬黃泥墻，阡陌田畦杏花香。此齣別有風光好，叫人思歸田舍郎。

賈寶玉【古竹馬】遠無鄰坊，近不負崗。背山山無形勢，臨水水無脈象。下無通市橋，高無隱寺塔。此處置田莊甚荒唐。

賈寶玉【桂枝香】月明風韻似花如錦，女兒是冰雪質，美玉晶瑩。哪似男人們污濁忒甚，女兒為上品，女兒為上品。此生願為綠葉，簇擁其身。面對群芳，兀的不長拭悲淚痕。我要做世間護花者，惜花人。

王夫人【賞花時】銜玉生來志氣高，誰料你混世魔王是非攪。只怕詩禮簪纓世代驕，祖宗榮耀，到了你一任付蓬蒿。

上本第六折

賈政【得勝令】逆子忤心灰意冷，怎奈他慣混脂粉叢中。全不管詩禮傳家辱

先聖，朽木難雕成棟樑衡。通戲子恐惹禍生，不堪思量膽顫心驚。

賈政【太平令】雷霆怒，滾杖親執家法重，不孝子生又何用。在外你流蕩優伶，私物表贈。在家你不肯唸書，苦讀用功。逼母婢暴殞輕生，罪狀已重重。怎待妳將來弒父弒君犯朝廷，不如早絕你狗命。我寧做罪人也落得乾淨，禍根，留下你對不起列祖列宗。

畫外音【西地錦】通靈魂魄蕩，去離恨天上。剩一竅悠悠轉回腸，返紅塵依舊夢荒唐。

薛寶釵【菊花新】丸藥手擎，腳步從容。縱是草莽總關情。

賈寶玉【玉芙蓉】可感又可歎，可欣又可敬，何德何能濁公子，卻換得女兒冰心。寶玉不過挨打幾許，竟折得花容失鳥驚心。一個個倍感憐惜，倘若竟遭殃禍死，又不知是何等悲戚。得情如此死又何幸，一生事業縱付東流，我寶玉亦無阻歎息矣。

林黛玉【傾杯序】堪驚，榮國府無情棒重，一霎時花垂鳥嗚嗚。幽幽的芭蕉葉冷，海棠淚紅。滴不盡的血淚，從春到夏，從秋到冬。破癡夢，自此後傷心事多，愁添萬種。

黛玉【大迓〔註8〕鼓】如轟雷掣電，捅紙破情穿。聞此言，竟如我肺腑中掏來。心中事欲說又難言，相執手無語哽咽。

上本第七折

劉姥姥【畫眉序】今日福滔滔，這應是前生修得好。進神仙府邸，插花吃佳餚。

丫鬟　要看你今日多妖嬈，拿鏡子認真照照。鏡中一個老妖精笑，嚇得人猛然一大跳。

丫鬟【滴溜子】她步兒跳步兒跳，眼眉兒少。衫兒翹衫兒翹，滿頭花俏。逗趣言歡調笑，教人樂開懷捧腹顛倒，誰不喜歡這好笑料。

劉姥姥【雙聲子】劉姥姥劉姥姥入賈府，原本八竿子打不著。這下好這下好，天上掉下金元寶。攀得枝兒高，哄得貴人笑。姥姥不傻裝傻為妙。

〔註 8〕此處 DVD 版訛誤，寫作「伢」。

王熙鳳【鮑老催】茄子把皮削了，鮮肉碎成細末了，再用雞油燒炸了，雞脯子切成丁了。（那香菌新筍蘑菇腐乾雞湯煨好），香油收了，糟油攪拌了，瓷罐子封了。吃時取出雞瓜拌了，這道茄子功告成了。

畫外音【怨別離】攏翠梵音結廬在人境，氣染甌馨芳茶冠六清。

妙玉　檻外人梅花烹學若冰，晴窗乳鈿茶禪味近，飲幾盞且歸去成風。

上本尾聲

賈元春【醉落魄】自入深宮長嗟，骨肉離分。榮華富貴已極處，怎比田舍家樂享天倫。

賈元春【鬧樊樓】銜山抱水建來精，多少工夫築始成。天上人間諸景備，芳園應錫大觀名。

下本序

警幻仙姑【生查子】春夢隨雲散，飛花逐水流。寄言眾兒女，何必覓閑愁。

賈寶玉【山花子】詫異，此身何處行。真是個人跡稀逢，飛塵不到盡空靈。

眾仙女【大紅袍】從來的，分離聚合皆天定，為官富貴莫嘆凋零。看破入空門，癡迷送性命。有恩有情都成冢，唉，好一似食盡鳥投林，落了個，白茫茫大地真乾淨。

賈寶玉【會河陽】是虎狼撲近，又鬼魅來擒。跌倒懸崖，幾陷迷津，何處有路徑可逃身。

下本第一折

林黛玉【懶畫眉】愁滿懷忍踏桃李瓣，桃飄李飛待來年。只怕閨中誰相伴，香巢來年棲紫燕。卻不道，人去巢傾空梁間。

林黛玉【玉交枝】我憐伊，日日霜劍與風刃，明媚鮮妍能有幾春。一朝漂泊跡蹤無痕，花開易見落難尋，階前愁煞葬花人。只把這花鋤獨拎，將淚灑花魂與鳥魂。鳥自無言花自含羞，願儂此日生雙翼。隨花飛到天盡頭，那天盡頭何處有香丘。

林黛玉【尹令】俺將這錦囊收艷骨，把那淨土掩風流。片片魂兒向方舟，（向方舟）。質本潔來還潔去，不叫污沼陷渠溝。

林黛玉【幺令】儂今葬花人笑癡，他年葬儂知是誰。春殘花濺落，紅顏老去時。一朝春去紅顏老，花落人亡兩不知。

賈寶玉【醉歸遲】一朝春去紅顏老，花落人亡兩不知。想妹妹呵，花容月貌，亦到無可尋覓，豈不斷腸心碎。若群芳諸春逝，亦無可尋覓，豈不魂飛。若寶玉此身不知何往何去，則斯園斯花斯柳，又當屬誰。奈何，這滿園傷悲。

下本第二折

王熙鳳【朝天懶】都道是人前的王熙鳳，威風赫赫。有誰知人後卻氣悶悶，無可奈何。惱恨二爺忒情多，花枝巷暗結絲蘿。我苦心築巢，有人卻輕易占窠。恨尤氏珠胎偷做，獨佔二爺的心窩。我一生辛苦無結果，誰念我殫精竭慮為家事，只落得精疲神弱。怎消解這滿腔妒火。

王熙鳳【瑣寒窗】憐妹妹花嬌枝弱，為妹妹操勞奔波。她懷麒麟是二爺命大，是俺福多。還勞媽媽勤呵護，我拜菩薩焚高香，只願得麟兒快降，仙樹早結果。

王熙鳳【前腔】天哪，怎地天不遂人願，妹妹倘有閃失，問你怎擔這罪過。

王熙鳳【尾聲】只怪她腹中藏的都是禍，休指望我扮賢良做嬌娥。從來的東風不與西風和。

下本第三折

王夫人【番卜算】好個病西施，你掩耳盜鈴，當我耳聾眼不明。誰許你打扮得柳綠花紅，忒輕狂狐狸媚樣。怎容你混在寶玉房中，攆出你大觀園方乾淨。

晴雯【江兒水】憑空裡被被被喚成狐狸精，遭羞辱怎堪這惡名。人嬌俏是天造地生，我本人潔心清。何曾有勾引之情，汪擔了虛名。皎皎的日月為憑，厚地高天無可為證。

賈探春【鬥雙雞】蠢奴才狗仗人勢，天天的挑唆生事。詩禮簪族榮寧府，鎮日裡我防你提。太太呵，豈不聞，百足之蟲死而不僵。今日偏要自抄家，自殘自死。試可見大廈傾，不寒而慄。

王熙鳳【玩仙燈】可笑奴才是非搬弄，到頭來自惹笑柄。今宵煩惱，忽覺得神乏體重。

賈寶玉【古竹馬】女兒本似水清純，這幾個女人卻奸邪毒狠。她也曾女兒真，

怎出閣近男身。便嬌鶯變鴟梟，清水變污濁，混賬勝男人，更可悲可恨。啊呀，好蕭殺的紅塵。

下本第四折

賈寶玉【二郎神】神恍惚魂難定，身綿綿如絮當風。急煎煎腳步兒前行，拜訪秋爽齋。人去遠，相隔得雲山萬重。登門綴錦樓，怎忘卻她偏遇著中山狼，受逼凌早赴幽冥。我將這海棠詩輕哦慢詠，只待你蘅蕪君細品評。

賈寶玉【集賢賓】驀見毛錐墨盈盈，可是你枕霞舊友詩意濃。

賈寶玉【尾聲】元妃姐姐她早喪九重，黯然傷情，偌大的園子空餘悲風。

賈母【番山虎】合是我前生作孽深，天降禍我賈氏兒孫。那寶物飛何處，玲瓏寶光因何不照我侯門。為愛孫愁染雲鬢，不覺得華髮又添幾根。

賈政【前腔】若不是有夙因，生孽障偏有玉同臨。
王夫人　我呼明月喚星辰，喚不回寶玉神魂。
合唱　　欲說又無言，長歎一聲逐行雲。

賈政【喜遷鶯】噯呀這般形貌，哎呀這般形貌，怎往日神采已全失。甚滋味，直逼得點點淚滴。心灰，垂垂老矣怕問歸期。望空裡一聲歎息，望空裡一聲一聲歎息。

襲人【後庭花】我曾經親聞二爺肺腑聲，他為林姑娘相思一身病。一腔心事睡夢中，如今若要金玉結紅繩，只怕沖喜不成反催命。

王熙鳳【掉角兒】李代桃僵瞞過瀟湘，只說娶的林姑娘，蓋頭下寶姑娘進洞房。一對新人，口兒軟語兒香，性兒問意兒長。花燭映洞房，劍戈化瓊漿。管則是美人對面愁自解，自諧溫柔鄉。

薛寶釵【煞尾】秋氣深落葉飛揚，西風漸緊白玉堂。道什麼金玉成雙，甚良緣。目斷雲橫前路茫茫。

下本第五折

寶玉【脫布衫】稱心懷人間天界，從古至今第一借。病愁雲外去，歡容腮上來。今將這海上岫雲迎來，與妹妹相執手千年萬載。

林黛玉【朝天子】我一自投生，便長病無寧。淚伴晨昏永，只因心兒裡，種著三生情。今日呵，命兒只剩這一星星。待把這冤愆債還清。

林黛玉【四邊靜】俺將心兒化作啼血杜鵑，一滴一點向君還，此去黃泉不帶走一點點。嘔盡這血滴猶熱，血滴猶熱，還清你心兒辦辦。

林黛玉【三煞】芙蓉密字萬縷千絲，都是鮫人淚織斷腸句。春花冢裡秋窗雨夕，淚濕雲夢舊帕題詩。且都是枉留笑柄，且都是枉留笑柄，在人世。

賈寶玉【二煞】這詩帕載著你我萬千的情癡，今日裡踐盟誓，人兒帕兒，共登雲階上瑤池。

林黛玉【煞尾】我將這斷腸詩句，都化作，灰飛煙滅無痕跡。

下本第六折

眾人【水仙子】呀呀呀，呀呀呀龍顏一怒，懲懲懲，懲賈府樁樁罪孽。那那那，那兵丁兇殺刀槍列，把把把，把家產盡抄沒。歎歎歎，歎一夜間威風全滅，看看看，看大廈傾斜。

王熙鳳【恨更長】勢已去病難支，說不盡的恨怨羞愧。到頭來聰明反誤了伊，只博得一魂兒似縷如絲，只博得一魂兒似縷如絲。

眾人【煞尾】祖上豐功誰還記，大廈傾燈已盡。嗚呼，再不是鐘鳴鼎食。

下本第七折

賈寶玉【寄生草】甚淒清，滿園都是荒涼景。亂石橫花木凋零，斑駁館亭，陡然見幾竿翠竹生。依稀還認是瀟湘舊徑。

賈寶玉【孤飛雁】這是幽窗淚已冷，這是舊榻繞悲風。這是香消芙蓉帳，這是你照恨的菱花鏡。這琴盡撫傷心韻，這花鋤曾葬落花冢。未料得，你與春花同薄命，未料得，你與春花同薄命，未料得，你與春花同薄命。

賈寶玉【山坡羊】見詩稿，依稀見你生前的形影，曾記得，海棠結社你詩句清。春恨秋悲韻傷情，一段愁千行淚。妹妹呀，那詩帕何處尋。那時節，你我舊帕同題詠，是你我分明的情證。妹妹呀，如今是你玉隕香凋零，我何處寄這殘情。你生前伶仃死去匆匆，今日芳魂何處行。可憐見，入地上天難再逢。

賈寶玉【尾聲】我赤條條來去無牽掛，一人芒鞋破缽隨緣化。拋下這紅塵繁華，乘著那蓬萊明月到天涯。

附錄 8　北崑《紅樓夢》首場版部分劇本整理

上本楔子

〔虛空。〕

〔一和尚一道士遠遠而來，豐神迥異，飄飄灑灑，那僧人手裡托著一塊扇墜大小的美玉。〕

一僧（唱）天地玄黃，

　　　　　宇宙洪荒。

　　　　　道不盡日升月落，

　　　　　且看那辰宿列張。

一道（唱）仙山神海，

　　　　　雲渺霧茫，

　　　　　罕跡到大荒山前，

　　　　　無稽崖青埂峰旁。

僧、道：我乃──

一僧：茫茫人士。

一道：渺渺真人。

一僧：只為那女媧補天，二萬六千五百零一塊煉石，獨棄此石在此，遂日夜自怨，不勝悲涼。

一道：恰遇我二人將行走紅塵一遭，此物通靈，遂生就入世心腸，苦求我等攜其一並下凡。

一僧：我道是紅塵樂極悲生，到頭一夢，萬境歸空，不如不去也罷。

一道：大士此言差矣，不曆人間風月情濃，如保驚破頑石幻夢？

一僧：你我不必對爭，由其自相定奪。

一道：有理，那且問來。

一僧（問石）：你這頑石，果然心思已定，要到那萬丈紅塵大夢一場？（聽石，點頭）果然？果然！（對道）哎！此物凡心已熾，在劫難逃。

一道：如此去往何方？

一僧：花柳繁華之地，昌明隆盛之邦。

一道：投往誰家？

一僧：詩禮簪纓之族，溫柔富貴之鄉。

一道：你我二人即刻下凡，了卻那一千紅塵俗事去也！（二人飄然下）

伴唱：【洞仙歌】

　　　　無才可去補蒼天，

　　　　枉入紅塵若許年，

　　　　歷經離合悲歡事，

　　　　倩誰記去作奇傳。

第一折

無數年後，某日。

榮國府榮禧堂，一派花團錦簇。

眾人（唱）鴻雁昨宵來書院，

　　　　　　天破曉迎來孤帆一片，

　　　　　　江南江北路迢遠。

　　　　　　萬里投親，

　　　　　　榮禧堂翹道喜盼。

紫鵑（喜氣洋洋地喊上）：林姑娘來了！林姑娘來了！林姑娘來了！（小丫鬟跟上）

〔幾個婆子引黛玉上，雪雁隨上。接黛玉的僕人一旁侍候。〕

林黛玉（唱）【皂羅袍】：

　　　　　　　恰原來千里孤影隨驚雁，

　　　　　　　籬下寄花臨風歎。

　　　　　　　一離姑蘇入京華，

　　　　　　　意濃離情怯，

　　　　　　　紅淚頻添。

　　　　　　　怯怯地環視，

　　　　　　　乍看猶疑誰家院。

〔鴛鴦攙賈母上，賈正、賈璉、王夫人、邢夫人、迎春、探春、惜春、襲人……等大丫鬟隨上〕

賈母：外孫女。

林黛玉：（撲向賈母）外祖母！

賈母：（抱住黛玉，哭泣）我那苦命的心肝兒啊……

　（唱）【耍孩兒】

　　　　傷心怎堪，

簌簌地淚漣漣。

痛煞老年猶健在，

倒送了黑髮人歸泉。

留孤女弱小可憐見，

從此後一顆明珠擎掌間，

晨昏總相憐。

賈政：母親！妹妹雖殀，有外孫女投親，您老人家萬萬不可太過傷心。

（唱）【幺篇】

榮國府內棲孤雁，

祖孫今日團聚理當歡。

賈母：此言甚是。黛玉，來，見過你二舅舅。

林黛玉（拜）：拜見二舅舅。

賈母：這是你二位舅母。

林黛玉：大舅母好，二舅母好。

邢夫人（唱）【吳音子】

如此楚楚動人樣，

誰人不疼不愛憐。

王夫人（唱）江南弱柳移皇城。

舅媽只當你親生看。

賈母：這是你璉表哥，榮國府如今由他管事兒呢。

賈璉（唱）莫思鄉，莫見外，

莫慮那飽暖饑寒。

黛玉施禮。

賈母：這是你大表嫂，她呀，少言寡語的！

〔黛玉拜見〕

李紈（唱）妹妹人淡如菊黃，

嫂嫂盡心伴幽蘭。

〔迎春、探春、惜春在一旁偷覷黛玉，驚訝。賈母連忙招呼——〕

賈母：你們這幾個丫頭，怎麼在一旁傻傻地站著，還不趕緊上前見過妹妹！

〔眾姐妹笑擁上〕。

賈迎春（唱）妹妹欲女紅，

迎春願同繡菖蒲隨相伴。

賈探春（唱）姐姐欲展卷，

探春願晨昏共讀西窗前。

賈惜春（唱）姐姐欲丹青，

惜春願鋪宣紙成畫卷。

眾人（唱）林姑娘千里投親，

榮國府錦上花添。

〔內笑聲，王熙鳳上，平兒捧著禮品隨上〕

王熙鳳：老祖鳳，鳳兒來遲，有失遠迎。（見黛玉）啊呀呀呀，豈非妹妹焉，
　　　　天下竟有這樣標緻的人物，這通身的氣派竟不像老祖宗的外孫女，
　　　　竟是個嫡親的孫女。

賈　母：真正鳳丫頭這張嘴，哈哈哈！黛玉，見過你璉嫂，榮國府的內當家，
　　　　人稱鳳辣子。

林黛玉：見過璉二嫂。

王熙鳳：妹妹。

（唱）【梅梢月】

　　　　你有迎春的柔，

　　　　你有探春的俏，

　　　　你有惜春的嬌，

　　　　眾姐妹，

　　　　怎比你如仙的容貌，

　　　　難怪老祖宗視如珍寶。

　　　　天可憐見，你淚濕紅綃，

　　　　妹妹啊，嫂嫂我打包票，

　　　　上有老祖宗撐腰，

　　　　下有眾親戚周到，

　　　　從此你且樂逍遙。

王熙鳳：林姑娘的行李可搬進來了？帶了幾個人來？（雪雁上前怯生生行禮。
　　　　鳳姐皺眉）這丫頭太小。太太，我看妹妹身子單薄，理應撥個懂事
　　　　的大丫頭伺候才是。

賈　母：就讓我身邊的紫鵑去吧，有她陪伴，我也放心。

紫　鵑：謝老太太，見過林姑娘。

王夫人（笑）：林姑娘和寶玉就與老祖宗同吃同住同息。

王熙鳳（拍手）：啊呀呀，一個是孫兒，一個是外孫女，兩塊心頭肉日夜相
　　　　　　　　伴，老祖宗你好福氣啊！

〔寶玉策馬急上，欣喜若狂〕。

賈寶玉（唱）【燕歸梁】

　　　　　喜聞姑蘇仙舟還，

　　　　　寶玉歸心似如箭，

　　　　　馬踏飛燕柳如鞭。

　　　　　莫道伊人未曾見，

　　　　　恨不得急切裡飛到身邊。

賈寶玉（一疊聲地）：林妹妹，林妹妹，老祖宗，林妹妹在哪裡啊？

〔黛玉聞聲，抬頭與寶玉四目相視〕

伴唱：開闢鴻蒙，誰為情種，

　　　都只為，風月情濃。

　　　趁著這，奈何天，

　　　傷懷舊，寂寥時，試遣愚衷……

林黛玉：好生奇怪，如此面熟？

賈寶玉：這個妹妹倒像是舊相識一般。

王夫人：寶玉，這是你姑表妹黛玉，初次見面，不可造次。

賈寶玉（唱）【瑞雲濃】

　　　　　恰見她，兩彎似蹙非蹙娟煙眉，

　　　　　一雙似泣非泣目微垂。

　　　　　行動風扶柳，

　　　　　閒靜花照水，

　　　　　輕愁淡雲飛。

　　　　　妹妹啊，殊不知西方有石名作「黛」，

　　　　　恰可代墨畫眉。

　　　　　我為妹妹取一字，

　　　　　字喚「顰顰」可如意？

林黛玉（唱）【前腔】

　　　　　　愁雲風掃，恍然間朗月浮雲相照，

　　　　　　憐花人夢裡喚醒春曉。

　　　　　　我見那佩玉人，

　　　　　　天然一段風騷，盡在眼角，

　　　　　　平生萬種情思，悉堆眉梢。

　　　　　　好生怪也……

　　　　　　問前生何處相識早，

　　　　　　此番紅塵裡相逢一笑。

二人（唱）　問前生何處相識早，

　　　　　　此番紅塵裡相逢一笑。

賈寶玉：敢問妹妹，可有玉否？

林黛玉：不曾有玉。哥哥銜玉而生，此乃稀罕之物，豈可人人皆有？

〔賈寶玉頓時發狂，發狠將玉扯下去摔去。〕

賈寶玉：什麼罕物，妄說通靈，連人之高低都不知所擇，我不要這勞什子
　　　　了！

王夫人：孽障！你生氣要打罵人容易，何苦摔那命根子！

賈寶玉：家中姐妹，俱無此物，如今來了個神仙妹妹，也無玉隨身，可見不
　　　　是好東西，不如摔了！

賈母（急慌慌）：你妹妹原也是有的，因你姑媽下葬一併帶去，也算是盡了
　　　　　　妹妹孝心……

〔寶玉哭鬧，眾人哄。黛玉驚呆，一旁暗自沉吟〕

林黛玉（唱）【意難忘】

　　　　　　漢驚鳥，

　　　　　　悚然獨沉吟。

　　　　　　驀然黯傷神，

　　　　　　淒然落花魂。

〔襲人見黛玉獨自流淚，連忙上前安慰。〕

襲　人：林姑娘，為何一人獨處？

林黛玉：今日方來，便惹出寶玉哥哥的病。倘若將玉摔壞，豈不因我之過！
　　　　（不禁哭泣）

襲　人：姑娘快休如此，將來比這更奇怪的事還有呢，你若傷心，只怕傷心

不過來呢。

〔二人說話間，突鼓樂齊鳴，內宮黃門太監率眾人到。宣讀聖旨，榮寧二府主僕上場接旨。〕

太　監：奉天承運，皇帝召曰，賈元妃被晉封為鳳藻宮尚書，加封賢德妃，
　　　　准賈府修蓋省親別院，以迎貴妃省親。欽此，謝恩！

眾人（跪下齊呼）：皇恩浩蕩，皇上萬歲，萬歲萬歲萬萬歲！

眾人（唱）鮮花著錦榮華正看，
　　　　喜從天降元春貴選。
　　　　體仁沐德祥雲懸。
　　　　皇親國戚榮國府，
　　　　且待貴妃駕輦。

第二折

二三年之後。

寶玉書房。

伴唱：寶鼎茶閑，
　　　竹馬青梅繞。
　　　幽窗棋酣，
　　　無猜兒女小。
　　　耳鬢廝磨，
　　　鬧慣那覆額總角。
　　　欲嗔又合，
　　　輕熟了青春年少。

〔寶玉和黛玉下圍棋，晴雯，紫鵑一旁伺侯。有婆子送來花兒，紫鵑接下。〕
〔黛玉接紫鵑茶盅喝茶，不料一子被寶玉盯死。〕

賈寶玉：（叫）我提妹妹一子！

林黛玉：（悔棋）此步不算！

賈寶玉：落子無悔！

林黛玉：我方才喝茶走神，被你偷襲！

賈寶玉：哈哈哈，妹妹賴棋，你輸了！

林黛玉：我不與你下了！

紫　鵑：寶二爺，你是哥哥，可要讓著妹妹才好。

賈寶玉：（接過晴雯給他的扇子）好好好，讓讓讓！

〔寶玉落子，黛玉笑提子。寶玉悔棋，黛玉摁住。〕

林黛玉：落子無悔！

賈寶玉：不行！不行！

晴　雯：（故意）寶二爺，你是堂堂男兒，怎會這樣小器量！

賈寶玉：你們都幫她，就知道欺侮我。

〔寶玉生氣，眾人抿嘴樂。黛玉發現寶玉的香袋不見。〕

林黛玉：哎，我送你的香袋呢？（寶玉氣頭上，不答）那可是我親手為你做
　　　　的確（寶玉仍不理）你是不是把我的東西送人了？！（寶玉扭身）
　　　　我明白了，你送與新來的寶姐姐了！（哭）

賈寶玉（掏出香袋）：香袋藏在俺內衣心口之處，我何曾送人！你即如此猜
　　　　疑，當初何必送我？

林黛玉（被慪，搶過香袋，拿起剪刀便剪）：算我多此一舉，如今絞了它，便
　　　　一了百了。

紫鵑（忙搶）：姑娘何必動氣，何苦剪了那香袋！

賈寶玉（又急又氣，跺腳）：能一了百了，我也就省心了。

晴雯（勸）：寶二爺！少說兩句吧！

〔寶玉一揮手，棋盤打翻在地。紫鵑、晴雯忙收拾。黛玉撲向床頭哭。寶玉垂
頭喪氣呆站。〕

〔襲人端點心上，見狀明白一切。〕

襲　人：啊，又鬧彆扭了？寶二爺，是你莽撞，惹惱了姑娘，快去陪個不是
　　　　吧！（寶玉哭了）林姑娘，莫哭了，當心莫哭壞身子。（無效，一笑）

（唱）【啄木鸝】

　　　　一會兒情投意合，

　　　　一會兒唇槍舌劍。

　　　　一會兒親親熱熱。

　　　　一會兒雙目睜圓。

參考與引用文獻

（一）古籍

1. 阿英編：《紅樓夢戲曲集》，臺北：漢京文化事業有限公司，1984 年 3
   月。

2. 清‧仲振奎：《紅樓夢傳奇》，收錄於《紅樓夢戲曲集》，臺北：漢京文化
   事業有限公司，1984 年 3 月。

3. 清‧陳鍾麟：《紅樓夢傳奇》，收錄於《紅樓夢戲曲集》，臺北：漢京文化
   事業有限公司，1984 年 3 月。

4. 清‧萬榮恩：《瀟湘怨傳奇》，收錄於《紅樓夢戲曲集》，臺北：漢京文化
   事業有限公司，1984 年 3 月。

5. 清‧吳蘭徵：《絳蘅秋》，收錄於《紅樓夢戲曲集》，臺北：漢京文化事業
   有限公司，1984 年 3 月。

6. 清‧吳鎬：《紅樓夢散套》，收錄於《紅樓夢戲曲集》，臺北：漢京文化事
   業有限公司，1984 年 3 月。

7. 清‧石韞玉：《紅樓夢》，收錄於《紅樓夢戲曲集》，臺北：漢京文化事業
   有限公司，1984 年 3 月。

8. 清‧周宜：《紅樓佳話》，收錄於《紅樓夢戲曲集》，臺北：漢京文化事業
   有限公司，1984 年 3 月。

9. 清‧朱鳳森：《十二釵傳奇》，收錄於《紅樓夢戲曲集》，臺北：漢京文化
   事業有限公司，1984 年 3 月。

10. 清‧許鴻磐：《三釵夢北曲》，收錄於《紅樓夢戲曲集》，臺北：漢京文化

事業有限公司，1984 年 3 月。

11. 清・褚龍祥：《紅樓夢填詞》，收錄於《中國古籍珍本叢刊・天津圖書館卷》，北京：國家圖書館出版社，2013 年。

12. 清・曹雪芹著，馮其庸等注：《紅樓夢校注》，臺北：里仁書局，1995年。

13. 清・曹雪芹著，徐少知新注：《紅樓夢》，臺北：里仁書局，2018 年。

14. 元・周德清：《中原音韻》，臺北：藝文出版社，1979 年。

15. 明・蘭茂、明・畢拱辰：《韻略易通、韻略匯通合訂本》，新北：廣文書局，1962 年。

16. 明・徐孝編，張元善校：《重訂司馬溫公等韻圖經》收錄於《四庫存目叢編・經部小學類》第 193 冊，臺南：莊嚴文化事業公司，1997 年。

17. 王正來：《新定九宮大成南北詞宮譜譯註》，香港：香港中文大學出版社，2009 年。

18. 清・怡庵主人：《六也曲譜》，臺北：中華書局，1977 年。

19. 清・湯貽汾：《雲澗詩鈔》，泰州圖書館藏嘉慶辛未年興寧刊本。

20. 中國戲曲研究院編校：《中國古典戲劇論著集成》，北京：中國戲劇出版社，1959 年。

21. 清・李漁：《閒情偶寄》，收錄於中國戲曲研究院編校：《中國古典戲劇論著集成（七）》，北京：中國戲劇出版社，1959 年。

22. 清・梁廷枏：《藤花亭曲話》，臺北：臺灣商務印書館，1968 年。

23. 清・姚燮：《今樂考證》，臺北：進學書局，1968 年 12 月。

24. 清・余治：《得一錄》，臺北：華文書局有限公司，1969 年 1 月。

25. 清・王國維：《曲錄》，臺北：藝文出版社，1971 年。

26. 清・梁恭辰：《北東園筆錄》，北京：中華書局，1985 年。

27. 張慈谿編：《清代燕都梨園史料（正續編）》，北京：中國戲劇出版社，1988 年。

28. 清・楊懋建：《長安看花記》，收錄於《清代燕都梨園史料（正續編）》，北京：中國戲劇出版社，1988 年。

29. 清・眾香主人：《眾香國》，收錄於《清代燕都梨園史料（正續編）》，北京：中國戲劇出版社，1988 年。

30. 清・邗上蒙人著：《風月夢》，北京：北京師範大學出版社，1990 年。

31. 清・梁章鉅：《楹聯續話》，收錄於《楹聯叢話全編》，北京：北京出版社，1996 年。

32. 俞為民、孫蓉蓉編：《歷代曲話彙編：新編中國古演戲曲論著集成》，安徽：黃山書社，2009 年。

33. 清・支豐宜：《曲目新編》，收錄於《歷代曲話彙編：新編中國古演戲曲論著集成・清代編第五集》，安徽：黃山書社，2009 年。

34. 清・楊恩壽：《詞餘叢話》，收錄於《歷代曲話彙編：新編中國古演戲曲論著集成・清代編第四集》，安徽：黃山書社，2009 年。

35. 清・李斗：《揚州畫舫錄》，收錄於《歷代曲話彙編：新編中國古演戲曲論著集成・清代編第三集》，安徽：黃山書社，2009 年。

36. 清・楊米人等著，路工編選：《清代北京竹枝詞》（十三種），北京：北京古籍出版社，1982 年。

37. 清・范鍇著，江浦校注：《漢口叢刊》，湖北：湖北人民出版社，1999 年。

38. 清・華廣生編：《白雪遺音》（共四卷），收錄於《續修四庫全書》第 1745 冊・集部・曲類，上海：上海古籍出版社據道光八年玉慶堂藏板影印，2002 年。

（二）近人專著

1. 一粟：《紅樓夢資料彙編》，北京：中華書局，1964 年。

2. 一粟：《紅樓夢書錄》，上海：上海古籍出版社，1981 年。

3. 徐扶明：《〈紅樓夢〉與戲曲比較研究》，上海：上海古籍出版社，1984 年 12 月。

4. 胡文彬：《紅樓夢敘錄》，長春：吉林人民出版社，1980 年第 1 版。

5. 胡文彬編：《紅樓夢子弟書》，瀋陽：春風文藝出版社出版社，1983 年。

6. 胡文彬編：《紅樓夢說唱集》，瀋陽：春風文藝出版社出版社，1985 年。

7. 天津市曲藝團主編：《紅樓夢曲藝集》，瀋陽：春風文藝出版社出版社，1985 年。

8. 朱一玄編：《紅樓夢資料匯編》，天津：南開大學出版社，2001 年 10 月。

9. 呂啟祥、林東海主編，中國藝術研究院紅樓夢研究所、人民文學出版社

　　　編輯部編：《紅樓夢研究稀見資料匯編》：北京，人民文學出版社，2001年。

10. 劉操南：《紅樓夢彈詞開篇》，北京：學苑出版社，2003年。

11. 羅書華：《正說〈紅樓夢〉》，北京：團結出版社，2007年。

12. 李虹：《粵劇紅樓戲叢談》，北京：文化藝術出版社，2018年6月。

13. 吳梅：《南北詞簡譜》，臺北：學海出版社，1997年。

14. 王季烈、劉富樑編：《集成曲譜》，臺北：進學書局，1969年。

15. 王季烈：《螾廬曲談》，臺北：臺灣商務印書館，1971年。

16. 許守白：《曲律易知》，臺北：郁氏印獎會，1979年。

17. 鄭騫：《北曲新譜》，臺北：藝文出版社，1973年。

18. 王國維：《宋元戲曲史》，臺北：臺灣商務印書館，1964年。

19. 鄭振鐸：《中國俗文學史》，上海：商務印書館，1938年。

20. 陸萼庭：《崑劇演出史稿（修訂本）》，臺北：國家出版社，2002年12月。

21. 嚴敦易：《元明清戲曲論集》，河南：中州書畫社，1982年。

22. 周貽白：《周貽白戲劇論文選》，長沙：湖南人民出版社，1982年。

23. 周貽白：《中國戲劇史長編》，上海：上海書店出版社，2007年4月。

24. 譚帆、陸煒：《中國古典戲劇理論史》，北京：中國社會科學出版社，1993年。

25. 蔡毅編：《中國古典戲曲序跋彙編》，濟南：齊魯書版，1989年。

26. 北京藝術研究所、上海藝術研究所編：《中國京劇史》，北京：中國戲劇出版社，1990年。

27. 高義龍：《越劇史話》，上海：上海文藝出版社，1991年。

28. 嵊縣政協文史資料委員會編：《越劇溯源》，杭州：浙江文藝出版社，1992年。

29. 上海越劇藝術研究中心編，高義龍主編：《越劇藝術論》，北京：中國戲劇出版社，2009年。

30. 顧樂真：《廣西戲劇史論稿》，北京：中國戲劇出版社，2002年。

31. 黃偉、沈有珠等編：《上海粵劇演出史稿》，北京：中國戲劇出版社，2007年。

32. 郭秉箴：《粵劇藝術論》，北京：中國戲劇出版社，1988年。

33. 中國戲劇家協會廣東分會編：《粵劇劇碼綱要》，廣州：羊城晚報出版社，2007 年。

34. 黎鍵：《香港粵劇敘論》，香港：三聯書店（香港）有限公司，2010 年 11 月。

35. 中央人民廣播電臺文藝部戲曲組編：《戲曲演員印象錄》，北京：中國廣播電視出版社，1985 年。

36. 焦菊隱：《焦菊隱論導演藝術》，北京：中國戲劇出版社，2005 年 1 月。

37. 吳梅：《中國戲曲概論》，臺北：學海出版社，1979 年 10 月。

38. 吳梅：《吳梅全集》（理論卷），石家莊：河北教育出版社，2002 年。

39. 曾永義：《中國古典戲劇的認識與欣賞》，臺北：正中書局，1991 年。

40. 曾永義：《俗文學概論》，臺北：三民書局，2003 年 6 月。

41. 曾永義：《戲曲本質與腔調新探》臺北：國家出版社，2007 年 7 月。

42. 蔡師孟珍：《近代曲學二家研究》臺北：臺灣學生書局，1992 年。

43. 楊師振良、蔡師孟珍合著：《曲選》，臺北：五南圖書出版股份有限公司，1998 年。

44. 蔡師孟珍：《曲韻與舞臺唱唸》，臺北：臺灣學生書局，2008 年。

45. 郭英德：《中國戲曲的藝術精神》，臺北：國家出版社，2006 年 12 月。

46. 趙景深：《大鼓研究》，上海：商務印書館，1937 年。

47. 傅惜華：《子弟書總目》，上海：上海文藝聯合出版社，1954 年。

48. 王之祥、張廣太、楊清祿編：《山東傳統曲藝選》，濟南：山東人民出版社，1980 年。

49. 李家瑞：《北平俗曲略》，上海：上海文藝出版社，1990 年，依據國立中央研究院歷史語言研究所，1933 年 1 版影印。

50. 羅揚主編：《當代中國曲藝》，北京：當代中國出版社，1998 年。

51. 蔡源莉，吳文科：《中國曲藝史》，北京：文化藝術出版社，1998 年。

52. 吳文科：《中國曲藝藝術論》，太原：山西教育出版社，2000 年。

53. 姜昆、倪鍾之：《中國曲藝通史》主編，北京：人民文學出版社，2005 年。

54. 姜昆、戴宏森主編：《中國曲藝概論》，北京：人民文學出版社，2005 年。

55. 崔蘊華：《書齋與書坊之間——清代子弟書研究》，北京：北京大學出版社，2005 年。

56. 盛志梅：《清代彈詞研究》，山東：齊魯書社，2008 年。

57. 連波編：《中國曲藝經典唱段 100 首》，合肥：安徽文藝出版社，2012 年。

58. 荀慧生：《荀慧生演出劇本選集》，上海：上海文藝出版社，1962 年。

59. 《黛玉葬花》劇本，收錄於大漢新刊編輯部：《梅蘭芳舞臺秘本》，臺北：大漢出版社，1976 年 9 月。

60. 徐進編劇：《越劇紅樓夢》，上海：上海文藝出版社，1979 年 4 月。

61. 陶君起：《京劇劇目初探》，北京：中國戲劇出版社，1983 年。

62. 河北省藝術學校：《寶文堂戲曲唱本叢書》，北京：寶文堂書店，1989 年。

63. 廣西戲劇研究室編：《看棋亭雜劇十六種》，南寧：廣西戲劇研究室，1989 年。

64. 陳仲琰：《粵曲精選》，廣州：廣東高等教育出版社，1990 年。

65. 陳予一主編：《經典京劇劇本全編》，北京：國際文化出版公司，1996 年。

66. 謝中、文凝編：《新編越劇戲考》，杭州：浙江人民出版社，1998 年。

67. 王文章主編：《傅惜華藏古本戲曲珍本叢刊提要》，臺北：學苑出版社，2010 年 4 月。

68. 林珀姬：《梅蘭芳平劇唱腔研究》，臺北：臺灣學生書局，1985 年 10 月。

69. 周大風著：《越劇音樂概論》，北京：人民音樂出版社，1995 年 1 月。

70. 連波著：《越劇唱腔欣賞》，上海：上海音樂出版社，2001 年 5 月。

71. 周光蓁：《香港音樂的前世今生：香港早期音樂發展歷程（1930s～1950s)》，香港：三聯書店（香港）有限公司，2017 年 10 月。

72. 荀慧生：《荀慧生演劇散論》，上海：上海文藝出版社，1980 年。

73. 荀慧生著、和寶堂整理：《戲苑宗師荀慧生》，瀋陽：遼寧美術出版社，1999 年。

74. 譚志湘：《荀慧生傳》，石家莊：河北教育出版社，1996 年 12 月

75. 齊如山：《齊如山回憶錄》，臺北：聯經出版事業公司，1979 年 12 月。

76. 齊如山：《齊如山全集》，瀋陽：遼寧教育出版社，1998 年。

77. 齊崧；《談梅蘭芳》，臺北：傳記文學出版社，1988 年 1 月。

78. 梅蘭芳述，許姬傳記：《舞臺生活四十年》，收錄於《梅蘭芳全集·壹》，石家莊：河北教育出版社，2000 年 12 月。

79. 梅紹武、屠珍等編撰：《梅蘭芳全集》，石家莊：河北教育出版社，2000 年 12 月。

80. 謝思進、孫利華：《梅蘭芳藝術年譜》，北京：文化藝術出版社，2009 年。

81. 張斯琦：《梅蘭芳滬上演出紀》，上海：中西書局，2015 年。

82. 教育部大辭典編纂處編：《北平音系十三轍》，臺北：天一出版社，1973 年。

83. 王力：《漢語音韻》，北京：中華書局，1991 年。

84. 宋承憲：《歌唱咬字訓練與十三轍》，北京：中央民族大學出版社，1998 年。

85. 冥飛：《古今小說評林》，上海：民權出版部，1919 年。

86. 吳克岐：《懺玉樓叢書提要》，北京：北京圖書館，2002 年。

87. 穆儒丐：《梅蘭芳》，瀋陽：盛京時報社，1919 年 8 月。

88. 魯迅：《魯迅全集》，北京：人民文學出版社，1982 年 6 月。

89. 張愛玲：《張愛玲集·對照記》，北京：北京十月文藝出版社，2007 年。

90. 〔法〕狄德羅（Denis Diderot）：《狄德羅美學論文選》，北京：中華書局，1984 年。

91. 〔美〕浦安迪（Andrew H.Plaks）：《中國敘事學》，北京：北京大學出版社，1996 年 3 月。

（三）博碩士學位論文

1. 李根亮：《〈紅樓夢〉的傳播與接受》，武漢大學中國古代文學博士論文，2005 年。

2. 王曉寧：《紅樓夢子弟書研究》，中國藝術研究院藝術學博士論文，2009 年。

3. 王友蘭：《「紅樓夢說唱」研究》，臺北市立教育大學中國語文學系博士論文，2011 年。

4. 林均珈:《「紅樓夢」本事衍生之清代戲曲、俗曲研究》,臺北市立教育大學中國文學系博士論文,2013 年。

5. 佟靜:《〈紅樓夢〉越劇改編研究》,中國藝術研究院藝術學博士論文,2014 年。

6. 劉衍青:《「紅樓夢」戲曲、曲藝、話劇研究》,上海大學中國古代文學博士論文,2015 年 6 月。

7. 崔蘊華:《子弟書研究》,北京師範大學研究生院博士學位論文,2003 年 5 月。

8. 李軍:《齊如山戲曲理論研究》,山東大學文藝學博士論文,2008 年。

9. 鄧丹:《明清女劇作家研究》,首都師範大學中國古代文學博士論文,2008 年。

10. 李昭琳:《紅樓戲曲研究》,私立東海大學中國文學系碩士論文,1988 年。

11. 姚穎:《論子弟書對小說紅樓夢的通俗化改編》,北京師範大學中國古典文獻學碩士論文,2003 年。

12. 林均珈:《紅樓夢子弟書研究》,國立政治大學中國文學研究所國文教學碩士論文,2004 年。

13. 趙青:《清代「〈紅樓夢〉戲曲」探析》,華東師範大學中國古典文學碩士論文,2006 年。

14. 錢成:《仲振奎及其《「紅樓第一戲」研究》,揚州大學古代文學碩士論文,2007 年。

15. 許萍萍:《紅樓戲的改編藝術》,福建師範大學戲劇戲曲學碩士論文,2007 年。

16. 周麗琴:《紅樓夢子弟書研究》,揚州大學中國古代文學碩士論文,2009 年 6 月。

17. 李文瑤:《〈紅樓夢〉戲曲研究》,復旦大學中國語言文學碩士論文,2010 年。

18. 龔瓊:《清代〈紅樓夢〉戲曲的藝術創造》,集美大學中國古代文學碩士論文,2010 年。

19. 朱小珍:《「紅樓」戲曲演出史稿》,上海戲劇學院戲劇戲曲學碩士論

文，2010 年。

20. 李念潔：《清代紅樓戲研究》，國立臺灣師範大學國文學系碩士論文，2012 年。

21. 徐海雙：《荀慧生「紅樓」戲研究》，遼寧大學中國古代文學碩士論文，2013 年 4 月。

22. 孔莉：《文學創作與審美發生機制研究》，曲阜師範大學文藝美學碩士論文，2003 年。

23. 潘霞：《清代子弟書研究》，四川師範大學古代文學碩士論文，2009 年 5 月。

24. 仲立斌：《京劇梅派唱腔藝術研究》，福建師範大學音樂學博士論文，2009 年。

25. 管芝萍：《現代傳媒視野下的戲曲演出——以 1913～1929 年〈申報〉上有關梅蘭芳的戲曲信息為考察對象》，東華理工大學文藝學碩士論文，2012 年 6 月。

26. 詹爭艷：《梅蘭芳演繹生活的記錄與見證——〈申報〉梅蘭芳戲曲史料研究》，廈門大學戲劇戲曲學碩士論文，2014 年。

27. 趙婷婷：《民國時期梅蘭芳演出劇碼研究——以民國報刊史料為考察對象》，東華理工大學中國語言文學碩士論文，2018 年 6 月。

（四）學報期刊、集刊之單篇論文

1. 胡淳艷：〈八十年來「紅樓戲」研究述評〉，《紅樓夢學刊》，2006 年第 4 輯。

2. 陳怡君：〈石頭渡海——近三十年臺灣地區研究《紅樓夢》之碩博論文述要〉，《紅樓夢學刊》，2007 年第 1 輯。

3. 鄒青：〈20 世紀 70 年代以來「《紅樓夢》與戲曲」研究的回顧與思考〉，《文化藝術研究》，2012 年 01 期。

4. 張芳：〈20 世紀至今紅樓戲研究述評〉，《吉林藝術學院學報·學術經緯》，2012 年第 6 期（總第 111 期）。

5. 佟靜：〈《紅樓夢》越劇改編研究述評〉，《紅樓夢學刊》，2014 年第 1 輯。

6. 吳興華：〈聽梅花調「寶玉探病」〉，《文藝時代》，1946 年第 1 卷第 2 期。

7. 陳毓羆：〈紅樓夢說書考〉，收錄於《紅樓夢研究集刊》（八），上海：上

海古籍出版社，1982 年。

8. 胡文彬：〈紅樓夢子弟書初探〉，《社會科學輯刊》，1985 年第 2 期。

9. 李愛冬：〈從紅樓夢子弟書看紅樓夢對中國說唱文學的影響〉，《紅樓夢學刊》，1988 年第 4 輯。

10. 曲金良：〈略談紅樓夢子弟書「露淚緣」〉，《紅樓夢學刊》，1989 年第 3 輯。

11. 高國藩：〈子弟書與紅樓夢〉，《中國學論叢》第 10 輯（別刷本），1997 年 12 月。

12. 孫富元、王先峰：〈略述韓小窗的紅樓夢子弟書創作〉，《渭南師專學報（社會科學版）》第 4 期（總第 48 期），1999 年。

13. 李愛冬：〈略說《紅樓夢》子弟書〉，《八角鼓訊》第 7 期，1999 年 6 月。

14. 崔蘊華：〈紅樓夢子弟書：經典的詩化重構〉，《北京師範大學學報（社會科學版）》第 3 期（總第 177 期），2003 年。

15. 姚穎：〈子弟書對紅樓夢人物性格的世俗化改編〉，《民族文學研究》，2006 年第 2 期。

16. 劉嘉偉：〈「清空」幻渺與「質實」詳瞻——《紅樓夢》及其子弟書藝術特色之比較〉，《紅樓夢學刊》，2007 年第 1 輯。

17. 劉嘉偉：〈「子弟書」對紅樓夢命意的接受〉，《四川戲劇》，2007 年第 5 期。

18. 劉嘉偉：〈「借筆生端寫妙人」——論子弟書對《紅樓夢》人物形象的接受〉，《明清小說研究》，2009 年第 1 期（總第 91 期）。

19. 王曉寧：〈紅樓夢子弟書研究述論〉，《紅樓夢學刊》，2009 年第 1 輯。

20. 張文恆：〈試論子弟書對《紅樓夢》的接受與重構〉，《紅樓夢學刊》，2009 年第 6 輯。

21. 劉嘉偉、叢國巍〈子弟書對《紅樓夢》語言藝術的繼承與創新〉，《南京師範大學文學院學報》第 2 期，2010 年 6 月。

22. 張雲：〈彈詞開篇和子弟書對《紅樓夢》續書的認同〉，《紅樓夢學刊》，2013 年第 3 輯。

23. 張文恆：〈論子弟書《黛玉悲秋》的價值以及在《紅樓夢》早期傳播中的意義〉，《中國文學研究》，2013 年第 4 期。

24. 趙慧芳:〈《紅樓夢》彈詞開篇新探〉,《紅樓夢學刊》,2015 年第 4 輯。

25. 曹琳婉:〈淺談子弟書《露淚緣》的創新之處〉,《戲劇之家》,2017 年 02 期。

26. 陳祖蔭:〈子弟書中的寶黛故事〉,中央民族大學資訊與計算科學系,北京 100081(未註明刊物及年月)。

27. 陳祖蔭、鄭更新:〈子弟書中的晴雯故事〉,中央民族大學資訊與計算科學系,北京 100081(未註明刊物及年月)。

28. 傅惜華:〈子弟書考〉,收錄於《曲藝論叢》,上海:上雜出版社,1953 年。

29. 關德棟:〈現存羅松窗韓小窗子弟書目〉,收錄於《曲藝論集》,北京:中華書局,1958 年。

30. 張政烺:〈會文山房與韓小窗〉,《社會科學戰線》,1982 年第 2 期。

31. 任光偉:〈子弟書的產生及其在東北之發展〉,收錄於《中國曲藝論集》(第 2 集),北京:中國曲藝出版社,1984 年。

32. 陳加:〈關於子弟書作家韓小窗——兼與張政烺先生商榷〉,《社會科學戰線》,1984 年第 3 期。

33. 黃仕忠:〈車王府鈔藏子弟書作者考〉,收錄於劉茂烈、郭精銳:《車王府曲本研究》,廣州:廣東人民出版社,1999 年。

34. 陳祖蔭:〈淺議韓小窗子弟書的藝術特色〉,《中央民族大學學報》,2001 年第 6 期。

35. 胡光平:〈韓小窗生平及其作品考察記〉,《文學遺產增刊》第 12 輯。

36. 吳小如:〈根據《紅樓夢》編寫的京劇〉,《紅樓夢學刊》,1980 年第 2 輯。

37. 鈕鏢:〈京劇「紅樓戲」摭遺——致吳小如先生的公開信〉,《紅樓夢學刊》,1980 年第 3 輯。

38. 鄭公盾:〈漫談《紅樓夢》的戲曲改編〉,《紅樓夢學刊》,1980 年第 4 輯。

39. 朱穎輝:〈雛鳳清於老鳳聲——從荀本《紅樓二尤》的整理、演出看流派戲的繼承與革新〉,《人民戲劇》,1981 年 04 期,頁 16。

40. 陸樹崙:〈從《紅樓夢》戲曲談《紅樓夢》的改編問題〉,《揚州師院學報》(社會科學版),1984 年 02 期。

41. 吳白匋:〈此時無聲勝有聲——記幼年觀摩梅蘭芳《黛玉葬花》一點難忘的印象〉,《上海戲劇》,1985 年 5 期。

42. 戴不凡:〈談《紅樓夢》的改編〉,收錄於安葵:《當代戲曲作家論》,北京:中國戲劇出版社,1989 年。

43. 姜妙香:〈談梅蘭芳的《黛玉葬花》〉,收錄於中國梅蘭芳研究學會、梅蘭芳紀念館編:《梅蘭芳藝術論評》,臺北:商鼎文化出版社,1991 年 10 月。

44. 周信芳:〈悼念梅蘭芳先生〉,收錄於中國梅蘭芳研究學會、梅蘭芳紀念館編:《梅蘭芳藝術論評》,臺北:商鼎文化出版社,1991 年 10 月。

45. 杜春庚、呂啟祥:〈二三十年代紅樓戲一瞥〉,《紅樓夢學刊》,1996 年第 4 輯。

46. 光祖:〈「紅樓」戲曲概述〉,《四川戲劇》,1998 年第 5～6 期、1999 年第 1～4 期。

47. 傅駿:〈演不盡的越劇《紅樓夢》〉,《上海戲劇》,2000 年第 10 期。

48. 毛時安:〈我對青春版《紅樓夢》的一點感想〉,《上海戲劇》,2000 年第 10 期。

49. 王琳:〈清代紅樓戲的特徵〉,《戲曲藝術》,2002 年第 4 期。

50. 劉鳳玲:〈清代紅樓戲的改編模式〉,《戲劇》,2004 年第 3 期。

51. 李根亮:〈清代紅樓戲曲:文本意義的接受與誤讀〉,《武漢大學學報》(人文科學版),2005 年第 1 期。

52. 金凡平:〈紅樓夢小說與戲曲文本敘述方式比較〉,《紅樓夢學刊》,2004 年第 4 輯。

53. 徐文凱:〈論紅樓夢的戲曲改編〉,《紅樓夢學刊》,2006 年第 2 輯。

54. 王琳:〈論荀慧生《紅樓夢》戲〉,《藝術百家》,2006 年第 2 期。

55. 吳新雷:〈崑曲折子戲「黛玉葬花」的改訂本〉,《紅樓夢學刊》,2006 年第 4 輯。

56. 趙青:〈論清代紅樓戲對原著情節內容的取捨〉,《甘肅聯合大學學報》,2006 年第 4 期。

57. 陳珂:〈歐陽予倩與他的紅樓戲——兼談其戲曲劇本創作和演劇藝術特色〉,《戲曲藝術》,2008 年第 4 期。

58. 劉禎:〈越劇《紅樓夢》:從文學名著到戲曲經典〉,《紅樓夢學刊》,2008年第6輯。

59. 趙青:〈葬花吟在清代紅樓戲中的化用〉,《四川戲劇》,2009年第5期。

60. 錢成:〈清代首部紅樓戲劇與曲藝作品五考〉,《遼東學院學報》,2009年第5期。

61. 錢成:〈清代首部紅樓戲創作與流傳考〉,《銅仁學院學報》,2009年第6期。

62. 王慧:〈舞榭歌臺曲未終——談「黛玉葬花」在傳奇、雜劇及京劇中的演變〉,《紅樓夢》學刊,2009年第6輯。

63. 錢成:〈紅樓夢傳奇在紅樓戲曲改編與傳播史上的地位和影響〉,《遼寧工程技術大學學報》,2010年第1期。

64. 錢成:〈清代紅樓戲思考〉,《河西學院學報》,2010年第1期。

65. 胡勝、趙毓龍:〈「梅」影「夢」痕——談梅蘭芳先生的三出「紅樓戲」〉,《紅樓夢學刊》,2010年第1輯。

66. 饒道慶、裘寧寧:〈京劇「紅樓戲」敘錄〉,《紅樓夢學刊》,2010年第2輯。

67. 傅謹:〈越劇《紅樓夢》的文本生成〉,《紅樓夢學刊》,2010年第3輯。

68. 孫迎輝、周秋莎:〈荀派京劇藝術風格綜述〉,《小說評論》,2010年04期。

69. 支濤:〈紅樓戲的前世今生〉,《中國戲劇》,2010年第8期。

70. 鄭志良:〈清代紅樓戲《鴛鴦劍》考述〉,《紅樓夢學刊》,2011年第2輯。

71. 王慧:〈蘇青的「芳華」的歲月——以「寶玉與黛玉」為中心〉,《紅樓夢學刊》,2011年第5輯。

72. 周育德:〈小談北崑版《紅樓夢》〉,《中國戲劇》,2011年05期。

73. 龔和德:〈崑曲演出史上的一件大事〉,《中國戲劇》,2011年05期。

74. 楊真真:〈一部戲折射一個時代——評經典越劇《紅樓夢》〉,《大眾文藝》,2012年05期。

75. 孫毓敏:〈我如何演戲(八)——《紅樓二尤的表演》〉,《中國京劇》,2018年08期。

76. 宋長榮口述、馬西銘執筆：〈細說紅樓苦尤娘──《紅樓二尤》表演初探〉，《中國京劇》，2019 年 01 期。

77. 顧篤璜：〈崑劇價值的再認識──保存與創新的對話〉，《藝術百家》，1988 年 01 期。

78. 何梓焜：〈何非凡及其唱腔的藝術特色〉，《南國紅豆》，1999 年 02 期。

79. 曹勝高：〈論前戲曲時期的代言體結構〉，《戲曲藝術》，2005 年 03 期。

80. 吳浪平：〈論審美心理定勢〉，《沙洋師範高等專科學校學報》，2005 年第 2 期。

（五）音視頻資料及電子資源

1. 劉文虎・梅花大鼓《黛玉悲秋》2018 年 2 月 24 日演出實況，愛奇藝：https://www.iqiyi.com/w_19ryob2z5p.html，查詢時間：2019 年 3 月 9 日。

2. 周雲瑞・彈詞開篇《黛玉離魂》，喜馬拉雅 FM：https://www.ximalaya.com/xiqu/246309/2350234，查詢時間：2019 年 3 月 9 日。

3. 張晶《黛玉葬花》，優酷：https://v.youku.com/v_show/id_XMTgzODY3NjMyOA==.html，查詢時間：2019 年 3 月 12 日。

4. 魏海敏《黛玉葬花》，優酷：https://v.youku.com/v_show/id_XMzA0NTgwNDQ1Mg==.html，查詢時間：2019 年 3 月 12 日。

5. 張馨月《黛玉葬花》，優酷：https://v.youku.com/v_show/id_XNDAwMTk3NDkyOA==.html，查詢時間：2019 年 3 月 12 日。

6. 溫如華《黛玉葬花》，優酷：https://v.youku.com/v_show/id_XMzAxNzAyMDk2.html，查詢時間：2019 年 3 月 13 日。

7. 李勝素《黛玉葬花》，優酷：https://v.youku.com/v_show/id_XMzkxNTA2NjAzNg==.html，查詢時間：2019 年 3 月 13 日。

8. 言慧珠《黛玉葬花》，喜馬拉雅 FM：https://www.ximalaya.com/xiqu/5445381/22723351，查詢時間：2019 年 3 月 13 日。

9. 童芷苓《尤三姐》，優酷：https://v.youku.com/v_show/id_XNTY3MTg4NjUy.html，查詢時間：2019 年 3 月 18 日。

10. 童芷苓《王熙鳳大鬧寧國》，優酷：https://v.youku.com/v_show/id_XOTYwOTY4NDY0.html 、https://v.youku.com/v_show/id_XOTYxNTY5Nzky.html，查詢時間：2019 年 3 月 18 日。

11. 唐禾香《紅樓二尤》，優酷：https://v.youku.com/v_show/id_XMjgwNzY0MzQ0NA==.html?spm=a2h0k.11417342.soresults.dtitle，查詢時間：2019 年 3 月 18 日。

12. 羅戎征《紅樓二尤》，優酷：https://v.youku.com/v_show/id_XMzIwOTQ2MDA3Mg==.html?spm=a2h0k.11417342.soresults.dtitle，查詢時間：2019 年 3 月 18 日。

13. 《情僧偷到瀟湘館》劇情，香港中文大學戲曲資料中心：http://www.cuhkcoic.hk/?a=doc&id=11772，查詢時間 2019 年 3 月 20 日。

14. 何非凡唱片《情僧偷到瀟湘館》，Youtube：https://www.youtube.com/watch?v=eODlwlHsbyU&t=761s 、 http://www.cuhkcoic.hk/?a=doc&id=11772，查詢時間 2019 年 3 月 20 日。

15. 何非凡獨唱《情僧偷到瀟湘館》片段及工尺譜，Youtube：https://www.youtube.com/watch?v=0bccAOdNTuw&t=196s，查詢時間：2019 年 3 月 20 日。

16. 北崑版《紅樓夢》，嗶哩嗶哩動畫：https://www.bilibili.com/video/av5929925/?p=1、https://www.bilibili.com/video/av5938148/?p=1，查詢時間：2019 年 3 月 27 日。

17. 《紅樓二尤劇本》，中國京劇戲考：http://scripts.xikao.com/play/70203107，查詢時間：2019 年 3 月 17 日。

18. 《情僧偷到瀟湘館》曲譜，電子資源：http://www.qupu123.com/xiqu/qita/p237884.html，查詢時間：2019 年 3 月 20 日。

19. 葉建遙：〈越劇角色行當細分類〉，中國戲劇網：http://www.xijucn.com/html/yueju/20110905/28633.html，查詢時間：2019 年 5 月 25 日。

（六）工具書

1. 蘇州市戲曲研究室編：《崑曲劇碼索引彙編》，蘇州：蘇州市戲曲研究室出版，1960 年。

2. 中國戲曲志編輯委員會：《中國戲曲志·廣西卷》，北京：中國 ISBN 中心，1984～1994 年。

3. 齊森華、陳多、葉長海主編：《中國曲學大辭典》，杭州：浙江教育出版社，1997 年。

4. 閔家驥、晁繼周、劉介明：《漢語方言常用詞典》，杭州：浙江教育出版社，1998 年。

5. 中國復旦大學、日本京都外國語大學合作編纂，許寶華、宮田一郎主編：《漢語方言大詞典》，北京：中華書局，1999 年 4 月。

6. 吳新雷主編：《中國崑劇大辭典》，南京：南京大學出版社，2002 年。

7. 中國大百科全書編輯委員會編：《中國大百科全書戲曲曲藝卷》，北京·上海：中國大百科全書出版社，2004 年。

8. 《粵劇大辭典》編纂委員會編：《粵劇大辭典》，廣州：廣州出版社，2008 年。

（七）報紙、雜誌

1. 〈廣告一則〉，載於《申報》，1916 年 10 月 16 日。

2. 塵夢：《最新上海顧曲詞四首》，載於《申報》，1916 年 10 月 25 日。

3. 佚名：〈梅蘭芳之《黛玉葬花》〉，載於《申報》，1924 年 4 月 21 日。

4. 王小隱：〈關於「紅樓夢」劇的一段話〉，載於《京報》「戲劇週刊」（北京）第十六號，1925 年 3 月 30 日。

5. 聞一多：〈詩的格律〉，載於《北京晨報·副刊》，1925 年 5 月 13 日。

6. 哀梨：〈紅樓夢戲〉，載於《北平日報》，1927 年 3 月 23 日。

7. 傅惜華：〈關於紅樓夢之戲曲〉，載於北平《世益報》，1929 年 5 月 10～17 日。

8. 蒹葭簃主：〈談「紅樓夢」劇〉，載於北平《民國日報》，1931 年 11 月 14、21 日

9. 含涼：〈紅樓夢與旗人〉，蘇州《珊瑚》第一卷第五號，1932 年 9 月。

10. 李家瑞：〈鈔本灘黃紅樓夢〉，載於《大公報》，《圖畫副刊》第 96 期，1935 年 9 月 12 日。

11. 挹嵐：〈紅樓夢劇本及其演唱〉，《國益》，1940 年第四期。

12. 葉德均：〈紅樓夢的戲曲〉，載於《申報·春秋》，1946 年 11 月 5 日。

13. 〈《情僧偷到瀟湘館》編劇採訪〉，載於《市民日報》，1949 年 10 月 18 日。

14. 由衷：〈對改編《紅樓夢》的看法〉，載於《亦報》，1951 年 12 月 15 日。

15. 祝又：〈《紅樓夢》的改編問題〉，載於《亦報》，1951 年 12 月 23 日。

16. 蕭爽：〈紅樓夢劇本溯古〉，載於《新民報晚刊》，1956 年 12 月 15 日。

17. 吳曉鈴：〈《紅樓夢》戲曲漫談——《古本戲曲叢刊》編餘偶得之二〉，載於《文匯報》，1962 年 7 月 4 日，同載於《羊城晚報》，1962 年 10 月 10 日。

18. 徐進：〈從小說到戲——談越劇《紅樓夢》的改編〉，載於《人民日報》，1962 年 7 月 15 日。